Si je dois cesser de t'aimer

CHARLOTTE STEISEL

Si je dois cesser de t'aimer

roman

ISBN : 978-1530263271

Photo de couverture : Xavier Portela

A mes enfants,
Dimitris, Côme, Apolline et Aristote,
Pour m'avoir donné un peu de votre temps,
si précieux à vos âges.

« Quand on veut quelque chose, tout l'univers conspire à nous permettre de réaliser notre rêve. »
Paulo Coelho

Prologue

Jamais je n'attraperai ce train. Je le vois, mais je n'y arrive pas. Plus j'avance, et plus il me paraît loin. Mais pourquoi suis-je partie aussi tard ? C'est systématiquement la même histoire ! Sauf qu'aujourd'hui tout va de travers. Les escalators sont bloqués, les portes fermées, la foule trop dense. Je vois mon train, mais je n'y arrive pas. Je voudrais arrêter le temps un instant. Et soudain j'y suis. J'aperçois une main tendue, je la saisis. Il plonge ses yeux dans les miens, je rougis. Il me sourit, j'en tremble. Nous parlons, nous rions, nous nous aimons. Je tourne la tête et je suis seule, le visage en larmes, écrasé contre la vitre, espérant à tout prix le voir apparaître pour m'empêcher de partir.

Je me suis réveillée en pleurs, comme tous les matins depuis une semaine, avec en tête ces mêmes images indélébiles, et cette question à laquelle je n'avais pas de réponse. Pourquoi ce rêve venait-il me hanter maintenant ? Cela faisait plus d'un an. Plus d'un an que j'avais définitivement tourné la page ; que je n'avais plus repensé à ce passé, à notre passé ; que je vivais paisiblement sans plus me poser la moindre question, que ma vie poursuivait son cours, tranquillement. Alors pourquoi maintenant ? Etait-ce le pur fruit du hasard ou y avait-il là un signe ?

Je n'étais pas assez réveillée pour répondre à ces questions si bien que j'ai décidé d'aller courir. J'ai enfilé mes baskets et ma polaire car il faisait encore frais en ce début d'avril, et j'ai couru jusqu'au parc Monceau, rejoindre le flot des coureurs anonymes. J'ai suivi leur ronde inlassable, refoulant des dizaines de fois le même sol, avec eux, parmi eux, et pourtant je me sentais seule. Seule avec mes pensées. Je revenais constamment au même point de départ, à cette même évidence. Je ne pouvais ignorer ce rêve. Il avait indéniablement du sens. Mais lequel ? Aurais-je dû chercher à le retrouver, malgré tous ces signes qui m'avaient conduite à l'oublier ? Je ne comprenais plus. « *Maman, aide-moi, envoie-moi un signe !* », me suis-je surprise à la supplier.

Et dans l'attente d'apercevoir ce signe, j'ai continué à tourner en rond. Jusqu'à ce que mes jambes me fassent souffrir, jusqu'à ce que mon souffle disparaisse, jusqu'à ce que mon corps me lâche. J'ai fini par m'écrouler d'épuisement, désemparée de ne pas avoir vu le moindre signe. Mais il y en avait forcément un. Jamais ma mère ne m'aurait laissée tomber à ce moment de ma vie. Et pourtant j'étais à terre, seule et désemparée.

C'est à cet instant précis, au moment où je n'y croyais plus, que j'ai vu ce journal secoué par le vent, que j'ai aperçu cette photo, que j'ai reconnu ce tableau. Ce tableau qui avait changé toute ma vie et qu'il venait de vendre. « *Je ne le vendrai que si je dois cesser de t'aimer* ». Cette phrase résonnait encore à mes oreilles, comme si je l'avais entendue la veille. Et pourtant l'eau avait coulé sous les ponts. Il avait cessé de m'aimer depuis déjà tellement longtemps. Alors pourquoi le vendre maintenant ?

Tout se chamboulait dans ma tête.

Je n'avais finalement que deux options : m'obstiner à tirer un trait sur lui, ou chercher, pour une fois, à savoir ce qu'il était devenu.

J'ai couru jusqu'à mon appartement et me suis dépêchée d'allumer mon ordinateur, mais la page Google refusait de s'ouvrir. Il semblait y avoir un problème avec ma connexion Wifi. J'ai pesté et suis descendue jusqu'à mon salon, tenter de comprendre d'où pouvait bien provenir le problème. Avant de m'attaquer à un domaine qui n'était vraiment pas le mien, j'ai voulu vérifier que toutes les prises étaient bien branchées. J'ai écarté mon canapé du mur et, là, le temps s'est figé.

Je me suis revue un an plus tôt, rentrer de ma journée de travail, les bras chargés du courrier que je venais de relever, et entendre le téléphone qui sonnait désespérément dans mon appartement vide. Je m'étais dépêchée de décrocher, et en me penchant par-dessus le canapé pour attraper le combiné du bout des doigts, j'avais laissé tomber le tas d'enveloppes. J'aurais logiquement dû le ramasser immédiatement après avoir raccroché, mais je venais d'apprendre que mon filleul était né, et constatant l'heure tardive, je m'étais ruée jusqu'à la gare du Nord pour avoir une chance d'attraper le dernier Thalys de la journée…

Se pouvait-il que la lettre que j'avais cherchée tout ce temps soit parmi ce courrier ? Je n'osais y croire. Mais comment ne m'étais-je pas souvenue de cet épisode ?

J'ai ramassé une à une chacune des enveloppes légèrement jaunies et, soudain, j'ai reconnu celle que j'avais tant attendue. J'ai pris une profonde inspiration et j'ai lentement déchiré l'enveloppe. A l'intérieur, il n'y avait que quelques lignes, quelques lignes écrites de cette main que je connaissais si bien.

Le 28 avril 2009

« Ma très chère Bella,

Je n'aurais jamais cru t'écrire si vite depuis ma dernière lettre. La vie est décidément bien étrange. Victoria nous a quittés il y a quelques semaines. Elle s'est envolée un samedi matin, paisiblement endormie dans son lit. Sa présence me manque terriblement et pourtant, je ne peux m'empêcher d'être heureux. Je me sens libre, libre de te rejoindre.

Je n'ai aucune idée de l'endroit où tu te trouves, aucune idée de la vie que tu as construite. Mais j'ai une certitude : nos chemins se croiseront à nouveau. Le destin nous a poussés déjà deux fois à nous retrouver à Paris. Je rentre donc m'installer Rue des dames. Je t'y attendrai. Je suis confiant car je sais que même si mes lettres demeurent sans réponse, le jour viendra où tu sonneras à ma porte.

Chaque jour qui passe, je pense à toi.

J'espère que tu es heureuse.

Je t'aime.

Auguste ».

Je suis tombée à terre, ivre de joie. Il était à Paris. Au bout de ma rue. Et il m'attendait. C'était impensable. Je devais rêver. Je bouillonnais intérieurement. Je ne tenais plus en place. J'avais envie de hurler, de sauter, de prévenir le monde entier.

Je l'imaginais se promener Rue de Levis, achetant son pain et son journal ; se poser sur la terrasse d'un café pour observer les passants : les travailleurs pressés, les jeunes amoureux démonstratifs, les mamans promenant leurs enfants, les vieilles dames tirant leur caddie rempli de bons légumes frais. Je me suis demandée combien de fois nous avions dû nous croiser sans le savoir. Et là, je suis subitement redescendue de mon nuage.

Pourquoi n'avais-je pas cherché à le retrouver plus tôt ! J'en connaissais les raisons et, pourtant, je ne pouvais m'empêcher de regretter qu'elles aient pris le pas sur la passion. Cela allait faire deux ans qu'il était à Paris. Deux longues années pendant lesquelles il avait pu se passer tellement de choses. Se pourrait-il qu'il soit encore là à m'attendre simplement chez lui ? C'était improbable. Il avait certainement dû rencontrer quelqu'un et il aurait refait sa vie. Voilà pourquoi il venait de vendre notre tableau. Oh mon Dieu, j'arrivais juste trop tard ! Une fois de plus…

Non, il n'était pas trop tard ! Pas cette fois ! J'ai repensé à cette phrase que je n'avais pas écoutée à l'époque. « *Il n'est trop tard que si tu décides qu'il est trop tard* ». Aujourd'hui ce serait différent.

J'ai pris mon sac et je me suis ruée dehors. Il pleuvait à grosses gouttes maintenant et le ciel était mystérieusement sombre. J'ai emprunté le Boulevard des Batignolles par l'allée centrale pour être couverte par les arbres. L'eau ruisselait de toutes parts. Les gens couraient tête baissée se mettre à l'abri, pressaient le pas sous leur large parapluie, disparaissaient dans les stations de métro. L'instant d'après, en arrivant à Villiers, le soleil était réapparu et la vie semblait avoir repris son cours.

Il ne me restait plus qu'une centaine de mètres à parcourir. Mon cœur battait à tout rompre. J'ai compté chacun de mes pas jusqu'à apercevoir la Rue des dames à l'angle de la Rue de Levis. Je la connaissais par cœur cette petite maison blanche aux rideaux verts. J'y avais jeté un coup d'œil chaque fois que j'avais dû passer devant. Et chaque fois, j'avais revécu les quelques instants de bonheur qu'elle avait abrités. Des moments exceptionnels, hors du temps. Puis j'avais décidé d'éviter soigneusement cette partie du quartier et la vue de cette maison qui me rappelait péniblement la vie que j'avais refusé de vivre.

Et dire que tout ce temps, Auguste se trouvait certainement à l'intérieur, à quelques mètres seulement de moi. Peut-être avait-il regardé par sa fenêtre dans ma direction sans m'apercevoir. Je ne pouvais l'imaginer. Tout cela me paraissait irréel. Etais-je toujours en train de rêver ?

J'ai poussé la grille verte de l'entrée, j'ai traversé la petite cour intérieure et j'ai sonné au premier étage. J'ai fait tout cela machinalement, comme par habitude, sans réfléchir. Je n'ai même pas pensé à ce que je dirais lorsqu'il décrocherait l'interphone. J'ai attendu, j'ai sonné à nouveau et puis rien, personne. Il n'était pas chez lui. Il fallait pourtant que je le voie maintenant. J'ai sonné chez le concierge, personne. J'ai sonné au deuxième étage, personne.

Je me résignais à partir lorsque j'ai croisé le concierge qui rentrait chez lui.

– Bonjour Madame, vous cherchez quelque chose ? Je peux vous aider ?

– Oui, bonjour. Je cherche Auguste, Auguste Connaghan. Il me semble qu'il n'est pas chez lui, savez-vous…

– Mais il n'habite plus ici !

– Il n'habite plus ici ? C'est une blague ! me suis-je exclamée, désemparée.

– Une blague ? Non. Il a déménagé il y a quelques mois.

– Et savez-vous où il est parti ?

J'ai posé cette question en connaissant déjà la réponse. On était à Paris. Les gens allaient et venaient, se parlaient sans s'écouter, se croisaient et continuaient leur vie. Quand bien même il aurait su où Auguste s'en était allé, jamais il ne s'en souviendrait. Je sentais les larmes me monter aux yeux et je ne parvenais pas à les réprimer. Tout ça pour ça ! Tous ces espoirs pour me retrouver devant un appartement vide ! Ce n'était pas possible. C'était un cauchemar. J'allais me réveiller.

J'ai senti des bras envelopper mes épaules et m'attirer à l'intérieur.

– Allez, mon petit, ne pleurez pas ! Venez prendre un thé pour vous réchauffer. Ma femme devrait rentrer d'un instant à l'autre, peut-être pourra-t-elle vous aider.

Je me suis laissée guider. J'étais épuisée, à bout de nerfs.

– Un grand merci, votre thé m'a fait beaucoup de bien.

– Allez ! Mangez encore quelques gâteaux et tout ira beaucoup mieux.

– Quel accueil ! ai-je dit en souriant timidement. C'est rare par ici.

– Ce doit être parce que je ne suis pas d'ici.

– Je l'entends à votre accent. D'où venez-vous ?

– D'Alexandroúpolis. En Grèce. Vous connaissez ?

– Je connais un peu la Grèce. J'y ai passé des vacances quand j'étais petite. Mais je ne suis jamais allée à Alexandroúpolis. Où cela se trouve-t-il ?

– Dans l'extrême nord-est de la Grèce, en bord de mer. Quasiment à la frontière avec la Turquie. C'est une région magnifique, mais peu touristique.

– Je ne me rappelle plus du nom du village où j'avais passé mes vacances. C'était dans le premier pied de la Chalcidique. Nous avions loué une maison au bord d'une petite crique paradisiaque et je me souviens avoir passé des vacances mémorables avec ma sœur, passant des heures à construire des châteaux de sable au bord de l'eau. C'est d'ailleurs là que j'ai appris à nager. Je devais avoir sept ou huit ans. Il était temps que je m'y mette…

– J'adore cette région. Ma sœur vit là-bas avec son mari et ses deux filles. Ils ont une petite maison paisible au milieu des vignes, avec vue sur la mer. Ils produisent leur propre vin. Il est délicieux. Vous voulez en goûter ?

– Non merci, ai-je répondu en riant.

– Vous avez raison. Un bon vin, ça se déguste autour d'un repas copieux, sous les oliviers ou avec les pieds dans l'eau, à l'heure de la sieste, à l'apéro, mais pas sous la pluie, dans un appartement sombre, m'a-t-il rétorqué avec amertume.

– Je sens à votre ton que votre pays natal vous manque.

– Ça, mon petit !

– Vous n'envisagez pas de retourner y vivre ?

– Si, bien sûr, mais c'est compliqué. Il faudrait retrouver du travail là-bas. Et puis il y a les enfants. Et ma femme…

– Elle est grecque également ?

– Tout ce qu'il y a de plus grec.

– Et elle ne veut pas vivre en Grèce ?

– C'est une longue histoire… Je vous la raconterai volontiers, mais j'entends ma femme qui arrive.

Elle est entrée dans la pièce avec trois lourds paquets. J'ai cru qu'elle ne passerait jamais la porte. J'ai voulu me lever pour l'aider, mais elle m'en a fermement empêché.

– Non, non. Que fais-tu, mon petit ? Reste assise !

Elle a posé ses sacs dans la petite cuisine au coin de la pièce et m'a rejointe pour me serrer la main.

– Bonjour, je m'appelle Maria. Que nous vaut le plaisir de ta visite ?

– Bonjour. Je m'appelle Isabel et je cherche Auguste Connaghan. Votre mari m'a dit qu'il avait déménagé il y a quelques mois, mais que peut-être vous pou…

Elle était retournée à la cuisine ranger ses courses pendant que je lui parlais. Elle était accroupie sous l'évier lorsque, soudainement, elle s'est levée d'un bond.

– Comment as-tu dit que tu t'appelais ?

– Isabel, ai-je répondu interloquée.

– Isabel ! C'est pas vrai ! C'est pas possible. C'est un miracle !

Elle s'est avancée vers moi et a pris mon visage entre ses mains, me scrutant de toutes parts.

– Isabel ! a-t-elle poursuivi. Mais bien sûr que c'est toi. Comment ne t'ai-je pas reconnue ? Dieu que tu as changé ! Si tu savais comme j'ai entendu parler de toi ! Des centaines de fois ! Je connais toute votre histoire. Quelle histoire d'ailleurs… Il t'a attendue, tellement attendue. Il me parlait un peu de toi tous les jours. Chaque fois qu'il rentrait, il me demandait si tu n'étais pas passée pendant son absence. Et tous les jours j'apercevais son air déçu lorsque je lui répondais à contrecœur que non. Il t'a attendue, tu sais ! Mais où étais-tu ?

Je la regardais sans trop savoir quoi répondre. Où étais-je passée ? C'était une bonne question.

J'ai soupiré en levant les épaules.

– La vie est parfois étrange…

– Ça, c'est certain ! Mais qu'importe ce qui s'est passé, l'important, c'est que tu sois là maintenant. Auguste est parti s'installer dans un appartement plus grand. Mais il m'a confié une lettre en partant. Attends-moi là un instant que j'aille la chercher…

Elle est partie et est revenue quelques minutes plus tard avec une lettre qu'elle a soigneusement déposée entre mes mains, les gardant jointes quelques secondes entre les siennes.

Le jour de son départ, il m'a confié cette lettre en me disant ces mots exacts : « Elle va passer, je le sais ! Peut-être n'a-t-elle pas reçu mes courriers. Mais si elle est à Paris, c'est le seul endroit où elle pensera à me chercher. Ne la rate pas, je t'en supplie, ne la rate pas. Et remets lui cette lettre ».

Une lettre, encore une. Encore un mystère, une réponse à trouver. Je l'ai ouverte sans attendre. Elle ne contenait que quatre phrases.

> *« Je savais que tu viendrais !*
> *180 Boulevard Malesherbes, 7ème étage, gauche.*
> *Je t'attends !*
> *Je t'aime »*

Je me suis tournée vers la concierge et je lui ai tendu la lettre.

– Je ne sais pas comment vous remercier, ai-je répondu, folle de joie.

– J'imagine déjà son sourire et cela me suffit. Allez, cours le rejoindre.

Je suis sortie sans attendre, la nouvelle adresse à la main. Je courais aussi vite que je le pouvais, zigzaguant entre les poussettes et les passants, sautant au-dessus des chiens, m'accroupissant sous les parapluies. Je me sentais si légère, sur un petit nuage, j'avais l'impression que mes pieds ne touchaient plus le sol. Dans quelques minutes, je serais près de lui.

Je suis finalement arrivée devant une porte codée. J'ai aperçu le gardien au loin et je l'ai appelé pour qu'il m'ouvre. Il m'a fallu batailler car il n'était pas vraiment enclin à laisser entrer n'importe qui. A force de persévérance et d'une petite larme attendrissante, j'ai fini par l'emporter. Je me suis engouffrée dans l'ascenseur et j'ai appuyé sur le bouton du septième étage. Mon cœur s'emballait alors que je m'élevais dans les airs. Lorsque l'ascenseur s'est ouvert, j'ai pris quelques secondes avant d'en sortir. J'ai marché très lentement jusqu'à me retrouver devant la porte située sur ma gauche. Et soudain, j'ai réalisé ce qui était en train de se passer. Huit ans sans se voir. Et si notre amour n'était resté intact que dans nos souvenirs ?

J'ai sonné à la porte. J'ai attendu quelques secondes qui m'ont paru interminables puis quelqu'un a ouvert. Elle m'a souri. Je n'ai pas bougé. Et lorsque je l'ai vu apparaître derrière elle, je n'ai pu retenir mes larmes…

Première partie

1

Je me souviens parfaitement de la première fois où j'ai pleuré. C'était le 14 mai 2000, la veille du décès de ma mère. Ce n'était pas tant le fait qu'elle était sur le point de me quitter – non, ça je m'y étais préparée –, mais plutôt ce que nous avons partagé ce soir-là. Je réalisais soudainement que j'avais vécu vingt ans auprès d'elle sans réellement la connaître. Et dire qu'à peu de choses près, je n'aurais jamais entendu son histoire…

Ce jour-là, je n'étais pas supposée voir ma mère. J'étais supposée passer la soirée avec des copains car nous fêtions l'anniversaire de Natacha, ma meilleure amie. Clémence, Maud et moi avions organisé une soirée pour ses vingt-et-un ans. C'était une évidence depuis près des trois années que nous nous connaissions, nous ne manquions aucun événement important de nos vies, qu'il soit heureux ou malheureux.

Natacha, Maud, Clémence et moi nous étions rencontrées pendant nos études de journalisme. Lors de notre première journée de cours, Natacha était venue s'installer à mes côtés, ne semblant pas connaître plus de monde que moi. Nous nous étions immédiatement trouvé de nombreux points communs. Elle avait vécu à l'étranger, comme moi ; ne connaissait pas son père, comme moi ; adorait le cinéma, comme moi. C'est d'ailleurs en allant voir le film « Le mariage de mon meilleur ami » que nous avions rencontré Maud et Clémence. Leurs visages nous étaient familiers si bien qu'en les croisant à la sortie de la séance, nous avions décidé d'aller boire un verre ensemble. Nous avions ri comme j'avais rarement autant ri dans ma vie, et depuis ce moment, nous ne nous étions plus quittées.

Nous nous voyions pendant les cours, après les cours, le soir. Nous fêtions nos anniversaires ensemble. Nous partions en vacances ensemble. Nous étions là quand il s'agissait de rire, mais surtout quand seul le rire nous permettait de surmonter les épreuves que nous traversions.

Sans surprise, mes amies ont donc été présentes le jour où j'ai appris que ma mère avait un cancer du sein avancé et irrémédiable et qu'il lui restait tout au plus six mois à vivre.

Ma mère m'avait appris à ne jamais pleurer face aux difficultés de la vie. Que la vie était ainsi, faite de bons et de mauvais moments, qu'il fallait profiter des bons instants et rapidement oublier les mauvais, passer à autre chose, poursuivre sa vie. Ne jamais regarder en arrière. C'est en tout cas ce que j'avais compris de son éducation si bien que je n'ai pas pleuré en découvrant l'état dans lequel elle se trouvait. Elle me l'a annoncé dignement en me disant qu'elle n'avait pas peur de la mort, qu'elle l'aurait juste espérée moins proche pour me voir grandir, réussir mes études, tomber amoureuse, fonder une famille. Ma mère était très croyante et elle savait qu'elle serait heureuse dans sa deuxième vie. Elle considérait que si le Seigneur l'appelait maintenant, c'était qu'il y avait une raison. Ce n'était pas triste, c'était la vie. Une épreuve de plus à accepter. Alors je n'ai pas pleuré. Mais mon corps entier hurlait de douleur. Il fallait que je sorte, que je me vide la tête.

J'ai appelé mes amies et nous nous sommes rejointes à l'Atelier, notre bar fétiche à l'époque. Alors que je terminais de leur annoncer cette terrible nouvelle, Maud s'est levée d'un bond, est allée payer l'addition et nous a sommé de monter dans sa vieille Golf rouge. Nous partions à la mer, dans l'appartement de ses parents. Nous l'avons suivie sans poser de questions et nous avons passé trois jours incroyables, à marcher des heures sans parler le long de la plage, prenant le vent de face et regardant l'horizon ; à rire de tout, de nous, de la vie ; à dormir dans un même et grand lit. Nous avons partagé ce que nous avions alors de plus précieux, notre temps.

En rentrant à la maison, j'ai longuement serré ma mère dans mes bras, lui promettant que tout irait bien, pour elle, et pour moi. Deux mois plus tard, elle rentrait à l'hôpital, toujours aussi fière et belle, prête à affronter ce grand voyage avec dignité. Heureusement, elle n'y est pas restée longtemps, bien que déjà trop. Sept longs jours pendant lesquels je passais lui rendre visite après mes cours. Je lui racontais ma journée, elle me racontait la sienne avec humour, c'était tous les jours la même chose. Elle était pressée de s'en aller. « Ce n'est pas une vie, ni pour toi, ni pour moi. J'ai confiance, ma chérie, je sais que ce ne sera plus long », me disait-elle.

Et elle a fini par s'en aller. Après m'avoir confié son histoire.

Ce 14 mai 2000, je n'étais donc pas supposée voir ma mère. Mais la vie est souvent étrangement bien faite. Ce jour-là, Natacha a eu un accident de scooter, sans incidence, mais elle s'est retrouvée à l'hôpital par mesure de sécurité. Clémence et moi sommes allées la chercher pendant que Maud terminait de préparer la fête et accueillait les invités.

Natacha avait été emmenée dans le même hôpital que celui où se reposait ma mère. En me trouvant soudain si proche d'elle, je n'ai pas supporté l'idée de la laisser seule dans sa petite chambre d'hôpital. Le soir, elle n'avait que moi pour veiller sur elle et lui rendre ses derniers jours plus agréables.

Pendant tout le temps de sa maladie, ma mère n'avait pas été délaissée un seul instant. Claire, sa meilleure amie, lui tenait compagnie la journée, et je prenais son relais en rentrant de mes cours en fin d'après-midi pour qu'elle puisse aller travailler dans son restaurant. Nos emplois du temps s'accordaient donc à merveille pour que ma mère ne soit jamais seule. A l'exception cependant de cette soirée que je m'apprêtais à passer avec mes amis…

Lorsque je suis entrée dans sa chambre, ma mère était assise dans son lit, élégamment habillée et elle tenait dans ses mains une vieille page de journal que j'avais un jour aperçue chez nous, coincée entre deux livres. C'était une page du quotidien argentin La Opinión. Je n'y avais jamais accordé d'intérêt.

– Connais-tu l'histoire qu'enferme ce bout de papier ? m'a-t-elle demandé alors que je l'embrassais tendrement.

Je me suis assise à ses côtés et j'ai posé ma tête sur son épaule.

– Non, mais je suppose qu'il s'agit d'un évènement qui s'est produit à l'époque où tu vivais à Buenos Aires… ai-je répondu, gênée de ne lui avoir jamais posé la question.

Elle a déplié la page et l'a regardée avec émotion.

– C'est l'histoire de mon papa, de ton grand-père… m'a-t-elle répondu les yeux humides. Je ne t'ai jamais parlé de lui. Je n'ai jamais trouvé le bon moment…

Elle a marqué une longue pause, perdue dans ses pensées.

– Ton grand-père était un homme extraordinaire. Et je n'ai jamais eu l'occasion de le lui dire… J'ai compris trop tard le père qu'il avait été. Il était très dur avec moi, constamment sur mon dos. Ce que je faisais n'était jamais assez ambitieux ; les personnes que je fréquentais jamais assez bien. Il voulait que je devienne quelqu'un, lui qui pensait n'être pas grand-chose. Papa était un petit ouvrier qui se débrouillait comme il pouvait. Il ne gagnait pas bien sa vie, mais il avait le mérite de m'élever seul. Il était souvent de mauvaise humeur, nerveux, colérique, et terriblement autoritaire, m'obligeant à réussir à l'école, m'interdisant toute distraction. Je me disputais très souvent avec lui, lui hurlais que je le détestais. Il me répondait gravement « Déteste-moi si tu veux, autant que tu veux. Tout ce que je fais, je le fais pour toi. Un jour, tu le comprendras ». Je ne comprenais évidemment pas que la vie était difficile pour lui et qu'il essayait de faire pour le mieux. Je ne voyais que ses erreurs, ses faiblesses, sa sévérité envers moi.

« Le jour de mes quinze ans, nous avons tous les deux commis une grave erreur. Je me souviens de tous les détails de cette journée…

« Au petit déjeuner, mon père m'a demandé ce qui me ferait plaisir en ce jour si particulier. « Je peux tout te demander ? », ai-je osé. « Tout », m'a-t-il répondu calmement. A cette époque, je fréquentais en secret un homme depuis plus d'un an. J'ai voulu que mon père le connaisse. Il a été très surpris par ma demande et après un long moment de réflexion, il a accepté. « Il est temps que j'admette que tu grandis, semble-t-il », s'est-il contenté de me répondre. Le soir même, Vasco est venu à la maison. Ça a été une catastrophe. Au bout d'une heure, papa l'a jeté dehors. Vasco avait près de dix ans de plus que moi et il ne faisait pas grand-chose de sa vie. Il avait de grandes idées de projets que son manque d'ambition empêchait de concrétiser. Papa était atterré de me voir amoureuse d'un tel raté. Il m'a sermonnée une heure durant, me rappelant encore et toujours que les personnes que je fréquentais n'étaient pas assez bien pour moi, qu'elles ne m'aideraient pas à devenir quelqu'un, et que Vasco était le pire qu'il ait jamais vu. Il m'a interdit de le revoir. Je suis montée dans ma chambre et je ne lui ai plus adressé la parole pendant de longues semaines. Je le détestais. J'avais l'impression qu'il cherchait à tout prix à m'empêcher d'être heureuse.

Ma mère a marqué une pause, respirant calmement comme pour reprendre des forces. J'attendais la suite.

– Je n'ai bien entendu pas écouté ton grand-père et j'ai continué à fréquenter Vasco. Près d'un an plus tard – le dimanche 29 février 1976, je m'en souviens encore –, j'annonçais à mon père que je partais m'installer avec Vasco en Patagonie. Il allait monter sa propre entreprise de menuiserie et il voulait que je vienne vivre avec lui. En voyant son visage se durcir, je me suis exclamée : « N'essaie même pas de m'en empêcher. Mes valises sont faites et Vasco m'attend dehors dans sa voiture ». Il m'a attrapée violemment par le bras, en me jurant que jamais il ne me laisserait faire une telle bêtise. Je me suis débattue, mais il refusait de me lâcher. Je tapais, je hurlais. Vasco a fini par entrer dans la pièce pour me libérer des liens de mon père, et nous avons fui.

Elle a pris une profonde inspiration.

– C'est la dernière fois que j'ai vu mon père…

Ma mère s'est redressée et m'a proposé un verre de jus d'orange.

– Ce n'est pas très excitant, j'en conviens, mais c'est tout ce que j'ai, m'a-t-elle dit.

– Et c'est très bien ! J'adore le jus d'orange.

– Comment se fait-il que tu ne sois pas avec tes amis ce soir, ma chérie ?

– C'est sans importance, maman. Continue s'il te plait.

Elle m'a regardée en souriant.

– Tu as grandi, ma puce… C'est incroyable ce que tu as grandi…

Et après avoir pris une nouvelle inspiration, elle a poursuivi.

– J'ai suivi Vasco, mais je me suis vite aperçue que mon père avait raison. Vasco s'était lancé dans ce projet sans savoir ce qu'il faisait : la matière première manquait cruellement à proximité de notre village perdu au milieu de la steppe patagonienne, et la demande était quasiment inexistante. Son entreprise ne prenait pas, il s'énervait, et il était de moins en moins présent à la maison. Quant à moi, je me sentais seule, je tournais en rond et je me lassais déjà des paysages pourtant grandioses de cette région désertée du Sud de l'Argentine. Je serais bien rentrée chez moi, mais je n'osais pas. J'étais convaincue que mon père ne me pardonnerait jamais ce que j'avais fait.

« Au bout d'un an, je me suis décidée à lui écrire. Je lui ai dit combien j'étais désolée et que je souhaitais rentrer à la maison, si bien sûr il était d'accord. J'ai attendu sa réponse des mois, regardant tous les jours dans la boîte-aux-lettres qui demeurait constamment vide. Plus les mois passaient, plus je réalisais le mal que je lui avais fait.

« Un matin, j'ai compris que mon père ne viendrait pas me sauver, me délivrer de cette prison dans laquelle, seule, je m'étais enfermée. Je ne pouvais cependant pas rester là, si bien que j'ai décidé de rentrer à Buenos Aires. J'allais reprendre ma scolarité et lorsque j'aurais terminé le lycée, je retournerais voir mon père avec mon diplôme. Alors il me pardonnerait. Il comprendrait que mes excuses n'étaient pas vaines, que j'avais finalement compris son message, et que j'allais réussir de brillantes études.

« Je n'ai pas eu l'occasion de retourner au lycée, de décrocher mon diplôme et de prouver à mon père ce dont j'aurais été capable…

Ma mère a voulu se redresser pour attraper son verre. J'ai reposé son dos contre les oreillers et je l'ai pris moi-même. En me retournant, j'ai vu dans ses yeux combien ce que je considérais comme un geste évident l'avait mise en colère. Pourtant, elle a poursuivi son récit comme s'il ne s'était rien passé.

– Lorsque je suis arrivée à Buenos Aires, plus rien n'était pareil. La junte militaire avait renversé le pouvoir en place depuis déjà plus de deux ans, et elle semait la terreur partout.

« Depuis mon petit village en Patagonie, je m'étais à peine intéressée au coup d'Etat qui s'était produit quelques semaines seulement après ma fuite avec Vasco, le 24 mars 1976. Je n'avais pas réalisé à quel point les choses avaient changé. L'Argentine vivait déjà des jours difficiles depuis une dizaine d'années, mais cette fois, ce n'était en rien comparable. La vie était devenue un cauchemar pour tous.

« A peine arrivée au pouvoir, la Junte avait suspendu toute activité politique ; elle avait limité la fonction journalistique et censuré la presse ; et elle avait réintroduit la peine de mort contre tout élément considéré comme subversif. Un véritable processus de réorganisation nationale s'était constitué à l'encontre des militants politiques, des étudiants, des artistes, des intellectuels, de tous ceux qui ne pensaient pas comme le pouvoir en place. Les gens, terrorisés, étaient devenus suspicieux, se méfiaient de tout, des autres, restaient enfermés chez eux les volets fermés. Les rues étaient envahies par les milices et les fameuses Ford Falcon vertes, responsables de tant d'enlèvements clandestins. »

Je l'écoutais, estomaquée par ce que j'entendais.

– En découvrant ce que Buenos Aires était devenue, j'ai immédiatement décidé d'aller voir mon père, m'assurer qu'il allait bien. Papa était un ouvrier sans histoire, mais il lui était arrivé de manifester de temps en temps auprès du Groupe de Lutte Armée d'Extrême Gauche. Ce n'était pas un militant, mais il me répétait souvent qu'en ces temps difficiles, il fallait choisir un camp. Il avait fallu qu'il choisisse le mauvais…

Ma mère a marqué une courte pause et a poursuivi.

– J'étais angoissée à l'idée de revoir mon père, me demandant ce que je pourrais bien lui raconter. Mais en arrivant devant la maison, mes angoisses ont été toutes autres. La maison semblait déserte, abandonnée. Je me suis approchée et j'ai timidement passé la tête dans l'embrasure de la porte, laissée entrouverte. Ce que j'ai alors vu m'a laissée sans voix. Jamais je n'oublierai ce spectacle. Tout était sens dessus-dessous. La maison avait été fouillée, saccagée, vidée. J'ai avancé lentement dans la pièce, regardant à gauche, à droite, derrière les portes dans l'espoir de trouver mon père. J'avais pourtant compris qu'il ne serait pas là… Et pourtant je voulais y croire. Au bout de dix minutes, je me suis finalement arrêtée, regardant autour de moi, l'air hagard. Que lui était-il arrivé ?

« Soudain, mon regard s'est posé sur une vulgaire page de journal posée sur une table étrangement vide au milieu de tout ce bordel. Je m'en suis approchée et j'ai immédiatement reconnu l'écriture de mon père. Il m'avait laissé un mot sur la première chose qui lui était manifestement tombée sous la main, sur ce bout de torchon propagandiste. Il datait du 31 mars 1978, à peine quelques semaines plus tôt.

« Ce bout de torchon, ma chérie, c'est la page de journal que je tiens dans mes mains. Je ne l'ai jamais quittée de toute ma vie. C'est grâce à elle que j'ai avancé, que je ne me suis jamais plainte, que j'ai tout accepté.

Le mot que mon grand-père avait laissé était écrit en espagnol. Je comprenais très bien cette langue dans laquelle ma mère m'avait parlé petite, bien que pour une obscure raison, elle ait cessé de le faire du jour au lendemain. Pour autant, ce jour-là, ma mère a décidé de me la traduire, comme pour être certaine que je comprenne bien chacun des mots.

« Carolina,

Je ne sais pas par où commencer, le monde est devenu fou…

Je t'aime ! Sache que je t'aime plus que tout et que c'est pour pouvoir te serrer à nouveau dans mes bras que j'ai survécu, que j'ai tenu. Si tu savais... Comment te raconter en quelques lignes ce qu'il s'est passé ?

Tu étais à peine partie qu'ils sont entrés ici de force. Le 6 décembre 1976, je les ai trouvés chez moi alors que je rentrais de mon atelier. J'ai béni le ciel que tu aies suivi Vasco quelques mois plus tôt, loin d'ici, dans un endroit où j'espère qu'ils ne viendront jamais te chercher. Ils m'ont enlevé et m'ont questionné pendant des heures, des jours, des mois. Ils voulaient des noms. J'avais beau leur répéter que je n'avais rien à voir avec ceux qu'ils recherchaient, ils ne semblaient pas m'entendre. J'ai rapidement réalisé que peu leur importaient les noms, que jamais ils ne me relâcheraient. Mais il fallait que je te prévienne de fuir, de quitter l'Argentine au plus vite. Je devais m'évader. J'ai réussi pour toi, grâce à toi.

Mais je ne sais pas où te trouver. Si seulement je t'avais écoutée... Il ne me reste qu'à t'écrire ces quelques lignes dans l'espoir que tu puisses les lire. Si tu lis ces lignes, Carolina, sache que je t'ai tout pardonné, dès la première seconde où tu as quitté cette pièce. Mais si tu lis ces lignes, emporte-les loin d'ici et quitte l'Argentine au plus vite. Tu n'imagines pas ce qu'il s'y passe... Ils enlèvent les gens, les torturent, les humilient, les tuent. Ne te fie à personne et va-t'en au plus vite. Dans chaque rue, derrière chaque porte peut se cacher un centre de détention clandestin. Ils en ont après le monde entier. Si tu ne penses pas comme eux, tu es un ennemi de la Nation.

J'ai entendu dire que la France était devenue une terre d'accueil pour nous tous. Il faut que tu m'y rejoignes. Le chemin le plus sûr, semble-t-il, est d'atteindre Puerto Iguazu. Une fois au Brésil, rends-toi au Haut-commissariat aux Réfugiés, ils t'aideront à organiser ton départ. A mon arrivée en France, je leur écrirai pour t'indiquer où me retrouver. Sois prudente et ne leur montre surtout pas que tu as peur et que tu fuis. Sois la plus naturelle possible. Ne baisse pas les yeux, mais ne les dévisage pas, avance sans te retourner.

Je t'aime ma Carolina. Sois confiante, je sais qu'on se retrouvera bientôt.

Papa.

PS : Avant de quitter Buenos Aires, passe chez ta tante, je vais m'assurer qu'elle mette de l'argent de côté pour ton voyage. »

Ma mère a soigneusement replié le journal et l'a gardé serré entre ses mains. J'ai pris ses mains dans les miennes. J'avais la gorge nouée. Se pouvait-il que j'aie vécu vingt ans auprès de ma mère sans rien connaître de son histoire ? Etait-ce elle qui m'avait fait comprendre qu'il ne fallait pas que je pose de questions, ou moi qui étais tellement égoïste que je ne m'y étais pas intéressée ? Je savais que ma mère était argentine, mais je ne lui avais jamais demandé pourquoi elle ne m'avait jamais emmenée dans son pays, pourquoi elle avait un jour cessé de me parler sa langue. Je ne lui avais pas posé de questions, elle ne m'avait rien raconté.

– Pourquoi aujourd'hui, maman ? Pourquoi tu me racontes tout cela aujourd'hui ?

– Je n'ai jamais trouvé le bon moment…

– Tu pensais que je n'étais pas capable de comprendre ?

– Non, je pensais que je n'étais pas capable d'en parler.

– Pourquoi aujourd'hui alors ? Qu'est-ce qui fait la différence ?

– Tu es entrée dans la pièce au moment où je relisais ce mot, comme tous les jours depuis que je suis à l'hôpital. Il n'y a pas de hasard, ma chérie…

– Il n'y a pas de hasard… ai-je répondu, pensive.

Nous nous sommes tues quelques instants, puis ma mère a repris calmement.

– J'ai rangé le mot dans ma poche et je suis sortie de la maison sans me retourner. J'ai pris le bus au coin de la rue. Je suis restée assise sans bouger, la tête droite et le regard vide. Je repensais à ce que je venais de lire. Je ne pouvais pas y croire. Papa avait été enlevé et certainement torturé. Mais il s'était évadé pour moi, sans rien connaître pourtant de mes excuses. Il m'avait pardonné, dès la première seconde. J'avais été stupide. J'aurais dû lui écrire plus vite. J'aurais dû rentrer plus tôt. Les choses auraient peut-être été différentes… Il ne fallait pas que je pense à cela. Papa allait bien, et il fallait que je le retrouve au plus vite pour lui dire que tout allait également bien pour moi. Je pourrais alors enfin m'excuser car il était évident qu'il n'avait jamais lu ma lettre. Sinon il aurait su où me trouver… Je comprenais maintenant pourquoi mon courrier était demeuré sans réponse. J'étais tellement pressée de pouvoir le revoir. Mais j'aurais d'abord un long chemin à parcourir.

« Je suis sortie du bus et j'ai marché en direction de la maison de ma tante. En arrivant devant, j'ai compris qu'ils avaient manifestement subi le même sort. Je ne me suis pas arrêtée et j'ai poursuivi mon chemin comme si de rien n'était. J'avais l'impression que le monde entier m'épiait. Paraître la plus naturelle possible, je n'avais que cela en tête…

« Il fallait que je vérifie combien d'argent il me restait pour m'assurer de pouvoir atteindre le Brésil. Je me suis arrêtée dans un café et j'ai filé aux toilettes. J'ai sorti quelques billets de mon soutien-gorge et j'ai fait un calcul rapide. Je n'aurais pas assez d'argent pour atteindre la frontière. Il faudrait que je fasse du stop. J'ai relu le mot de papa. Personne. Ne me fier à personne… J'étais désemparée. Je me suis assise et j'ai réfléchi. Rapidement de peur d'attirer des soupçons. J'ai décidé de me rendre à la gare du Retiro et de trouver un moyen de monter gratuitement à bord d'un bus en direction de Puerto Iguazu.

« En empruntant la Rue de Basavilbaso à pied, je suis passée devant le Consulat de France. J'ai pensé à papa qui était sûrement déjà là-bas. Cinq minutes plus tard, je suis revenue sur mes pas. Il fallait que je tente ma chance. J'ai sonné à la porte du Consulat. L'instant qui s'est écoulé avant qu'elle ne s'ouvre m'a paru une éternité. J'étais agrippée au portail, persuadée que quelqu'un allait venir m'y arracher et m'emmener de force. Je n'osais pas me retourner. Lorsque le garde est venu m'ouvrir, je me suis précipitée à l'intérieur. Je lui ai expliqué en trois minutes, les trois heures que je venais de vivre. Il tentait de me couper, mais je poursuivais inlassablement de peur qu'il ne comprenne pas, qu'il me renvoie dans la rue. Lorsque je me suis finalement arrêtée, il s'est contenté de m'indiquer une salle où patienter.

« Au bout d'une bonne heure, une femme est venue me chercher. Elle m'a posé des tas de questions, notamment sur ma famille et ses engagements politiques. Je lui ai parlé de papa et je lui ai montré le mot. Je lui ai expliqué que ma tante et sa famille semblait également avoir disparu. Elle me laissait parler, prenait des notes et posait une nouvelle question. Elle m'a ensuite laissée seule pendant deux longues heures avant de revenir m'annoncer qu'ils allaient m'aider à organiser mon départ vers la France.

« Je lui ai sauté au cou, folle de joie. Je ne savais pas quoi dire. Après m'avoir serrée contre elle quelques instants, comme une mère aurait serré son propre enfant, elle m'a précisé qu'il fallait que je revienne dans une semaine, le temps qu'ils règlent un certain nombre de formalités. J'ai cru m'évanouir. Ils ne pouvaient me renvoyer vers cet enfer. Je n'avais aucune idée de l'endroit où je pourrais aller. Je l'ai suppliée de me garder au Consulat. Je me ferais très discrète et les aiderais si besoin. Le problème n'était évidemment pas là. Ils ne pouvaient se permettre de cacher toutes les personnes qui se présentaient. J'ai tenu bon, refusant de retourner fouler le sol argentin. J'étais terrorisée. Voyant qu'elle semblait sensible à ma cause, j'ai insisté jusqu'à ce qu'elle craque.

« Elle m'a à nouveau laissée seule et elle est revenue vingt minutes plus tard, mon dossier en main. Elle m'a expliqué qu'elle allait tenter d'obtenir mon accueil au Consulat le temps d'une semaine, prétextant que j'étais mineure – moi qui étais entrée dans l'âge adulte quelques jours plus tôt. Elle allait donc devoir modifier mon année de naissance et se débarrasser de ma carte d'identité. A partir de ce jour, et aux yeux de la France, je serais née le 29 avril 1961. J'ai accepté son plan sans hésiter. Et il a marché ! Je lui en serai à jamais reconnaissante.

« J'ai passé six jours au Consulat et le 25 mai 1978, j'ai fui l'Argentine. Je me souviendrai toute ma vie de cette date où j'ai quitté mon pays à tout jamais.

– Tu n'y es jamais retournée ?

– Si, une fois. En 1985, lors du procès des dirigeants de la junte militaire…

Elle s'est longuement tue comme si elle revivait ce moment.

– Je vais y venir, ma chérie. Mais avant de comprendre pourquoi je ne suis jamais retournée vivre en Argentine, tu dois entendre la suite de mon histoire.

« Je suis arrivée à Paris le 26 mai 1978. L'association France Terre d'Asile m'a accueillie à l'aéroport et m'a déposée au Centre provisoire d'hébergement de Fontenay-sous-Bois. Ils m'ont expliqué que je pourrais y rester six mois, le Centre prenant en charge mon hébergement et mon alimentation. J'avais, par ailleurs, la possibilité d'y suivre des cours de français et de me mettre en contact avec des conseillers qui m'aideraient à trouver du travail.

« Il est évident que j'aurais dû commencer par là, mais je n'avais alors qu'une idée en tête : revoir mon père. J'étais persuadée qu'il était arrivé en France avant moi et que j'allais le retrouver facilement. J'ai vite réalisé que nous étions des milliers à avoir fui l'Argentine – et l'Amérique latine en général – et qu'il pouvait être n'importe où. Le nombre d'associations investies dans la tragédie que nous vivions était immense. Je ne savais pas par où commencer.

« J'ai décidé de me rendre à l'Office Français pour les Réfugiés et les Apatrides qui se trouvait à quelques minutes du Centre où je logeais. Ils n'avaient aucun renseignement au sujet de mon père et ils voyaient beaucoup trop de monde arriver quotidiennement pour pouvoir m'aider. Ils m'ont renseigné d'autres organismes qui pourraient m'apporter leur aide. J'ai cherché papa partout pendant deux longues semaines. Nulle part en France on avait entendu parler de lui. Je me suis alors souvenue du mot qu'il m'avait laissé et du chemin qu'il avait décidé d'emprunter, et j'ai décidé de contacter le Haut-commissariat aux Réfugiés au Brésil. Aucune personne portant le nom de mon père n'y était passée. Aucun message n'avait été déposé à mon égard. J'ai alors supposé que papa avait pris plus de temps que prévu et qu'il n'était pas encore arrivé en France. En réalisant cela, j'ai eu un déclic. Il était plus que temps que je me bouge et que je m'organise pour pouvoir l'accueillir le jour où il arriverait.

« J'ai commencé par suivre des cours de français intensifs tout en cherchant un travail. Je savais que la Mairie de Fontenay-sous-Bois proposait des appartements HLM à des prix très intéressants. Il fallait donc que je trouve un travail au plus vite pour mettre un peu d'argent de côté. J'étais prête à accepter n'importe quoi. Je me suis rendue dans les quartiers chics de Fontenay-sous-Bois dans l'espoir de me faire engager comme bonne de chambre, gardienne d'enfants ou cuisinière.

« Au bout d'une semaine infructueuse, le hasard a fait que j'entende parler du restaurant de Claire.

– Claire ? Notre Claire ?

– Oui, tout à fait. C'est en arrivant en France que je l'ai rencontrée et elle a changé ma vie à tous points de vue…

« A cette époque, Claire avait un petit restaurant dans le huitième arrondissement de Paris, près de la place des Ternes et elle avait décidé de l'ouvrir tous les dimanches soirs pour servir des repas gratuits à tous ceux qui avaient fui l'Amérique latine.

« Elle avait pris cette décision en découvrant la tragédie que nous vivions lors de la Coupe du monde de football. Elle devait se dérouler en Argentine cet été 1978 et ce, malgré les vives réactions qui s'étaient manifestées pendant des mois pour s'opposer à la décision d'accorder ce privilège à la junte militaire. Mais le monde entier avait fini par accepter de regarder cet évènement, passif. Seule la télévision hollandaise avait réagi en décidant, un jeudi de ce mois de juin 1978, de montrer la marche des Mères de la Place de Mai au lieu de diffuser un match.

– Les Mères de la Place de Mai ?

– Les Mères de la Place de Mai, ma chérie, est un mouvement incroyable de mères qui souffraient. Qui souffraient de la disparition de leurs enfants, du silence auquel elles se heurtaient, et des atrocités dont elles étaient témoins tous les jours. Il a débuté le 30 avril 1977. Ces mères se sont rendues sur la Place de Mai, devant la Casa Rosada – le palais présidentiel –, et ont manifesté dans l'espoir de pouvoir rencontrer Jorge Videla, alors chef de la Junte, afin d'obtenir, enfin, des nouvelles de leurs enfants disparus. Les militaires présents sur place leur ont ordonné de circuler, en raison de l'état de siège. Ne voulant se résoudre à partir, elles ont circulé sur la place jusqu'à se retrouver à tourner simplement en rond, silencieuses, les langes en tissu blanc de leurs bébés sur la tête.

« Depuis ce jour, elles se sont réunies tous les jeudis après-midi pendant une demi-heure, tournant dans le sens inverse des aiguilles d'une montre, comme si elles remontaient le temps, passant de quelques dizaines à quelques milliers. On les a appelées les folles de la Place de Mai. Elles n'en ont eu cure et ont poursuivi inlassablement leur lutte silencieuse. Aujourd'hui encore, ma chérie, elles tournent.

Je découvrais une histoire dont je n'avais jamais entendu parler et cette histoire, c'était celle de ma mère. Tout cela me paraissait irréel. Je demeurais muette et attendais que ma mère poursuive. Elle prenait son temps et semblait souffrir. Etait-ce sa maladie ou le souvenir de cette période douloureuse ?

– En entendant parler du restaurant de Claire, je n'ai pas hésité une seconde. J'allais me rendre chez elle et la convaincre de m'engager. J'adorais la cuisine et je me débrouillais plutôt bien depuis les deux années que j'avais passées à cuisiner pour Vasco. De son côté, elle serait forcément sensible à ma cause.

« En entrant dans son restaurant le dimanche suivant, j'ai ressenti un sentiment de quiétude que je n'avais plus ressenti depuis bien longtemps. Il y régnait une ambiance indescriptible de chaleur, de bonne humeur et de bien-être. Une ambiance familiale, tout simplement. Il devait y avoir une trentaine de latino-américains qui dégustaient les délicieux plats de Claire. Elle était installée parmi eux et m'a souhaité la bienvenue. Je me suis installée à leurs côtés et j'ai partagé leur joie de vivre. Les gens riaient, s'amusaient. J'ai profité de cet instant. Pour la première fois depuis de longs mois, j'avais l'impression que les choses allaient s'améliorer, naturellement. Je n'avais plus l'impression de lutter avec moi-même. Je pensais à mon père et je me disais que je l'emmènerais fièrement dans cet endroit le jour où il arriverait en France.

« Claire s'est assise à mes côtés. Elle a tenté de me faire parler de mon histoire, mais devant mon silence, elle a fini par me raconter la sienne. Elle avait une vie passionnante. Elle avait énormément voyagé avec sa famille et était très cultivée. C'était un plaisir de l'entendre me parler de la vie en Afrique, de l'histoire de France, du mystère des plantes, de l'Univers. Tout semblait l'intéresser et elle avait plaisir à partager ses connaissances. Nous avons tellement discuté ce soir-là que nous n'avons pas réalisé que le restaurant s'était vidé petit à petit.

« Alors que je m'apprêtais à la quitter, lui donnant déjà rendez-vous le dimanche suivant, je me suis rappelée la raison de mon passage chez elle. Je lui ai expliqué qu'il fallait à tout prix que je trouve un travail, que j'adorais la cuisine et que je serais une excellente aide pour elle. Elle m'aurait engagée avec plaisir, mais elle ne pouvait se le permettre financièrement. Elle venait de mettre son compagnon à la porte de chez elle et devait dorénavant payer le loyer seule. C'était inenvisageable. Mais elle voulait m'aider. Elle m'a recommandée auprès d'un de ses amis, Nicolas, qui m'a immédiatement embauchée comme serveuse.

« J'ai alors pu commencer à organiser ma vie. Je logeais toujours gratuitement au Centre de Fontenay-sous-Bois et tous les matins, je prenais le RER A jusque Charles-de-Gaulle-Etoile pour aller travailler. Je débordais d'énergie, soucieuse de pouvoir mettre un maximum d'argent de côté. Je travaillais matin, midi et soir, tous les jours à l'exception du dimanche soir et du jeudi. Le jeudi, je me rendais dans les différentes associations de la capitale pour tenter d'obtenir des renseignements sur mon père et, à midi, je manifestais devant l'Ambassade d'Argentine en guise de soutien aux Mères de la Place de Mai. C'était l'unique chose dont j'étais alors capable. Claire me rejoignait lorsqu'elle le pouvait et tous les dimanches, j'allais manger chez elle et je lui racontais ma semaine.

« Claire et moi sommes immédiatement devenues amies.

Ma mère s'est arrêtée. Je voyais bien qu'elle pensait à Claire. Aujourd'hui encore, elles étaient si proches. J'avais souvent été intriguée par ce lien qui les unissait. Je commençais à comprendre. Elles avaient vécu tellement de choses ensemble, de ces choses qui marquent à jamais. La suite, je la connaissais. C'est en tout cas ce que je croyais.

– Il n'a pas fallu un mois pour que ma vie change à nouveau.

« Je me souviendrai toujours de ce début de septembre. J'étais en train de travailler chez Nicolas lorsque Claire a débarqué, l'air inquiet. Elle venait de découvrir qu'elle était enceinte, de quelques mois déjà, et elle ne savait pas ce qu'elle allait faire. Elle n'avait qu'une certitude, elle allait garder son bébé. Quant au père de l'enfant, elle préférait ne pas l'avertir de cette nouvelle, persuadée que ce n'était pas une personne saine pour élever un bébé et lui apporter l'amour et la reconnaissance dont il aurait besoin. C'est en tout cas ce qu'elle pensait à l'époque, incapable d'imaginer combien le fait de devenir parent pouvait changer une personne. Bien qu'ayant du mal à comprendre sa décision, je l'ai respectée et je l'ai aidée à chercher une solution pour qu'elle puisse assumer cet enfant seule, tout en continuant à travailler comme elle le faisait. Refusant de demander de l'aide à ses parents, et ne voulant se résoudre à confier la gestion de son restaurant à n'importe qui, la solution nous a finalement semblé évidente à toutes les deux.

« Le lendemain, j'ai donné ma démission et j'ai commencé à travailler avec Claire. Il fallait que j'apprenne rapidement la manière dont elle gérait son restaurant afin de pouvoir efficacement la relayer le jour où elle accoucherait. Ne pouvant se permettre de me rémunérer comme je l'étais chez Nicolas, et sachant que j'allais bientôt devoir quitter le Centre de Fontenay-sous-Bois et me mettre à la recherche d'un appartement à louer, elle a proposé de m'héberger chez elle le temps que l'on trouve une autre solution. Le temps a passé et nous n'en avons jamais cherché. Petit à petit, nous avons fondé une famille à notre manière, élevant d'abord Marguerite à nous deux, avant de t'accueillir à peine un an plus tard.

– J'ignorais que Claire avait caché l'existence de Margot à son père. Tu as fait la même chose avec mon père ? ai-je demandé, inquiète.

– Non, ma chérie. Ton père était au courant que j'étais enceinte, mais comme je te l'ai déjà dit, il était trop jeune pour t'assumer. C'était quelqu'un de bien, tu sais. Il était gentil, honnête et très intelligent. Mais il n'était pas prêt à devenir père.

– Je me rends compte que je ne connais pas grand-chose de mon père. C'est vrai que je ne m'y suis jamais vraiment intéressée, mais je réalise que c'est peut-être le moment ou jamais… ai-je osé timidement.

Ma mère m'a regardée avec tendresse et, lentement, elle s'est redressée.

– J'ai rencontré ton père le jour où j'ai commencé à travailler chez Claire. Il s'appelait Julien, c'était un jeune étudiant en droit. Il logeait juste au-dessus du restaurant et il commençait toutes ses journées en venant prendre un café bien noir et bien sucré sur notre terrasse. Cela faisait trois mois que je vivais à Paris et je n'avais encore jamais croisé de français aussi beau. Le coup de foudre a été immédiat. Au bout de quelques jours, il m'a invitée à sortir ; au bout de quelques semaines, nous étions inséparables ; et au bout de quelques mois, j'étais enceinte.

« Ce n'était pas une bonne nouvelle et pourtant, je n'ai pu m'empêcher de m'en réjouir. Je me doutais que ton père serait inquiet à l'idée d'avoir à élever un enfant à notre âge, mais j'étais persuadée qu'avec un peu de temps, je pourrais le convaincre que nous pouvions surmonter cette épreuve ensemble. Claire venait alors d'accoucher de Marguerite, et de la même manière que je l'aidais alors à s'occuper de sa fille, je savais qu'elle serait là, pour moi, le jour où je te serrerais dans mes bras. Ensemble, nous pouvions nous arranger pour assurer astucieusement la gestion du restaurant et votre garde à toutes les deux. Ton père n'aurait eu à s'occuper de rien. Tout cela me paraissait tellement évident, et facile. J'étais si naïve…

« Lorsque j'ai annoncé la nouvelle à ton père, il n'a rien dit. Il s'est contenté de partir et de ne jamais revenir. Je n'aurais jamais imaginé une telle réaction. Nous nous aimions tellement… Nous nous aimions vraiment, tu sais. Il a eu peur je suppose. Peur de la réaction de ses parents. Peur de tout ce que cela changerait dans sa petite vie tellement confortable et programmée. Je ne lui en ai pas voulu. Et je n'ai pas espéré qu'il revienne. J'avais bien compris qu'il avait pris sa décision et qu'elle était irrévocable. C'était comme si en l'espace d'une minute, il avait oublié tout ce que nous avions vécu.

« Tous les matins, je le voyais sortir de chez lui sans se retourner. Je ne le voyais jamais rentrer le soir, à croire qu'il attendait que je m'en aille. Il ne m'a plus jamais parlé. Il ne m'a plus jamais regardée. Il ne m'est resté de lui que la vue de son blouson en jean, et cette mauvaise habitude de commencer ma journée par un café bien noir et bien sucré.

– Il n'a jamais cherché à me voir ? ai-je demandé, intriguée.

– Je ne sais pas, ma chérie. Il semblerait qu'il soit venu une fois à la maternité alors que je dormais. C'est ce que j'ai cru comprendre d'après la description qu'en ont faite les infirmières. En rentrant de la maternité, il avait totalement disparu. Je ne l'ai plus jamais vu.

– Tu n'as jamais voulu le retrouver ?

– Jamais ! Je te l'ai toujours dit, il ne faut jamais regarder en arrière.

– Mais s'il est venu à la maternité, peut-être voulait-il s'excuser, assumer…

– Je ne pense pas, ma puce. S'il avait réellement voulu le faire, il savait où me trouver. Je ne sais pas pourquoi il est venu. Pour voir ton visage peut-être. Je ne sais pas… Peut-être également pour s'assurer que nous allions bien toutes les deux. Il est possible que je me trompe, mais je préfère garder cette image de lui.

– Tu as raison. Mais tu es toujours tellement positive. Comment fais-tu ?

– Il n'y a que comme cela qu'on avance. Il faut toujours regarder ce que la vie a de beau à nous offrir. Et pour une fois, ce n'était vraiment pas difficile.

« Le jour où tu es née, la seconde où je t'ai serrée dans mes bras, ma vie a changé. Tout est devenu plus facile, plus rose, plus doux. J'étais comblée. J'étais heureuse. Tu étais un bébé adorable, souriant et tellement facile. Tout le monde t'a immédiatement adoptée, à commencer par Margot. Elle était d'une douceur avec toi, t'embrassait, te serrait dans ses bras. En grandissant, elle a guidé tes premiers pas, puis les suivants, te servant constamment d'exemple. Toi, tu étais bleue d'elle. Il suffisait qu'elle entre dans une pièce pour que ton visage s'illumine. Vous étiez adorables à voir.

« Après le départ de ton père, j'étais restée vivre chez Claire car nous avions, l'une et l'autre, besoin de l'autre. Rapidement, nous avons trouvé un équilibre parfait ensemble et nous n'avons plus voulu nous séparer. Nous formions une famille, à notre façon. Ton père ne me manquait pas, d'aucune manière. Claire m'aidait à rendre les petites nuits moins pénibles, elle s'occupait de toi et Margot pendant que je travaillais, puis je venais prendre son relais auprès de vous, et elle le mien au restaurant. Tout me paraissait facile et sans nuage. Il me suffisait de penser à toi, à ton sourire, à tes yeux malicieux pour faire disparaître tous mes démons. Enfin presque. Il y avait une chose que tu ne pouvais pas combler : l'absence de mon père et cette culpabilité qui me rongeait.

Ma mère s'est arrêtée. Elle semblait perdue dans ses pensées. Je l'ai regardée respirer lentement, mettre de côté cette tristesse qui l'envahissait. Soudain elle a repris.

– Pendant plus de cinq ans, j'ai cherché mon père partout. J'ai remué ciel et terre pour tenter d'obtenir des informations sur lui. Au fur et à mesure que les mois passaient, je commençais à comprendre qu'il avait dû lui arriver quelque chose et que, certainement, il ne me rejoindrait jamais. Mais je refusais de laisser tomber. Tous les jeudis, je poursuivais mes recherches, inlassablement. Toutes les associations me connaissaient. Si mon père était arrivé en Europe, il aurait immédiatement su où me trouver. Mais il semblait avoir disparu. J'aurais voulu retourner en Argentine pour le chercher mais c'était impensable. J'étais devenue mère et je devais désormais te protéger.

J'étais consternée. Cela faisait vingt ans que je vivais avec ma mère et jamais je n'avais deviné qu'elle avait souffert à ce point. A voir son expression cinq minutes plus tôt, je réalisais qu'aujourd'hui encore elle souffrait de l'absence de son père et du remord de l'avoir quitté en le blessant. Elle avait vécu avec cette douleur sans jamais la laisser transparaître, sans jamais me l'imposer. Et pourtant… J'aurais tellement voulu être là pour elle toutes ces années. J'aurais voulu être une épaule sur laquelle elle aurait pu se reposer. Ce n'était pas trop tard. Mais comment la soulager aujourd'hui ? Je ne savais pas quoi dire. Alors je l'ai serrée dans mes bras de toutes mes forces. Elle s'est laissée faire et je suis persuadée qu'elle a compris tout ce que je ne parvenais pas à lui dire.

Après un long moment, elle a continué son histoire.

– Les choses ont changé quelques années plus tard, en octobre 1983. La junte militaire avait été affaiblie par la défaite de la guerre des Malouines, obligeant les généraux à organiser des élections libres. Ce fut un grand moment dans l'histoire de l'Argentine, mettant fin à des décennies de dictature. Le 10 décembre 1983, Raul Alfonsin a été élu. Il a immédiatement rétabli les institutions publiques, ainsi que les droits et les garanties constitutionnelles. Toutes les personnes détenues sous l'ancien régime ont été libérées.

« Apprenant cette nouvelle, j'ai immédiatement décidé de partir en Argentine. Il fallait à tout prix que je retrouve mon père et je devais commencer par l'endroit où j'avais perdu sa trace. Je redoutais la réaction de Claire. Je n'aurais pas dû. Elle n'a pas hésité une seconde et m'a annoncé qu'elle venait avec moi. Il allait juste lui falloir le temps de trouver un acheteur pour le restaurant et elle m'accompagnait dans cette grande aventure. Nous ignorions ce qui nous attendait et comment nous allions nous débrouiller, mais nous avons décidé de partir à la recherche de mon père ensemble.

– Quelle preuve d'amitié ! Tu as vraiment eu de la chance de trouver une amie aussi fidèle en France !

Ma mère s'est tue quelques instants.

– Il est grand temps de te parler de la nature exacte de mes relations avec Claire… Mon Dieu, mais comment se fait-il que je ne t'en ai pas parlé plus tôt ?

J'étais intriguée. Qu'allait-elle encore pouvoir me révéler sur sa vie ? Elle semblait chercher les mots exacts. De mon regard, je l'ai encouragée à continuer.

– Claire a été la femme de ma vie.

Je l'ai dévisagée quelques instants, estomaquée. Puis j'ai souri.

– Tu veux dire que vous étiez…

– Nous étions amantes, amoureuses, complices, amies. Je te disais tout à l'heure qu'après la naissance de Margot et la tienne, nous avions formé une famille à notre façon. Eh bien, c'est tout à fait exact. Claire et moi sommes devenues un véritable couple et nous vous avons élevées, Margot et toi, comme nos filles à toutes les deux. Vous n'aviez pas de pères, mais deux mères qui s'aimaient profondément. Deux mères que le hasard avait mené à faire leur vie ensemble. Deux femmes qui avaient trouvé en l'autre, l'amour qu'elles n'avaient jamais trouvé chez les hommes.

Je ne m'étais pas attendue à une telle révélation mais, étrangement, ça ne m'a pas troublée. A y réfléchir, je trouvais tout cela assez logique. La seule chose qui me perturbait était que ma mère avait fait sa vie avec une femme et que je ne l'avais jamais deviné, jamais soupçonné.

– Mais comment se fait-il que vous ayez cessé de vivre ensemble ? Et pourquoi ne nous l'avoir jamais expliqué ?

– Par facilité je pense… Nous avons cessé de vivre ensemble à l'époque où nous nous sommes installées à Bruxelles. Marguerite et toi commenciez à grandir et nous ne voulions pas vous perturber avec notre schéma familial atypique. Il faut dire qu'à l'époque, les mentalités n'étaient pas aussi ouvertes qu'aujourd'hui… Je ne sais pas si c'était nécessaire, mais nous avons été très heureuses comme cela. Nous vivions à quelques rues seulement l'une de l'autre, mais nous retrouvions une certaine indépendance, nous qui partagions tout notre temps depuis huit ans.

« Evidemment, nous avons souvent songé à vous parler de notre relation, mais les choses étaient si simples comme elles étaient. Et vous sembliez avoir tellement d'autres préoccupations en tête. Puis les années ont filé… Nous avions la certitude que le jour viendrait où nous vous raconterions notre histoire. Il n'y avait pas de secret, tu sais. Nous ne nous sommes jamais cachées. Mais nous étions discrètes, c'est tout. Claire et moi nous aimions et nous n'avions pas besoin de l'afficher au monde entier. C'est peut-être cela aussi qui a fait la force de notre couple. Il n'appartenait qu'à nous. Et de votre côté, vous aviez une famille unie sur laquelle vous reposer et c'est tout ce qui comptait. Si vous aviez posé des questions, nous vous aurions expliqué. Mais les choses étaient tellement simples. Nous ne voulions pas briser cette quiétude. Nous avons peut-être été égoïstes, ou maladroites, je le réalise maintenant.

– Vous avez voulu bien faire, c'est tout.

– Je t'aime, Isabel. Qu'est ce que je t'aime… Et je suis si fière de toi…

– Moi aussi je suis fière de toi, maman… Et d'autant plus ce soir. Entendre ton histoire… Si tu savais ce que ça représente pour moi.

– J'aurais dû te parler de cela bien plus tôt.

– Eh là, maman ! Reprends-toi, me suis-je exclamée ironiquement. On ne commence jamais une phrase par « J'aurais dû… ». Tu devrais le savoir, vu le nombre de fois où tu me l'as répété…

Ma mère a ri. Elle semblait heureuse, soulagée, libérée. Puis elle est soudainement redevenue sérieuse et elle a poursuivi son histoire.

– En cette fin d'année 1983, Claire et moi avons donc décidé de partir à la recherche de mon père. Nous allions commencer par l'Argentine, mais nous n'avions aucune idée de l'endroit où cette aventure allait nous mener.

« Les parents de Claire ne voyaient pas ce projet d'un très bon œil. Ils pensaient surtout à Margot et à toi qui étiez encore si jeunes. Tu allais avoir quatre ans, Margot cinq, mais du moment que vous étiez ensemble, rien ne semblait pouvoir vous perturber. Les parents de Claire ont fini par nous soutenir. C'était important pour elle, pour moi également.

« Claire a vendu son restaurant pour un excellent prix. Au fil des années, c'était devenu un lieu de renom, réputé pour son ambiance chaleureuse et sa bonne cuisine. Il avait d'ailleurs été récemment étoilé. Nous nous apprêtions donc à quitter la France, sereines, sachant que nous ne risquions pas de manquer de quoi que ce soit pendant quelques années.

« Mais alors que je réservais nos billets de départ, j'ai reçu des nouvelles de mon père. Pas celles que j'aurais espérées malheureusement…

Ma mère a marqué une courte pause.

– C'était le 26 juin 1984, un peu plus de six ans après mon arrivée à Paris. Ce jour-là, j'ai reçu un appel d'Amnesty international. Une commission avait été mise en place en Argentine pour établir la lumière sur les atrocités qui avaient été commises sous la dictature. Cette commission se basait sur des milliers de déclarations et de témoignages reçus sur cette période, ainsi que sur certains documents retrouvés – bien que la grande majorité de ceux-ci ait été détruite. Parmi ces documents se trouvait la liste des personnes séquestrées au Centre clandestin de détenus de l'Ecole Supérieur de Mécanique de l'Armée. Mon père figurait sur cette liste…

« C'est ainsi que j'ai appris que ton grand-père avait à nouveau été arrêté, quelques semaines seulement après s'être évadé, quelques semaines seulement après m'avoir laissé le mot que je tiens entre mes mains. Je n'ai jamais su ce qui lui est arrivé par la suite, mais il est certain qu'il n'a jamais été libéré.

« Cette nouvelle m'a anéantie. Mon père avait tout fait pour s'évader, tout fait pour me revoir, mais ils l'avaient rattrapé. Moi, j'étais libre et je n'avais rien fait pour le retrouver. J'avais fui mon pays, tourné le dos à mon père. Claire avait beau me rappeler que j'étais venue en France pour le retrouver, que j'avais passé six années à le chercher, je ne l'écoutais pas. Mon père était resté en Argentine, séquestré, peut-être torturé. J'aurais dû y retourner, j'aurais dû savoir qu'il lui était arrivé quelque chose, j'aurais dû aller le sauver, le libérer.

« Pour la première fois de ma vie, je sombrais. Tes sourires n'y faisaient rien. Claire n'y pouvait rien. Je m'enfermais dans ma culpabilité. Mon père n'avait jamais su que je l'aimais, il n'avait jamais reçu mes excuses, il avait disparu sans rien connaître de ce que j'étais devenue. De mon côté, j'ignorais tout de ce qu'il avait enduré. J'avais pourtant besoin de savoir, besoin de comprendre.

« J'ai obtenu ce que je souhaitais quelques mois plus tard, lorsque la *Comision Nacional Sobre la Desaparicion de Personas* a publié le résultat de ses recherches, un ouvrage intitulé *Nunca Mas*. Je l'ai lu de la première à la dernière page et ce fut la chose la plus difficile que j'ai eue à faire de ma vie. Ce qui s'était passé en Argentine était mille fois pire que toutes les rumeurs que nous avions entendues en Europe. Les conditions des détenus étaient inhumaines, la manière dont ils les faisaient disparaître indescriptible. J'ai lu chaque détail de cet ouvrage et chaque mot s'est inscrit dans ma mémoire, s'est gravé dans mon cœur. J'ai imaginé mon père dans chacune de ces descriptions, dans chacun de ces témoignages. J'ai enduré ce qu'il a enduré à travers ces mots et je me suis relevée au fur et à mesure. Mon père avait connu l'enfer et j'étais persuadée qu'il avait défié le Diable avec fierté. Je ne pouvais pas me laisser aller, me cacher derrière ma culpabilité. J'allais désormais devoir affronter la vie. Je n'avais plus de mystère à résoudre. Si dure que soit la vérité, je l'avais, enfin. Je connaissais les horreurs de sa vie. J'allais devoir me réjouir des bonheurs de la mienne, quoi que ça me coûte.

« Le jour où j'ai fermé cet ouvrage, j'ai tourné une première page. Je t'ai serrée dans mes bras, je t'ai répété cent fois combien je t'aimais et je t'ai juré de toujours, toujours, te protéger.

« Claire et moi avons ensuite décidé de repartir de zéro. C'est alors que nous avons pris la décision de nous installer à Bruxelles, la vie y étant tellement plus facile qu'à Paris. Marguerite s'apprêtait à entrer en première primaire, c'était le moment idéal pour la changer d'école. Quant à toi, tu étais si facile que nous étions persuadées que tu t'adapterais facilement à tous ces changements.

« Claire a racheté un restaurant dans lequel nous nous sommes investies corps et âme. Nous avons fait tout ce que nous pouvions pour qu'il obtienne la réputation du restaurant qu'elle avait vendu. Nos efforts ont rapidement été récompensés. Mais j'avais beau vouloir reprendre les choses en mains, une partie de moi était en Argentine. C'était mon pays et il avait connu une telle tragédie. Je ne pouvais pas faire comme si rien ne s'était passé. Pour autant, je n'étais pas prête à y retourner. Plus depuis ce que j'avais lu. Je savais que j'aurais à le faire un jour mais, en attendant, je me contentais de suivre de près ce qu'il s'y passait.

« L'occasion de pouvoir enfin tourner la dernière page de cette période de ma vie s'est présentée un peu plus d'un an après notre installation à Bruxelles, en décembre 1985, lorsque s'est ouvert le procès des dirigeants de la junte militaire. J'ai décidé d'aller y assister. Je voulais voir chacun des visages de ceux qui nous avaient tant fait souffrir, je voulais les entendre parler de leurs atrocités, les regarder baisser les yeux, les voir réaliser ce qu'ils avaient fait. A mon grand regret, je n'ai pu assister au procès en direct. Il y avait une telle foule que seuls les journalistes et quelques personnalités ont eu le droit d'entrer dans la salle d'audience. Mais ma présence en Argentine a été nécessaire. J'étais avec les miens. Nous étions unis par la même douleur, par le même besoin de justice. Nous avons pleuré ensemble et nous avons applaudi ensemble lorsque le Président du Tribunal a lu le prononcé du jugement. Jorge Rafael Videla et Emilio Edouardo Massera, les principales figures de la junte militaire, ont été condamnés à une peine de prison à perpétuité pour crimes contre l'humanité. Trois autres personnalités ont été condamnées à des peines de prison. Les quatre autres ont malheureusement bénéficié d'un non-lieu, faute de preuves. Mais ce procès restait pour autant historique. C'était le début de la reconstruction du pays. Nous ne tirions pas un trait sur cette période sombre de l'histoire argentine. Nous la pointions du doigt pour ne pas commettre à nouveau les mêmes erreurs. J'ai vu mon pays différemment et j'ai eu plaisir à refouler son sol. Je me suis promenée dans la ville, suis retournée voir la maison dans laquelle j'avais grandi. Mais je n'y suis pas rentrée. Elle était à nouveau occupée. La vie semblait avoir repris son cours.

« Lorsque je suis rentrée, Claire a compris qu'enfin depuis près de huit ans, j'allais pouvoir me poser. Nous avons donc décidé d'acheter une maison et de nous établir définitivement à Bruxelles. Au bout de trois semaines, nous hésitions entre deux maisons. J'avais une préférence pour une grande maison de maître, avec un petit jardin, dans un quartier commerçant ; Claire pour une maison plus familiale, avec un grand jardin, dans une rue résidentielle. C'est à ce moment que nous avons pris la décision de vivre séparément.

« La suite, tu la connais, il n'y a plus de secret.

– Quelle histoire, maman ! Je n'en reviens pas ! Je n'aurais jamais pu imaginer cela. Pour moi, tu avais vécu à Paris dans ta jeunesse et tu avais décidé avec Claire de venir ouvrir un restaurant ici parce que les loyers étaient plus abordables. J'étais si loin du compte… Mais il y a une chose qui me perturbe. Comment se fait-il que nous ne soyons jamais allées en Argentine ?

– Parce que l'Argentine m'a terriblement déçue et ce, de manière irrévocable. Alors que je me réjouissais de cette volonté d'affronter le passé, le gouvernement de Raul Alfonsin y a soudainement mis fin. Pire. Il a décidé de faire table rase du passé. Le 24 décembre 1986, tout juste un an après le procès des dirigeants de la junte militaire, il a adopté la loi du Point Final qui interdisait toutes poursuites au pénal contre les crimes commis lors de la dictature argentine. Ils ont justifié cette décision en invoquant l'amnistie jugée politiquement nécessaire pour la réconciliation du pays. Ce fut insupportable. C'était d'une telle hypocrisie. Comment pouvait-on protéger les responsables de tant d'inhumanité ? Et ce n'était que le début. Le 4 juin 1987, le gouvernement a adopté une seconde loi, la loi du Devoir d'Obéissance, qui disculpait les gradés ayant agi sur ordre des dirigeants des forces armées. L'Argentine a atteint le summum de son hypocrisie lorsque Menem, arrivé au pouvoir en 1989, a décidé d'amnistier tous les responsables condamnés en 1985 lors du procès de la Junte. Ils ont tous été libérés, sans exception, comme si rien ne s'était passé, comme si personne n'avait souffert. Je n'ai plus jamais voulu entendre parler de l'Argentine.

– C'est à ce moment-là que tu as cessé de me parler en espagnol ?

– Exactement.

– Et c'est pour cela que tu ne m'as jamais raconté ton histoire ?

– Je pense que j'ai eu peur que tu ne veuilles rouvrir des portes que j'avais mis tant de temps à fermer. Je n'aurais pas pu te blâmer de vouloir comprendre ton passé, mais je n'étais pas sûre d'en être capable. Aujourd'hui, c'est trop tard. Tout ce que je peux t'offrir est ce que tu viens d'entendre, la suite ce sera à toi de la découvrir, si tu le veux.

– Il y a une chose que tu ne m'as pas dite. Tu habitais où à Buenos Aires ? ai-je demandé, gênée.

– Dans une toute petite maison dans le quartier d'Almagro. Rue Anibal Troilo, numéro 963. Tu verras, c'est la plus jolie maison de la rue, a ajouté ma mère en m'adressant un clin d'œil.

J'ai compris à sa réponse qu'elle m'encourageait à repartir sur les traces de son histoire. Elle avait refusé de retourner en Argentine, mais c'était son combat, pas le mien. Elle ne m'avait pas raconté tout cela pour me faire porter le fardeau qu'elle avait porté toute sa vie. Bien au contraire, sans doute espérait-elle que je puise à nouveau tisser des liens avec son pays, avec son histoire, avec notre histoire. Et comme si elle voulait être certaine que j'aie bien compris, elle a précisé.

– Les choix que j'ai faits, Isabel, ce sont les miens, qu'ils soient bons ou mauvais. Mais mon histoire, c'est la tienne également. Fais-en ce que tu veux. Oublie-la si tu le souhaites, garde-la dans un coin de ta mémoire si tu préfères, redécouvre-la si tu en ressens le besoin.

Ma mère avait toujours eu une philosophie de vie tellement simple. Tout était facile quand elle était là.

– Comment vais-je faire quand tu ne seras plus là, maman ?

Elle m'a regardée tendrement et m'a répondu tout simplement.

– Comme tu le fais aujourd'hui. Reste heureuse, confiante et vraie. Tu as tout pour toi, tout pour prendre tes décisions toute seule, n'en doute jamais. Elles ne seront pas toujours bonnes. Ce n'est pas grave. L'important c'est d'avancer. On fait tous des erreurs. La seule véritable erreur est de vouloir revenir en arrière, changer ce qui ne peut plus être changé.

Elle s'est arrêtée quelques secondes puis elle a repris, comme pour me faire comprendre que ce qu'elle m'expliquait à cet instant était la clé du bonheur.

– Sois heureuse, Isabel, c'est le plus important. Quoiqu'il arrive, sois heureuse. Quand ce sera difficile, regarde autour de toi ce que la vie a de beau, et reste heureuse. Lorsque je m'en irai, souris et ris. C'est la seule chose que tu peux faire pour moi. Là où je m'en vais, je serai bien. Je n'ai pas peur. Je veillerai sur toi. Je serai toujours là quand tu en auras besoin, comme je l'ai toujours fait. Et si un jour tu doutes, n'oublie pas d'avoir confiance. Il y a toujours un signe. La vie est bien faite, même quand tout semble nous tourner le dos. Il y a toujours une petite lumière quelque part, si faible soit elle, toujours quelqu'un pour nous tendre la main. Les rencontres que l'on fait ne sont pas le fruit du hasard. Nous nous apportons chacun des clés pour avancer. Les miennes sont en toi à jamais, ne l'oublie pas.

Ma mère et moi avons longuement continué à discuter ce soir-là. Jusqu'à ce que la fatigue semble la gagner et que je me décide à la laisser se reposer. Je l'ai embrassée comme d'habitude, lui ai souhaité une bonne nuit comme d'habitude, et lui ai donné rendez-vous le lendemain comme d'habitude. Je me sentais bien, heureuse du moment que nous avions partagé.

Mais en sortant de sa chambre, j'ai fondu en larmes. Pour la première fois de ma vie, je pleurais. Je pleurais tant et si fort qu'il m'était impossible de me contrôler. J'avançais à travers les longs couloirs de l'hôpital sans retenir mes larmes. Les gens se retournaient sur moi. Je n'en avais cure. Je repensais à ma mère et à son histoire ; à ce grand-père dont je ne connaissais encore rien le matin-même et qui soudain me semblait si proche, si formidablement protecteur. Ma mère avait beau l'avoir quitté très jeune, elle tenait cela de lui. J'aurais tellement aimé avoir la même force que ma mère, la même force que mon grand-père. Je repensais à leur destin tragique et je ne pouvais que les admirer pour leur courage.

Alors que je m'apprêtais à sortir de l'hôpital, je me suis arrêtée net. J'ai appelé Claire et je suis repartie en courant vers la chambre de ma mère. Elle ne méritait pas de finir ses jours dans ce lit d'hôpital. L'instant d'après, Claire, Margot, ma mère et moi étions en route vers le Sud de la France, vers Contis, cet endroit que ma mère aimait tant.

Contis était un tout petit village au bord de la mer. Même pas un village, un bled, une rue, une rue qui mène à l'océan. Claire et ma mère y avait acheté une adorable maison au milieu de la pinède. C'était un havre de paix. Chaque été depuis des années, nous nous arrangions pour y passer au moins deux semaines toutes les quatre. A peine arrivées, Claire et ma mère posaient leurs valises et couraient voir la mer, laissant le vent et la houle emporter leurs soucis au loin. Pendant ce temps, Margot et moi prenions nos vélos et allions rejoindre nos amis. Nous adorions cet endroit dans lequel nous nous sentions si bien. Nous commencions systématiquement nos journées par un copieux petit déjeuner sur la terrasse, puis nous prenions nos vélos jusqu'à la plage et nous y restions des heures à lire, jouer dans les vagues, surfer, draguer. Et le soir, après avoir longuement discuté avec nos mères autour d'une tisane et de nombreux jeux de cartes, nous sortions rejoindre nos amis jusqu'aux petites heures du matin.

Cette fois, ce ne fut pas pareil. Nous sommes arrivées à Contis alors que le soleil laissait apparaître ses premiers rayons. Nous nous sommes promenées sur la plage, lentement car ma mère était fatiguée. Nous avons longuement regardé l'horizon sans parler. Je serrais la main de ma mère dans la mienne. Soudain j'ai senti son étreinte diminuer. Elle s'est assise. Elle m'a regardée avec tout l'amour qu'elle portait en elle. Et j'ai su, j'ai su que ce moment serait le dernier. Je l'ai admirée s'élever lentement vers les cieux et j'ai ri, les yeux ruisselant de larmes. Elle m'a ensuite tiré sa révérence en m'adressant simplement son plus beau sourire avant de pousser son dernier souffle d'amour, son dernier souffle de vie.

2

Les mois qui ont suivi le décès de ma mère ont été très difficiles, même si, pour une raison que je ne pouvais expliquer, je sentais qu'elle était là-haut et qu'elle veillait sur moi. J'avais beau avoir du mal à sourire et à rire, une force insoupçonnée me poussait à me battre, à refuser de me laisser abattre. Petit à petit, étape après étape, j'ai relevé la tête, entourée de ma famille et de mes amies fidèles. Chacune de ces personnes apportait une pierre à mon édifice. Même s'il avait été sérieusement ébranlé, il tenait, et il tenait bien.

Juste après les funérailles, je me suis plongée tête baissée dans mes syllabi et mes travaux de fin d'année, obnubilée par une seule idée : réussir mes examens. Je ne prenais ni le temps de manger, ni le temps de me promener, ni le temps de voir mes amies. Surtout ne pas prendre le temps de penser, de penser à la disparition de ma mère. Claire et Margot s'inquiétaient. Je les rassurais en leur promettant qu'une fois mes examens terminés, je prendrais le temps de penser à moi. Je n'étais pourtant pas convaincue de pouvoir tenir ma promesse. Heureusement, le lendemain de mon dernier examen, elles m'ont enlevée pour aller passer les deux mois d'été à Contis et ce fut, pour moi, une bouffée d'air salvatrice.

Cet été-là, nous avons tout fait comme nous en avions l'habitude, et étrangement, ma mère était parmi nous. Elle était présente dans les rideaux qu'elle avait confectionnés, dans les chambres qu'elle avait décorées, sur la terrasse qu'elle avait reconstruite, dans le jardin qu'elle entretenait si bien, dans la cuisine de Claire. Je l'entendais me parler, me rappeler d'être heureuse, de garder les yeux grand ouverts pour ne pas perdre de vue ce que la vie avait de beau. Alors j'ai regardé autour de moi et j'ai commencé à me relever, lentement. J'ai repris plaisir à entendre le chant des oiseaux au réveil ; j'ai redécouvert la saveur des aliments ; j'ai apprécié une simple promenade à travers les pins, respirant à pleins poumons leur odeur qui m'évoquait tant de souvenirs de vacances ; et j'ai retrouvé mes amis, nos discussions puériles et nos nombreux délires. Et à partir de ce moment, les choses m'ont paru plus légères, plus faciles. J'avais promis à ma mère d'être heureuse et j'allais enfin pouvoir tenir ma promesse.

Les deux mois que nous avons passés à Contis se sont écoulés sans nuage. J'avais même l'impression que la lumière était plus forte chaque jour, le vent plus doux, l'air plus léger. Pour autant, une question me taraudait. Qu'allais-je faire de la maison de ma mère ? Je ne pouvais pas me résoudre à vendre cette maison dans laquelle j'avais tant de souvenirs, mais je savais aussi que je n'aurais jamais la force d'y vivre seule. Claire me proposait de venir m'installer chez elle et de louer la maison en attendant de trouver une solution, mais je ne voulais pas dépendre d'elle, malgré tout l'amour que je lui portais. Quant à Margot, elle vivait à Paris depuis quelques années déjà, car elle avait été acceptée dans l'une des écoles de stylisme les plus réputées d'Europe. Je me trouvais donc dans une impasse lorsque Natacha m'a appelée.

– Alors, ma poule ! Ça roule les vacances ?

Natacha avait cette formidable qualité – à mes yeux en tout cas – de ne jamais s'apitoyer sur le sort de ses proches. Elle prenait la vie avec optimisme, humour et légèreté, étant pourtant inconditionnellement présente et attentive. Elle m'aidait à relativiser, moi qui avais tendance à analyser chaque détail de ma vie et à me poser beaucoup trop de questions.

– Ça roule ! Et vous ? Vos vacances en Grèce ?

– In-cro-yable ! Temps de rêve et ambiance de dingue. On se dore les fesses au soleil toute la journée et le soir, on sort draguer les beaux mecs au village. Et je peux te dire qu'en matière de beaux mecs, on est servies !

– Comment ? Les grecs sont si beaux que ça ?

– Mais laisse tomber les grecs ! Il n’y a pas de grecs dans les îles, c’est une légende. Il y a de tout, sauf des grecs. D’ailleurs, depuis notre dernier coup de fil, on a rencontré un groupe de petits australiens vraiment *so cute*, et on ne se quitte plus depuis six jours. Et parmi eux, il y a un Dieu ! Un Dieu de beauté, un Dieu de la fête, un Dieu du sexe. Je crois même que je suis en train de tomber amoureuse.

– Pour changer…

Natacha et moi étions très différentes en ce qui concernait nos relations amoureuses. Elle était aussi extravertie et libérée que je pouvais être romantique et fleur bleue. Elle avait constamment quelqu’un, dans son cœur et dans son lit, passant de l’un à l’autre sans se poser beaucoup de questions, sur les uns et sous les autres avec amusement. Elle tentait tout. L’amour à deux, l’amour à trois, avec les hommes, avec les femmes. Elle avait toujours des histoires incroyables qu’elle me racontait en détails, sans aucune pudeur. Elle me faisait terriblement rire, et j’en profitais pour parfaire mon éducation sexuelle, moi qui n’avais fait l’amour qu’avec un seul homme, un ami de jeunesse que je retrouvais chaque année à Contis. J’étais bien dans ses bras, je m’y sentais en sécurité, et je n’avais pas peur des nouvelles expériences car je savais qu’une fois terminées, nous nous quittions à nouveau pendant une longue année, le temps d’oublier mes gênes, mes questions et mes doutes.

Il faut dire que je n'étais pas très à l'aise avec les hommes, moi qui avais grandi entourée des femmes. Je ne savais pas comment m'y prendre, comment les comprendre. Natacha avait pris le problème par l'autre bout. Elle aussi avait grandi sans homme, et pour tout connaître d'eux, elle enchaînait les relations et les expériences. En réalité, elle tentait désespérément de combler l'absence de son père. Ce dernier avait quitté sa mère quand elle était toute petite et, du jour au lendemain, il avait littéralement disparu. Il n'avait jamais donné la moindre nouvelle. Elle n'avait aucune idée de l'endroit où il vivait, ni même s'il était encore en vie. Mais elle était persuadée qu'il attendait le bon moment pour réapparaître. Alors elle s'imaginait devenir actrice ou chanteuse, avoir les projecteurs fixés sur elle et pouvoir lui dire, enfin, qu'il lui manquait, qu'elle l'attendait.

Malgré les heures passées en vedette sur scène, Natacha n'a jamais fini ni actrice, ni chanteuse. Elle ne s'est pas contentée d'apparaître une fois de temps en temps à la télé, mais tous les soirs, en présentant le journal télévisé sur la RTBF. Elle n'a jamais cherché à retrouver son père. Il n'a jamais cherché à la contacter.

– Bon ce n'est pas tout, Isa, mais il faut que je te parle d'une idée grandiose que nous avons eue avec Clémence et Maud.

– Ah oui ? Raconte !

– Nous nous sommes dit qu'il était plus que temps de quitter nos foyers chaleureux, mais quelque peu étouffants à notre âge, et de chercher un appartement pour nous installer ensemble. Evidemment, ce ne serait pas la même chose sans toi… Alors, tu fais partie de l'aventure ?

Et soudain, tout m'a paru limpide. Nous allions nous installer ensemble, chez moi.

Et c'est ainsi qu'a débuté la deuxième partie de ma vie.

Natacha, Clémence, Maud et moi avons passé une journée entière chez Ikea, achetant tout ce qui nous manquait, mais tout ce dont nous n'avions pas besoin également. Nous étions tellement excitées à l'idée de vivre ensemble que tout nous semblait accessible. Lorsque la caissière nous a annoncé le total, nous avons laissé la moitié sur place. Nous sommes ensuite restées des heures sur le parking, essayant de faire entrer nos achats dans nos deux petites voitures. A force de persévérance, nous y sommes arrivées, Maud et Natacha ayant accepté de faire le chemin de retour, assises ensemble sur le siège avant. Nous avons croisé les doigts pour ne pas croiser la police et, évidemment nous l'avons croisée. Heureusement pour nous, c'était deux hommes. Nous avons envoyé Natacha régler ce petit problème. Nous l'avons regardée en riant discuter avec eux, secouant sa longue chevelure, arrondissant les lèvres, et se cambrant autant que possible. Au bout de vingt minutes, elle est revenue le sourire aux lèvres en nous adressant un clin d'œil discret, nous signalant que tout était réglé.

– Vous me devez un resto, les filles ! Je rate la soirée chez Louis à cause de vos conneries.

– Tu sors avec lequel ? Le beau gosse, le petit ou les deux ?

– Le nain évidemment ! s'est-elle exclamée en feignant de râler. Le beau gosse était trop sympa. Il n'en avait rien à faire de nos bêtises. Au contraire, il trouvait ça plutôt marrant. L'autre, il était à cheval sur ses principes. « C'est interdit par la loi, dangereux, irresponsable, blablabla ». Un vrai frustré. Il doit clairement abuser de la branlette celui-là. Je ne risque pas de m'éclater vendredi. Je vous assure que ce sera un verre et rien de plus !

– Et après, tu nous rejoins chez Louis et tu nous racontes tout !

– Non ! Après, j'appelle le beau gosse, et je me tape le beau gosse !

– Tu as son numéro ?

– Evidemment ! Qu'est-ce que vous croyez les filles ? Allez en route, on a des meubles à monter.

Arrivées à la maison, nous n'étions pas au bout de nos peines, incapables de monter le lit de Clémence jusqu'au deuxième étage. Il était beaucoup trop lourd et le carton trop long pour manœuvrer dans la cage d'escalier.

Maud s'énervait.

– Allez les filles, c'est pas possible. Faites un effort. On va y arriver.

– T'es bien placée pour dire ça, ironisait Clémence. Avec ton mètre cinquante, les bras levés, tu ne nous es d'aucune aide.

– Très drôle !

– Bon reprenons à zéro et réfléchissons parce qu'à part abîmer les peintures de la cage d'escalier, on ne fait rien de bien là, ai-je repris.

– Et si on ouvrait le carton et qu'on montait les pièces les unes après les autres ? a proposé Natacha.

– Tu as d'autres idées comme celle-là ? lui a lancé Clémence.

– Mais tu es en forme aujourd'hui, Clem, a répondu Maud. Elle n'est pas si bête son idée.

– D'accord, elle n'est pas si bête. Mais moi, je propose autre chose. On appelle Louis et Gérald pour qu'ils viennent nous aider. Ils habitent à deux rues d'ici…

– Ça y est ! Je comprends ! a remarqué Maud. Il suffisait de nous dire que tu avais envie de voir Gérald, c'était plus simple.

– Mais non… pas du tout… c'est juste que…

Nous nous sommes mises à rire. Clémence a rougi et a ri avec nous.

– Mais pourquoi il est casé ? J'en peux plus, les filles. Je n'ai jamais de chance avec les mecs !

– Sois patiente, ma belle, s'est exclamée Natacha. Le jour viendra où il ne verra plus que toi…

C'est alors que nous nous penchions à nouveau sur notre carton que nous avons fait la connaissance de Thomas.

– Bonjour, je peux peut-être vous aider ?

Nous nous sommes toutes les quatre retournées et l'avons regardé sans rien dire, obnubilées par son charme. J'ai discrètement refermé la bouche de Natacha qu'elle gardait inutilement ouverte.

– Je m'appelle Thomas ! Je viens d'emménager à côté. Si je peux vous aider, c'est avec plaisir.

– On se demandait justement comment nous allions réussir à monter ce carton, lui ai-je répondu pour rompre le silence. Je m'appelle Isabel, et voici Maud, Clémence et Natacha.

– Enchanté.

– Enchantées, ont-elles répondu la bouche en cœur.

Il a pris l'avant du carton ; Clémence et moi l'arrière. Nous l'avons monté jusqu'au deuxième étage sans difficulté. Comme quoi ce n'était pas si compliqué… Nous avons vidé les deux voitures à cinq et Thomas nous a aidées à assembler le lit de Clémence pendant que Maud se chargeait de nous servir cinq grands verres de bière. Nous nous sommes ensuite posés à la cuisine et nous avons partagé notre premier moment de complicité avec Thomas.

– J'hallucine ! Il est carrément canon ! s'est exclamée Natacha en refermant la porte derrière Thomas.

– Il est surtout super sympa, a répondu Maud.

– Bon, c'est pas ça, mais je suis claquée et j'ai un match de hockey à l'aube demain matin. Je vais me coucher, a déclaré Clémence. Dans mon nouveau grand lit, monté par le beau et trooooop sympa Thomas, a-t-elle poursuivi en se moquant de nous.

– Ça va, on a compris, à part le petit boutonneux, personne ne t'intéresse, lui a rétorqué Maud ironiquement.

– Le petit boutonneux… Excellent ! s'est esclaffée Natacha.

– Vous n'êtes pas cool, les filles. Gérald n'est ni petit, ni boutonneux. Je suis d'accord que ce n'est pas un canon de beauté, mais moi, je m'en moque. Il est à croquer, il a un petit accent anglais trop mignon, et il est vraiment gentil.

– Mais nous aussi, on s'en fout, l'a rassurée Maud. C'est sûr qu'il est trop sympa Gérald. Et en plus, moi, je le trouve plutôt mignon. Je suis désolée si je t'ai blessée, je voulais juste faire de l'humour. Mal placé, je te l'accorde.

– Je sais, ma puce, ne t'inquiète pas, lui a répondu Clémence en l'embrassant sur le front. Je suis fatiguée et j'en ai marre d'être célibataire et de rester bêtement amoureuse d'un mec casé qui ne quittera jamais sa copine teeeellement parfaite. Je suis vraiment pathétique… Allez, bonne nuit.

– Bonne nuit !

Maud et Natacha ont longuement discuté de Clémence et de ses amours impossibles. Je suis restée auprès d'elles, silencieuse, les observant avec tendresse, me remémorant cette journée banale mais tellement prometteuse sur ce que la vie me réservait. Je remerciais ma mère pour mes précieuses amies, pour cette étrange rencontre avec Thomas, et pour cette maison chargée de souvenirs dans laquelle nous allions pouvoir nous épanouir. Et j'ai fini par m'endormir dans le canapé, bercée par les voix de mes amies.

Réveil difficile le lendemain matin. Nous avions manifestement abusé de la bière. La tête cognait et le ventre tournait. Nous avons pris un café en pensant à Clémence qui avait dû se lever à l'aube pour son match. De notre côté, nous devions faire quelque chose à défaut de quoi nous allions nous traîner toute la journée.

Il faisait magnifique et nous avons décidé de prendre nos vélos et d'aller pique-niquer dans le parc de Woluwé. Nous avons tout préparé et, au moment de partir, nous avons sonné chez Thomas pour lui proposer de se joindre à nous. Il était occupé à peindre sa chambre. Il était ravi de faire une pause et de nous rejoindre, mais il devait d'abord terminer son mur. Nous nous sommes regardées une demi seconde et nous avons décidé de reporter notre pique-nique et de l'aider pendant une heure ou deux. Nous y avons finalement passé l'après-midi, vêtues de vieux T-shirts, écoutant la musique à fond, chantant avec nos pinceaux, dansant du haut de nos échelles et décidant de soigner le mal par le mal, une bière à la main. Ce n'est que lorsque Clémence nous a appelées en rentrant de son match que nous avons réalisé l'heure qu'il était. Nous sommes allés prendre une douche en vitesse et avons finalement été dévorer notre pique-nique.

En cette fin de week-end, et tandis que l'obscurité commençait à poindre, les gens quittaient le parc alors que nous y arrivions. Nous nous sommes trouvé un petit coin paisible et nous avons refait le monde jusque tard dans la nuit. Le boulot pour l'un et les cours matinaux pour les autres ont eu raison de notre quiétude et nous avons fini par retrouver nos lits douillets.

Les premiers moments d'euphorie de notre vie à quatre ont petit à petit laissé place aux premières disputes et aux premiers ras-le-bol. Nous avions passé trop de temps ensemble, que ce soit aux cours ou à la maison, et le huis-clos que nous nous étions créé commençait à devenir quelque peu étouffant. Chacune à notre tour, au gré de nos besoins, nous avons commencé à nous éclipser de temps en temps pour retrouver nos familles, et remettre nos activités respectives au centre de nos vies.

Natacha était la moins présente d'entre nous, courant constamment entre ses cours de chant, de danse, ses répétitions de théâtre, et ses mecs. Elle se produisait en concert de temps à autre et nous passions systématiquement des soirées mémorables, se terminant aux petites heures dans les endroits les plus branchés de Bruxelles. Quant à ses représentations de théâtre, nous avions plaisir à venir l'admirer sur scène et à partager un verre avec sa troupe une fois la foule dissipée. Il arrivait que Maud les aide pour les costumes car les fringues, c'était son domaine, et la couture, sa spécialité.

Maud était totalement accro aux fringues, aux sacs, aux chaussures, aux vestes. Elle avait une garde-robe de la taille de ma chambre qu'elle renouvelait chaque semaine des nouveautés incontournables, retravaillées à sa façon afin de les rendre uniques. Quant à ses vieilleries – ses tenues datant de plus de trois mois –, elle nous les donnait charitablement. Natacha bénéficiait de la majorité de ses vêtements car elles avaient le même gabarit, menu mais parfaitement proportionné ; moi, de ses chaussures ; et Clémence, de ses sacs. En réalité, elle les prenait pour ne pas se sentir mise de côté, mais elle me les refilait immédiatement car elle n'en faisait aucun usage.

Clémence était plutôt du style garçon manqué. C'était la sportive du groupe. Elle jouait au hockey en première division, ce qui impliquait quatre entrainements par semaine et deux matchs le week-end. Nous adorions aller l'encourager lorsqu'elle jouait à proximité. En dehors de son hockey, Clémence courait. Elle avait réussi à nous motiver pour aller courir tous les lundis une heure après les cours. Maud n'avait tenu qu'une semaine et Natacha près d'une année, mais uniquement pour atteindre l'objectif que nous nous étions fixé, celui de participer aux « 20km de Bruxelles ». Et nous y étions arrivées, chacune à notre rythme, Clémence bien évidemment en tête, et Natacha en bonne dernière, mais enchantée car, dans la foulée, elle s'était trouvé un nouveau mec.

En plus de nos familles et de nos activités, Thomas a largement contribué à l'équilibre de notre quatuor, apportant une bouffée d'air et une présence masculine indispensable.

Le soir en rentrant du boulot, il sonnait à la porte, et lorsque nous étions présentes, il nous rejoignait dans notre cuisine et nous terminions la soirée à réinventer le monde, un verre de bière à la main. Au fil de nos discussions, nous avons découvert des fragments de sa vie et rapidement, celui que nous ne considérions encore que comme notre charmant voisin, est devenu un ami intime.

Thomas avait un parcours passionnant malgré ses vingt-six ans à peine. Il avait commencé ses études de droit à seize ans et avait systématiquement été premier de sa promotion, tout en s'impliquant dans divers projets annexes et en menant une vie estudiantine effrénée. Il affichait une telle réussite scolaire qu'avant même d'avoir obtenu son diplôme, il s'était déjà vu offrir un stage dans l'un des cabinets d'avocats les plus prestigieux de Belgique. Il n'avait pas pu refuser une telle opportunité, mais il s'était rapidement aperçu que ce boulot ne l'intéressait pas, car outre qu'il n'avait plus de vie privée, il n'avait aucune visibilité à long terme sur les dossiers qu'il traitait, aucun véritable contact avec ses clients. Or, Thomas était un passionné et il avait besoin de croire en ce pour quoi il travaillait. Pour autant, il avait décidé d'effectuer l'intégralité de son stage au Barreau dans ce cabinet, mais dès la fin de ces trois longues années, il avait rejoint une petite structure, spécialisée en matière de droit humanitaire. Il avait immédiatement fait l'unanimité auprès des associés et s'était rapidement vu offrir une contribution importante dans l'un de leurs plus gros dossiers, l'affaire des génocides rwandais.

Thomas nous racontait pendant des heures les découvertes qu'il faisait sur ce dossier complexe, ainsi que les problèmes de procédure auxquels il était régulièrement confronté, et nous l'écoutions avec intérêt, nous en inspirant de temps en temps pour certains travaux que nous devions rendre. De notre côté, nous lui confions nos histoires de jeunes femmes célibataires et nous lui apportions un semblant de cocon familial, lui qui vivait loin des siens.

Je me souviens parfaitement de ce jour où j'ai appris que Thomas se sentait en réalité tout aussi seul que moi, et de ce que nous avons alors partagé.

Cela devait faire un peu plus d'un mois que j'habitais avec mes amies et, pour une fois, Clémence, Maud et Natacha avaient toutes les trois, en même temps, décidé de passer la journée dans leur famille.

C'était un dimanche pluvieux d'octobre et je n'avais vraiment pas l'esprit à rester seule. J'aurais bien été rendre visite à Claire car je ne l'avais pas vue depuis la fin des vacances, mais elle était à Paris avec Margot. « *J'aurais dû l'accompagner* », pensais-je inutilement. Mais j'avais ce travail à rendre lundi et je n'avais pas encore tapé la moindre ligne. J'ai essayé de m'y mettre, mais en vain. L'inspiration ne venait pas, le sujet ne m'intéressait pas. Je n'étais pas d'humeur. J'ai envoyé un message à Thomas. « *Tu es chez toi ?* ». Il m'a répondu une demi-heure plus tard. « *Oui. Seul, abandonné. Serais ravi de te voir. Tu passes ?* ». Deux minutes après, je sonnais à sa porte. Il était, comme toujours, en tenue de travail.

Thomas avait acheté sa maison à un très bon prix, mais elle avait sérieusement besoin d'être rafraichie. Heureusement, il adorait bricoler et c'était pour lui un plaisir de retaper cette vieille demeure. Il s'était rapidement attaqué au rez-de-chaussée, abattant le mur de la cuisine afin d'en installer une nouvelle, plus spacieuse et surtout plus moderne, installant du parquet dans le salon, et repeignant tous les murs. Il s'était également chargé de la peinture des chambres du premier étage, avec notre aide, et il s'attaquait désormais à la salle de bain. Et là, il y avait du travail. Il fallait tout refaire, des sanitaires au carrelage.

Une fois la salle de bain terminée, l'essentiel serait fait, et il pourrait s'occuper de la terrasse et du deuxième étage tranquillement.

Il était donc couvert de poussière lorsqu'il m'a ouvert la porte.

– Ah oui, c'est du rapide ça. Tu ne m'as même pas laissé le temps de prendre une douche… Installe-toi, je fonce me changer et j'arrive.

– Laisse tomber la douche, je ne peux même plus attendre cinq minutes.

– A ce point ?

– Pire encore… Comment ça se fait que tu n'es pas avec ta famille aujourd'hui ! ai-je balancé sur le pas de la porte sous un rideau de pluie qui devait me donner un air vraiment pitoyable.

Il m'a attirée à l'intérieur, m'a ébouriffé les cheveux en m'embrassant sur le front, m'a installée sur le canapé et est allé préparer du thé.

– Qu'est-ce qui ne va pas, petite ? m'a-t-il demandé en venant s'asseoir à mes côtés.

– Je n'avance pas sur mon travail pour demain.

– Ok… et ça suffit pour m'empêcher d'aller prendre ma douche…

– Non, ce n'est pas ça, mais ça m'énerve ! Moi, je suis toujours là pour aider mes amies quand elles calent sur un sujet et là, personne n'est là pour moi.

– Et ça mérite cette mine déconfite ?

– Tu m'emmerdes ! Je n'ai pas le droit d'être de mauvaise humeur ?

– Si, mais pas de me donner des excuses à la con. Si tu veux parler, parle ! Je suis là, je t'écoute, j'ai tout mon temps.

– T'es dur avec moi…

Il m'a regardée quelques instants et il a dû saisir mon désarroi car il a repris calmement.

– Je ne suis pas avec ma famille aujourd'hui car je n'ai pas de famille en Belgique.

– Ah non ? ai-je répondu, surprise.

– Non. Mes parents ont acheté un bateau il y a quelques années et ils sont constamment en croisière avec des amis. Pour l'instant, ils naviguent dans les Caraïbes. Ils bronzent toute la journée, font la sieste, se délectent de spécialités locales, et visitent de temps en temps les ports dans lesquels ils amarrent. Le reste du temps, ils ont une maison en Provence et je t'avoue que l'air pluvieux de Belgique ne les inspire guère. Si je veux les voir, c'est donc à moi de me déplacer.

« Sinon j'ai deux frères qui sont partis faire leur vie à l'étranger. Serge, l'aîné, a épousé une australienne et ils vivent à Sydney avec leurs trois enfants. Quant à Martin, il travaille pour GDF Suez et il sillonne l'Amérique latine depuis une dizaine d'années. A l'exception d'une conférence Skype de temps en temps, je t'avoue que je les vois peu. En même temps, Serge et Martin ont douze et dix ans de plus que moi si bien que nous n'avons jamais été complices. Ce sont mes grand-frères, ils m'ont toujours protégé, mais nous étions constamment décalés. Lorsque j'étais enfant, ils étaient à l'âge de l'adolescence ; quand je pensais les y avoir rejoints, ils avaient déjà délaissé cette période difficile et ils terminaient brillamment leurs études, quittaient la maison et se lançaient dans la vie active ; quand, finalement, j'avais atteint un âge qui nous aurait permis de mieux nous comprendre, ils décidaient de partir s'installer à l'étranger.

– Et tes parents ? Ça fait combien de temps qu'ils ont déserté la Belgique ?

– Cela doit faire cinq ou six ans.

– Et donc, en fait, tu te débrouilles seul depuis que tu as mon âge à peu près ?

– Plus ou moins. Enfin « se débrouiller » est un grand mot. Mes parents font partie de ces personnes qui, à défaut de pouvoir consacrer du temps à leur fils, préfèrent lui transférer la moitié de leur compte en banque…

– Mais enfin de quoi te plains-tu ? ai-je réussi à ironiser.

Nous avons ri quelques instants de sa situation de petit dernier terriblement chouchouté. Cela m'a fait beaucoup de bien. Ce devait être la première fois que je riais depuis que je m'étais levée.

– Bon, première mission réussie, m'a-t-il dit en se levant pour aller chercher la théière qui sifflait désespérément.

– Je dois avouer que tu n'es pas mauvais, lui ai-je répondu en souriant.

– Et toi ? Des frères et sœurs ?

– Oui, une sœur. Enfin, pas vraiment, mais c'est comme si. C'est même mieux que si.

– D'accord… tu m'expliques ?

– C'est un peu long à expliquer mais pour résumer, ma mère a plus ou moins vécu avec une femme, Claire, qui a eu une fille seule, comme elle. Ma mère et Claire étaient proches, très proches si tu vois ce que je veux dire, et elles nous ont élevées, Margot et moi, comme leurs propres filles, comme des sœurs.

– Original.

– C'est le moins que l'on puisse dire.

– Et comment se fait-il que je n'ai jamais aperçu Margot chez toi ?

– Parce qu'elle vit à Paris.

– Avec Claire ?

– Non Claire vit ici, Avenue Georges Henri.

– Avec ta mère ?

– Ma mère ? Non, ma mère vivait avec moi, dans notre maison ; enfin, dans cette maison, là, juste à côté ; celle que je partage avec Natacha, Maud et Clem.

J'étais déstabilisée. Je ne m'étais pas attendue à ce qu'il me parle de ma mère.

– Et où vit-elle alors maintenant ?

– Nulle part, elle est décédée il y a cinq mois, ai-je répondu le plus normalement possible.

– J'ignorais, je suis désolé.

– Ne le sois pas, c'est la vie.

– Il n'empêche que la vie n'est pas toujours tendre…

Il a marqué une courte pause et, comprenant que je n'avais manifestement pas envie de parler de ma mère, il a poursuivi délicatement.

– Tu t'entends bien avec Claire ?

– Elle est comme une mère pour moi. Pourquoi ?

– Comment se fait-il que tu sois venue me voir si tu n'allais pas bien, au lieu d'aller chez elle ?

– Parce qu'il n'y a que toi qui as décrété que je n'allais pas bien aujourd'hui…

– Et… ?

– Elle passe le week-end à Paris avec Margot.

– Se peut-il que ton humeur depuis ce matin soit liée au fait que tes amies soient toutes en famille aujourd'hui, et toi pas ?

– Elles sont souvent en famille et ça ne m'a jamais posé le moindre problème.

– Sauf aujourd'hui apparemment…

– Ce n'est pas un problème et ce ne sera jamais un problème ! me suis-je exclamée sèchement. Quand on se crée des problèmes, on cesse d'avancer.

– Ne confonds pas avoir des problèmes et se créer des problèmes.

– Je n'ai pas de problèmes…

– Ah non ? Isabel, accepter d'…

– Accepter quoi ! l'ai-je coupé en m'énervant. Accepter que j'ai vingt ans et que j'ai perdu ma mère ? Accepter de me lever tous les jours avec cette même douleur ? Ça changera quoi ? Je serai toujours aussi seule, et ma douleur sera toujours aussi intense.

– C'est là que tu te trompes, Isa. Ça changera tout. Ta douleur t'est insupportable parce que tu la vis seule. Accepte d'être triste, accepte d'avoir mal et partage ta souffrance avec nous. Tu te sentiras moins seule, et cette douleur sera peut-être moins intense.

Je l'ai longuement regardé. Je refusais d'accepter la vérité et, en même temps, j'avais le sentiment que ce que je partageais à cet instant avec Thomas était essentiel. Je pressentais que ma mère était derrière tout cela ; que ma rencontre avec Thomas avait un but bien précis et que nous étions en train de l'atteindre. Il fallait que je le laisse m'aider, mais j'étais perdue. Je ne savais pas comment faire.

– Et comment je fais ? ai-je repris timidement.

– Essaie d'en parler ?

– Je ne sais pas quoi dire.

– Alors crie.

– Et si je n'ai pas envie de crier ?

– Alors pleure.

– On ne m'a pas appris à pleurer.

– Eh bien, apprend ! a-t-il lâché en s'énervant doucement.

J'ai levé les yeux au ciel.

– Facile à dire.

– Tu es sérieuse ? Tu ne pleures jamais ? s'est étonné Thomas.

– Jamais ! Enfin, pour être exacte, j'ai pleuré une fois, quand ma mère est morte.

– C'est tout ?!? s'est-il exclamé, stupéfait.

– Je te l'ai dit, ma mère m'a toujours appris à ne pas pleurer, à affronter les difficultés de face et à poursuivre ma vie.

– C'est admirable, mais ça fait du bien parfois…

– C'est plus fort que moi, je n'y arrive pas.

– Et si tu repensais à ce jour où tu as pleuré… peut-être que les larmes viendraient toutes seules…

J'ai fermé les yeux et je me suis replongée cinq mois en arrière. J'ai repensé à ma mère et à son histoire. Je me suis concentrée, longtemps, très longtemps. Mais les larmes ne sont pas venues.

– Je n'y arrive pas, Thomas.

– Ne te tracasse pas, petite. Ça viendra. Laisse le temps faire son chemin. On n'apprend pas à pleurer si facilement. Ce n'est pas donné à tout le monde, a-t-il ironisé en m'adressant un clin d'œil.

– Tu m'obligeras à réessayer ?

– Si ça ne vient pas tout seul, promis.

– J'en doute… Je t'aide pour ta salle de bain ?

– Ou alors on se fait un ciné ?

– Va pour un ciné. Mais fais-moi plaisir… Va prendre une douche !

En rentrant du cinéma, je suis allée courir car la journée que je venais de vivre avait été trop chargée en émotions. Depuis mes entraînements avec Clémence, courir était devenu une véritable drogue. C'était devenu un moment pendant lequel j'évacuais ma peine, car même si la vie m'était plutôt facile et agréable, je souffrais terriblement de l'absence de ma mère. J'en parlais de temps en temps avec mes amies, mais je refusais de m'apitoyer sur mon sort. Je leur disais toujours que tout allait relativement bien et que leur présence m'aidait à ne pas trop y penser. C'était tellement faux. J'y pensais matin, midi et soir. J'y pensais en me réveillant, en prenant mon café, pendant mes cours, pendant notre déjeuner, en courant, en riant, en râlant, le soir dans mon bain et, surtout, au moment de m'endormir. Je ne m'endormais d'ailleurs jamais seule. Soit je m'assoupissais dans le canapé au cours des longues discussions qui animaient nos soirées, soit devant un film, soit en lisant un livre. Mais jamais seule. Jamais.

Ce soir-là, j'ai eu plus de mal à m'endormir qu'à mon habitude. J'ai regardé un film du début à la fin, j'ai terminé mon livre sans cligner un œil, j'ai longuement regardé mon plafond. Le sommeil ne venait pas. En réalité, je réfléchissais. Et soudain, j'ai compris. J'ai compris ce qui m'avait fait pleurer lorsque j'ai laissé ma mère dans sa chambre d'hôpital ce soir du 14 mai. Et j'ai compris pourquoi je n'arrivais pas à verser une larme depuis ce moment.

En quittant ma mère ce soir-là, j'étais bouleversée par ce qu'elle venait de me raconter. Mais ce n'est pas cela qui m'avait faite pleurer, ce n'était pas son histoire. Ce soir-là, soudain seule face à la mort toute proche de ma mère, j'avais réalisé que jamais je ne parviendrais à être aussi forte qu'elle l'avait été. Elle avait eu une vie difficile et, pourtant, je ne l'avais jamais vue verser une larme ; elle ne s'était jamais écroulée, elle avait toujours avancé, heureuse. Toute sa vie, elle avait essayé de me transmettre cette force, mais je n'étais pas comme elle et j'allais la décevoir. Pleurer signifierait la décevoir, or ça, je ne pouvais pas me le permettre, pour elle, pour sa mémoire.

Alors pourquoi cette rencontre avec Thomas et ce moment que nous avions vécu aujourd'hui ? Ma mère m'avait-elle réellement appris à ne pas pleurer ? J'avais beau y réfléchir, je n'avais aucun souvenir d'elle me l'interdisant. N'avais-je pas fait un mauvais amalgame ? J'ai repensé à ses derniers conseils avant de mourir et, soudain, j'ai compris mes erreurs. Ce que ma mère avait en réalité tenté de m'inculquer était d'accepter que la vie était parsemée d'épreuves, et que la meilleure manière de les surmonter était de rester heureuse. Quoiqu'il arrive. Mais jamais de ne pas pleurer.

Petit à petit, j'ai senti mon corps se détendre et une certaine quiétude m'envahir. Je l'ai laissée se répandre en moi, lentement, paisiblement, jusqu'à ce qu'une larme se mette à couler le long de ma joue. Les suivantes ont suivi, et rapidement, je ne suis plus parvenue à endiguer ce flot trop longtemps contenu. Je me suis levée de mon lit, je suis sortie en pyjama dans la rue et j'ai sonné chez Thomas. Il était trois heures du matin. J'ai sonné jusqu'à ce qu'il ouvre, les larmes ruisselant sur mon visage. Il a fini par apparaître sur le seuil de la porte.

Je me suis blottie dans ses bras et il m'a gardée serrée contre lui jusqu'à ce que je m'endorme d'épuisement.

Il n'avait pas fallu plus de quelques semaines pour que Natacha, Clémence, Maud, Thomas et moi trouvions notre rythme, un équilibre à cinq, et j'ai voulu croire que ça m'aiderait à me remettre doucement de ce que je pensais alors avoir vécu de plus difficile dans la vie.

J'étais loin d'imaginer que le destin allait encore me réserver de nombreuses surprises…

3

Cette première année s'est écoulée à la vitesse de l'éclair. Sans que je m'en aperçoive, nous étions déjà début mai. L'anniversaire du décès de ma mère approchait et, avec lui, la culpabilité des promesses que je n'avais pas tenues. Celles de repartir sur les traces de sa vie, de comprendre son histoire. Elle m'avait laissé un précieux cadeau en me transmettant son passé et je n'en avais toujours rien fait.

Sur un coup de tête, j'ai décidé de partir à Paris. Pour redécouvrir cette ville où ma mère avait dû repartir de rien, du jour au lendemain ; cette ville où elle avait connu mon père et où elle m'avait mise au monde ; cette ville où elle avait rencontré Claire, l'amour de sa vie.

J'ai appelé Margot et j'ai réservé mes billets pour Paris. Alors que je tapotais sur mon clavier, je repensais à l'année que je venais de vivre. Tout s'était passé si vite, si simplement. J'avais l'impression que ma mère me traçait un chemin sans embûche et je m'y laissais guider sans me poser de questions. Je prenais tout ce que la vie m'offrait et je continuais inlassablement à regarder devant moi.

Je repensais à ce 1er novembre. Mes amies et Thomas m'avaient préparé une journée surprise, un jeu de piste qui s'était terminé sur la tombe de ma mère en compagnie de Claire et de Margot.

Mon réveil avait sonné à 8h30 ce jour-là. Je l'avais éteint machinalement, puis mon cerveau s'était mis en action. 8h30 ? Non seulement j'étais certaine d'avoir désactivé mon réveil la veille, mais en plus, il n'y avait aucune raison qu'il sonne à 8h30… J'ai ouvert les yeux et j'ai réalisé qu'il y avait un mot sur mon miroir. « *Pas de panique, pas de cours aujourd'hui, juste un petit jeu qui commence dans le café le plus proche. Habille-toi chaudement, on t'y attend* ». Le café le plus proche ? C'était une blague ? Je n'avais aucune idée d'où les filles m'attendaient. Nous n'avions pas de café fétiche à proximité, il n'y en avait aucun juste à côté, mais dix à proximité. Lequel choisir ? J'ai pris ma douche, enfilé mon jean et passé un pull à col roulé bien chaud. J'étais épuisée et j'aurais volontiers commencé ma journée par un café noir, comme d'habitude. « Mais bien sûr ! », ai-je réalisé. J'ai descendu les escaliers tout doucement et j'ai retrouvé Maud, Clémence, Natacha et Thomas assis en silence autour de la table de la cuisine. J'ai ri en les voyant.

– C'est quoi ce délire ?

– On est le 1er novembre, Isa. On n'allait pas en faire une journée pluvieuse, banale et déprimante, non ? m'a expliqué Natacha. Tu vois, même le temps est d'accord avec nous, il fait magnifique, pour une fois…

– Vous êtes trop mignons ! ai-je dit en les embrassant les uns après les autres.

– Viens vite t'asseoir, les crêpes vont être froides, s'est empressée de préciser Maud.

– Dis-lui tout de suite que tu crèves de faim et que tu n'en peux plus d'attendre, lui a rétorqué Natacha.

Je me suis installée et nous avons commencé à déjeuner. Dans ma tasse de café, se trouvait un parasol en papier sur lequel était inscrit « *10h25 à midi* ».

– C'est censé être aussi clair que « le café le plus proche » ?

– A quel moment as-tu compris pour le café ? m'a demandé Natacha.

– Quand je terminais de m'habiller et que je me disais qu'il me fallait à tout prix un café pour commencer ma journée.

– Eh bien, ne tarde pas trop à comprendre cette énigme-là, sinon on risque d'être en retard…

– On a quand même le temps de petit-déjeuner ?

– Mais bien sûr, Isa. On n'est pas à l'armée.

– En tout cas, tu es resplendissante pour quelqu'un à qui on n'a laissé que quelques heures de sommeil, a déclaré Thomas.

– Merci, cher voisin. Ne m'en veux pas si je ne te retourne pas la pareille, tu as vraiment une mine affreuse…

– Toujours aussi charmante… a-t-il répliqué, en feignant d'être vexé.

– Je plaisante bien sûr. C'est juste que tu vas finir par attraper la grosse tête à force de voir toutes ces filles se retourner sur toi.

– Tant que, toi, tu ne te retourneras pas sur moi, je ne serai jamais satisfait.

– Ça va, les tourtereaux, on ne vous dérange pas ? s'est exclamée Maud.

– Qui veut encore du café ? a demandé Clémence quelque temps plus tard.

– Je ne pense pas qu'on ait le temps d'en refaire. Il va falloir qu'on y aille, a déclaré Natacha. Alors, Isa, cette énigme…

– Ok… Il est 9h45 et, apparemment, on doit être quelque part à 10h25… jusque midi ? Non, il est inscrit « *à midi* ». 10h25, c'est un horaire. De bus ? D'avion ? De train ? Mais oui, de train évidemment ! On doit être à 10h25 à la gare du Midi ?

– Bien vu !

Nous avons pris la voiture de Clémence et celle de Thomas pour nous rendre à la gare du Midi. J'en ai conclu que ce n'était pas nous qui partions, sinon nous n'aurions pris qu'une voiture. C'est donc que nous allions chercher quelqu'un à la gare. Margot sans aucun doute. J'étais toute excitée à l'idée de la voir. Cela faisait plus de deux mois que nous ne nous étions pas vues. Nous sommes arrivés à la gare à 10h15 et je me suis immédiatement dirigée vers le quai n°5, les filles et Thomas me suivant en chuchotant.

Le train est arrivé en gare à l'heure précise et je me suis ruée dans les bras de Margot quand je l'ai aperçue. Elle était resplendissante avec son petit look parisien. Je l'ai présentée avec fierté à Thomas le courant est rapidement passé entre eux. Nous n'étions pas encore de retour à nos voitures qu'ils s'étaient déjà lancés dans une conversation animée. Quant à Maud, elle tentait désespérément de les interrompre pour pouvoir s'entretenir avec Margot des dernières tendances de la mode à Paris.

De retour à la voiture, j'ai trouvé un mot sur le pare-brise de la voiture de Thomas : « *Ce n'est pas pour y boire de l'eau de roche* ».

– Voilà qui est encore clair… me suis-je plainte.

– C'est le moins que l'on puisse dire, a déclaré Clémence.

Ils se sont tous mis à rire, je les ai regardés en souriant et il m'a fallu moins d'une minute pour comprendre.

– On va chez Claire ?

– Elle est forte ! s'est enthousiasmée Natacha.

C'était incroyable et tellement étrange de me retrouver chez Claire avec Margot, Thomas et mes meilleures amies. Elle avait préparé un buffet, délicieux et copieux comme à son habitude. Nous avons dégusté sa cuisine tout en discutant. Maud avait enfin réussi à intercepter Margot, tandis que Clémence et Thomas s'entretenaient avec énergie du problème du réchauffement climatique. De son côté, Claire me sermonnait gentiment de ne pas venir lui rendre visite plus souvent, pendant que Natacha tentait vainement de prendre ma défense.

Nous sommes restés un long moment chez Claire jusqu'à ce que quelqu'un sonne à la porte. En les voyant se tourner tous les six vers moi, j'ai compris que je devais aller ouvrir. Sur le pas de la porte se trouvait un immense bouquet de tulipes. Il n'y avait pas besoin de mot, j'ai tout de suite compris. C'était les fleurs préférées de ma mère. Je me suis retournée les larmes aux yeux. Ils étaient tous réunis autour de moi. Ils n'étaient pas nombreux, mais je savais que je pouvais compter sur eux, quoiqu'il arrive, chacun à leur manière.

Nous nous sommes rendus sur la tombe de ma mère tous ensemble et nous y sommes restés un bon moment en silence. J'ai pleuré sereinement en repensant à la mère extraordinaire qu'elle était. Je sentais sa quiétude, je l'entendais me murmurer de précieux conseils, je la voyais me sourire. J'étais admirative de cette force et de cette volonté qui la poussaient à m'accompagner malgré son absence. C'était tellement rassurant.

J'ai ensuite embrassé chacun de mes amis et j'ai décidé de rentrer à pied. Il m'a fallu près de deux heures pour rejoindre la maison. J'étais exténuée en arrivant. Je me suis plongée dans mon lit et me suis endormie paisiblement.

Perdue dans mes pensées, j'avais laissé ma session internet expirer. J'ai retapé mes dates de voyage pour Paris et je me suis replongée dans mes souvenirs de cette première année sans ma mère, et de ce premier Noël sans ma mère.

J'ai toujours aimé Noël. Nous avions l'habitude de le fêter en famille, Claire et ma mère cuisinant toute la journée, pendant que Margot et moi, nous prenions le temps de mettre la table et de la décorer ; nous courions chercher les cadeaux-surprises de dernière minute ; et nous inventions des jeux absurdes pour animer la soirée. Nous avions beau n'être que quatre, le sapin regorgeait de paquets de toutes couleurs, de toutes tailles, de toutes formes. Nous les dévorions des yeux pendant le repas, rêvant de les ouvrir. Mais nous attendions systématiquement le moment du dessert, après la messe de minuit, pour arracher ces beaux emballages. Petites, nous suppliions ma mère de pouvoir les ouvrir avant la messe – « au moins un, un tout petit… » –, mais elle nous répétait sans cesse que Noël, c'était avant tout un moment de prière. « On va d'abord dire bonne nuit et merci au petit Jésus et après, on pourra découvrir les cadeaux », nous disait-elle calmement. Alors nous nous rendions à l'église faire notre signe de croix. Margot et moi prenions tout cela à la légère. Mais ma mère empruntait toujours un air grave pendant la messe. Elle ne parlait pas, ne riait pas. Elle gardait les mains jointes du début à la fin, fermait les yeux régulièrement et semblait communiquer avec quelqu'un qui n'existait pas. J'étais toujours très intriguée par cette solennité soudaine et me demandais parfois si ma mère était folle. Aujourd'hui, je suppose qu'elle cherchait à partager un moment de paix avec son père, lui dire tout ce qu'elle n'avait pas pu lui dire de son vivant. C'était pour elle le moment le plus important de l'année, une trêve dans son combat quotidien. Je regrette de ne pas l'avoir plus respecté.

Cette année, voir Noël approcher m'avait inquiétée. Comment allions-nous célébrer cette fête familiale sans ma mère ? Ce ne serait plus jamais pareil… Nous avions proposé à Thomas de se joindre à nous, lui qui, comme d'habitude, était loin des siens. Ce fut une excellente idée car il a apporté beaucoup de légèreté dans cette journée qui nous pesait à toutes les trois.

Il a proposé à Claire de l'aider en cuisine, souhaitant en réalité davantage apprendre à cuisiner qu'autre chose car cela faisait six ans qu'il vivait seul et à part des pâtes, des omelettes et des pizzas, il ne savait rien faire. Thomas a enfilé un tablier beaucoup trop petit pour lui et s'est mis à suivre les consignes de Claire du mieux qu'il le pouvait. Mais il était tellement maladroit… Il coupait des morceaux de pommes beaucoup trop épais, laissait le beurre brunir dans la casserole, renversait les œufs par terre. Quant à sa pâte brisée, elle était tout simplement inutilisable. Claire feignait d'être désespérée, mais je voyais à son air qu'elle avait adopté Thomas.

Margot et moi avons laissé Claire et Thomas dans leur entreprise et nous avons repris nos tâches habituelles. Margot en a profité pour me raconter ses dernières aventures parisiennes. Elle semblait réellement épanouie. Elle avait déménagé et vivait maintenant, seule, dans un petit appartement dans le quartier des Batignolles, juste à côté de la mairie. C'était une super opportunité, et elle espérait qu'elle pourrait y rester jusqu'à la fin de ses études. Il y avait un canapé-lit dans le salon et il n'attendait qu'à se déplier pour moi, me répétait-elle constamment.

– Je sais, Margot, c'est promis, je viendrai te voir dès que possible. Je te l'ai dit, je voulais d'abord retrouver un peu de normalité ici pour ne pas avoir l'impression de fuir. Je pense que je suis sur la bonne voie…

– J'en ai l'impression. Je suis contente de te savoir entourée de tes amies. Je t'avoue que la distance m'est plus facile en te sachant en de si bonnes mains. Et puis Thomas, quelle belle rencontre !

– Ça…

– Je suis contente qu'il passe la soirée avec nous, histoire que je prenne un peu de temps pour discuter avec lui. La dernière fois que je suis venue, la journée est passée un peu trop vite. Mais il m'a semblé qu'il t'aimait beaucoup, m'a-t-elle dit en laissant planer un certain doute sur la nature exacte de nos relations.

– Oui, nous sommes très proches.

– Très proches comment ?

– Très proches… Comme des amis de longue date, comme des frères et sœurs. Qu'est-ce que tu t'imagines ?

– Rien, miss prude !

– Mais je ne suis pas prude ! Tu ris ou quoi !

Elle a souri en me regardant de travers, me faisant clairement comprendre que j'étais pire que prude.

Ce n'était pas vraiment que j'étais prude, mais plutôt romantique et réservée. Je ne sortais avec un homme que pour autant qu'il m'ait l'air sincère. Margot, de son côté, se laissait rapidement séduire par de belles paroles. C'était ainsi depuis que nous étions jeunes adolescentes. Nous ne nous étions jamais disputées pour un garçon, car nous n'avions pas les mêmes goûts, et n'attirions pas les mêmes hommes.

J'attirais systématiquement le garçon timide et discret, celui que personne ne regardait et qui devait s'y prendre par dix fois avant de parvenir à m'embrasser. Margot, elle, avait beaucoup plus de succès et enchaînait les relations. Il faut dire qu'elle était magnifique. Elle était grande et élancée, elle avait les yeux et les cheveux noirs qui lui donnaient un air terriblement mystérieux, et elle était toujours habillée à la dernière mode, osant mettre en valeur ses formes parfaites sans tomber dans la vulgarité. Mais elle avait surtout une aisance incroyable, en toutes circonstances. Elle avait toujours une histoire à raconter avec humour et énergie, riait aux éclats à en faire rire toute une assemblée, et était très tactile. Elle se blottissait facilement dans les bras d'un parfait inconnu, grimpait sur le dos des uns, sur les genoux des autres. Elle laissait peu de garçons indifférents. Elle était LA fille de l'école, LA fille des vacances, LA fille du tennis. Tous les garçons la courtisaient, mais elle choisissait toujours le mauvais, celui qui trompait sa copine, celui qui voulait juste remporter une compétition face à ses amis, celui qui ne pensait qu'à toucher ses fesses. Margot vacillait entre des moments de bonheur intense, centre de l'attention et des regards, et des moments de tristesse, n'ayant l'impression de n'être qu'un objet de désir, incapable de rendre un homme amoureux. Et plus elle grandissait, plus elle attirait des minables, des hommes sans principe.

Le dernier en date était un homme marié de trente-trois ans. Il devait quitter sa femme depuis déjà près d'un an, et Margot attendait patiemment. Elle y croyait. Chaque fois que je la voyais ou lui téléphonais, j'espérais qu'elle m'annonce qu'enfin, elle l'avait quitté. Mais non ! Elle tenait bon, croyait à ses promesses.

– Ce n'est pas un homme pour toi, Margot. Il va te faire souffrir.

– Je sais, Isa. Il me fait déjà souffrir. Mais que veux-tu, je l'aime…

– Et lui ?

– Bien sûr qu'il m'aime. Tu n'imagines même pas comme il est adorable avec moi. Jamais de ma vie je n'ai entendu d'aussi beaux mots d'amour.

– Les mots, c'est bien, mais franchement, ce serait bien qu'il les mette en pratique.

– Ne sois pas si dure. Ce n'est pas facile pour lui, tu sais. Sa femme est dépressive et s'il la quittait, il a peur de ce qu'elle pourrait faire.

– Pauvre Jean-Louis… ai-je répondu en soupirant. Margot, franchement, trouve-toi un mec de ton âge, célibataire, amoureux, et sincère.

– J'ai bien compris que tu ne l'aimais pas, Isa. Mais s'il te plait, laisse-moi gérer ma vie. Je suis une grande fille.

– Comme tu voudras… J'espère juste que tu sais ce que tu fais.

– Ne t'inquiète pas. Tiens, je ne t'ai pas dit la dernière nouvelle ? Je viens de décrocher un stage chez Gaufeld à partir de janvier ! Une opportunité de gue-din. Je suis super excitée. Et si tout se passe bien, il pourrait m'engager à partir de septembre.

Margot excellait dans ses études car c'était une passionnée, et je n'étais pas étonnée qu'elle ait pu décrocher un stage aussi prestigieux. Je l'écoutais me raconter ses futures responsabilités avec des yeux pétillants d'excitation. Elle mourrait d'envie de pouvoir faire ses preuves dans le milieu de la mode et de se faire remarquer. Elle était également ravie de s'éloigner quelque peu de l'ambiance de ses cours qui commençait à lui peser. C'était très difficile moralement, car dans cet environnement féminin, la compétition était rude. Tout était sujet à comparaison : il fallait être la plus mince, la plus stylée, décrocher le meilleur stage, sortir avec le plus beau mec ou, à tout le moins, le plus populaire. Margot avait beau vouloir résister à cette mauvaise ambiance, elle avait perdu quelques kilos de trop et elle était passée de mince à presque maigre. Elle s'était fait une nouvelle coupe tendance à la garçonne et portait des fringues qui la rendaient décidément irrésistible. Elle était devenue une véritable parisienne et il faut dire que cette ville lui convenait très bien.

Nous n'avions pas abordé la moitié du quart des sujets que nous voulions aborder lorsque Claire et Thomas nous ont appelées à table. Nous avons tout de suite distingué les plats dressés par Claire de ceux dressés par Thomas. C'était très drôle à voir. Nous avons discuté de sujets en tous genres et, comme toujours avec Thomas, nous avons fini par un débat interminable. Ce soir, c'était sur la peine de mort. Réjouissant, un soir de Noël… Claire était pour, Margot et moi mitigées, et Thomas incontestablement contre. Il s'insurgeait de nos points de vue que nous défendions davantage pour le titiller que par véritable conviction. Nous avons finalement dû mettre un terme à cette discussion endiablée car il était l'heure de nous rendre à la messe de minuit.

J'ai soudainement ressenti une certaine crainte. Mon cœur battait à tout rompre et mes mains tremblaient. Thomas me les a prises entre les siennes pour m'aider à me lever. Nous avons marché en silence jusqu'à l'église. Pour la première fois de ma vie, j'ai compris ce que ma mère ressentait chaque année. J'ai suivi ses pas et imité ses gestes. J'ai gardé les mains jointes et j'ai fermé les yeux.

Noël passé, les filles et moi nous sommes consciencieusement replongées dans nos livres et nos syllabi, et le soir de notre dernier examen, nous avons fait nos valises en vitesse et nous nous sommes précipitées de monter à bord d'un bus en direction de Val Thorens. J'aurais volontiers rejoint Margot pour passer une semaine avec elle à Paris, mais elle commençait son stage chez Gaufeld et elle n'aurait pas une minute à me consacrer. J'ai donc décidé, en dernière minute, de me joindre aux filles qui avaient loué un appartement dans la même station que Louis, Gérald et leurs amis.

C'est étrange comme de petites choses peuvent parfois changer le cours d'une vie. Si je n'avais pas été présente lors de ces sports d'hiver, Clémence serait peut-être restée prisonnière d'une idylle sans intérêt. Quant à Maud, elle n'aurait peut-être jamais rencontré son futur mari.

C'était la troisième fois seulement que je partais skier et j'avais une certaine appréhension à l'idée de devoir suivre Maud et Clémence qui skiaient depuis leur plus tendre enfance. Quant à Natacha, elle n'avait pas skié beaucoup plus que moi, mais elle avait l'avantage d'être partie l'année précédente, alors qu'en ce qui me concernait, je n'avais plus mis les pieds sur des skis depuis mes seize ans. Mais la peur d'être à la traîne n'a finalement duré que le temps du trajet, car une fois sur place, j'ai ressenti un réel plaisir et une sensation de totale liberté en suivant mes amis à toute vitesse à travers le domaine. Cette sensation de sentir mon cœur battre valait toutes les chutes du monde. Et en matière de chutes, je n'ai pas été épargnée. C'est d'ailleurs grâce à l'une d'entre elles que Maud a pu faire la connaissance de Thibault.

C'était la fin de journée et nous avions décidé de faire rapidement une dernière piste dans la vallée de Méribel avant de rentrer sur Val Thorens. Nous avons pris les télécabines de Mont Vallon mais, dans notre précipitation, nous sommes descendues par la mauvaise piste. Cela nous obligeait à prendre un télésiège supplémentaire pour pouvoir rejoindre Val Thorens et le temps devenait réellement court. Nous devions nous dépêcher. Or plus il fallait avancer, plus je chutais, et plus je chutais, moins j'avançais. Je ne sentais plus mes jambes et la piste n'en finissait plus. En apercevant finalement les télésièges des Mûres Rouges un peu plus bas, j'ai puisé dans mes dernières réserves pour rattraper mes amies au plus vite, oubliant toute mesure de prudence, notamment celle d'éviter de prendre une bosse de travers en pleine vitesse. J'ai vainement tenté de me rattraper et de freiner, mais je n'ai pu éviter le surfeur qui attendait paisiblement ses amis sur le bord de la piste. Je l'ai heurté de plein fouet, cassant au passage l'un de mes skis tant la collision était violente. J'étais terriblement gênée et ne savais pas comment m'excuser, d'autant que ce charmant surfeur semblait souffrir du poignet. Thibault n'attendait aucune excuse, il voulait juste s'assurer que, de mon côté, je ne m'étais pas blessée. Lorsque ses amis nous ont rejoints, nous avons cherché une solution pour me faire descendre le reste de la piste avec un seul ski, jusqu'à ce que l'un d'eux décide de me porter jusqu'à mes amies. Elles étaient terriblement soulagées en me voyant arriver, Clémence ayant déjà commencé à remonter la piste. Thibault leur a raconté ma formidable chute et nous avons ri de bon cœur.

Entre-temps, l'heure s'était écoulée et nous n'avions plus aucune chance de rejoindre Val Thorens. Thibault nous a convaincues de les suivre jusque Méribel-Mottaret que nous pouvions rejoindre par le chemin de l'Ours. De là, nous pourrions prendre un bus qui descendait jusque Moutiers, puis un autre qui remontait jusque Val Thorens.

Nous avons marché pendant une heure environ, nous faisant dépasser par d'autres retardataires qui rejoignaient la station le plus rapidement possible, pressés de se plonger dans un grand bain chaud et de commencer l'apéro. De notre côté, nous n'étions pas pressés. Tant qu'à rentrer tard, nous n'avions plus qu'à profiter de la situation. Nous avons eu plaisir à faire la connaissance de Thibault et de ses amis. Ils habitaient à Lyon où ils étudiaient la médecine. Ils étaient en cinquième année et avaient très peu de temps pour les loisirs, les exigences universitaires augmentant d'année en année. Leur seul refuge, le ski. Ils passaient presque tous leurs week-ends d'hiver à la montagne. Pour une fois, ils avaient pris une semaine entière, profitant de ce que l'appartement des grands-parents de Thibault était libre.

Arrivés à Méribel-Mottaret, il était trop tard pour reprendre un bus jusque Val Thorens, et Thibault n'a pas hésité une seconde à nous proposer de passer la nuit chez lui. Maud était ravie car il était évident qu'elle avait flashé sur lui, et il semblait que c'était réciproque. Tout le long du trajet, ils n'avaient pas cessé de se chamailler, se roulant l'un et l'autre dans la neige. Thibault lui a gentiment prêté sa veste quand elle a commencé à greloter de froid, mouillée comme elle était, et à la fin de la soirée, lorsque nous sommes tous allés nous coucher, Maud et Thibault se sont éclipsés sur la terrasse.

Depuis cette nuit, ils ne se sont plus quittés. Maud a passé une soirée sur deux chez Thibault pendant cette semaine de ski, puis Thibault un week-end sur deux à Bruxelles pendant un peu plus d'un an, avant de décider de venir poursuivre ses études chez nous. Le jour où Maud a terminé les siennes, il l'a demandée en mariage et ils se sont installés à quelques rues de chez nous. J'ai eu l'honneur d'être témoin de leur mariage et en guise de cadeau, je leur ai offert de nouvelles paires de skis.

Ma présence cette semaine à Val Thorens aura eu d'autres conséquences sur la vie de Clémence.

L'appartement de Gérald et sa bande se trouvait juste à côté du nôtre si bien que nous passions toutes nos soirées ensemble. Nous faisions la fête chez les uns, puis chez les autres. Lors de notre première soirée, j'ai appris en discutant avec Gérald qu'il avait quitté sa copine quelques jours plus tôt. La distance entre Bruxelles et Londres devenait très difficile, source de conflits en tous genres. Ne voyant aucune solution à court terme, il avait préféré rompre.

Erreur ou pas, j'ai reporté le contenu exact de ma conversation à Clémence, et Natacha l'a convaincue d'attaquer, et vite. Mais ce n'était pas le fort de Clémence, et elle avait beau tenter tout ce qu'elle pouvait, il ne la remarquait pas. Jusqu'à cette fameuse soirée que nous avons passée à Méribel. Nous n'avions pas pensé à prévenir nos amis de notre mésaventure, et ils s'étaient sérieusement inquiétés de ne pas nous voir rentrer ce soir-là. En nous voyant arriver le lendemain, Gérald s'est précipité sur Clémence et, pour la première fois depuis près de deux ans, il l'a vue autrement que comme sa meilleure amie.

Clémence est restée sur un petit nuage pendant un mois. Et soudainement, elle a réalisé que Gérald n'était pas l'amant extraordinaire dont elle avait rêvé. Depuis qu'ils étaient passés d'amis à petits amis, ils n'avaient plus grand-chose à se dire. Gérald était casanier et peu sportif, il critiquait énormément et se plaignait sans cesse de détails sans importance. Tout ce que Clémence détestait. Un mois plus tard, elle mettait donc un terme à leur relation, soulagée et heureuse de pouvoir, enfin, passer à autre chose.

J'ai mis mes pensées de côté un instant, le temps de rentrer mes coordonnées bancaires. En attendant la confirmation de mon paiement, j'ai repris le cours de mes pensées et me suis remémorée ce fameux dîner à notre retour des sports d'hiver.

Nous étions alors toutes casées – enfin, toutes, sauf moi – et nous avions profité d'un passage de Thibault à Bruxelles pour organiser un dîner avec nos amoureux. Pour ne pas rompre l'équilibre, je m'étais rendue chez Thomas.

– Coucou, mon chou. Tout va ?

– Toujours quand je te vois…

– On fait un dîner à la maison demain soir, ça te tente de te joindre à nous ?

– Evidemment. Avec plaisir même.

– C'est un dîner avec nos amoureux. Thibault sera de passage à Bruxelles, Clémence roucoule avec Gérald et Natacha a un nouveau mec qu'elle voulait nous présenter.

Et de mon côté, je propose donc à mon amoureux préféré de venir, ai-je dit en riant.

– Ton amoureux préféré ? a-t-il enchaîné, le sourire aux lèvres. M'inviterais-tu enfin à sortir avec toi ?

– Mais bien sûr, ai-je répondu sur le ton de la plaisanterie.

– Incroyable ! A demain donc.

– A demain.

Le lendemain, Thomas est arrivé le premier, un magnifique bouquet de fleurs à la main. J'étais ravie et je me suis jetée à son cou. Thomas nous a aidées à terminer de préparer le repas et de mettre la table. Gérald et Georges, le nouveau copain de Natacha, sont arrivés avec un petit quart d'heure de retard, juste comme il faut. Thibault et Maud, près d'une heure après car, soi-disant, le train de Thibault avait eu du retard.

En passant à table, Georges a tenté de s'y retrouver entre les couples, ce qui n'était pas évident car, étant tous amis, nous étions très proches les uns des autres.

– Si j'ai bien compris donc, Thibault, tu sors avec Maud, Gérald avec Clémence et Thomas avec Isabel.

– Ah non ! me suis-je empressée de le reprendre. Thomas et moi ne sommes pas ensemble.

– Enfin, pas encore, a précisé Thomas le sourire aux lèvres.

– Ne prends pas tes rêves pour des réalités !

– Tu fais chier, Isa, a-t-il déclaré en se levant d'un bond et en quittant la pièce.

– Il s'en est suivi un long silence. Tout le monde me regardait.

– Qu'est-ce qui lui prend ? ai-je demandé pour rompre le silence.

– Qu'est-ce qui lui ! s'est exclamée Clémence, avec une colère qu'elle ne parvenait pas à réprimer. Tu le fais exprès ou quoi ?! Il en a juste marre de se prendre des vents à longueur de temps !

– Des vents ?

– Mais oui, des vents ! Des râteaux, des vestes ! Il te court après depuis le premier jour où il t'a vue, il est totalement fou de toi, et toi tu joues au chat et à la souris. « Je te veux, je ne te veux plus, je te veux, je ne te veux plus, … ».

– Mais tu ris ? Il n'est pas du tout amoureux de moi. Et je ne joue à rien. C'est notre manière d'être, c'est tout.

– Non, Isa, c'est TA manière d'être. Lui, il attend gentiment que tu te décides. Ne me dis pas que tu n'as pas réalisé à quel point il était fou de toi ?

Je ne réagissais plus. Je ne comprenais pas. Natacha a repris plus calmement.

– Isa, tu n'as jamais réalisé que Thomas était éperdument amoureux de toi ?

– Non, ai-je marmonné.

– Tu es vraiment un cas désespéré. Mais on comprend mieux maintenant.

– Vous comprenez mieux quoi ?

– Mais ton comportement envers lui.

Je me suis tournée vers Maud.

– D'accord avec elles, s'est-elle contentée de répondre.

– Vous voulez dire que ça fait six mois que Thomas me court après ? Mais pourquoi n'a-t-il jamais tenté de m'embrasser dans ce cas ? Ce n'est pas comme si les occasions lui manquaient. Le nombre de fois où je finis en pleurs dans ses bras…

– Peut-être justement pour cette raison-là… m'a rétorqué Natacha d'un ton désespéré. Tu as perdu ta mère et c'est dans ses bras que tu évacues ta peine. Ce ne serait pas très classe de sa part d'en profiter pour se jeter sur toi. Alors il attend gentiment que tu te décides. Je ne veux pas croire que tu n'aies pas compris…

J'ai repensé aux moments que j'avais partagés avec Thomas ces six derniers mois et tout m'a paru limpide soudainement. J'étais vraiment une abrutie. J'ai senti une tristesse m'envahir, ma dernière volonté étant bien entendu de blesser Thomas. Je me suis levée d'un bond.

– Vous m'excusez ? ai-je dit en regardant mes amies.

– Dégage, m'a répondu Natacha en souriant.

J'ai embarqué avec moi le magnifique bouquet de Thomas et j'ai sonné à sa porte. Je lui ai maladroitement tendu les fleurs lorsqu'il a ouvert.

– Je suis désolée. Je n'ai pas vu, je n'ai pas compris…

Je ne savais pas quoi lui dire.

– Il paraît que je suis un cas désespéré, ai-je poursuivi.

– Je confirme, m'a-t-il répondu en me soulevant délicatement de terre avant de m'emmener au septième ciel.

Thomas et moi avons partagé la même relation que nous avions jusque-là, à une exception près, nous dormions tous les soirs ensemble. De temps en temps chez moi, plus régulièrement chez lui. Je constatais cela au fait que mes fringues désertaient ma chambre de jour en jour jusqu'au moment de mes lessives où elles retrouvaient leur place, bien rangées dans ma penderie. Les filles se moquaient gentiment de moi et des chichis que je me mettais soudainement à faire chaque fois que Thomas m'invitait à sortir. Je passais des heures avec Maud pour ma tenue, avec Natacha pour mon maquillage, et avec Clémence pour rire de moi. J'étais pathétique. Il m'avait vue cent mille fois au réveil, en basket, en tenue de travail, en vieux jeans et col roulé, avec ma tête de dépressive et mes yeux rougis, pas coiffée, mal arrangée. Et voilà que soudainement je me mettais à porter des petites robes sexy, des chaussures à talons, des boucles d'oreilles ; et j'achetais des sous-vêtements de femme et des jolies nuisettes pour la nuit, à la place de mes vieux pyjamas confortables.

Il faut dire que j'étais une nouvelle femme. Pour la première fois de ma vie, j'étais à l'aise avec un homme. Je n'avais pas peur qu'il m'embrasse en public, qu'il me déshabille, qu'il me dévisage après l'amour. Je rayonnais de bonheur. Tout me paraissait simple, évident.

Jusqu'au jour où Thomas m'a proposé de l'accompagner dans les Caraïbes, sur le bateau de ses parents…

Les vacances de Pâques approchaient et nous étions, une fois de plus, tous les cinq dans notre cuisine, à une heure du matin, à débattre de tout et de rien, lorsque le sujet des vacances s'est invité à table. Maud proposait de passer deux semaines dans l'appartement de ses parents à la mer pour prendre l'air, se baigner, sortir un peu. Et puis, évidemment, pour étudier. Nous étions toutes les quatre enchantées.

– Tu peux bien entendu te joindre à nous, mon cher Thomas, mais je doute que notre rythme d'étudiantes t'excite…

– Vous parlez d'un rythme d'étudiantes ! Vous allez passer plus de temps sur la plage que derrière vos syllabi…

– Quel procès d'intention ! s'est exclamée Maud en souriant. C'est mal nous connaître…

– Ce n'est pas notre faute si on a un talent naturel de journaliste et qu'on réussit sans étudier, a poursuivi Natacha en jouant la prétentieuse.

– Vous êtes graves les filles ! Mais voyez-vous, moi, je ne prends pas le soleil à la mer du Nord, mais dans les Caraïbes ! Vous m'excuserez, chacun son budget… Certaines étudient, d'autres travaillent…

– Ah bon, ce n'est pas papa et maman qui payent le billet ? lui ai-je répondu en riant.

– Très drôle ! C'est con, j'allais te proposer de t'inviter…

Les filles se sont mises à rire et nous avons cessé cette discussion.

En allant nous coucher quelques heures plus tard, il a repris.

– Sérieusement, Isa, j'aurais voulu t'inviter à venir passer deux semaines avec moi dans les Caraïbes. Je sais que tu dois étudier, mais tu sais, sur un bateau, il n'y a pas grand-chose à faire… C'est surtout l'occasion de te présenter à mes parents.

– Me présenter à tes parents ? ai-je répondu, un peu affolée.

– Oui, Isa. Te présenter à mes parents. Il y a un problème ?

– Non, non. Pas de problème. C'est juste que ça fait très officiel…

– Tu exagères un peu ! Je ne suis pas en train de te demander en mariage. Ça me ferait juste plaisir que mes parents te connaissent.

– Tu es sûr que c'est le moment ?

– Le moment ? Mais qu'est-ce que tu me fais, Isa ? m'a-t-il dit, vexé.

– Toi, qu'est-ce que tu me fais ? On est tranquilles, je me sens bien, enfin, et tu viens me mettre une pression de malade en me demandant de venir passer deux semaines avec tes parents, que je n'ai jamais vus, et qui, à t'entendre parler d'eux, ne sont pas spécialement très chaleureux.

– Je n'en reviens pas comme tu peux être égoïste. C'est toujours pareil avec toi. Il n'y a que ton point de vue qui compte, que ton bien-être qui compte, que tes sentiments qui comptent.

– Ah ! C'est vrai que, toi, tu es parfait !

– Laisse tomber, Isa. On va arrêter cette discussion ici, ça devient pathétique.

– C'est ça, fuis la discussion, comme d'habitude.

– Arrête, Isa, tu commences vraiment à dire n'importe quoi… a-t-il déclaré en quittant la chambre.

J'étais folle de rage. J'avais l'impression d'être incomprise. J'étais bien évidemment incapable de me mettre à la place de Thomas et de réaliser que j'avais exagéré. Je suis rentrée chez moi en râlant. Les filles dormaient déjà et j'ai mis des heures à m'endormir, remâchant inlassablement cette discussion.

Nous n'avons plus abordé ce sujet. Thomas est parti rejoindre ses parents à Pâques et nous avons, de notre côté, pris l'air de la mer.

4

Thomas était à peine rentré des Caraïbes que j'avais donc décidé, sur un coup de tête, d'aller passer une semaine à Paris, pour tenter de comprendre un bout de l'histoire de ma mère, et pour tenir les promesses que je m'étais faites à sa mort. Bien que l'idée d'avoir à nous séparer à nouveau alors que nous venions de nous retrouver nous était presque insupportable, Thomas m'avait soutenu dans ma décision car il savait, comme moi, que j'avais besoin de partir, et que j'avais surtout besoin de partir seule.

Quelques jours plus tard, il me déposait à la gare du Midi.

Nous étions partis à l'avance pour avoir le temps de nous dire au revoir tranquillement, mais soudain, nous nous sommes retrouvés bloqués dans un énorme embouteillage. Voyant les minutes s'écouler rapidement alors que nous n'avancions que trop lentement, nous avons réalisé que nous n'aurions même pas le temps de nous voler un baiser sur le quai. Thomas m'a jetée devant la gare et j'ai plongé dans le Thalys au moment où les portes se fermaient.

Une fois assise, je l'ai appelé pour le prévenir que j'étais dans le train. Il m'a dit qu'il m'aimait. Je lui ai répondu « Moi aussi ».

Margot est venue me chercher à la gare du Nord et m'a directement amenée chez elle. Elle était très excitée à l'idée de me montrer son nouvel appartement. Je m'attendais à me retrouver dans une chambre de bonne dans le même style que celle qu'elle louait à l'époque dans le Marais, mais j'ai été très surprise en découvrant son nouveau nid. C'était un appartement. Petit, certes, mais un appartement, un vrai. Avec plusieurs pièces, un plafond, et même des moulures. Vu le loyer qu'elle payait, c'était une affaire pour Paris. En vérité, c'était la tante d'un de ses amis qui avait acheté une maison à la campagne, mais qui voulait garder un pied-à-terre à Paris. Elle louait donc son deux-pièces à la moitié de sa valeur, pour autant que Margot accepte de le libérer si elle décidait de venir passer un week-end en ville. Margot avait tout de suite accepté le marché, son ami lui ayant assuré que sa tante reviendrait tout au plus deux week-ends sur l'année. Cela faisait huit mois que Margot y était installée et la tante de son ami n'avait pas encore pointé le bout de son nez. « *Au pire,* s'était-elle dit, *ce sera l'occasion d'aller passer quelques jours à Bruxelles* ».

J'ai posé mes valises dans la chambre de Margot car, même si elle me proposait de déplier le canapé-lit, j'adorais dormir avec elle. Cela me rappelait notre enfance quand nous construisions des cabanes sous son lit et que nous dormions à deux dedans, blotties l'une contre l'autre.

– Tu es sûre que Jean-Louis ne viendra pas dormir cette semaine ?

– Sûre et certaine. C'est vrai, je ne t'ai pas encore annoncé la nouvelle. Tu vas être fière de moi, j'ai quitté Jean-Louis.

– C'est pas vrai ! me suis-je exclamée avant de réaliser que j'avais peut-être été un peu trop enthousiaste. Mais depuis quand ? Et pourquoi ? Il s'est passé quelque chose ?

– Ça doit faire une semaine. Il ne s'est rien passé de spécial, enfin rien d'anormal devrais-je dire… Figure-toi qu'alors qu'il m'annonçait être sur le point de quitter sa femme, j'ai découvert qu'il avait réservé un voyage au Maroc pour elle et lui. « C'est pour mieux faire passer la pilule », a-t-il osé me répondre. Mais quel con ! Tu avais raison. J'ai juste mis un peu de temps à le réaliser. Mais je ne sais pas pourquoi je parle de lui d'ailleurs, il n'en vaut tellement pas la peine ! Alors, toi, avec Thomas ? Tout roule ?

– Tout roule, ma poule. Rien de nouveau sous les tropiques.

– Ça a été son retour des Caraïbes ? Il ne t'en veut plus ?

– Non. Mais il ne m'en voulait pas vraiment, tu sais, il a juste été déçu. En tout cas, la distance nous a fait du bien, comme si ça avait renforcé nos sentiments.

– Tant mieux ! Mais tu es marrante quand même… Tu as un mec extra, qui veut t'emmener au bout du monde pour te présenter à ses parents, et toi, tu fuis.

– Je ne fuis pas. Je trouve juste qu'on a tout notre temps. J'ai vingt-et-un ans et encore tellement de choses à découvrir.

– C'est la meilleure ! C'est toi, la romantique, qui me parle de te garder la possibilité de te taper d'autres mecs le cas échéant, et moi qui te pousse à rencontrer les parents de ton mec. C'est le monde à l'envers…

– Tu n'es pas possible ! ai-je dit en riant. Je n'ai pas dit que je voulais me taper d'autres mecs. Tu me connais quand même. Je dis juste que je réalise que Thomas a vingt-sept ans, qu'il a déjà connu plus de nanas qu'il n'en faut à son âge, qu'il a trouvé sa voie professionnellement, qu'il a acheté sa maison et qu'il cherche manifestement maintenant à s'installer. Alors que moi… Je ne sais même pas ce que je vais faire demain… Donc même si je l'aime, sincèrement, je n'ai pas envie de lui donner des espoirs que je risque de briser. Si je rencontre ses parents, il va me proposer de m'installer chez lui. Si je m'installe chez lui, il finira par me demander en mariage, il y croit tellement. Je n'ai pas envie de me marier. Et encore moins si maman n'est pas près de moi.

Margot s'est tue comme pour me dire qu'elle comprenait.

– Tiens, en parlant d'elle, j'ai demandé à maman de m'expliquer où se trouvait exactement le resto qu'elles tenaient à l'époque. Elles ont beau nous l'avoir montré lorsque nous étions plus jeunes, je n'y avais pas prêté un intérêt particulier. Ça te tente qu'on aille y manger ce soir ?

– Super idée.

Le restaurant de Claire était devenu une brasserie parisienne typique très à la mode. Il y avait un monde fou ce vendredi soir. La plupart pour siroter des cocktails, quelques-uns pour partager un repas convivial. Margot et moi avons longuement reparlé de nos souvenirs d'enfance. Toujours les mêmes, mais ils nous faisaient chaque fois autant rire. Nous avons imaginé nos mères travaillant ensemble d'arrache-pied, avec cette complicité et cette complémentarité qui les caractérisaient si bien. Je me suis demandé à quelle table s'asseyait mon père lorsqu'il venait boire son café bien noir et bien sucré en dévisageant ma mère.

– Tu penses que je devrais essayer de le retrouver ? ai-je demandé à Margot.

– Si tu en ressens le besoin…

– Je ne sais pas. Pas véritablement…

– Alors ne te perds pas en chemin, Isa. Va à l'essentiel.

– Mais c'est mon père quand même.

– Un père, c'est quelqu'un qui élève ses enfants, qui serait prêt à mettre sa vie de côté pour leur bonheur, a-t-elle répondu sèchement. Le tien, il n'a rien fait. Il n'a jamais été là. Je ne suis même pas sûre qu'il sache comment tu t'appelles.

– Tu es dure...

– Ta mère te l'a dit. S'il avait voulu vous retrouver, te connaître, il l'aurait fait. Or il n'a rien fait. Alors si tu as besoin de savoir qui il est et ce qu'il fait de sa vie, retrouve-le. Mais si c'est juste sous prétexte qu'il est à l'origine de ta naissance, laisse tomber !

Je n'ai rien dit, Margot avait forcément raison. Pourtant je ne pouvais m'empêcher de penser qu'un jour, il faudrait que je voie à quoi mon père ressemblait.

Le lendemain, nous nous sommes promenées dans Paris. Nous sommes retournées voir l'appartement dans lequel nous avions vécu, petites, puis nous sommes passées devant notre ancienne école et dans nos plaines de jeux favorites. Nous avons ensuite été flâner au marché de la Rue Poncelet et avons fait les boutiques de la Rue de Courcelles. Dans chacune de ces rues, j'imaginais ma mère, à mon âge, tantôt avec Claire, tantôt au bras de mon père, tantôt me portant dans les siens.

Dimanche, il pleuvait. Nous avons été au Centre Beaubourg voir quelques expositions, puis Margot m'a fait découvrir ses boutiques favorites du Marais. Nous sommes rentrées à l'appartement, les bras chargés de paquets et nous nous sommes endormies devant la Boum, en souvenir du bon vieux temps.

Lundi, j'ai passé la journée seule car Margot travaillait. Elle était toujours en stage chez Gaufeld et il semblait très content d'elle. Je me suis rendue au Musée d'Orsay, le musée favori de ma mère d'après mes souvenirs. A midi, je suis allée manger avec Margot car elle avait prévu de bosser tard ce jour-là, puis j'ai décidé d'aller courir avant de terminer l'après-midi, couchée au soleil dans le Parc Monceau.

Alors que je rentrais tranquillement chez Margot en empruntant le Boulevard de Courcelles, je me suis retrouvée face à face avec un homme qui promenait son chien. Il s'est écarté pour me laisser passer, tout en m'adressant un regard courtois que je lui ai rendu. J'ai poursuivi mon chemin et, au bout de deux minutes, je me suis arrêtée. Il y avait dans le regard de cet homme quelque chose qui me perturbait, mais je ne parvenais pas à comprendre ce que c'était. Et plus je repensais à ce regard, plus j'étais convaincue qu'il fallait que je revoie cet homme. Subitement, j'ai rebroussé chemin à vive allure dans l'espoir de le retrouver. J'ai marché sans réfléchir pendant de longues minutes jusqu'à ce que je me plie à l'évidence : il avait disparu.

En arrivant chez Margot, je n'avais toujours pas réussi à chasser de ma tête l'image de cet homme. Pourquoi son regard m'avait-il fait un tel effet ? Je savais qu'il y avait une raison, mais je ne parvenais pas à l'expliquer. J'étais obsédée, et Margot n'était pas là pour me changer les esprits. Au bout de deux heures, j'ai enfilé ma veste et je suis allée au cinéma, place de Clichy.

Au petit-déjeuner le lendemain, j'ai tenté d'expliquer à Margot l'étrange rencontre que j'avais vécue mais, comme à son habitude, elle s'est contentée de se moquer de mon côté romantique et de ma conviction inébranlable dans l'existence du coup de foudre. Puis elle est partie travailler en vitesse, ne me laissant même pas le temps de me défendre et lui assurer que cette rencontre n'avait rien à voir avec le coup de foudre.

Une fois seule, j'ai terminé mon café puis je me suis installée devant l'ordinateur. Je n'étais pas venue à Paris pour flâner toute la journée, mais pour tenter de comprendre l'histoire de ma mère. Un bout de celle-ci en tout cas. Sur le moteur de recherche, j'ai pianoté quelques mots-clés tels « *immigrés, asile, Amérique latine, Paris* », mais tous les sites qui s'affichaient étaient bien trop vagues pour m'apprendre quoi que ce soit sur ma mère en particulier.

J'ai essayé d'ajouter « *France Terre d'asile, Amnesty international, Guerre sale,…* », mais je tournais en rond. Ce n'était pas sur internet qu'il fallait que je traîne, je m'en rendais bien compte. Il fallait que j'aille à la rencontre de ces différents interlocuteurs, sur place, et que je pose des questions. Pourtant, je ne parvenais pas à prendre mes affaires et à me lever de ce siège.

Au bout de dix minutes perdues dans mes pensées, je me suis décidée à aller prendre ma douche et à sortir, mais pour refaire la même chose que la veille, aller là où ma mère aimait se rendre. Je pestais intérieurement de ne pas parvenir à dépasser ma peur – ou ma gêne, ou ma lâcheté, je n'en savais rien. J'avais l'impression de laisser les jours s'écouler bêtement et de ne rien faire pour qu'il en soit autrement.

J'ai râlé toute la journée, mais soudain, en cette fin d'après-midi lourd et étouffant, et bien que je pressentais que l'orage n'allait pas tarder à éclater, j'ai décidé de tenter de faire quelque chose de ma journée, quand bien même cela n'avait rien à voir avec ma mère. Je me suis donc rendue au Parc Monceau et j'ai réemprunté le chemin que j'avais emprunté la veille pour rentrer chez Margot, dans l'espoir de croiser à nouveau cet homme avec son chien. J'ai parcouru tout le Boulevard de Courcelles en direction de Villiers à une allure plus que modérée, dévisageant tous les passants, les uns après les autres, mais je n'ai pu terminer mon entreprise car l'averse que tout le monde redoutait s'est mise à tomber. Je me suis mise en quête d'un endroit pour me protéger et j'ai finalement atterri dans le Monoprix de la Rue de Lévis. J'en ai profité pour faire quelques emplettes et, alors que je parcourais tranquillement les rayons, l'idée m'est venue d'acheter de quoi préparer des fajitas pour Margot. C'était l'un de ses plats préférés et elle n'avait jamais le temps d'en cuisiner. J'ai consciencieusement rempli mon panier en veillant à ne rien oublier, je suis passée à la caisse, j'ai bourré mes courses dans deux gros sacs plastiques roses, et je me suis dirigée vers la sortie. Il pleuvait toujours à grosses gouttes, mais le hall confiné du Monoprix était beaucoup trop bondé à mon goût pour y rester cinq minutes de plus. Estimant que l'appartement de Margot se trouvait à moins de dix minutes en marchant vite, j'ai pris mes sacs à deux mains et je me suis élancée dans la rue.

A peine étais-je sortie, que mon T-shirt est passé de blanc à transparent, laissant apparaître un affreux soutien-gorge couleur chair, mais je ne m'en souciais pas car les gens étaient tellement pressés d'avancer qu'ils ne regardaient que leurs pieds. Soudain, l'un de mes sacs a craqué et je me suis retrouvée accroupie par terre, sous une pluie battante, pour tenter de ramasser mes poivrons qui avaient roulé jusque sous une camionnette. En apercevant les regards que les passants posaient sur moi, j'ai cru mourir de honte dans cette ville où, malheureusement, le ridicule pourrait tuer…

En arrivant chez Margot, je me suis empressée de prendre une douche, j'ai enfilé un jeans et le premier T-shirt que j'ai trouvé, et je me suis mise à préparer ces fameuses fajitas. J'ai coupé les tomates, les poivrons et les piments, pelé le concombre, émincé les oignons, fouetté la crème fraiche, épicé la viande, et écrasé les avocats avec énergie car, évidemment, ils n'étaient pas assez mûrs. Au bout d'une bonne heure de travail ininterrompu, mon plat commençait à prendre forme. Il était alors presque vingt-et-une heures et, pensant que Margot ne tarderait plus trop à rentrer, j'ai mis la table et préchauffé le four. Puis je me suis installée dans le canapé avec un verre de vin rouge et j'ai tenté de me détendre.

Une heure plus tard, Margot n'était toujours pas là. Je me suis décidée à l'appeler.

– Merde, Isa ! Je t'ai oubliée !

– Comment ça, tu m'as oubliée ?

– Je suis bloquée à l'atelier ce soir et je risque de rentrer dans la nuit.

– Tu te fous de moi, Margot. Tu aurais pu m'appeler…

– Je sais, je suis déso. J'étais en train de t'écrire un message quand Gaufeld m'a appelée, et j'ai complètement oublié de te l'envoyer ensuite.

– T'es pas cool… ai-je répondu sur un ton résigné.

– Oui, oui, j'arrive… ai-je entendu crier Margot à quelqu'un qui voulait manifestement qu'elle se dépêche. Isa, faut que je te laisse. Je suis déso.

– Pas autant que moi… n'ai-je pu m'empêcher de lui dire.

Mais elle avait déjà raccroché.

Je me suis retrouvée seule, assise à cette table que j'avais joliment dressée pour faire plaisir à ma sœur que je savais épuisée par son travail. J'ai longuement soupiré, j'ai pensé aller me coucher pour mettre un terme à cette journée où tout semblait aller de travers, puis je me suis décidée à aller me changer les esprits au cinéma, une fois de plus.

J'ai enfilé une veste en cuir au-dessus de ce que je portais, j'ai glissé mon téléphone portable dans la poche, et je me suis dirigée en direction de la place de Clichy. En arrivant à proximité de la place, je suis descendue dans le métro car j'avais décidé de me changer les esprits et je trouvais définitivement la place de Clichy vraiment déprimante. J'ai donc pris la ligne en direction de Saint-Lazarre, puis de Opéra.

Alors qu'il me restait une station à parcourir, le métro s'est bloqué de nombreuses minutes, me faisant réaliser que je m'apprêtais à rater la dernière séance. Au moment où je n'y croyais plus, il a redémarré. J'étais enchantée. Je n'aurais pas dû. En sortant de la station, Place de l'Opéra, j'ai été agressée par six jeunes filles âgées de douze à quinze ans au plus. Je ne les avais pas vues arriver sur moi, et en moins de vingt secondes, elles repartaient en courant, emportant avec elles le peu d'argent que j'avais, et mon téléphone portable.

J'étais tellement exaspérée par la journée que j'étais en train de vivre que ce dernier évènement ne m'a même pas semblé incongru. Lasse, je me suis traînée jusqu'au commissariat le plus proche pour signaler le vol dont je venais d'être victime.

– Bonsoir, Mademoiselle ! s'est enjoué l'un des quatre policiers présents sur place. En quoi peut-on vous aider ?

– Je viens de me faire voler mon portable.

– Autre chose ?

– L'équivalent d'une trentaine d'euros.

– Autre chose ?

– Je ne pense pas, non.

Il s'est tourné vers son ordinateur, et a tapé ma déclaration pendant que je lui expliquais les circonstances du vol.

– Classique, a-t-il conclu. Les endroits touristiques, ça ne pardonne pas.

– C'est pour ça qu'il n'y a aucun flic dans les environs, n'ai-je pu m'empêcher de rétorquer face à l'absurdité de sa remarque.

– On ne peut pas être partout en même temps malheureusement.

– Ça… me suis-je contentée de répondre, alors que je rêvais de souligner qu'en revanche, ils pouvaient être quatre à se tourner les pouces dans ce commissariat.

Il m'a tendu ma déclaration en me demandant de la relire calmement et de signer en contrebas si tout était correct. A l'exception de quelques fautes d'orthographe, il avait bien retranscrit mes dires. J'ai signé et je m'apprêtais à partir, lorsqu'il m'a interrompu.

– Mademoiselle ! Je termine mon service dans vingt minutes. Je vous invite à prendre un verre ?

« *Qu'ai-je fait pour mériter une telle journée* ? », n'ai-je pu m'empêcher de penser et j'ai tourné les talons sans prendre la peine de lui répondre.

Je suis rentrée en métro jusque chez Margot, pressée de rejoindre mon lit, me disant que j'aurais dû le faire quelques heures plus tôt. Arrivée devant son immeuble, j'ai composé le code et, alors que je terminais de monter les cinq étages à pied, j'ai réalisé que ces adolescentes m'avaient volé autre chose. Les clés de l'appartement de Margot… J'ai vaguement espéré qu'elle soit déjà rentrée, mais après avoir sonné quelques secondes, j'ai compris que ce n'était décidément pas ma journée.

Epuisée, je me suis adossée à sa porte et me suis endormie sur le palier.

Les jours qui ont suivi se sont écoulés rapidement, trop rapidement pour que je me décide à effectuer ne fut-ce qu'une toute petite recherche sur l'histoire de ma mère. Je n'en avais pas la force, malgré la culpabilité qui me rongeait. J'avais le sentiment d'être terriblement lâche.

Heureusement, Margot était là pour m'aider à relativiser, me faisant réaliser que je n'étais pas pressée et que j'avais toute la vie devant moi pour comprendre ce que ma mère avait vécu. L'important, pour l'instant, était que je me sente bien. Viendrait ensuite le jour où je m'attaquerais aux choses plus difficiles.

Et c'est ainsi que cette toute petite remise en question m'a permis d'appréhender l'anniversaire de la mort de ma mère plus sereinement que je ne l'avais imaginé. Moi qui étais persuadée que je n'aurais pas cessé de pleurer, la journée s'était en réalité plutôt bien déroulée. Certes, je ressentais un vide terrible ; certes, je prenais une fois de plus conscience que ma mère ne reviendrait jamais et que je serais désormais seule face aux bons et aux mauvais moments de la vie ; mais je réalisais surtout que j'étais plus forte que je ne le pensais et que j'avais la chance inouïe d'être incroyablement bien entourée.

Margot avait pris congé ce 15 mai pour être à mes côtés. Elle n'avait rien fait de spécial, mais elle avait été là, et c'était essentiel. Quant à Claire, Thomas et mes amies, ils avaient chacun pris deux minutes de leur temps pour me témoigner leur soutien. Le vol de mon téléphone portable avait finalement peut-être été une bonne chose car je n'avais pas eu à m'encombrer des messages de personnes qui, ce jour-là, m'importaient en réalité peu. Je m'étais donc contentée d'entendre mes amies, et Thomas. Il me manquait tellement. Je décomptais les jours avant de le retrouver et je rêvais déjà du moment où il me serrerait dans ses bras lorsque je descendrais du train.

Je n'aurais jamais pu imaginer que sa présence allait me déranger à ce moment.

Margot et moi nous sommes réveillées à la bourre dimanche matin, étant assurément sorties trop tard la veille. J'ai fermé ma valise en vitesse et nous sommes descendues dans la rue à la recherche d'un taxi. N'en trouvant pas immédiatement, nous avons préféré prendre le métro car nous n'avions que quelques stations seulement à parcourir. Evidemment, il a fallu que le métro soit bloqué quelques minutes, juste avant d'arriver à Barbès-Rochechouart. J'étais décidément maudite avec ce Thalys… Lorsque nous sommes enfin arrivées à destination, Margot a porté mon sac de voyage pendant que je tirais ma valise en courant. Je regardais ma montre toutes les minutes, mais l'heure de départ de mon train approchait plus vite que nous n'approchions de la gare. J'avais beau avoir chaussé mes baskets de course sous ma nouvelle petite robe d'été sexy, nous n'avancions pas assez vite.

Nous sommes arrivées sur le quai au moment où ils bloquaient l'accès au train. J'ai forcé le passage et je me suis précipitée vers la première classe alors que Margot essayait d'attirer l'attention du chef de gare pour qu'il patiente dix secondes de plus. En arrivant devant la première porte, quelqu'un m'a tendu la main pour me tirer à l'intérieur, juste à temps avant que les portes ne se referment. Puis le train a démarré.

En relevant les yeux, je me suis retrouvée face à un homme parfaitement irrésistible. Il semblait à peine plus âgé que moi et avait un physique très intriguant. Il était grand, brun, avec des yeux d'un vert enivrant. Il portait une barbe de quelques jours et avait les cheveux en bataille, mais étrangement, il avait une allure très distinguée, sapé avec beaucoup de goût d'une tenue chic et décontractée. Là-dessus, je me suis regardée et j'ai réalisé la situation. J'étais rouge, en sueur, vêtue d'une petite robe, certes sexy, mais dramatiquement mise en valeur par d'affreuses baskets de sport, baskets que je ne pouvais même pas changer car, dans la précipitation, j'avais oublié le sac que Margot portait pour moi. Je n'ai pu réprimer un fou-rire.

– Tout va bien ? m'a-t-il demandé.

– Tout va bien, merci. C'est juste que… Vous n'auriez pas du déodorant ? J'ai oublié de prendre le sac que ma sœur portait pour moi, me suis sentie obligée de lui expliquer, et il se trouve que c'est justement celui où j'avais ma trousse de toilette, mes chaussures de rechange et, accessoirement, mon portefeuille. Et bizarrement, ce n'est pas tellement le fait d'avoir oublié tous mes papiers qui me perturbe, mais le fait d'être en sueur.

Il m'a regardée, amusé.

– Pas de souci, j'ai du déo. En revanche, pour les chaussures, je ne vais rien pouvoir faire, a-t-il dit avec un sourire charmant. Mais rassure-toi, il paraît que c'est la mode à New-York.

– Me voilà tout à fait rassurée. Merci.

Il a rangé ma valise et je l'ai suivi jusqu'à sa place. Je me suis installée quelques instants en face de lui le temps de rassembler mes esprits, et je n'ai plus quitté cette place de tout le trajet. Nous avons discuté simplement, amicalement, naturellement. Et alors que nous échangions de simples détails sur nos vies, je sentais un vide se creuser dans le fond de mon estomac, des picotements monter jusqu'à mon cœur, ma respiration s'accélérer et ma tête virevolter.

Il m'a semblé que nous venions de quitter Paris lorsque le Thalys s'est arrêté. « Déjà », n'ai-je pu m'empêcher de penser. Nous nous sommes levés tout en poursuivant notre discussion, il m'a aidée à descendre ma valise et alors que je m'apprêtais à lui dire… je ne sais pas quoi d'ailleurs, j'ai senti quelqu'un m'embrasser dans le cou. C'était Thomas. Je l'avais complètement oublié. Je me suis retournée, gênée, et je l'ai embrassé furtivement. Il m'a serrée dans ses bras, et pour la première fois depuis que je le connaissais, j'ai eu envie de m'en dégager. Pourtant, il me gardait contre lui, si fort que je pouvais à peine respirer. Je manquais d'air, je ne me sentais pas bien. J'ai regardé derrière moi comme pour m'excuser auprès de mon bel inconnu, mais il avait disparu. Je l'ai cherché partout du regard, sans réfléchir à ce que j'aurais fait si je l'avais aperçu. Lui aurais-je couru après ou serais-je restée blottie dans les bras de celui que j'aimais ? Aujourd'hui encore j'ignore ce que j'aurais fait. Mais je n'ai pas eu à me poser cette question, il avait disparu et Thomas m'a ramenée à lui.

– Ça va ?

– Oui, pardon. J'avais peur que quelqu'un ne soit parti avec ma valise.

– Tu m'as manqué, Isa.

– Toi aussi, tu m'as manqué, ai-je réussi à répondre le plus naturellement possible.

– Alors, qu'est-ce qui te ferait plaisir ce soir ? Un repas en amoureux à la maison, une bouffe avec tes amies chez toi, un ciné, une ballade en ville, une escapade à la mer ? Tu peux tout me demander, je suis ton homme.

– Je t'aime, Thomas.

Il a pris ma valise d'une main, moi de l'autre. Je l'ai suivi machinalement. Je l'aimais, c'était vrai, j'en étais persuadée. Et pourtant, je n'avais jamais ressenti auprès de lui ce que je venais de ressentir en compagnie de cet inconnu. Il y avait quelque chose qui me dépassait et que je ne parvenais pas à maîtriser. Mon corps tout entier avait été attiré par cet homme au point que je ressentais un terrible vide depuis qu'il avait disparu. Ma tête avait beau vouloir vivre l'instant présent, je restais prisonnière de cette parenthèse hors du temps. Nous avions partagé des bouts d'intimité sans la moindre pudeur, nous qui ne nous connaissions pas. J'avais bu chacun des détails de sa vie avec délectation et lui avais servi de quoi nourrir sa curiosité. Nous avions discuté de tout. Mais nous n'avions pas pensé à échanger nos prénoms.

Il était parti sans même que je connaisse son nom.

5

Cela faisait déjà quelques semaines que j'étais rentrée de Paris et je ne parvenais pas à le chasser de mon esprit. J'étais obsédée par cet homme que je ne connaissais pas, et comme possédée alors qu'il n'avait pourtant rien fait de spécial pour me conquérir. Il s'était contenté de me tendre une main, de m'adresser un sourire, de partager un peu de sa vie. Pour autant, il s'était produit une chose étrange et totalement inexplicable. C'était comme s'il m'avait inoculé un venin dont je ne détenais pas l'antidote. Mais je ne le cherchais pas vraiment. Car lorsque je repensais à cette rencontre, je me sentais heureuse et légère. J'avais vécu un moment magique qui n'appartenait qu'à moi et que je ne voulais partager avec personne, de peur qu'il ne s'évapore. Qu'y avait-il à dire d'ailleurs ? Rien, excepté que je rêvais de le revoir et de poursuivre ce que nous avions commencé.

Mais comment le retrouver ? Je ne connaissais rien de lui, ni son nom, ni même son prénom. Je rassemblais sur internet les détails qu'il m'avait livrés, dans l'espoir de découvrir une piste. Il était peintre, de nationalité franco-américaine ; il avait vécu à New-York, à Berlin et, récemment, à Bali ; il portait des T-shirts Ralph Lauren et sa couleur préférée était le bleu ; il adorait les sushis, détestait les tomates ; et il s'était rendu au mariage de son meilleur ami la semaine précédente dans la région de Lyon. J'avais beau chercher et encore chercher, mes efforts étaient vains, je ne connaissais rien d'essentiel sur lui, rien qui m'aurait permis de retrouver sa trace.

Je réalisais petit à petit que j'allais devoir me résoudre à ne garder de notre rencontre qu'un merveilleux souvenir. Pourtant, je restais persuadée qu'elle n'avait pu être le seul fruit du hasard, et je repensais alors à cette phrase que ma mère m'avait tant de fois répétée. « *La vie est bien faite* ». Si nous devions nous revoir, nous nous reverrions. Mais pour l'heure, ma vie, il me fallait la poursuivre avec Thomas. Nous étions heureux, et il n'était pas question de gâcher notre bonheur, d'autant que Thomas commençait à s'inquiéter sérieusement de mon air absent et de cette soudaine distance qui s'était installée entre lui et moi.

Il avait attribué mon attitude à la période difficile que j'étais en train de vivre si bien que la culpabilité était en train de me ronger. C'était trop facile et terriblement lâche de me cacher derrière le décès de ma mère pour rêver en secret d'une idylle sans lendemain. Je ne pouvais me permettre une telle hypocrisie envers Thomas.

– Tu as prévu de prendre des vacances cet été ? lui ai-je demandé.

– C'est marrant que tu me parles de cela aujourd'hui. Je viens de demander à mes collègues s'il était envisageable que je prenne un mois cet été et, si je pars en août, ça ne devrait pas poser de problème. Ce sont les vacances judiciaires et tout fonctionne au ralenti. J'ai pas mal de documentation à lire pour mon nouveau dossier, mais je devrais pouvoir boucler tout cela en juillet. Au pire, j'emporterai quelques pages avec moi. J'avais pensé qu'on pourrait peut-être partir en Argentine, si tu le souhaites.

– Tu es adorable, lui ai-je répondu en me blottissant dans ses bras. J'apprécie énormément ta démarche et ça ne m'étonne pas de toi. Mais honnêtement, je ne pense pas en être capable maintenant. C'est trop tôt. Je n'ai même pas réussi à me rendre à l'Ambassade d'Argentine quand j'étais à Paris. Et puis je pense que le jour où je me déciderai à partir, il faudra que je le fasse seule. Enfin, je n'en suis pas sûre… Je verrai au moment même. En tout cas pour cet été, c'est mort, c'est certain.

– C'est noté.

– En revanche, je serais ravie de partir un mois seule avec toi…

– Je ne te proposerai pas les Caraïbes, c'est promis, m'a-t-il dit en riant.

J'ai souri. Il me faisait craquer. J'avais définitivement un mec en or et, Margot avait raison, il fallait que je fasse attention à lui.

– Eh bien, figure-toi que je serais même prête à te suivre dans les Caraïbes s'il le fallait.

– S'il le fallait…

– Quoi, j'ai encore gaffé ?

– Oui et non. Ne t'inquiète pas. Je te présenterai à mes parents plus tard, le jour où tu en auras réellement envie. On n'est pas pressés, n'est-ce pas ?

– J'adore quand tu parles comme ça.

– Et moi j'adore quand tu me regardes avec ces yeux-là.

Il m'a attirée vers lui et m'a embrassée sauvagement tout en me déposant sur la table de la salle à manger.

– Alors, finalement, sur quel pays se porte ton choix pour cet été ? m'a-t-il demandé après cette délicieuse pause.

– Je ne sais pas, et je m'en fiche du moment que je suis avec toi. Je te propose une chose. Fais-moi une surprise. Ça fait tellement longtemps qu'on ne m'a pas fait de surprise. Je rêve de surprise, qu'on me bande les yeux, qu'on m'emmène dans un endroit insolite, qu'on me tienne en haleine…

– OK, j'ai compris le message…

Un mois plus tard, nous décollions pour l'Indonésie. Je ne sais par quel miracle Thomas avait réussi à garder le secret jusqu'au jour du départ, mais à peine installés dans le taxi, il avait craqué. Je m'étais étonnée de ce qu'il indique au chauffeur la direction de la gare. « Il n'y a pas de vol direct depuis Bruxelles pour l'Indonésie », avait-il rétorqué sans réfléchir.

Cette phrase m'avait fait l'effet d'un électrochoc. En l'espace d'une demi-seconde, j'étais replongée un mois en arrière, à une époque où mes pensées étaient accaparées par cet homme qui était entré dans ma vie aussi vite qu'il en était ressorti. L'Indonésie ! Il avait vécu en Indonésie. Se pourrait-il qu'il y soit revenu le temps des vacances ? Cette idée m'excitait et me perturbait à la fois. J'avais décidé de tirer un trait sur cette histoire, pour Thomas, et voilà que Thomas lui-même m'y ramenait. La vie était décidément parfois très étrange… J'ai respiré un grand coup et je suis sortie de mes songes.

En regardant Thomas et sa mine déconfite, j'ai compris qu'il s'était trahi et je me suis mise à rire, relativisant ainsi, le temps d'un instant, l'étrange voyage que je m'apprêtais à vivre.

Nous avons atterri à Denpasar, à Bali. Nous arrivions très tard le samedi soir si bien que Thomas avait réservé une chambre d'hôtel à Kuta, face à la mer. J'ai eu un moment de panique en me réveillant le lendemain et en découvrant cette ville, et je me suis dit que, peut-être, je n'aurais pas dû laisser Thomas organiser nos vacances. Nous n'étions jamais partis ensemble et, bien que cela m'étonnait, il n'était pas impossible qu'il soit friand de ce type d'endroit insupportable regorgeant de touristes imbuvables et de boutiques à l'enseigne trop connue. Heureusement, nous étions à peine levés que nous quittions déjà Kuta en direction de Ubud, à bord d'une petite moto, serrés l'un contre l'autre au milieu du chaos des routes indonésiennes.

Je suis immédiatement tombée amoureuse de ce village perdu au milieu des rizières, de ses rues étroites et de ses nombreuses terrasses au soleil. Mais Ubud a tout de suite eu pour moi un attrait d'autant plus important que je n'ai pu m'empêcher d'imaginer que l'inconnu que j'avais recherché tout ce temps avait plus que probablement vécu là. Ubud était un village d'artistes, le seul de Bali, et chacune de ses rues abritait de nombreuses galeries d'art. J'ai passé des heures dedans, me demandant lequel de ces tableaux mon inconnu aurait pu peindre et espérant secrètement le croiser. J'avais envie de poser des questions à chacun des directeurs de galeries pour tenter de retrouver sa trace, mais bien que brûlant d'envie, je n'ai pu m'y résoudre. Je n'étais pas venue en Indonésie pour cela. Et je craignais trop de me plonger à nouveau dans une longue quête qui ne mènerait nulle part. Alors, j'ai fait la même chose qu'un mois plus tôt. Je me suis tournée vers Thomas pour qu'il m'aide à tourner la page.

– C'est quoi la suite de notre voyage ?

– Aucune idée. J'adore voyager en décidant au jour le jour. Je n'ai donc rien réservé d'autre que ce charmant hôtel dans lequel nous venons de passer nos premières nuits. Tout nous est permis, ma belle. Que souhaites-tu faire ? Où veux-tu aller ? Que rêves-tu de voir ?

– Je ne sais pas trop, mais j'ai lu dans le guide qu'il était possible d'effectuer l'ascension du Kawa Ijen. Ça a l'air grandiose !

– Super ! Direction Java alors.

Nous avons quitté Ubud en direction de l'île de Java aux alentours de dix heures le lendemain matin, imaginant arriver à destination moins de sept heures plus tard. Nous étions loin du compte.

En sortant du bateau, nous n'avons pu trouver aucun bus public qui se rendait au Kawa Ijen et nous avons été contraints de faire du stop. Nous avons rapidement trouvé une voiture acceptant de nous prendre, mais nous avons réalisé que le trajet serait bien plus long que nous le pensions. Les routes étaient envahies de véhicules en tous genres et nous n'avancions pas vite, zigzaguant entre les ânes, les motos, les chariots chargés à bloc, les bus bondés et les voitures roulant sur la bande de droite pour tenter de dépasser tout ce beau monde. Comparé à Java, Bali était en réalité un havre de paix démuni de toute population.

Au bout de dix longues heures de route éreintantes, nous sommes arrivés au pied du volcan. Il faisait nuit noire, il n'y avait pas âme qui vive et notre chauffeur ne connaissait pas la région si bien que nous avons fini par nous perdre dans les petits chemins de terre, sinueux et cabossés. Epuisés, et conscients que nous ne trouverions aucun hôtel à cette heure avancée de la nuit, nous avons sorti nos sacs de couchage et nous nous sommes endormis sur le bord de la route.

Nous nous sommes réveillés quelques heures plus tard, en même temps que le soleil, émerveillés par le décor grandiose qui s'offrait à nous. Nous étions au milieu des rizières et le Kawa Ijen se dessinait lentement devant nous, majestueux et mystérieux.

Nous avons rapidement trouvé un véhicule qui nous a déposés au départ du sentier menant au sommet du volcan, et alors que nous gravissions ce géant, persuadés que tout Java dormait encore, nous avons croisé des porteurs de souffre qui descendaient déjà, les épaules chargées de ces pierres jaunes et odorantes. En approchant du sommet, l'un d'eux nous a demandé de l'eau. Il ne paraissait pas avoir plus de quinze ans et il semblait épuisé, si bien que Thomas lui a proposé son aide. Il s'est offusqué, il a replacé son fardeau sur ses épaules et il est parti. Son air sévère au moment où il a soulevé ses deux paniers chargés de souffre nous a intrigués. A peine quelques mètres plus loin, nous avons trouvé un chargement abandonné sur le bord du chemin et nous n'avons pas pu résister à nous essayer au métier de porteur l'espace d'un instant. Je n'ai jamais réussi à lever les paniers de terre, tandis que Thomas n'a pas pu tenir plus de quelques secondes sous le poids de ce fardeau ne reposant que sur ses omoplates, au seul endroit où le vulgaire bout de bois reliant les deux paniers rencontrait son corps. Nous n'avions pas réalisé dans quelles conditions ces hommes effectuaient leur travail. Et nous étions encore loin de nos surprises, car en arrivant au sommet, nous avons compris qu'ils puisaient le souffre au cœur du volcan, si bien qu'avant de pouvoir entamer cette longue descente, il leur fallait d'abord gravir le cratère, chargés le plus lourdement qu'ils pouvaient le supporter car le nombre de kilos qu'ils portaient déterminait, à la fin de leur journée, le montant de leur bourse, pourtant bien maigre au regard du travail accompli. Et ils effectuaient ce trajet deux fois par jour, quelques soient les conditions au cœur du volcan. Les vapeurs de souffre étaient terriblement nocives et, certains jours, elles envahissaient le cratère d'un nuage toxique qui, s'il était trop épais, pouvait tuer ceux qu'il enveloppait. Et pourtant, même ces jours-là, les porteurs accomplissaient leur boulot au péril de leur vie pour quelques pièces de plus, tandis que nous, touristes, nous les regardions descendre, lamentablement entassés derrière le vulgaire panneau nous avertissant du danger de mort, et plaçant un chiffon devant notre nez et notre bouche lorsque le nuage, pourtant dissipé, parvenait jusqu'à nous.

Aussi beau qu'était le spectacle au sommet du volcan, avec la vue de ce lac couleur turquoise dans le fond et un paysage majestueux aux alentours, ce que nous ressentions était difficilement tenable. Thomas et moi avions envie de faire quelque chose, d'intervenir pour ces hommes au destin trop court déjà scellé, mais nous ne savions pas par où commencer. Nous avons tenté d'en apprendre davantage auprès d'eux, mais rare étaient ceux qui parlaient anglais et aucun ne voulait interrompre son travail pour répondre à nos questions. Nous avons fini par redescendre le volcan, bredouilles et terriblement frustrés.

Nous avons poursuivi notre voyage vers le centre de Java, toujours en stop car nous avions fini par trouver ce mode de transport très convivial. Nous avons sillonné l'île au gré de nos rencontres, logeant certains soirs chez l'habitant, d'autres soirs dans de petits hôtels sans prétention, mais toujours charmants. Nous sommes passés par Surabaya et Solo ; avons visité le temple de Prambanan ; avons poursuivi par Yogyakarta, puis Borobudur où nous avons admiré son temple, l'une des sept merveilles du monde, et profité de sa grandeur et de sa quiétude. Nous avons terminé par Tegal et Indramayu avant d'arriver à Jakarta où nous avons finalement décidé de quitter Java.

Nous nous sommes alors envolés pour Lombok, une île sauvage et déserte, surplombée par le volcan Rinjani. Il nous restait une dizaine de jours avant notre retour et Thomas voulait à tout prix effectuer un trekking de trois jours jusqu'au sommet du Rinjani. Il me réservait par ailleurs une surprise pour la fin de notre séjour. De mon côté, j'avais entendu parler de l'atmosphère paradisiaque des îles Gili et des possibilités incroyables de plongée, si bien que nous nous sommes accordés pour aller nous y reposer, après l'ascension du Rinjani. Nous n'avons pas eu l'occasion d'y aller, et ce fut sans regret.

L'ascension du Rinjani ne nous a pas laissés indemnes, nous, notre amour et notre vision du monde.

J'en ai rarement autant voulu à Thomas que pendant cette première journée de marche. Mon corps entier me faisait souffrir : mes pieds remplis d'ampoules, mes jambes agressées par des crampes de plus en plus récurrentes, mon ventre secoué par d'atroces points de côté, mon cœur qui battait beaucoup trop fort, et ma tête desséchée par la chaleur. Je voyais la crête que nous devions atteindre pour loger la première nuit, toute proche, mais plus j'approchais, plus la pente se faisait raide, et moins j'avançais. J'étais loin à la traîne derrière notre guide et le groupe de porteurs qui gravissaient la montagne en sandales et chargés de nos tentes, sacs de couchage et nourriture. J'avais honte, moi qui ne portais rien, à l'exception de ma gourde. Thomas m'encourageait gentiment, s'excusant de m'avoir emmenée dans cette aventure. Il m'assurait que nous avions tout notre temps et que je finirais par y arriver. Intérieurement, je pense qu'il priait pour que la vue au sommet en vaille la peine. Ses prières n'ont pas été vaines.

Je n'ai jamais autant aimé Thomas que lorsque j'ai atteint cette fameuse crête. Le spectacle qui s'offrait à nous alors que le soleil commençait à se coucher m'a laissée sans voix. Devant nous, se trouvait un lac d'un bleu intense au milieu duquel se dressait le cratère du volcan ; derrière, le chemin que nous venions de parcourir et qui s'étendait jusqu'à l'océan ; et sur notre gauche, le sommet du Rinjani qui semblait toucher le ciel. Tout ce décor paraissait en parfaite harmonie. J'étais d'ailleurs moi-même en parfaite harmonie, les pieds sur terre et la tête bientôt dans les étoiles. Je pensais à ma mère, me sentant soudain si proche d'elle. J'ai pris la main de Thomas, j'ai posé ma tête sur ses épaules, et je me suis mise à pleurer.

Les deux journées qui ont suivi ont gardé cette même intensité, même si tout me paraissait moins pénible. Mon corps semblait s'être habitué à la douleur, et la magie des moments que nous étions en train de vivre avait pris le dessus. Je ne regardais plus mes chaussures, mais je portais mon regard le plus loin possible pour ne rien perdre de ce spectacle.

Après nous être levés à l'aube pour atteindre le sommet, nous sommes descendus jusque dans le cœur du Rinjani pour aller nous baigner dans ses eaux froides. Cette fois, nous avons fait la route auprès des porteurs et nous avons partagé une étrange complicité avec eux, avec l'un d'eux en particulier, Tarik. Il nous a parlé de sa vie, de sa famille, de ses croyances et de sa religion. Dès que nous nous arrêtions pour manger ou pour nous reposer, il continuait son récit, passionnant.

Tarik vivait dans un petit village à quelques heures de marche du Rinjani avec ses deux filles âgées de sept et dix ans. Sa femme était décédée en mettant au monde son deuxième enfant et cela avait mis fin à ses rêves de donner à ses filles la possibilité de s'instruire et suivre des études. Elever des enfants seul dans sa condition était très compliqué, le travail étant mal rémunéré. Il aimait ce qu'il faisait, mais il ne gagnait pas suffisamment pour subvenir aux besoins de sa famille. Certains jours, il ne pouvait leur offrir à manger. Un hiver, le froid s'était installé pendant plusieurs semaines si bien que son aînée était tombée grièvement malade. Il avait vu son état s'aggraver, impuissant, incapable de la couvrir d'une paire de chaussettes, d'une couverture ou d'un manteau. Il n'avait pas pu travailler pendant près de deux semaines pour veiller sur elle. Lorsqu'elle avait miraculeusement recouvré la santé, il avait pris une décision, si difficile soit-elle. Il allait envoyer son aînée dans un internat dans la ville la plus proche pour qu'elle puisse s'instruire, et faire travailler sa plus jeune comme tisseuse pour mettre suffisamment d'argent de côté pour payer, plus tard, les études de sa sœur. Ç'avait été un choix terrible, mais il avait estimé préférable de sacrifier une de ses filles pour permettre à l'autre de pouvoir, un jour, mener une vie confortable. Ce jour-là, son aînée pourrait alors prendre soin de sa petite sœur et alors seulement, il serait serein. Pour l'heure, il devait travailler, et dur.

Au regard de ce qu'il nous racontait, nous avions presque honte de lui parler de nos vies. Cependant, il insistait pour tout connaître de nous et il avait cette formidable faculté de s'enthousiasmer pour tout. En l'espace de trois jours, nous étions presque devenus des amis, et alors que l'heure du départ approchait, nous avons ressenti une immense tristesse à l'idée de devoir le quitter. Nous avions décidé de lui laisser les quelques affaires que nous avions emportées avec nous. Ce n'était pas grand-chose, mais nous avions compris qu'une paire de chaussettes et un sac de couchage représentaient beaucoup pour lui.

Alors que je m'approchais de lui, les larmes aux yeux, pour lui remettre nos modestes affaires, il a baissé la tête en signe de reconnaissance et nous a proposé de venir passer deux jours chez lui. Il voulait nous présenter sa fille cadette. Touchés par cette marque d'amitié, nous avons pris la route à pied avec lui jusqu'à son village.

Nous y avons passé deux jours incroyables. Il nous a reçus comme des rois, lui que nous savions sans le sou. Nous avons voulu participer aux charges et aux frais, mais nous avons vite compris que ce nous voyions alors comme une simple aide charitable était en réalité une offense pour lui. Il nous invitait comme il se devait, quand bien même c'était dans une humble demeure.

Nous avons dormi à même le sol pendant deux nuits, nous nous sommes lavés dans la rivière en contrebas du village et nous avons mangé dans des petites gamelles de chien des mets incroyables à base d'œufs, de légumes, et même de poulet. Nous avons fait la rencontre de sa fille Sarah. Elle était magnifique et incroyablement mature pour son âge. Elle m'a appris à tisser des paniers, tandis que Tarik enseignait à Thomas comment égorger un poulet.

Nous serions bien restés auprès de Tarik et de Sarah jusqu'à la fin de notre séjour, mais Tarik devait reprendre la route du Rinjani, obligeant Sarah à poursuivre son travail chez sa patronne.

Nous nous sommes quittés les larmes aux yeux, mais un sourire radieux au coin des lèvres, nous promettant que nous nous reverrions.

Les quatre derniers jours de notre séjour se sont déroulés de manière très étrange. Thomas a annulé sa surprise qui ne trouvait plus sa place à ce moment de notre voyage. Il avait prévu de m'inviter trois jours dans un magnifique hôtel de charme, l'un des plus beaux d'Indonésie. Mais nous ne pouvions passer d'une extrême pauvreté à de l'extrême luxe en si peu de temps. Nous étions marqués par ce que nous venions de vivre et avions peur d'oublier trop vite les belles résolutions que nous avions prises. Nous nous sommes contentés de nous reposer quelques jours dans un village au bord de l'océan avant de reprendre la direction de Denpasar.

De retour à la maison, nous n'étions plus les mêmes. Notre amour surtout avait changé. Nous avions partagé un moment d'une rare intensité et personne ne pouvait nous l'enlever. Nous avons tenté de raconter notre expérience, mais nous avons compris que personne ne saisissait l'importance de ce que nous avions vécu. Cela importait peu finalement, seul comptait le souvenir qu'on en gardait et ce qu'on en ferait.

Les vacances terminées, Thomas, Clémence, Maud, Natacha et moi avons entamé une nouvelle année, de la même manière que la précédente, à la différence près que Thibault était venu s'installer à Bruxelles pour poursuivre ses études de médecine. De cinq, nous étions donc passés à six. Car même si Thibault avait choisi de s'installer sur le site universitaire par facilité pour ses gardes, il logeait en réalité chez nous quasiment tous les soirs. Son kot[1] était devenu un refuge pour les jours où Maud et lui s'engueulaient. Elle avait cette caractéristique de faire des mélodrames de broutilles, et elle s'emportait tant et si fort qu'aucune d'entre nous ne pouvait feindre ne pas avoir constaté qu'ils se disputaient. Même Thomas, de chez lui,

[1] Kot = appartement d'étudiants, en Belgique.

l'entendait hurler sur Thibault et le mettre à la porte. Mais ils étaient comme ça, ils s'aimaient si fort que leurs disputes suivaient forcément le même schéma.

Thibault et Thomas étaient immédiatement devenus complices. Thomas était ravi d'avoir trouvé un allié pour tenter de mettre un terme à nos discussions inépuisables sur les derniers ragots, nos tenues pour les prochaines soirées, nos règles et nos épilations maillot, nos critiques puériles sur nos prétendues copines, ainsi que nos prévisions sur la dernière saison de *Desperate Housewifes*. Le seul sujet qui l'intéressait car il le faisait tout simplement rire était les histoires d'amour de Natacha.

De ce côté-là, rien n'avait changé. Elle était continuellement casée et elle avait sans cesse des plans improbables qu'elle nous racontait dans les moindres détails, consciente de ses talents de narratrice et de l'impact que cela avait sur nos zygomatiques.

Clémence, quant à elle, était toujours célibataire, mais elle s'en accommodait parfaitement. Elle s'entraînait comme une brute pour le championnat de hockey que son équipe avait de grande probabilité de remporter et, dans ce cas, cela signifiait une sélection possible pour l'équipe nationale. Nous la voyions donc peu, mais cela ne nous empêchait pas de trouver des occasions pour partager des moments d'amitié tels que nous en avions toujours vécus.

Quant à Thomas et moi, notre relation prenait son envol, tous les jours un peu plus haut. Nous commencions à avoir des petites habitudes, notamment le dimanche que nous passions systématiquement à deux, soit tranquillement à Bruxelles, soit pour une escapade à la mer, à Brugge ou à Anvers. Et nous avons accueilli avec délectation les premiers froids de l'hiver, en profitant pour passer des matinées entières blottis l'un contre l'autre sous la couette, ou des soirées au coin de la cheminée, un livre à la main et nos têtes sur un même coussin. Les filles se moquaient de moi, me faisaient constater que nous formions désormais un vrai petit couple. Etrangement, l'idée d'avoir des habitudes avec Thomas ne me faisait plus peur. Je commençais même à ressentir l'envie de rencontrer ses parents.

L'occasion s'est présentée vers la fin du mois de novembre car ils étaient rentrés pour un mois. Nous les avons rejoints en Provence le temps d'une semaine, et bien que notre rencontre se soit plutôt bien passée dans l'ensemble, j'ai été soulagée de quitter cette atmosphère familiale froide et beaucoup trop conventionnelle à mon goût…

Noël est ensuite arrivé à la vitesse de l'éclair et, avec lui, la venue de Margot à Bruxelles. En l'accueillant à la gare, j'ai été ravie de pouvoir serrer dans mes bras sa jolie silhouette qui ne cessait cependant de s'amincir. Je ne l'avais plus vue depuis le mois de juillet que nous avions, comme chaque année, passé avec Claire à Contis, mais malgré la distance, je n'avais rien raté de sa vie.

Sans surprise, Margot avait été engagée chez Gaufeld dès le mois de septembre et, comme elle s'y était attendue, les exigences de ce dernier avaient redoublé. Margot n'avait désormais plus une minute de libre et, pour la première fois de sa vie, elle avait été contrainte de reléguer les hommes et l'amour au second plan. Mais son travail l'épanouissait tellement que cela ne lui posait aucun problème. Elle avait l'impression de pouvoir faire, enfin, ce dont elle avait rêvé toute sa jeunesse : imaginer des robes et des accessoires en mariant judicieusement les formes, les lignes, les coloris et les matières, tel qu'elle l'entendait, malgré cependant quelques exigences de la maison et du client. Puis elle les concevait et, là, son rêve devenait réel. Elle était présente à chaque étape de la collection, aux côtés des modélistes afin d'apporter les améliorations nécessaires, tout en veillant au coût final et au suivi technique. Et le soir, en rentrant chez elle, elle continuait à travailler en s'imprégnant de la rue et des passants pour capter les nouvelles tendances de demain, et en analysant les phénomènes de société à travers les magazines et les vitrines. Margot ne se lassait jamais de chercher à innover, à proposer et à imposer son style, s'étant rapidement attiré les bonnes grâces de Gaufeld qui avait apprécié sa forte personnalité, son énergie débordante et sa capacité à travailler en équipe.

Le revers de la médaille, Margot ne se permettait jamais de dire non, et ce 24 décembre, elle avait retardé son Thalys de plus de trois heures pour finir la robe sur laquelle elle travaillait depuis dix jours.

A peine arrivée à la gare, nous nous sommes empressées de rejoindre Claire et Thomas qui nous attendaient avec impatience. Thomas était ravi de retrouver celle qu'il considérait désormais comme sa belle-sœur. Depuis que j'avais rencontré ses parents, il était transformé. Bien que conscient qu'il était hors de question de me brusquer pour autant, il me répétait sans cesse que son prochain combat était que je vienne m'installer chez lui. Après, il me demanderait en mariage et me ferait des dizaines de bébés, me disait-il en riant. J'en riais avec lui, tout en lui confirmant que c'était effectivement un nouveau combat, et que c'était loin d'être acquis.

Cette année-là, malgré tout le plaisir que nous avions à nous retrouver ensemble, Noël ne s'est pas déroulé comme l'année précédente. A l'exception de Thomas, nous étions tous plus occupés, ou préoccupés.

Margot n'avait pas pu prendre de congés autre que le 25 décembre, et bien qu'elle savait pertinemment qu'elle n'avait que peu de temps parmi nous et qu'elle devait en profiter, elle n'avait pas réussi à parler d'autre chose que de son boulot et de la pression qu'elle avait sur les épaules. Elle avait été tendue toute la soirée, même si son rire mémorable parvenait heureusement, de temps en temps, à nous faire oublier cette tension.

Quant à Claire, elle semblait préoccupée par mon bien-être. Depuis le retour des vacances d'été, je lui rendais régulièrement visite car j'avais soudainement ressenti le besoin de parler de ma mère avec elle, et de lui raconter mes dernières aventures et les petits secrets de ma vie, comme je l'aurais fait avec ma mère. Pourtant, Claire n'avait jamais été habituée à ce genre de confidences, et découvrir mes blessures et mes doutes semblait réellement la perturber. Il allait falloir que je la rassure, mais je n'en avais pas le temps pour l'instant.

Pour une fois, il fallait que j'étudie sérieusement car je m'apprêtais à passer ma dernière session d'examens et je voulais la réussir avec succès. Je me suis donc plongée dans mes syllabi pour quelques longues semaines, ne sortant de ma chambre que pour manger, ou pour boire un café.

A l'issue de nos derniers examens, Maud, Thibault, Clémence, Natacha, Thomas et moi sommes partis pendant dix jours dans l'appartement de Thibault à Méribel. Thibault et Maud ont pris une chambre, Thomas et moi une autre, tandis que Clémence et Natacha se sont installées dans la mezzanine au-dessus du séjour et de la salle à manger. Il nous a fallu quelques jours pour trouver notre rythme car Clémence était plutôt du style « couche-tôt, lève-tôt », pestant lorsqu'elle voulait aller se coucher alors que nous continuions la fête juste en-dessous d'elle ; et Natacha du style « couche-tard, lève-tard », râlant au réveil lorsque les plus sportifs tiraient les rideaux, déjeunaient et enfilaient leur tenue de ski avant même que les premières remontées ne soient ouvertes, et alors qu'elle venait tout juste de se coucher.

Au bout de trois jours, nous avons trouvé un compromis et la semaine s'est finalement déroulée sans embûche, sous un soleil radieux. Nous passions les journées sur nos skis, nous arrêtant à peine le temps d'un pique-nique ; nous jouissions d'un dernier verre, au soleil, sur les sommets, alors que la vallée disparaissait dans l'ombre ; nous profitions de l'heure de l'apéro pour jouer, lire, discuter, un verre de bière à la main ; nous nous concoctions de délicieux repas en quantité astronomique tant le sport de la journée nous avait creusé l'appétit ; et nous faisions la fête comme de vieux adolescents, modérément pour certains, jusqu'aux petites heures du matin pour les autres.

Pour nous tous, cette semaine a été une réelle bouffée d'air frais, et nous avons eu du mal à faire nos valises de retour.

En rentrant des sports d'hiver, j'ai ressenti comme une étrange angoisse car j'avais pris deux résolutions en ce début de nouvelle année, et il allait falloir que je m'y tienne.

La première avait été de terminer mes études avec une grande distinction. Je venais de recevoir les résultats de mes examens, et pour autant que mon mémoire de fin d'études soit à la hauteur de ceux-ci, j'obtiendrais sans souci le grade que je m'étais fixé. Le problème était que j'avais tardé à trouver mon sujet et que je n'avais pas encore lu la moindre page, rédigé la moindre ligne.

Thomas m'avait longuement poussée à écrire sur l'Argentine et la Guerre Sale, mais je n'avais jamais trouvé la force de me plonger dans cette histoire obscure. Et quand bien même je l'aurais eue, je n'avais pas réussi à imaginer un sujet actuel et accrocheur lié à cette tragédie. Je m'étais donc mise à la recherche d'un autre sujet jusqu'à ce qu'une idée me vienne, enfin, en écoutant Thomas nous parler une fois de plus du procès qui s'était déroulé quelques mois plus tôt sur l'affaire des génocides rwandais, « procès d'une importance historique considérable », ne cessait-il de nous répéter.

Thomas avait travaillé pendant près de trois ans sur ce dossier rwandais qui l'avait plus que passionné, il lui avait donné l'envie de croire en l'existence d'une véritable justice mondiale. Car les quatre rwandais qui faisaient l'objet de ce procès avaient été poursuivis sur la base d'une loi unique au monde et tout à fait exceptionnelle qui permettait à la Belgique de poursuivre les auteurs de certains crimes les plus graves comme les crimes de guerre, les crimes contre l'humanité et les crimes de génocides, quel que soit le lieu où le crime avait été commis, et sans égard à la nationalité des auteurs ou des victimes, ni à une éventuelle immunité attachée à l'un des auteurs.

« Mais vous ne comprenez pas, avait insisté Thomas, cela signifie que cette loi brise le mur d'impunité derrière lequel les tyrans du monde entier peuvent s'abriter pour couvrir leurs crimes[2]. Elle représente un véritable espoir de justice pour tous ceux qui ne bénéficient pas de protection légale adéquate dans leur propre pays. C'est exceptionnel. C'est exemplaire même ! Et depuis 1993, c'est la première fois qu'un procès a lieu sur la base de cette loi ».

En entendant ces dernières phrases, je n'ai pas pu m'empêcher d'imaginer ce qui aurait pu advenir de la vie de ma mère, et de la mienne, si cette loi avait existé à l'époque de la Guerre Sale. Aurait-on eu le courage de juger, en Belgique, les responsables de ces crimes commis à l'autre bout du monde ? Auraient-ils alors pu être décemment amnistiés ? Ma mère serait-elle retournée vivre en Argentine ? Aurait-elle attrapé ce cancer ? Claire l'aurait-elle suivie avec Margot ? Ma vie aurait pu être tellement différente si l'histoire avait changé…

Et soudain, en considérant combien le sentiment de justice pouvait influencer le cours d'une vie entière, j'ai ressenti l'envie de consacrer mon mémoire à cette loi de compétence universelle et, dès mon retour de vacances, je me suis plongée dans les méandres de ce procès, en

---

[2] Discours prononcé par Amnesty International Belgium, la Ligue Belge des Droits de l'Homme, Liga voor Mensenrechten, Fédération Internationale des Ligues des Droits de l'Homme (FIDH), Human Rights Watch et Avocats sans Frontières.

commençant par la toile de fond de celui-ci, le conflit rwandais.

J'avais vaguement suivi cette catastrophe à l'époque où elle avait eu lieu, mais nos télévisions n'en avaient retranscrit qu'un résumé bien édulcoré, et j'étais alors encore bien jeune pour en comprendre tous les tenants et aboutissants. Aussi ai-je été totalement estomaquée en découvrant toute l'horreur de ce génocide, et la manière dont la haine avait pu naître entre ces deux ethnies hutues et tutsies. Je n'avais pas imaginé que de simples colonisateurs puissent avoir décidé, sur de vulgaires bases raciales et morphologiques, qu'une ethnie était supérieure à une autre, donnant aux Tutsis le droit d'accéder aux études et à la gouvernance, alors que les Hutus devaient se cantonner aux activités subalternes et de moindre importance. Mais le pire était arrivé lorsque l'alliance entre les colonisateurs et les ethnies locales s'était inversée, obligeant une grande majorité des Tutsis à fuir le pays sous la menace de vengeance des Hutus, avec un désir pourtant constant de revenir un jour. Pendant plus de trente ans, chacune de leurs tentatives de retour s'était soldée par des massacres d'une ampleur plus ou moins prononcée, d'une horreur plus ou moins grandissante, jusqu'à ce fameux 4 avril 1994 où le génocide avait débuté. En tout juste cent jours, plus de huit cent mille rwandais avaient trouvé la mort dans des conditions atroces. Un tel massacre ne pouvait demeurer impuni et, face à la demande d'aide du Rwanda dont la justice avait été complètement détruite, la Belgique avait décidé de poursuivre certains responsables sur la base de sa loi de compétence universelle.

Avec l'aide de Thomas, j'ai tenté de comprendre la portée exacte de cette loi et ses conditions d'application. Mais Thomas a surtout attiré mon attention sur les défis auxquels elle était confrontée. Car depuis que plusieurs plaintes avaient été déposées à l'encontre d'Ariel Sharon, la Belgique subissait de fortes pressions internationales pour que cette loi de compétence universelle soit amendée, dans un sens permettant de contenir l'afflux des plaintes et les limiter à certaines conditions de recevabilité. Si de tels amendements étaient adoptés, cela signifiait la fin de cette loi tellement prometteuse pour une véritable justice mondiale.

Je m'apprêtais à clôturer mon mémoire sur cette perspective inquiétante lorsqu'un rebondissement est survenu dans l'affaire Sharon. La justice venait de considérer que les poursuites à l'encontre de ce dernier étaient irrecevables dès lors qu'il n'était pas présent sur le territoire belge. Une telle décision avait manifestement subi une réelle influence politique car il était incontestable que la présence de l'inculpé sur le territoire belge n'était pas une condition d'application de la loi de compétence universelle. Une telle décision ne pouvait que laisser présager d'un malheureux retour en arrière imminent, mais pire, elle posait la question de comprendre comment une telle aberration pouvait ouvertement trouver sa place dans un pays où la séparation des pouvoirs était considérée comme l'une des pierres angulaires du système.

Et c'est finalement sur cette dernière question que j'ai terminé mon mémoire, ce qui a semblé faire l'unanimité auprès du jury, me permettant ainsi d'obtenir la grande distinction que j'avais tant souhaitée pour cette dernière année.

Quant à ma deuxième résolution, j'avais décidé de partir, enfin, sur les traces de la vie de ma mère.

Deuxième partie

6

Je commençais à connaître ce trajet par cœur. Le même quai numéro 5, la même couleur des sièges, les mêmes paysages, le même balancement, la même annonce de départ et d'arrivée, la même gare du Nord. Et toujours le même scénario. A peine le temps d'embrasser Thomas pour lui dire au revoir ; un imbécile parlant trop fort au téléphone, un voisin absorbé par son ordinateur ou une voisine s'endormant sur son livre ; et une Margot rayonnante mais légèrement amaigrie m'attendant sur le quai. Puis surtout, toujours, ce besoin plus fort que tout, cette envie plus pressante que le manque de Thomas, cette mauvaise habitude de me promener jusqu'en première classe pour voir si, à tout hasard, je n'y trouverais pas cet inconnu que j'avais rencontré trois ans plus tôt. J'avais beau vouloir résister, je ne pouvais m'empêcher de penser à lui et à ce que nous avions vécu. Pas grand-chose, juste un étrange rêve au milieu de cette belle réalité, mais un rêve qui ne voulait se dissiper.

Cela faisait maintenant quatre ans que ma mère était morte et depuis, chaque année aux alentours de l'anniversaire de sa mort, je rendais visite à Margot. C'était devenu une habitude, un moment que nous partagions toutes les deux. Nous n'avions en réalité que peu de temps ensemble tant Margot était accaparée par son travail, mais ce peu de temps était précieux. Nous rattrapions l'année écoulée, tout ce que nous n'avions pas pu partager au téléphone ; nous nous rendions dans nos endroits fétiches ; nous parlions de notre enfance. Thomas m'avait demandé une année s'il pouvait m'accompagner, mais en voyant ma mine contrariée, il n'avait pas insisté. C'était mon petit moment d'escapade, et j'en avais besoin pour me ressourcer.

J'avais consacré mes deux dernières visites à effectuer des recherches sur ma mère, mon grand-père, et sur l'histoire de leur pays. J'avais eu d'excellents contacts avec France Terre d'Asile qui avait pu me fournir de nombreuses informations sur la manière dont avaient vécu les émigrés latino-américains des années 1980. Sous leurs conseils, je m'étais rendue dans la commune de Fontenay-sous-Bois, au centre d'hébergement provisoire des étrangers, pour me rendre compte des conditions dans lesquelles ma mère avait vécu ses premiers mois. J'avais également profité de mes séjours à Paris pour me rendre à l'Ambassade d'Argentine et récolter un maximum de renseignements sur ma mère et mon grand-père. Mais l'aide la plus précieuse m'avait été fournie par Amnesty International. J'y avais non seulement rencontré certaines personnes qui se souvenaient parfaitement de ma mère et qui avaient pu m'en parler longuement, mais j'avais surtout reçu un nombre incalculable de documents sur la Guerre Sale, et quelques-uns sur mon grand-père en particulier.

En commençant mes recherches, j'avais pensé qu'une semaine me suffirait pour me faire une idée relativement précise de la vie qu'avait vécue ma mère. J'étais loin d'imaginer qu'il me faudrait plus d'une année pour m'y retrouver parmi tous ces documents, notes et sentiments bouleversants. Et alors qu'à l'issue de notre dernière année d'études, chacune de mes amies se mettait à la recherche d'un emploi, j'avais décidé de prendre une année sabbatique pour reconstruire le puzzle de la vie de ma mère et de l'histoire de son pays.

Ce fut une année terriblement difficile pendant laquelle j'ai laissé peu de place à ceux qui m'entouraient, à commencer par Thomas. Mon esprit était entièrement accaparé par ce que je lisais, et bien que je m'étais attendue à des découvertes difficiles suite au récit de ma mère, ce qui se trouvait sous mes yeux était encore bien pire et, malheureusement, certainement bien moins pire que ce qui s'était réellement passé.

J'ai parcouru, comme ma mère l'avait fait, l'intégralité de l'ouvrage « Nunca Mas » qui reprenait avec le plus de précisions et d'objectivité possibles les sept années de Guerre Sale argentine, et ce fut également pour moi l'une des choses les plus pénibles que j'ai eu à faire jusqu'alors dans ma vie. Ce document faisait la lumière sur près de neuf mille cas de disparitions forcées – sur les trente mille estimées –, collectés sur la base de témoignages de parents ou de compagnons de détention libérés. Pendant neuf mois, la Commission chargée de rédiger ce recueil avait sillonné tout le territoire argentin à la recherche desdits témoignages et ce, malgré les craintes de représailles. Elle avait également parcouru tous les dossiers de l'Etat qui n'avaient pas été détruits et avait enquêté sur les types de violations les plus répandus. De ce travail, étaient ressorties plus de cinquante mille pages de documentation, et une histoire commune, celle de dizaines de milliers de personnes enlevées clandestinement et torturées, tant physiquement que psychologiquement, subissant des violences sexuelles, des chocs électriques, étant affamées et forcées de se coucher dans leurs propres excréments. Certaines étaient même détenues dans des espaces tellement exigus qu'elles étaient obligées de se coucher en position de fœtus.

Comment se pouvait-il qu'une histoire aussi atroce soit celle qu'avaient vécue ma mère, et surtout mon grand-père ? J'avais beau me dire que c'était du passé, je la vivais toute entière à l'instant où je la découvrais. J'ai beaucoup pleuré, et quelque fois hurlé de douleur. Il m'arrivait de m'arrêter au milieu d'une phrase, de chausser mes baskets et de m'en aller courir pour évacuer certains détails trop lourds à supporter : des tortures indescriptibles, des humiliations inhumaines, des méthodes d'extermination inimaginables. Et il y avait ces centaines d'enfants et de bébés soustraits à leurs familles naturelles et adoptés sous de faux noms par des militaires. Qu'étaient-ils devenus ? Avaient-ils pu retrouver leur véritable identité ?

Après avoir disséqué cet ouvrage de bout en bout, j'ai analysé chacun des autres documents que j'avais pu récolter et, au milieu de ces centaines de pages, j'ai découvert le nom de deux personnes qui, vraisemblablement, avaient été enfermées avec mon grand-père et s'étaient échappées avec lui. Leur témoignage avait attiré mon attention en raison de la date de leur évasion, le 31 mars 1978. Le mot de mon grand-père datait du même jour. J'ai remué ciel et terre pour tenter d'obtenir des informations à leur sujet, et c'est finalement Amnesty International qui m'a aidée à retrouver la trace de l'un d'eux qui vivait en France depuis son évasion. J'ai eu l'occasion de le rencontrer et il m'a raconté son histoire.

– Le 23 novembre 1977, j'avais disputé un match de football avec mes amis, comme tous les samedis. En arrivant chez moi, quatre hommes me sont tombés dessus. Ils m'ont bandé les yeux, lié les mains dans le dos, m'ont jeté à terre en m'ordonnant de garder la tête baissée, et ont commencé à me tabasser tout en me posant des questions que je ne comprenais pas. Ils m'accusaient d'appartenir à la guérilla, et j'avais beau leur jurer qu'ils se trompaient, ils continuaient à me rosser de coups. Au bout d'un moment, ils m'ont emmené avec eux. Je n'avais aucune idée de l'endroit où nous allions. Et j'avais peur.

« Nous avons roulé un temps qui m'a semblé interminable. J'avais toujours les yeux bandés, ne sachant pas où nous étions. Soudain, nous nous sommes arrêtés. « Qui sont tes contacts ? », m'ont-ils hurlé dessus. Je n'en avais pas, je ne comprenais pas. Ils m'ont torturé toute la journée pour que je parle, m'insultant, m'infligeant des coups à la tête, dans les côtes et dans le dos, à l'aide de bâtons ou de matraques. Je hurlais de douleur, les suppliant d'arrêter. Je n'avais rien à voir avec la guérilla.

« Cet acharnement a duré trois jours, intensivement. Chaque fois que je pensais en avoir terminé, ils revenaient me chercher, voulant à tout prix me faire dire ce que je n'étais pas. Je ne dormais pas, je ne mangeais pas, je ne buvais pas. Jusqu'à ce moment où ils m'ont paru s'être calmés. Avaient-ils réalisé leur erreur ? Ils m'ont apporté à boire dans une gamelle de chien, m'ont parlé plus calmement, et m'ont emmené avec eux. J'avais toujours les yeux bandés. Soudain, je me suis retrouvé la tête sous l'eau, maintenu sous la pression d'une main inconnue. Je perdais mon souffle, j'ai cru mourir. Lorsque j'ai enfin repris de l'air, ils m'invectivaient, m'obligeant à leur confesser mes soi-disant crimes. « Dis-nous que tu es dans la guérilla ! », « Dis-nous que tu prépares un attentat ! ». Je répondais que je ne comprenais pas, que je n'avais rien fait, et je me retrouvais alors à nouveau sous l'eau. Ils se sont acharnés pendant des heures, mais je tenais bon et, subitement, tout s'est arrêté. Ils m'ont ramené dans ma chambre, les mains toujours liées et les yeux toujours bandés, et ils m'ont dit que je serai libre à Noël, vingt jours plus tard…

« Je rêvais de rentrer chez moi et de pouvoir prévenir mes proches. Je n'en pouvais plus d'être plongé dans le noir, mon corps entier me démangeait à cause de la saleté et de mes plaies infectées, et il y avait ces hurlements des autres détenus, insupportables, et qui ne cessaient jamais. J'étais à bout.

« Noël est finalement arrivé. Ce jour-là, la porte s'est ouverte et ils ont jeté ses chaussures à mon compagnon de cellule, lui disant qu'il était libre. Je n'osais y croire ! Mais alors que je sentais les choses s'agiter à mes côtés, personne ne semblait se soucier de moi. Avaient-ils perdu mes chaussures ? « Je peux rentrer pieds nus, ce n'est pas un problème », leur ai-je dit naïvement. Ils se sont moqués de moi et m'ont emmené dans une autre chambre. Je ne partais pas… Pour la première fois depuis trente jours, ils ont enlevé mon bandeau. J'ai pu voir le visage de six autres compagnons détenus et parmi ceux-ci, il y avait votre grand-père… Nous avons reçu à manger et un verre de champagne, puis nos geôliers ont replacé nos bandeaux en nous souhaitant un Joyeux Noël. Nous les avons remerciés, car nous n'avions pas le choix.

– Et savez-vous depuis quand mon grand-père était séquestré ?

– Pas exactement, non. Mais ça devait faire un mois environ, comme nous tous. Nous faisions partie de la même vague d'arrestations, aussi arbitraires les unes des autres.

– Vous n'avez jamais connu la raison de votre arrestation ?

– En ce qui me concerne, jamais. En revanche, votre grand-père a découvert qu'il avait été balancé par un de nos compagnons de chambrée, Thano, qui faisait, lui, partie de la guérilla. Voulant laisser à ses camarades du temps pour fuir, il avait préféré donner le nom d'un innocent, pensant peut-être que votre grand-père serait alors libéré… Finalement c'est Thano qui nous a quittés le premier au bout de deux mois environ. Nous pensions qu'il avait été transféré en prison, je sais aujourd'hui que non.

– Il a été tué, je suppose…

– Bien sûr, comme tous ceux qui ont parlé. Heureusement pour nous autres, nous n'avons jamais balancé personne. Et pourtant, nous entendions tous les jours le même discours. « Si vous parlez, vous avez une chance de sortir », « Vous ne rentrerez chez vous que si vous nous donnez des noms », « Dans les jours qui viennent, nous allons décider de votre sort. Il va falloir faire des efforts. On veut des noms ! ». C'est tout ce qu'ils voulaient, d'autres personnes à arrêter, et une raison de nous supprimer.

J'ai repensé à ce que j'avais lu sur les méthodes d'exécution, sur la manière dont ils droguaient les détenus et les jetaient en pleine mer, vivants, du haut d'un avion, et j'ai remercié le ciel que mon grand-père n'ait pas parlé.

– Nous avons tous tenu bon, malgré la menace constante sous laquelle nous vivions. Chaque fois qu'une porte s'ouvrait, qu'un bruit résonnait, qu'un gardien s'approchait de nous, nous sursautions et nous recroquevillions sur nos matelas de peur d'être frappé une fois de plus, sans raison. Nous étions traités comme des chiens, mangeant les restes de nos geôliers dans une seule et même gamelle, à même le sol, sans couvert. C'était d'une telle humiliation…

« Et puis il y a eu ce matin. Ils sont entrés nerveusement dans notre chambrée et se sont mis à nous couper les cheveux avec ce qu'ils avaient sous la main, arrachant des mèches de manière éparse et désordonnée, nous rendant volontairement immondes et méconnaissables. Puis ils nous ont rossé de coups jusqu'à nous défigurer, ils nous ont obligés à nous déshabiller et nous ont attachés, nus, à des lits. Pour la deuxième fois depuis plus de cent jours, ils nous ont enlevé nos bandeaux et nous ont tendu un miroir, pour nous faire voir nos visages, réaliser à quoi ils nous avaient réduits. Alors ils nous ont jeté un seau d'eau sale à la figure et ils nous ont lavés à la serpillère, comme on aurait lavé le sol d'une cuisine, « pour nous faire reluire ». Nous étions désormais moins que des chiens.

« Le lendemain, ils nous ont demandé nos dernières volontés et nous avons compris que nous vivions là nos dernières heures…

– Mais comment avez-vous fait pour fuir, alors ?

– Les menottes de votre grand-père n'avaient pas été suffisamment serrées et il a pu dégager ses mains, puis défaire nos liens. Il a réussi à détacher une petite vis de son lit, nous permettant ainsi de déverrouiller les fenêtres. Je n'ai jamais autant tremblé de peur qu'en entendant le grincement des châssis et des volets. Je craignais que les gardiens n'arrivent et qu'ils nous tuent. En nous penchant au dehors, nous avons réalisé que nous étions au deuxième étage de la maison où nous étions séquestrés. L'unique solution pour atteindre le sol était d'attacher nos couvertures les unes aux autres et espérer qu'elles ne craquent pas sous notre poids. La descente a été terriblement difficile car nous avions toujours les mains menottés et nous craignions de glisser. Mais nous y sommes parvenu.

« Et c'est ainsi que cette nuit-là, le 31 mars 1978, cent-vingt-et-un jours exactement après que j'ai été arrêté, nous nous sommes évadés par la fenêtre, nus, et nous sommes mis à courir dans la nuit noire, jusqu'à un jardin où nous avons pu trouver de quoi nous habiller avant de nous séparer pour ne plus jamais nous revoir.

« Plus jamais.

Nunca mas !

En rentrant chez moi, j'ai pris conscience que le témoignage que je venais d'entendre serait le dernier. Je venais de toucher mon but. J'avais tout appris de cette histoire de l'Argentine, de celle de ma mère et, enfin, de celle de mon grand-père. Désormais, il n'y aurait plus de recherches, plus de nouvelles découvertes. Il me resterait juste à partir en Argentine, mais ça, ce serait pour plus tard.

Pour l'heure, il fallait que je sorte de cette bulle dans laquelle j'étais enfermée depuis plus d'un an et que je retrouve mes amis et ma famille. Mais il me restait cependant une dernière chose à faire. Pendant trois jours, je me suis enfermée dans ma chambre et j'ai consigné, dans un carnet, tout ce que j'avais lu et ressenti ces derniers mois, pour garder à jamais une trace écrite de cette histoire qui m'appartenait désormais. J'ai replacé ma mère et mon grand-père au milieu de cet étrange puzzle, et une fois que j'ai eu terminé, j'ai refermé mon carnet, je l'ai rangé et je n'y ai plus touché. Jusqu'à ce que le destin m'amène, de nombreuses années plus tard, à l'ouvrir à nouveau…

A peine avais-je réintégré un semblant de vie normale que Thomas réservait des billets pour l'Indonésie afin d'aller rendre visite à Tarik, le guide que nous avions rencontré deux ans plus tôt lors de notre ascension du Rinjani, et avec qui nous avions gardé contact.

L'été suivant notre retour de Bali, nous étions retournés le voir, soucieux de tenir la promesse que nous lui avions faite, et cette deuxième rencontre nous avait bouleversés tout autant que la première, nous aidant à relativiser nos problèmes, et nous rappelant les bonnes résolutions que nous avions prises. Nous avions passé dix jours dans son village, logeant chez lui, et nous occupant de sa fille Sarah lorsqu'il partait gravir le Rinjani une fois de plus. Mais avant de les rejoindre, Thomas et moi avions pris une grande décision : nous allions financer la scolarité et les études de ses deux filles. Lorsque nous avions fait part de notre projet à Tarik, il s'était contenté comme à son habitude de baisser la tête dignement.

En constatant combien cette année de recherche m'avait chamboulée, Thomas n'avait pas vu de meilleure solution que d'aller, à nouveau, passer quelques jours chez Tarik, retrouver sa sérénité et sa simplicité.

Tarik vivait désormais seul au village, ses deux filles logeant toute l'année dans un internat en ville. Il était heureux de nous ouvrir, une fois de plus, les portes de sa maison et de pouvoir nous raconter à quel point ses filles grandissaient, prenaient en assurance, et surtout, s'instruisaient. Sarah savait désormais lire et écrire, tandis que son aînée s'apprêtait à entrer au collège. Il était très fier d'elles et la vie lui paraissait plus légère depuis qu'il les savait sur la voie de la sécurité sociale. Cette année-là, nous n'avions pu passer que deux jours en compagnie de Tarik car le travail continuait pour lui. Nous avons donc profité de notre troisième passage à Lombok pour découvrir, enfin, l'atmosphère paradisiaque des Îles Gili et nous octroyer trois jours de détente dans cet hôtel de charme dont Thomas m'avait tant vanté la beauté.

Cette escapade en Indonésie m'avait réellement fait du bien et aidée à tourner la page. Mais je réalisais soudainement que le temps avait filé, que nous étions déjà en juillet, et qu'il était grand temps que je me mette à chercher du travail.

J'ai longuement tergiversé en me demandant ce que j'allais faire. Pendant mes études, j'avais toujours imaginé me diriger vers la presse écrite et postuler auprès d'un grand quotidien. Mais à cette période de ma vie, je me sentais attirée vers quelque chose de plus désintéressé, sans pour autant être convaincue que c'était réellement ce à quoi j'étais destinée. J'hésitais donc, incapable de me décider. J'ai finalement postulé partout.

Très rapidement, j'ai reçu un appel d'Amnesty International – ce qui n'avait rien d'étonnant vu les nombreux excellents contacts que j'avais développés au cours de mon année de recherches – et, dès le mois de septembre, j'ai commencé à travailler pour eux. J'étais en charge de la rédaction des communiqués de presse résumant, pour le grand public, les différentes actions de l'association. J'ai immédiatement été accaparée par ce que je faisais, tant les sujets étaient variés et passionnants. J'étais d'ailleurs d'autant plus enthousiaste que Thomas et moi partagions désormais la même implication professionnelle – le goût pour les causes humanitaires. Je lui parlais des heures entières des sujets dont j'avais à traiter et il m'écoutait attentivement, m'aidant dans l'approche juridique de ceux-ci.

Entre Thomas et moi, l'amour avait redoublé de vigueur et d'intensité, comme si nous tentions de rattraper les mois que nous avions laissé filer. Je ne rentrais quasiment plus jamais dormir à la maison. L'ambiance avait d'ailleurs bien changé.

Maud nous avait quittées juste après son mariage pour s'installer avec Thibault. Ils s'étaient mariés durant le mois d'août et cette journée avait été splendide à tous points de vue tant ils rayonnaient d'amour, de bonheur et de simplicité. Thibault semblait même être retombé amoureux de Maud, magnifique dans sa belle robe blanche qui épousait à merveille sa menue silhouette. Maud et Thibault nous avaient, à chacun, réservé une place d'honneur à leurs côtés, et nous l'avions investie avec joie. Clémence et moi leur avions préparé un discours de témoins dont ils risquaient de se souvenir pendant de nombreuses années ; Thomas avait, pour la messe, écrit un texte sur l'amour qui en avait fait pleurer plus d'un, à commencer par moi ; et Natacha avait sublimé toute la cérémonie religieuse de sa voix cristalline. Le soir, nous nous étions tous retrouvés à la même table, à l'exception de Margot que Maud avait veillé à entourer de deux charmants célibataires. Ils s'étaient bataillés toute la soirée pour savoir lequel l'emporterait et, à mon grand étonnement, elle était rentrée seule à la maison.

Clémence, de son côté, s'apprêtait à faire ses valises car elle venait de décrocher un stage de quatre mois à Paris. Elle avait connu une période relativement difficile, faite de quelques déceptions, dont celle notamment de ne pas avoir pu intégrer l'équipe nationale de hockey pour laquelle elle avait pourtant été sélectionnée. Elle s'était grièvement blessée au genou en toute fin de saison, et plusieurs mois de rééducation sans pouvoir pratiquer le moindre sport avaient malheureusement eu raison de son rêve le plus cher. Refusant pour autant de se laisser abattre, elle s'était inscrite en dernière minute pour une spécialisation de deux ans en journalisme sportif, laquelle impliquait une alternance entre quatre mois de cours et quatre mois de stage. A force de persévérance, elle avait finalement décroché son premier stage à France 2.

Quant à Natacha, elle venait de changer de poste au sein de la RTBF, et après avoir travaillé deux ans à la radio, courant de faits divers glauques en faits divers minables, elle intégrait l'équipe du journal télévisé, au service politique et étranger. Elle était donc enchantée que la maison se vide petit à petit car elle savait qu'elle allait désormais devoir adopter un style de vie un peu plus calme pour pouvoir tenir la cadence de son nouveau travail.

C'est donc dans cette ambiance de fin d'année que j'ai eu l'étrange idée de demander à Thomas ce qui lui ferait plaisir pour ses trente ans, et qu'il a eu cette étrange idée de me proposer de venir m'installer définitivement chez lui. Et contrairement à ce que j'aurais pu imaginer, j'ai accepté sans hésiter. Je ne pouvais cependant pas dire que j'étais folle de joie car je redoutais cette nouvelle étape de notre relation, certainement plus importante pour Thomas que pour moi. Pour autant, en rentrant à la maison, c'est avec enthousiasme que j'ai annoncé la nouvelle à Natacha, et nous avons passé une dernière soirée à deux dans notre cuisine à refaire le monde, avant qu'elle monte m'aider à empaqueter mes affaires. J'ai mis un peu plus de temps à les déballer, mais au bout de trois mois, mes caisses avaient enfin déserté notre chambre. J'ai alors pris pleinement possession des lieux, et Thomas de mon cœur.

Nous coulions le parfait amour. Nous étions indépendants, mais complémentaires ; heureux, même si souvent en désaccord ; il avait les défauts que je n'avais pas et les qualités qui me manquaient ; il me passionnait, je le faisais rire ; il me surprenait, je l'intriguais ; il m'aimait à la folie, je l'aimais à la folie.

Nous nous aimions tellement que je ne voyais pas ce qui aurait pu venir briser notre bonheur. Et pourtant, ce 8 mai 2004, je plongeais une fois de plus dans ce satané Thalys. Une fois de plus, je n'avais pas eu le temps d'embrasser Thomas. Une fois de plus, je me trouvais à proximité d'un imbécile parlant trop fort au téléphone. Une fois de plus, la sublime silhouette de Margot m'attendait à la gare. Et une fois de plus, j'ai ressenti ce besoin plus fort que tout, cette envie plus pressante que le manque de Thomas, cette mauvaise habitude de me promener jusqu'en première classe pour voir si, à tout hasard, je n'y trouverais pas cet inconnu que j'avais rencontré trois ans plus tôt.

Si j'avais su que cette nouvelle escapade à Paris allait bouleverser ma vie à jamais, je ne sais pas si j'aurais pris ce train. Mais ce dont je suis certaine, c'est que j'aurais passé plus de temps avec Thomas, à lui dire combien je l'aimais et à le remercier pour tout ce qu'il m'avait apporté.

7

Je suis arrivée à Paris relativement tard ce vendredi soir, bloquée dans le Thalys pendant plus d'une heure en raison d'un accident sur les voies. Margot m'attendait patiemment à la gare bien que je lui aie répété à de nombreuses reprises de rentrer chez elle. J'ai aperçu sa fine silhouette en descendant du train, et alors que nous nous jetions dans les bras l'une de l'autre, Thomas m'a appelée. J'ai décroché en vitesse car il s'apprêtait à monter dans son avion pour rejoindre ses parents quelques jours dans les Caraïbes et je savais qu'une fois sur le bateau, il n'aurait plus de réseau et moi, plus de nouvelles de lui. Il m'a dit qu'il m'aimait et que je lui manquais déjà terriblement. Je lui ai répondu que je l'aimais aussi et que j'attendais son retour avec impatience. Après avoir raccroché, j'ai eu droit aux taquineries de Margot sur nos éternels « Je t'aime » et sur le sourire niais qui s'affichait sur mon visage chaque fois que je lui parlais. Nous nous sommes ensuite dirigées vers la station de métro. Nous l'avons attendu quelques minutes à peine et alors que je lui racontais en long et en large ma nouvelle vie avec Thomas, le bonheur que nous partagions et les projets que nous étions en train de construire, je me suis soudain arrêtée, muette de stupeur.

– Sors ! ai-je fini par m'exclamer.

– Comment ?

– Sors ! ai-je répété en attrapant Margot par la main pour la faire descendre de la rame.

Je l'ai tirée jusque devant une affiche publicitaire sur laquelle figuraient le tableau d'une femme dans une gare et l'adresse d'une galerie d'art.

– Mais qu'est-ce qui te pr… ?

– Regarde !

– Quoi ?

– Là ! Juste devant toi ! lui ai-je dit en posant son nez sur l'affiche.

J'ai longuement regardé ce tableau, estomaquée. Margot se tenait à mes côtés et semblait réellement ne pas comprendre. Après avoir rassemblé mes esprits, je me suis mise à lui expliquer calmement.

– Tu te souviens du jour, il y a trois ans, où j'ai failli rater mon train ?

Margot a hoché la tête. Elle s'en souvenait parfaitement et riait souvent de ce jour où elle s'était retrouvée, mon sac à la main, alors que mon train s'éloignait.

– Eh bien, ce jour-là, j'ai fait une étrange rencontre dans le Thalys.

– Comment ! Mais tu ne m'en as jamais parlé ! s'est-elle exclamée, légèrement vexée.

– Parce qu'il n'y avait rien à dire… Enfin si, il y avait tellement à dire. Mais comment expliquer ce qui s'était passé ? Rien de particulier. Un homme m'a tendu la main pour m'aider à monter dans le train, je l'ai remercié, je me suis installée à ses côtés et nous avons discuté. C'est tout. Mais c'était magique…

J'ai marqué une courte pause en repensant à cette rencontre avant de reprendre.

– J'aurais voulu que ce moment s'éternise. Mais en arrivant à la gare, tout s'est brutalement arrêté. Thomas était là, à m'attendre. Je l'avais complètement oublié… Le temps qu'il m'enlace, cet homme avait disparu. Je ne connaissais même pas son prénom… Je ne connaissais pas grand-chose de lui et, pourtant, il m'a hanté pendant des mois. J'y pensais jours et nuits. Je rêvais de le retrouver et de poursuivre ce que nous avions commencé. Aujourd'hui encore, chaque fois que je monte dans le Thalys, j'espère secrètement le croiser à nouveau. C'est stupide, je sais, mais c'est plus fort que moi.

– Ce n'est pas stupide, Isa, ça arrive les coups de foudre. Mais je n'en reviens pas que tu ne m'en aies jamais !

– Mais arrête avec ça ! Tu n'es quand même pas sérieusement vexée ? Si je t'en avais parlé, tu m'aurais encore traitée d'éternelle romantique et toute la magie serait partie d'un coup. J'avais envie de continuer à rêver, c'est tout.

– OK, au temps pour moi… Mais pour revenir à aujourd'hui, peux-tu m'expliquer ce que je fous avec le nez sur cette affiche ?

– Mais tu ne vois pas ? Cette fille, là, dans le tableau, c'est moi !

– Excuse-moi, Isa, mais franchement, ce n'est pas flagrant ! Tout est flou à l'exception du regard.

– Je sais ! Mais la scène décrite dans ce tableau, c'est exactement ce qui s'est passé juste après que nous soyons sortis du train. Thomas m'a enlacée mais je n'ai pu m'empêcher de chercher à me défaire de ses bras pour retrouver cet homme qui me manquait déjà. Et, ce jour-là, j'avais exactement ce regard. Un mélange de regret de n'avoir pu changer ce qui venait de se passer, de gratitude d'avoir malgré tout partagé ces quelques instants avec lui, et de désespoir de l'avoir déjà perdu. J'avais, dans les yeux, une étincelle d'amour qui se volatilisait aussi vite qu'elle était née.

– Mais, Isa… a commencé Margot sans savoir comment terminer sa phrase.

– Ne me dis pas « Mais Isa ». Ça peut paraître absurde, naïf, ridicule, tout ce que tu veux. Je m'en fous. Je sais ce que je dis. Celui qui a peint cette toile, c'est l'homme que j'ai rencontré dans le Thalys il y a trois ans. Ça ne peut pas être qu'une série de coïncidences : cette scène, ce décor de gare, cette petite robe bleue à fleurs, la même que je portais ce jour-là. Et puis le fait qu'il était peintre…

– Il était peintre ?! s'est exclamée Margot. Mais pourquoi n'as-tu pas commencé par là ?

Je l'ai regardée bêtement. Pourquoi n'avais-je, en effet, pas commencé par là ? Ça ne m'avait paru être qu'un détail face à l'évidence de la situation.

– Bon ben, qu'est-ce que tu vas faire maintenant ?

– Ce que je vais faire ? Aller demain à son expo et essayer de le voir ! ai-je répondu avec une assurance qui m'étonnait moi-même.

– Isa…

– Il y a Thomas, je sais ! Mais tu ne comprends pas, Margot. Cet homme me hante depuis trois ans. J'y pense tout le temps. Il est dans un coin de ma tête. J'ai besoin de comprendre à quoi rimait cette rencontre, savoir s'il a ressenti, ce jour-là, la même chose que moi.

– Et si c'était le cas…N'oublie pas que tu as un mec en or, qui t'aime plus que tout, et que tu aimes de la même manière. C'est précieux. Ne gâche pas ça…

– Margot, tu pourras me dire tout ce que tu veux, tu ne pourras rien changer à ce qui va se passer. J'irai demain voir cette galerie, avec ou sans toi, et j'essaierai de rencontrer ce fameux Auguste Connaghan.

Margot et moi avons terminé notre trajet à pied. Nous n'étions plus très loin de chez elle et j'avais besoin de prendre l'air.

J'ai eu beaucoup de mal à m'endormir ce soir-là. Je ne cessais de penser à ce tableau. Etait-ce réellement mon inconnu qui l'avait peint ou juste mon envie débordante de le rencontrer à nouveau qui me jouait des tours ? Et quand bien même c'était lui, cela ne signifiait pas pour autant que nous avions alors partagé les mêmes sentiments. Que se passerait-il si j'avais la moindre chance de le croiser le lendemain ? Me reconnaîtrait-il ? Je ressentais déjà toute la peine qui m'envahirait si ce n'était pas le cas. Mais si je voyais dans ses yeux le même désir que celui qui m'habitait, que ferais-je ? Il y avait Thomas, et l'idée de le faire souffrir m'était insupportable. Et pourtant, n'étais-je pas déjà en train de franchir une ligne à ne pas franchir ? Certainement, mais c'était le prix à payer pour être en paix avec moi-même. J'espérais seulement qu'il le comprendrait…

Je me suis levée à l'aube le lendemain et j'ai attendu autant que possible avant de réveiller Margot. Je me suis baladée dans son quartier, me suis arrêtée sur une terrasse pour boire un café bien noir et me suis rendue jusqu'à la boulangerie la moins proche pour acheter le petit déjeuner. Près de deux heures plus tard, j'ai fini par rentrer, et après avoir préparé un plateau rempli de viennoiseries, j'ai poussé la porte de sa chambre. Elle était exaspérée, elle qui avait tellement besoin de sommeil, mais elle avait saisi l'effort incroyable que j'avais déjà fait, et elle a filé dans sa douche en vitesse.

La galerie ouvrait à peine ses portes lorsque nous sommes arrivées et j'ai soudain ressenti une incroyable appréhension en pénétrant à l'intérieur. J'ai admiré chacune des œuvres d'Auguste tout en le cherchant du regard, mais j'ai vite compris qu'il n'était pas là. Quelle probabilité y avait-il d'ailleurs qu'il y soit ? Il fallait pourtant que je le rencontre. Je me suis rendue à l'entrée afin de savoir à quel moment Auguste serait présent, mais personne n'était en mesure de me répondre. J'ai alors tenté d'obtenir ses coordonnées, mais là, je me suis heurtée à un refus catégorique. N'ayant pas d'idée lumineuse pour les faire changer d'avis, je me suis résignée à leur demander un bout de papier sur lequel je me suis contentée d'inscrire une seule ligne avec mon numéro de téléphone.

– Qu'est-ce que tu as écrit ? m'a demandé Margot.

– Les mots me manquent.

– Hein ? Pourquoi ?

– C'est le titre du tableau.

– Tu es sûre qu'il va comprendre ?

– J'imagine… J'espère… Mais que voulais-tu que j'écrive d'autre de toute manière ?

– Je ne sais pas, moi ! Mais au moins lui rappeler votre rencontre… Etre certaine qu'il sache qu'il s'agit bien de toi.

– S'il pense à moi autant que je pense à lui, il comprendra. Sinon, il ne vaut mieux pas qu'il m'appelle… ai-je répondu, pourtant peu convaincue par mon propre raisonnement.

– Si tu le dis…

– Bon, il fait magnifique, on va se promener ? l'ai-je coupée, légèrement irritée par nos manques de conviction réciproques.

Nous avons longuement flâné dans la ville, traversant le jardin des Tuileries jusqu'au Louvre. De là, nous avons longé la Seine jusqu'à Notre-Dame. Nous avons acheté de délicieux sandwichs chez notre traiteur libanais préféré, caché non loin de là dans une rue isolée du cinquième arrondissement, et nous les avons dégustés les pieds dans l'eau, ou presque, à la pointe de l'île de la Cité, avant de nous endormir au soleil. Nous sommes ensuite rentrées à l'appartement en passant faire quelques courses inévitables. Arrivées chez Margot, exténuées, nous avons à peine eu le temps de prendre nos douches que nous étions déjà reparties car une réservation nous attendait dans notre restaurant habituel.

J'étais en train de me plaindre d'avoir acheté des chaussures à talons un peu trop hauts lorsque nous sommes arrivées, avec plus d'une demi-heure de retard. Le patron nous a saluées et nous a installées à côté de la fenêtre. A peine étions-nous assises que je n'ai pu résister à la tentation d'attirer l'attention de Margot sur l'énergumène qui passait dans la rue. Ce n'était pas dans mes habitudes de critiquer ou de me moquer, mais pour une fois, il y avait matière à exception. Et tout en riant de cette pauvre personne, je ne pouvais m'empêcher de culpabiliser, d'autant que je venais de lancer Margot sur son sujet favori, et en matière de critique de look, elle était d'un redoutable cynisme. Toutes les personnes du restaurant ont eu droit à leur quart d'heure. Vu l'exiguïté de celui-ci, je riais sous cape dans les premiers temps, de peur qu'on ne nous surprenne, mais Margot qui adorait provoquer pour qu'on la regarde, en rajoutait tant et si bien que j'ai fini par capituler, emportée par des fous-rire de plus en plus démesurés. Lorsqu'elle s'en est prise à mon voisin le plus proche, j'étais tellement gênée que je me suis reculée en riant pour ne pas qu'il me voit, heurtant violemment l'homme assis juste derrière moi. Je me suis retournée pour m'excuser et lorsqu'il en a fait de même pour m'assurer qu'il allait bien, le temps s'est figé.

En l'espace d'un instant, chacun de mes souvenirs s'est ravivé dans mon esprit. Son odeur, la douceur de sa voix, l'intensité de son regard. Mon cœur battait à tout rompre, mais j'étais comme tétanisée. De son côté, il s'est contenté de m'adresser son plus beau sourire en me disant tout naturellement « Je savais que nous nous reverrions ».

Je devais être en train de rêver. Cet homme qui avait occupé mes pensées pendant tout ce temps se trouvait juste à mes côtés. Comme si nous ne nous étions jamais quittés. C'était impensable, inimaginable. D'autant qu'il avait manifestement partagé mon trouble il y a trois ans, ce sans quoi il n'aurait pas été là, à m'attendre dans ce restaurant. Il avait lu mon mot, s'était souvenu de notre rencontre et n'avait pas hésité à venir me rejoindre. Je n'en revenais pas. J'étais folle de joie. Mais soudain, un doute est venu interrompre mes rêveries. Comment avait-il su que je serais là ? Je ne l'avais pas mentionné à la galerie et personne n'avait cherché à m'appeler. A moins que Margot n'ait décroché mon téléphone quand j'étais sous la douche... C'était impossible, elle n'aurait pas pu me cacher une chose aussi importante à mes yeux. Mais alors, comment ?

– Mais... mais comment as-tu su ?

– Que nous nous reverrions ?

– Non, que je serais là ce soir ?

Il a penché la tête en plissant des yeux, ne semblant pas saisir ma question.

– Tu n'as pas eu mon mot ? ai-je poursuivi pour tenter de clarifier les choses.

– Ton mot ? Mais quel mot ?

Je me suis mise à rire, un peu naïvement, car je réalisais qu'il était manifestement là de manière tout à fait fortuite.

– Tu veux dire que tu es là par hasard ? me suis-je reprise. Attends, ne me prends pas pour une folle. C'est juste que ma sœur et moi sommes allées voir ta galerie ce matin après avoir découvert ton tableau « *Les mots me manquent* » dans le métro. J'ai espéré t'y trouver ou obtenir tes coordonnées, mais à défaut, je t'ai laissé un mot avec mon numéro de téléphone. Alors, en te voyant, j'ai cru que tu l'avais eu. Je ne veux pas croire que tu sois là par hasard…

– Mais je ne crois pas que ce soit le hasard. C'est le destin, tout simplement ! Que veux-tu qu'on y fasse s'il s'échine à nous réunir…

J'ai baissé les yeux en rougissant car, si j'avais soutenu son regard à ce moment, je l'aurais embrassé sur le coup. Il a dû saisir mon malaise car il a subitement changé de sujet.

– Si je me souviens bien, ta sœur se prénomme Margot, c'est ça ?

– Quelle mémoire ! Impressionnant…

Et alors que je le regardais avec stupéfaction, me demandant s'il se souvenait, comme moi, de chacun des moindres détails de notre rencontre, il s'est penché vers Margot pour la saluer. Après avoir brièvement discuté avec elle, il s'est à nouveau tourné vers moi, me frôlant de tout son corps vu le peu d'espace que nous avions. J'en tremblais, me demandant ce qu'il allait faire, mais il s'est contenté de me dire : « Je vous laisse manger tranquillement ». Je m'apprêtais à me rasseoir à ma table, terriblement déçue, lorsqu'il a fait s'esquisser un sourire au coin de mes lèvres en ajoutant ces quelques mots : « Mais ça me ferait vraiment plaisir de vous inviter à aller boire un verre après… ».

– Avec plaisir ! ai-je répondu. Au fait, je m'appelle Isabel.

– Je le sais déjà, m'a-t-il murmuré à l'oreille en jetant un coup d'œil en direction de Margot.

Nous nous sommes chacun réinstallés à notre table, mais je le sentais juste derrière moi. J'étirais naïvement ma tête en arrière dans l'espoir de le toucher à nouveau, ou simplement d'effleurer une mèche de ses cheveux. J'entendais sa respiration, le murmure de sa voix. J'ai tenté de reprendre ma conversation avec Margot, mais ce n'était pas possible. Le sachant si proche de moi, je ne parvenais plus à rester naturelle, même avec ma propre sœur. J'avais l'estomac noué et n'avais plus qu'une envie, m'enfuir en courant. Margot me connaissait par cœur et au lieu de chercher à attirer mon attention sur autre chose, elle s'est contentée de me convaincre de leur proposer, à lui et à son ami, de venir s'asseoir à notre table.

– Mais ça ne va pas ! T'es folle ! Je n'oserai jamais, lui ai-je répondu en chuchotant.

– Tu veux que je le fasse moi ?

– Alors ça, c'est pire que tout.

– Bon ben, vas-y alors…

Je l'ai regardée en grimaçant. Elle m'énervait, même si je savais qu'elle avait raison de me pousser ainsi. Je me suis donc retournée et je lui ai, à mon tour, murmuré à l'oreille « Si vous voulez, vous pouvez vous joindre à nous ». A peine avais-je prononcé ces mots que j'ai eu envie de me cacher sous terre. J'étais décidément beaucoup trop mauvaise en matière de drague. J'aurais pu lui dire mille choses tellement plus sexy, mystérieuses, sous-entendues, romantiques. Non, je m'étais contentée d'une phrase plate et impersonnelle. Et puis, cette expression « Vous joindre à nous », c'était d'un ringard. J'aurais bien voulu me rattraper, mais aucune idée ne m'est venue à l'esprit et je préférais ne pas m'enfoncer davantage. Aussi ai-je sagement attendu qu'Auguste et son ami Baptiste viennent s'asseoir avec nous.

Nous nous sommes retrouvés à quatre autour de cette minuscule table, serrés les uns contre les autres, soudain plongés dans une étrange intimité. Nos pieds s'écrasaient, nos coudes se heurtaient, nos mains se touchaient, nos épaules s'effleuraient. Et tandis que notre conversation s'animait, nos regards se croisaient, nos corps s'attiraient, et nos cœurs s'emballaient.

J'étais tellement enivrée que je n'ai pas vu le temps passer, ne me rendant compte de l'heure qu'il était que lorsque le patron est venu nous proposer un dernier verre, pour la maison.

– Un petit Amaretto ? a proposé Baptiste.

– C'est parti pour un Amaretto, a confirmé le patron en voyant nos airs conquis.

– Vous venez souvent manger ici ? a demandé Baptiste qui était manifestement tombé sous le charme de Margot.

– Personnellement, c'est ma cantine, j'habite à quelques rues seulement. Et vous ? Je ne me souviens pas vous avoir déjà vus.

– Jamais venu, a répondu Baptiste en dévorant Margot des yeux. Mais ça risque de changer…

Margot a ri pour lui faire plaisir, mais je voyais bien qu'elle n'était pas intéressée. A coup sûr, il était trop petit pour elle. Car, pour le reste, il était plutôt mignon avec ses cheveux bruns en bataille et son look d'artiste.

– Et si elle ne vient plus manger ici, tu auras compris le message, l'a charrié Auguste.

Cette fois, Margot a ri beaucoup plus naturellement. Nous l'avons tous les trois suivis. J'avais oublié à quel point son rire était communicatif.

– Bon, maintenant que nous partageons officiellement la même table, peut-on savoir ce qui vous faisait tant rire tout à l'heure ?

– Vous nous avez entendues ? a répondu Margot sur un ton on-ne-peut-plus ironique. On essayait pourtant d'être discrètes… Sérieusement, ce n'était pas très intéressant. C'était même plutôt mesquin, je dois avouer.

Mais je suis très en forme ce soir, donc si vous nous invitez à aller boire d'autres verres, je vous garantis de nombreux fous-rire.

J'adorais ma sœur et son aisance dans toutes les situations, moi qui étais tellement plus réservée. Je l'aimais surtout ce soir, parce que je savais qu'elle venait de faire cette proposition pour moi, et pour moi seule, car de son côté, elle aurait raisonnablement dû rentrer vu le travail qu'elle avait à abattre le lendemain.

Nous les avons suivis jusqu'à un bar à quelques rues de là. J'ai profité de ce que Baptiste tentait une fois de plus sa chance auprès de Margot pour parcourir ces quelques mètres aux côtés d'Auguste.

– Et ton expo, tu es content ? Tout se passe bien ?

– Très bien, elle aura connu un grand succès. C'est vraiment une chance. J'espère qu'il en sera de même pour les suivantes…

– Tu parles comme si ce projet était déjà derrière toi, ai-je dit en riant.

– Parce que c'est plus ou moins le cas. Mon expo est sur le point de se terminer et…

– Déjà ? l'ai-je coupé, surprise.

– Ça fait surtout déjà bien longtemps qu'elle est en cours… Je suis d'ailleurs étonné que tu n'aies vu mon affiche que maintenant. Tu ne sors jamais de chez toi ?

– Si, si, ai-je répondu légèrement mal à l'aise. C'est juste que je n'habite pas ici, ai-je précisé pour me justifier.

– Tu n'habites pas à Paris ?

– Non, j'habite à Bruxelles, je pensais que tu le savais.

– Pas du tout ! J'ai toujours été persuadé que tu vivais à Paris. Je comprends mieux maintenant… s'est-il contenté de me dire en me faisant face d'un coup car nous étions arrivés à destination.

– Tu comprends mieux quoi ? lui ai-je demandé en me tournant à mon tour vers lui.

Nous nous sommes fait rattraper par Baptiste et Margot avant qu'il n'ait eu le temps de répondre.

– Mais tu ne peux pas dire ça, Baptiste ! Ce n'est pas parce que ce sont des enfants qu'ils disent forcément la vérité !

– Ce n'est pas juste parce que ce sont des enfants. Les experts attestent qu'ils ont été abusés.

– Mais je ne doute pas qu'ils aient été abusés, Madame Delay a d'ailleurs, elle-même, avoué avoir violé ses quatre enfants. Mais de là à ce que dix-huit personnes soient impliquées dans cette histoire, c'est autre chose quand même, non ? a-t-elle répliqué en se tournant vers nous comme pour avoir notre opinion.

J'aurais surtout voulu qu'ils poursuivent leur débat ailleurs et qu'ils nous laissent à deux. Mais je ne pouvais pas leur demander de partir. Je ne savais d'ailleurs même pas si cette petite phrase « *Je comprends mieux maintenant…* »

avait réellement de l'importance. Alors je me suis contentée de leur demander : « Vous parlez de l'affaire d'Outreau ? ».

– Tout à fait, m'a répondu Margot. Et on n'est pas vraiment d'accord sur les conclusions du juge d'instruction.

– C'est vrai que c'est difficile d'imaginer que des enfants puissent mentir, ai-je répliqué comme pour calmer les esprits. Mais cette histoire de réseau paraît tellement peu crédible. Et ils n'ont trouvé aucune preuve matérielle accréditant le témoignage des enfants.

– Quand tu penses que l'instruction repose principalement sur les déclarations de cette Myriam Delay, ça fait peur, a enchaîné Margot.

– Mais il y a également le témoignage des enfants… a repris Baptiste.

– Mais arrête avec les enfants ! l'a coupé Margot. Tu as vu la réaction des accusés ? Les grèves de la faim, le suicide de l'autre là, comment il s'appelle encore ? … Bref, est-ce que tu réagis comme cela quand tu es coupable ? Je ne sais pas, mais tout cela me laisse perplexe… En tout cas, je n'aurais pas aimé être citée comme juré dans cette affaire. Non seulement, je pense que ça va être très complexe – cent trente témoins quand même –, mais en plus, j'ai énormément de mal à entendre tout ce qui touche au viol d'enfants, à la violence sur eux, à la maltraitance, … Comment peut-on faire du mal à des enfants ?

– C'est souvent des personnes qui ont également été maltraitées dans leur enfance, a souligné Baptiste.

– OK ! Mais ce n'est pas une excuse, quand même. Je ne peux pas imaginer qu'on ne soit pas capable de prendre du recul par rapport à ce qu'on a vécu enfant.

– Pas toujours facile, justement, a nuancé Auguste.

– Je ne peux pas me résoudre à leur trouver des excuses, a renchéri Margot.

– En tous cas, il y a un véritable problème du côté des services sociaux, a poursuivi Baptiste. Dans cette affaire, les enfants Delay ont plusieurs fois été placés suite à des suspicions d'abus sexuels sur eux, mais chaque fois remis dans leur famille. Je sais qu'il faut essayer de préserver les liens familiaux, mais il faut quand même avant tout préserver le bien-être des enfants.

– C'est dur ce que tu dis, l'a coupé Margot. Tu ne peux pas mettre ça sur le dos des services sociaux. Ils font ce qu'ils peuvent, et énormément de bonnes choses. C'est vrai qu'ils ont beaucoup trop de travail et pas assez d'effectifs et que, par conséquent, ils font des erreurs, intenables quand il s'agit d'enfants. Mais l'erreur est humaine. Le problème, il vient des parents, c'est tout. Ils sont les seuls responsables de leurs enfants. Ce qu'il faudrait, c'est un certificat pour avoir le droit de devenir parent, s'est-elle insurgée, exagérant volontairement ses propos pour nous faire comprendre qu'elle n'y croyait pas vraiment.

– Avec quoi tu viens ? ai-je repris sur un ton plus léger. Un diplôme pour être parents, on aura tout entendu…

C'était un débat sans fin et un sujet sur lequel nous ne connaissions finalement pas grand-chose, si ce n'est ce que la presse voulait bien nous en rapporter. Margot et Baptiste ont donc baissé les armes et nous sommes entrés dans le bar, repassant à des sujets plus légers. Margot s'est fait un plaisir d'animer la soirée, tandis qu'Auguste et Baptiste se chargeaient de maintenir nos verres remplis. Au bout de trois petites heures, Margot a fini par nous quitter pour s'en aller rejoindre son lit et, quelques heures plus tard à peine, ses croquis. De notre côté, nous avons rejoint des amis de Baptiste qui sortaient sur les Champs, et nous avons dansé jusqu'à l'aube.

– Tu rentres où ? m'a demandé Auguste.

– Chez Margot.

– Je te raccompagne ?

– Avec plaisir !

Auguste et moi sommes rentrés à pied car il faisait doux en ce début de mois de mai. Je me suis laissée guider à travers les rues et les ruelles de Paris, lentement, tranquillement, marchant à quelques centimètres à peine d'Auguste. Chaque fois que sa main frôlait la mienne, ma respiration s'arrêtait. J'avais envie de la prendre et de me blottir dans ses bras, mais quelque chose m'en empêchait.

Je savourais pourtant cet instant et cette inexplicable attraction qui ne faisait que se renforcer. A mesure que nous avancions, je la sentais plus forte, plus pressante. Mais je restais là, simplement à le suivre, à l'écouter me dévoiler des mystères sur sa vie.

Nous avons fini par arriver chez Margot alors que le soleil nous montrait ses premiers rayons. J'ai fait le code de la porte et suis restée une bonne heure appuyée sur celle-ci, entrouverte. Nous n'arrivions pas à nous quitter. Je ne parvenais pas à franchir le seuil de cette porte, lui à tourner les talons pour rentrer chez lui. Nous avons continué à discuter, rire, nous charrier, nos bouches à quelques centimètres à peine l'une de l'autre, nos regards plongés l'un dans l'autre, jusqu'à ce que notre intimité soit brisée par une voisine de Margot.

– Pardon, ai-je dit en m'écartant pour la laisser sortir.

Soudain, le charme s'est rompu. C'était le moment de partir. Ne surtout pas prolonger inutilement ce moment au risque de détruire la magie qui s'était créée.

– On se retrouve demain à quatorze heures, alors ? Au Musée d'Art Moderne, c'est ça ?

– C'est ça, a-t-il répondu. Mais ça va être difficile d'attendre jusque là.

Il m'a embrassée sur la joue et m'a regardée fermer la porte derrière moi.

– Il t'a embrassée sur la joue ? s'est exclamée Margot lorsque je lui ai raconté la fin de notre soirée. Mais il est gay ou quoi !

– Je ne sais pas, mais je n'ai jamais eu un baiser aussi sensuel de ma vie, quand bien même était-il sur la joue…

– Je te reconnais bien là. L'éternelle romantique.

J'ai souri.

– Ça te paraît bizarre comme comportement ?

– Ça doit être sa technique pour se rendre complètement irrésistible.

– Franchement, il n'a pas besoin de ça !

– J'avoue qu'il est carrément canon !

– Il a surtout un charme fou… Tu as vu ses yeux quand il sourit. Et son sourire tout court…

– J'ai surtout vu ses yeux quand il te regarde. Jamais vu ça.

– T'exagères…

– De toute ma vie, ja-mais-vu-ça.

– C'est vrai ? ai-je répondu pensive, un immense sourire aux lèvres.

– Oui, c'est vrai ! Mais file dans la douche, sinon tu ne seras jamais à l'heure.

– Je mets quoi ?

– Ton short en jean, décontracté et super sexy, avec ton T-shirt rose qui met parfaitement en valeur ta magnifique poitrine. Ensuite, tu descends et je me charge des finitions.

– Merci, ma puce. Heureusement que tu es là ! Sinon, rien à voir, mais ils avancent tes croquis ?

– Ça va. Je dois dire que je suis relativement bien inspirée. Mais j'ai encore du boulot. Allez, fonce dans la douche…

Je suis descendue après une demi-heure, très légèrement maquillée et négligemment coiffée. Margot m'a prêté ses ballerines roses, un sac super tendance, m'a passé une ceinture vert pomme autour de la taille, un bracelet autour du poignet et m'a posé un chapeau sur la tête.

– Tu es sûre pour le chapeau ?

– Tu rigoles, c'est ça qui fait toute la tenue !

– Mais il va m'emmerder.

– Tu le gardes vingt minutes puis tu l'enlèves. Ça aura suffi pour qu'il craque définitivement.

– Mais, Margot, je n'ai pas besoin d'un chapeau pour le faire craquer, ai-je répliqué en jouant la bimbo.

– Bien répondu. Mais tu gardes le chapeau !

– OK… On se voit ce soir, alors ?

– Isa, si jamais tu ne rentres pas ce soir, je n'en ferai pas une histoire. Rejoins-le, amuse-toi, et ne te braque pas sur notre soirée, ok ?

– OK ! Je te préviens de toute façon.

– Ah tu m'énerves… ne me préviens pas, ne m'appelle pas, ne pense pas à moi. Si tu n'es pas rentrée, je le verrai bien, je ne suis pas stupide. Et si ça se trouve, il me restera du boulot ce soir.

Je suis partie en courant, légère comme le vent, mais avec un énorme boulet dans le fond du ventre. J'ai pris un vélo plutôt que le métro et au moment d'arriver, j'ai été prise d'une panique soudaine et j'ai failli faire demi-tour. Mais lorsque je l'ai aperçu un peu plus loin, toutes mes angoisses se sont envolées. J'ai posé mon vélo et j'ai avancé vers lui en ne le quittant pas des yeux, au ralenti, comme dans un film. Il me tournait le dos. J'ai posé mes mains sur ses épaules et ma bouche dans son cou pour lui dire bonjour. Il s'est retourné, a pris mon visage dans ses mains, l'a approché du sien, m'a observé deux secondes avant de m'embrasser… sur le front.

– Alors, que va-t-on voir ?

– Basquiat, tu connais ?

– Vulgairement. Je connais son nom, quelques-unes de ses œuvres, mais je t'avoue que je n'ai jamais saisi son talent.

– Eh bien, je t'assure que tu vas le voir sous un autre jour aujourd'hui.

– Je ne demande qu'à voir, Monsieur l'artiste…

Il m'a tirée par la main et nous avons scandaleusement dépassé la longue file des visiteurs qui attendaient patiemment sous le soleil.

– Le privilège des artistes, s'est-il vanté, amusé. Il nous en faut bien quelques-uns…

– J'imagine que ce ne doit pas être le mode de vie le plus facile…

– Ce n'est pas toujours évident, c'est certain. Mais je ne vais pas me plaindre, j'ai la chance de pouvoir faire ce que j'aime. Chaque métier a ses contraintes, non ?

– J'adore cette manière de penser.

– Et moi, j'adore ton sourire ! a-t-il répliqué sans même me regarder, tout en posant sa main au creux de mes reins pour m'inviter à monter les escaliers situés à l'entrée du musée.

Je l'ai suivi sans rien répondre, les joues légèrement rosies et les jambes chancelantes. Mais alors que nous arrivions à la dernière marche, j'ai trébuché et suis tombée sur les genoux.

– Voilà ! Comme ça je suis vraiment mal à l'aise maintenant, ai-je dit spontanément en souriant, et en rougissant tout à fait cette fois.

Il m'a délicieusement relevée et m'a souri en retour.

– Ça va ? Tu ne t'es pas fait mal ?

– Non, non, ne t'inquiète pas, j'ai l'habitude…

– Pourquoi, ça t'arrive souvent ? s'est-il amusé.

– Un peu trop souvent à mon goût… Tu vas voir, tu vas rapidement découvrir que je suis Miss Catastrophe.

– Génial, je n'attends qu'à voir…

– Pas sympa ça !

– Ce n'est pas ce que je voulais dire. Juste que je me réjouis de passer du temps avec toi.

Je l'ai regardé du coin de l'œil, me demandant la raison de cette subtile distance qu'il maintenait entre nous. Nous ressentions l'un pour l'autre la même attirance, c'était évident. Il y avait ces petits gestes et ces regards qui ne trompent pas. Et pourtant, il n'avait pas essayé une seule fois de me démontrer clairement son envie de moi, en m'embrassant ou en même en me tenant tout simplement la main. J'avais l'impression d'être une vieille amie, une amante platonique. Bien que légèrement frustrante, cette situation me plaisait. Je me sentais étrangement femme, sensuelle, charmante, presque irrésistible.

Auguste m'a fait découvrir Basquiat avec passion, mettant en perspective ses œuvres et sa vie, son talent sublimé et gâché par la drogue, l'étrange relation qu'il entretenait avec Andy Warhol. Je n'étais jamais restée aussi longtemps dans un musée.

– Tu me feras découvrir tes œuvres de la même manière ?

– Impossible. Comment veux-tu que je mette moi-même mes œuvres en perspective. Je n'ai pas le recul nécessaire.

– Evidemment… Mais peut-être peux-tu m'expliquer comment tu les as créées, pourquoi, ce qui t'a inspiré… Par exemple, ton tableau « *Les mots me manquent* », c'est moi ou je me trompe ?

Il m'a regardée attentivement.

– C'est toi, effectivement.

– Et alors, raconte ! Qu'est-ce qui t'a inspiré chez moi ? Et pourquoi avoir peint cet instant en particulier ?

Il s'est tu un long instant.

– Tu veux bien qu'on en reparle plus tard ?

– OK… me suis-je contentée de répondre, gênée.

Nous nous sommes longuement regardés. Je m'en voulais d'avoir joué à la naïve. Je ne savais que trop bien combien ce moment avait été important.

– Ça te tente une balade à vélo ? a-t-il fini par proposer.

– Avec plaisir, ai-je répondu, soulagée.

– Et rassure-toi, j'ai du déo avec moi, m'a-t-il charriée.

– Très drôle…

– Tu veux aller où ?

– Peu m'importe, je te suis.

Nous avons traversé tout Paris, commençant par longer les quais de la Seine jusqu'à bifurquer en direction de République pour rejoindre le canal Saint-Martin. Les rues étaient fermées à la circulation comme tous les dimanches, et un monde fou se baladait le long des berges. Nous avons observé les péniches traverser les écluses tout en poursuivant notre chemin jusqu'au parc de la Villette. Nous nous sommes ensuite posés quelques instants dans l'herbe, couchés l'un près de l'autre, les pieds dans l'eau et la tête dans les nuages, en partageant d'autres moments de nos vies.

Auguste avait décidément une vie très étrange. Les différentes informations que je recueillais au fur et à mesure prenaient petit à petit tout leur sens. Il était né à Paris, un 15 février 1976, aîné d'une famille de deux enfants. Son père était ambassadeur américain et avait rencontré sa mère, française, lors d'une de ses missions diplomatiques au Sénégal. Elle y effectuait alors un stage de quelques mois pour une société pétrolière. Il était tombé si fou amoureux d'elle, malgré leur différence d'âge, que lorsqu'elle avait dû rentrer en France pour débuter sa carrière, il n'avait pas hésité une seconde à demander sa mutation pour Paris. Ils s'étaient alors installés ensemble, et elle n'avait pas tardé à tomber enceinte d'Auguste puis, quelques mois à peine plus tard, de son petit frère Lawrence.

Auguste avait vécu à Paris pendant les trois premières années de sa vie, dans un hôtel particulier du huitième arrondissement, à proximité de la Place de la Concorde et des Champs-Elysées. Il avait ensuite voyagé dans de nombreux pays africains jusqu'à l'âge de ses quatorze ans, quand ses parents avaient décidé de les envoyer, lui et son frère, dans un internat privé à New-York. Il y avait appris la rigueur, la discipline et l'ambition, lui qui n'avait jusqu'alors vécu que dans l'insouciance et la liberté la plus totale. Le contraste entre ces deux mondes et l'absence de ses parents, au moment où l'adolescence lui tombait dessus de plein fouet, l'avaient complètement déstabilisé. Il avait alors connu trois années noires, de déprime, d'abus d'alcool et de drogues en tous genres. Mais ses parents avaient été à mille lieues de s'en apercevoir tant il cachait bien ce désespoir qui l'avait envahi en l'espace de quelques jours. Il affichait une réussite scolaire exemplaire, semblait être l'élève modèle. Mais dès lors qu'il se retrouvait seul, il sombrait et semblait se perdre davantage chaque jour.

Jusqu'à ce jour de septembre, où il fit la connaissance d'un nouveau professeur qui saisit, en l'espace d'un instant, l'abîme dans laquelle il avait plongé. Une étrange complicité naquit entre ces deux personnages. Et au fil des mois, sous le conseil avisé de son professeur, Auguste chercha une manière d'extérioriser ce mal-être qui l'habitait. C'est alors qu'il se mit à peindre. Etrangement ou comme par magie, tous ses démons disparurent les uns après les autres. Il arrêta l'alcool, les médicaments et la coke du jour au lendemain, sans difficulté, sans dépendance aucune. Plus son état s'améliorait, et plus il peignait. Il avait trouvé dans la peinture une nouvelle drogue, plus saine. Au bout de quelques mois, son professeur le convainquit d'exposer ses toiles. Ce fut un succès incroyable. Les critiques furent unanimes sur son talent et sur l'incontestable artiste en puissance qu'il était. Ses parents rentrèrent du Qatar pour venir admirer son travail, et bien que leur logique aurait voulu qu'ils le poussent à poursuivre des études d'ingénierie ou de droit, ils ne purent s'empêcher de l'encourager dans cette voie. Il avait un don, c'était indéniable.

A l'issue de ses années de pensionnat, il partit dès lors à Berlin pour rejoindre l'une des écoles d'art les plus réputées au monde. Ayant relaté à ses parents les années sombres qu'il avait connues à New-York, son père demanda sa mutation pour l'Allemagne pour y vivre, près de leur fils. L'attention que ses parents lui portèrent alors, quasi exclusivement, ne laissa pas son frère Lawrence indemne. Quelques mois plus tard, il se suicida. Ce fut une épreuve terrible pour les parents d'Auguste. Alors qu'ils tentaient de réparer l'erreur qu'ils avaient commise avec leur aîné, ils en commettaient une bien pire encore avec leur second. Le père d'Auguste se plongea corps et âme dans son travail pour éviter d'y penser, et sa mère sombra dans de longues années de dépression. Auguste, lui, se mit à peindre de plus belle et il ne fit jamais d'œuvres aussi réussies que pendant cette période de deuil.

Une fois ses études terminées, il décida de partir voyager en Asie et finit par s'installer trois ans à Ubud à Bali. Il y découvrit la magie de la méditation et estima que seule cette technique pourrait sortir sa mère de sa dépression. Il convainquit son père de venir le rejoindre en Indonésie et força sa mère, pendant des mois et des mois, à méditer avec lui. Petit à petit, elle sortit des ténèbres et se remit à voir la lumière. La vie naissait à nouveau dans la famille. Chacun avait fini par faire son deuil. Il était temps qu'Auguste prenne sa véritable indépendance. Alors que ses parents décidèrent de s'installer définitivement dans ce pays qui leur avait redonné espoir, Auguste rentra en Europe pour s'y faire connaître comme artiste accompli.

C'est à ce moment-là de sa vie que je l'ai rencontré. Depuis, il avait parcouru un long chemin et s'était fait un nom. Mais il semblait être le même, avec les mêmes espoirs et les mêmes doutes.

Toujours allongée dans l'herbe à ses côtés, je repensais à notre première rencontre lorsque je me suis saisie d'un bond. Un chien venait de me lécher le visage. J'avais une peur bleue des chiens. Je me suis levée en hurlant sous le regard amusé d'Auguste.

– C'était un caniche, me dit-il en riant. Un minuscule caniche.

– Mais tu n'as pas idée à quel point j'ai peur des chiens. Je pense même que j'ai plus peur des petits chiens que des gros. J'ai l'impression qu'ils sont toujours prêts à mordre, à me sauter dessus. Et ils doivent le sentir, c'est toujours chez moi qu'ils viennent.

J'en tremblais encore.

– Tu es décidément vraiment surprenante, miss Catastrophe… En tout cas, si tu voulais passer inaperçue, c'est raté, tout le monde nous regarde.

– Qu'y a-t-il, Monsieur l'artiste accompli ? Auriez-vous peur d'être reconnu ?

– Ça ne m'avait même pas traversé l'esprit, ma chère. Comme si les peintres se mettaient à signer des autographes… Vois-tu, c'est le bonheur de notre métier. Nous sommes des artistes, mais des artistes invisibles. On ne voit de nous que nos œuvres. Rarement nos visages.

– Je détesterais qu'on me dévisage dans la rue.

– Mais tous les hommes te dévisagent ma Bella, sauf que tu ne le vois pas. C'est d'ailleurs ça qui fait tout ton charme.

– On y va ? me suis-je empressée de dire avant de rougir à nouveau.

Nous avons repris nos vélos et avons poursuivi notre chemin jusque Montmartre, mais paresseux, nous sommes montés sur la butte à pied. Nous avons flâné au hasard des rues et je n'ai pu m'empêcher d'entrer dans une boutique de prêt-à-porter pour y essayer une robe rose qui m'avait fait de l'œil en passant. J'adorais le rose. Ce devait être mon côté fleur bleue… enfin, romantique. Je l'ai achetée en vitesse et nous avons poursuivi notre promenade à travers les rues étroites de la butte des artistes. Auguste m'a emmenée prendre un verre dans le bistrot que tenait l'un de ses amis. Nous avons fini par y manger un bout car il commençait à se faire tard. Les touristes avaient déserté la place et la vie parisienne typique reprenait le dessus.

– Ça te tente d'aller voir un film au ciné ce soir ? a-t-il fini par me proposer.

– Il paraît que Harry Potter 3 est sorti !

– Tu ne veux quand même pas aller voir Harry Potter…

– Pourquoi ? Tu n'aimes pas ? C'est dommage parce que je suis une vraie fan !

Auguste avait l'air de se demander si je plaisantais et, bizarrement, il semblait ne pas vouloir le savoir.

– Ou alors, j'ai une autre idée. Mais elle risque de moins te plaire…

– Dis toujours.

– En général, quand je viens rendre visite à Margot, on a peu de temps pour se voir car elle bosse quasiment tous les soirs. On se réserve donc toujours notre dimanche soir. On ne fait rien de spécial, on se regarde un DVD, un vieux classique qui nous rappelle notre enfance, puis on s'endort dans le même lit après avoir discuté pendant des heures. C'est en général moi qui m'endors la première pendant que Margot continue inutilement de me raconter l'une de ses innombrables histoires. Bon évidemment, je ne te proposerai pas de venir te coucher avec nous… mais si tu veux venir regarder un film, ce serait sympa. Je sais que ce n'est pas excitant comme proposition, c'est juste que là, je me mets à culpabiliser car c'est certainement une des seules soirées que je pourrai passer avec Margot et je vais regretter demain de ne pas l'avoir vue…

Auguste m'a coupée dans mon interminable justification.

– Isabel, on n'est pas obligés de se voir ce soir. C'était juste une proposition.

– Mais ça me ferait plaisir, ai-je fini par oser lui dire dans un murmure à peine audible et en rougissant légèrement.

Il m'a regardée comme je ne l'avais encore jamais vu me regarder. A quoi pensait-il ? J'étais totalement incapable de le dire. Mais j'ai réalisé à cet instant que j'étais en train de tomber follement amoureuse de lui.

– Dans ce cas, ça change tout. Je me joins à vous avec plaisir !

Margot, Auguste et moi nous sommes installés sur son nouveau canapé avec un verre de vin et nous avons regardé *Sleepers*. C'était un de nos classiques préférés, qui convenait heureusement à la présence d'un homme parmi nous. Et Auguste ne l'avait jamais vu. Alors que Margot et Auguste regardaient le film, captivés, je me suis lentement endormie sur l'épaule d'Auguste, épuisée par la petite nuit que j'avais passée, la longue journée qui s'était écoulée, et les trop nombreux sentiments qui m'avaient traversée ces dernières heures. Je me suis réveillée quelque temps plus tard en les entendant rire de moi. Cela faisait déjà vingt bonnes minutes que le film était terminé et qu'ils discutaient autour d'un dernier café, décaféiné. Je me suis jointe à eux et au bout d'une petite heure, Auguste nous a souhaité bonne nuit et s'en est allé comme un voleur à travers l'embrasure de la porte.

Nous nous sommes revus le lendemain après-midi à la terrasse d'un café.

– Tu ne dois pas travailler en fait ?

– Mais je travaille, ma Bella ! Je m'inspire. De toi, des gens, de la vie. De cette vieille dame qui passe avec son caddie rempli de bons légumes frais, de ces amoureux qui s'embrassent langoureusement, de cette maman délicieusement accaparée par ses enfants, de ce clochard habillé en femme. Je m'inspire de tout ce qui m'entoure. Et pour l'instant, je profite surtout de mes dernières semaines à Paris pour m'imprégner de tout ce que cette ville a de magique, et d'unique…

– Pourquoi ? Tu pars ? lui ai-je demandé avec une pointe de déception dans la voix.

– Je pars… à San Francisco… d'ici une quinzaine de jours, a-t-il répondu avec regret en me dévorant des yeux. J'ai décroché un contrat là-bas avec une galerie d'art très réputée pour exposer pendant cinq ans minimum. A la fin du mois, je retourne donc m'installer aux Etats-Unis…

Nous nous sommes tus un long moment, ne sachant pas quoi dire. J'aurais voulu le supplier de ne pas partir, ou qu'il me propose de le suivre. Mais quelle légitimité avions-nous l'un et l'autre pour le faire ? Aucune. Et pourtant, j'avais l'impression qu'elle était à portée de mains, tout juste accessible. Pourquoi ne parvenions-nous pas à franchir cette dernière ligne entre nous ?

Auguste a pris une profonde inspiration et a poursuivi, comme si de rien n'était.

– J'ai l'impression que ma vie me ramène toujours vers la France ou les Etats-Unis.

– Tes origines en fait.

– C'est vrai… a-t-il répondu pensif.

– Et toi, quelles sont-elles ? Françaises, belges, argentines ? Si je me souviens bien, tu as vécu à Paris, bien que tu me dises maintenant que tu vis à Bruxelles, mais ta mère était argentine.

– Quelle mémoire ! Tu te souviens de tout ce que je t'ai dit ?

– De tout ! De chaque détail, de ton rire, du plissement de tes yeux, de la manière dont tu replaçais ta mèche de cheveux que tu venais de couper et qui te dérangeait constamment. Je me souviens de ta petite robe bleue à fleurs, de tes superbes baskets, et de ton odeur de transpiration.

Je me suis mise à rire de bon cœur, soulagée qu'il revienne à des choses plus légères.

– Ah, ce n'est pas sympa ça !

– Pardon ! Donc Paris ou Bruxelles ?

– Paris jusqu'à mes quatre ans, et Bruxelles ensuite.

– Et jamais en Argentine ?

– Jamais. Je n'y ai jamais mis les pieds.

– Jamais !? Même pas pour des vacances ? a-t-il répondu, intrigué.

– Jamais. Ma mère a fui son pays lorsqu'elle avait dix-huit ans, au moment de la Guerre sale, et elle n'a jamais voulu y retourner.

Auguste m'écoutait avec intérêt et je me suis mise à lui raconter toute l'histoire de ma mère. Ça m'a fait un bien fou de parler d'elle, moi qui en parlais si peu.

– Et tu n'as jamais eu envie de découvrir ce pays dans lequel ta mère avait grandi ?

– Si, bien sûr. Mais ce n'est pas si simple. Ma mère ne m'a confié son histoire que quelques heures avant de mourir, et devoir m'y rendre maintenant qu'elle n'est plus là me terrifie. Ça me paraît tellement bizarre, presque impossible… C'est avec elle que j'aurais voulu faire ce voyage, cette rencontre.

– Je comprends. Mais tu ne penses pas que c'est surtout l'inconnu qui te fait peur, l'impression que tu vas y découvrir quelque chose d'énorme, qui chamboulerait ta vie à nouveau ?

– C'est exactement ce que je ressens.

– Alors pourquoi tu n'irais pas en Argentine comme une simple touriste ? Tu te procures le *Lonely Planet*, tu pointes les endroits que tu aimerais visiter, tu achètes ton billet, de la crème solaire, un maillot et un chapeau et tu te rends là-bas sans réfléchir. Une fois sur place, tu verras…

– C'est pas idiot, j'y penserai le moment venu… En tout cas, ça me paraît bien moins énorme tout d'un coup. Merci, lui ai-je simplement dit en lui adressant mon plus beau sourire.

Nous avons discuté des heures, assis à cette terrasse de café, jusqu'à ce que le soleil commence à disparaître derrière les immeubles.

– Ça te tente un ciné ce soir ? lui ai-je proposé. Un vrai ciné je veux dire…

– Avec plaisir ! Mais il faut d'abord que je passe en vitesse chez moi finir deux toiles que j'ai promises à un ami. J'en ai pour une heure et on se retrouve après… ?

– Tu peins de chez toi ? me suis-je étonnée.

Il a hoché la tête.

– Et tu as suffisamment de place ? Ça ne doit pas être très pratique, j'imagine qu'il faut de l'espace pour pouvoir entreposer toutes tes toiles. Surtout que d'après ce que j'ai vu, tu aimes plutôt les grands formats.

– En réalité, c'est plus pratique chez moi car je peux peindre dès que l'inspiration me prend. Je m'imaginerais difficilement me rendre à mon atelier tous les matins à neuf heures, peindre pendant trois heures, prendre ma pause de déjeuner et recommencer l'après-midi. Certains peintres le font, s'imposent des horaires, mais je n'ai jamais fonctionné comme cela. J'ai besoin d'être possédé pour peindre. Certains jours rien ne vient, d'autres je peux peindre des heures sans m'arrêter. Il m'est déjà arrivé de peindre cinquante heures d'affilée, non-stop.

– Rien que ça ? ai-je répondu pour le taquiner.

– J'avoue que je faisais moins le malin que maintenant lorsque j'ai posé mon pinceau.

– J'imagine… ai-je dit en riant. Tu as donc un appartement gigantesque…

– Pas du tout ! J'ai un petit appartement et je loue un garage pour entreposer mes toiles terminées.

Et après avoir marqué une longue pause pendant laquelle il semblait hésiter, il a fini par me regarder droit dans les yeux en me posant une question toute simple, et pourtant tellement lourde de sens.

– Tu veux venir le voir ?

– Ton garage ou ton appartement ? ai-je répondu futilement pour détendre la tension qui s'était subitement immiscée entre nous.

Il m'a ébouriffé les cheveux en levant les yeux au ciel.

– Avec plaisir ! ai-je fini par avouer. C'est loin d'ici ?

– Au coin de la rue.

– Mais je ne savais pas que tu habitais si près de chez Margot !

– Parce que tu ne me l'as jamais demandé…

J'étais terriblement excitée à l'idée de me rendre chez Auguste, de découvrir son univers, d'apercevoir les photos de sa famille sur les murs, ses souvenirs de voyage, de surprendre son bordel, ce qui traînait par terre, sur sa table basse, dans l'évier de la cuisine. J'avais l'impression que j'allais découvrir une partie de lui qui m'était jusqu'alors inaccessible. Et je ne pouvais m'empêcher de me demander si notre relation prendrait une nouvelle tournure.

Mais alors que nous arrivions devant chez lui, il s'est subitement arrêté et m'a posée une question à laquelle je ne me serais jamais attendue.

– Tu l'aimes ? m'a-t-il demandé.

– Pardon ?

– Celui à qui tu penses si souvent, tu l'aimes ?

– Mais…

Je n'ai pas poursuivi ma phrase. Comment avait-il su ? Comment avait-il su qu'il y avait un autre homme dans ma vie ? Quand bien même il avait croisé Thomas trois ans plus tôt, ce n'était pas cela qui l'avait ébranlé. Il fallait que je me rende à l'évidence : persuadée que je n'avais pas pensé à Thomas un seul instant depuis que j'avais croisé Auguste, je réalisais soudainement qu'il n'avait pas pu déserter mes pensées si facilement. Il était là, dans chacun de mes silences, dans chacune de mes retenues, à chaque fois que je baissais les yeux. J'avais beau trahir sa confiance et me laisser entraîner dans une relation qui tuait la nôtre à petit feu, je l'aimais trop pour ne pas penser à lui, pour ne pas culpabiliser, pour ne pas douter. Mais je n'en avais pas eu la moindre conscience, jusqu'à ce qu'Auguste me pose cette étrange question.

– Oui, je l'aime ! ai-je fini par lui répondre après un long silence.

– Alors tu dois savoir une chose, ma Bella. Si tu me suis maintenant, si tu m'accompagnes chez moi, sache que je ne te laisserai plus partir.

Il s'est tu un instant et il m'a regardée intensément.

– Tu ne réalises pas ce que j'ai ressenti, il y a trois ans, en voyant cet homme t'enlacer lorsque nous sommes descendus du train. Je n'avais pas imaginé qu'il puisse y avoir quelqu'un d'autre. Tu ne m'en avais pas parlé, tu ne m'avais pas donné l'occasion de me préparer, d'éviter ce qui allait se produire. Je ne t'en veux pas, d'autant que j'ai compris à ton regard tout ce que tu aurais voulu me dire et que le temps ne nous avait pas laissé. Mais j'ai trop souffert ce jour-là de ne pas t'avoir retenue, de ne pas t'avoir empêchée de partir. Je t'ai regardée t'éloigner dans ses bras et tu as laissé en moi un vide indescriptible, à la mesure des sentiments que j'avais ressentis.

« Au bout de plusieurs semaines, tu occupais toujours aussi intensément mes pensées. Je ne pensais qu'à toi et j'ai réalisé que j'avais commis une énorme erreur en te laissant partir. Alors, j'ai tout fait pour retrouver ta trace : j'ai cherché sur internet, dans toutes les écoles de journalisme de Paris et des environs, j'ai contacté Thalys, j'ai même parcouru tous les listings des écoles de stylisme à la recherche de ta sœur, tapant Margot avec « ot », « aux ». Mais je ne t'ai jamais trouvée…

– Son vrai prénom est Marguerite… ai-je murmuré en pleurant.

– Et tu suivais tes études à Bruxelles… m'a-t-il répondu tendrement en séchant une larme qui coulait sur ma joue. Mais ce n'est pas important, Isabel, car pour une raison que j'ignore, ce n'était pas notre heure ! Il m'a fallu un certain temps avant de l'admettre, avant de décider de poursuivre ma vie comme si je ne t'avais jamais rencontrée et j'y suis parvenu car j'étais convaincu d'une chose, nous nous reverrions. Je savais que nous nous reverrions…

« Et nous voilà, aujourd'hui, ensemble. Depuis quelques jours, je te vois rire, sourire, marcher, sauter, virevolter, te coucher dans l'herbe, te relever, je te vois dégager délicatement les quelques cheveux qui se posent sur ton visage, poser tes lèvres sur ta tasse de café, chipoter dans ton assiette, je te vois heureuse, pensive, triste, et chaque fois que je te regarde, je rêve de t'embrasser, de te faire l'amour, de te serrer dans mes bras pour ne plus jamais te lâcher et te dire tout ce que je ressens pour toi. Mais lorsque je te regarde, je vois aussi cet amour que tu lui portes et que tu ne peux pas cacher. Alors comment prétendre t'aimer réellement en t'enlevant à cet autre que tu aimes ? Je ne peux pas, ce n'est pas à moi de faire ce choix, mais à toi.

Il a marqué une longue pause pendant laquelle il n'a pas cessé de me regarder. De mon côté, je pleurais silencieusement, mon regard perdu dans le vague.

– Je t'aime, ma Bella. Je suis raide dingue amoureux de toi. Je t'aime comme je n'avais pas imaginé que ça puisse exister. Alors, sache que si tu me suis, si tu m'accompagnes là-haut, je ne te laisserai plus partir. Pas une seconde fois.

Il s'est retourné et m'a laissée seule. Je savais que ce choix s'imposerait à moi tôt ou tard. Choisir entre retourner auprès de Thomas avec qui je me savais parfaitement heureuse, et pour la vie, ou abandonner tout ce que je connaissais pour une idylle qui, certes me bouleversait, mais pour combien de temps ? Pouvait-on réellement aimer aussi fort toute sa vie ? Les sentiments ne finissaient-ils pas toujours par s'estomper ? Et qu'en serait-il alors ? Avec Thomas, j'avais aimé notre relation, notre complicité, notre amour, bien avant même de l'aimer et cela avait quelque chose de rassurant. D'Auguste, je ne connaissais que cet amour qui me transcendait, me transportait, mais pourrions-nous nous aimer sans cela, sans cette intensité, cette folie ? Je devais choisir entre la raison et la folie et j'en étais incapable. La vie devait être un mélange des deux, et non un choix entre les deux.

Mais il fallait que je me décide, maintenant.

J'ai fermé les yeux et j'ai laissé mon corps décider. Soit je ferais un pas en avant vers Auguste, soit un en arrière pour retourner auprès de Thomas.

8

– C'est pas vrai, Isa… Mais qu'est-ce que tu vas faire ?

– Je n'en ai pas la moindre idée… ai-je répondu en me laissant choir sur une chaise aux côtés de Margot.

Nous nous sommes tues pendant de longues minutes. Je n'avais rien à dire. Margot non plus, semblait-il.

– Et toi, qu'est-ce que tu ferais à ma place ?

– Tu sais bien ce que je ferais, m'a-t-elle répondu en me regardant droit dans les yeux.

Il m'a fallu deux secondes pour comprendre.

– Ah non, ça, jamais !

– Je savais que tu répondrais ça…

Nous sommes chacune retournées dans nos pensées. En réalité, je savais ce que j'avais à faire. Mais je ne pouvais m'y résoudre. C'était au-dessus de mes forces.

– Je n'arriverai jamais à le quitter, ai-je fini par lui dire en m'effondrant dans ses bras.

Elle m'a gardée serrée contre elle pendant une éternité, le temps que mes larmes finissent de couler.

Ce 15 mai, le temps était à l'image de mon humeur. Il pleuvait tristement. Cela faisait tout juste quatre ans que ma mère m'avait quittée et elle me manquait toujours autant. J'avais beau m'être habituée à cette douleur, elle était pourtant aussi vive qu'au premier jour, peut-être même plus forte car nourrie de nombreux événements que j'aurais voulu partager avec elle. Je n'aimais pas me plaindre, laisser entrevoir cette plaie encore bien ouverte, mais le 15 mai, je m'accordais le droit de pleurer, le droit d'être de mauvaise humeur, le droit de tout envoyer balader. Et pourtant, tous les 15 mai ressemblaient étrangement aux autres jours. Il n'y avait pas de mélodrame, pas de crise de larmes.

Cette année, c'était différent, j'avais commencé ma journée en pleurant et je ne voyais pas comment la clôturer autrement que de la même manière. Margot et moi avons tout de même tenté de nous évader quelques heures. Nous avons pris des vélos malgré la pluie et avons traversé la ville jusqu'au Grand Palais qui abritait alors une exposition dédiée à Matisse. Nous adorions toutes les deux Matisse, certainement en raison de son amour pour les couleurs. Ce jour-là, c'est pourtant ses toiles sombres qui ont attiré mon attention. Je restais des minutes entières à les regarder maussadement et je pensais à ma mère, à

Thomas, à Auguste, et à moi également, égoïstement. A quel moment exactement ma vie avait-elle basculé ?

Margot et moi avons ensuite poursuivi notre escapade jusqu'au Musée Rodin que nous visitions pour la énième fois. Puis nous nous sommes aventurées dans le jardin, désert en raison de l'averse qui s'était mise à tomber. Nous avions beau tenter de nous couvrir, nous étions littéralement trempées. Nos cheveux dégoulinaient le long de nos visages, nous pataugions dans nos chaussures et Margot en perdait même son pantalon qui tombait sous le poids de l'eau. Nous n'avons pas pu réprimer le fou-rire qui nous a envahies lorsque nous avons aperçu nos mines déconfites. Nous avons ri jusqu'à en mourir de rire. Je ne sentais plus mes abdominaux tellement ils me faisaient mal et pourtant, lorsque Margot s'est arrêtée, essoufflée, j'ai encore trouvé la force de poursuivre ce fou-rire en un interminable sanglot.

Nous sommes ensuite rentrées. Je me suis plongée dans un bain pendant une bonne heure pendant laquelle je n'ai pas cessé de pleurer, incontrôlable, inconsolable. Finalement je me suis apprêtée, j'ai fermé ma valise et j'ai rejoint Margot dans le salon, les larmes coulant toujours le long de mon visage.

– Et si je prenais la mauvaise décision ?

– Il n'y a pas de bonne ou de mauvaise décision, Isa. Juste une décision que tu vas devoir assumer, quelle qu'elle soit.

– Je voudrais tant revenir en arrière…

– Non, Isa, pas ça ! Tu te souviens de ce que ta mère disait toujours. Ne cherche jamais à revenir en arrière. Tu ne peux pas changer ce qui est arrivé. Tu as pris une décision, assume-là, aussi difficile qu'elle soit.

– J'ai peur, Margot.

– Je sais, je suis là. Tu m'appelles si besoin, promis ?

– Promis.

– Je t'aime.

– Moi aussi.

Et au moment de la laisser, j'ai glissé la puce de mon téléphone portable dans sa main.

– Il vaut mieux que je ne la garde pas…

J'ai retrouvé Auguste. Et bien que je l'avais quitté la veille, j'avais l'impression qu'une éternité s'était écoulée depuis. Tout était tellement différent. La veille, nous nous aimions si simplement…

– Tu as une triste mine, ma Bella. J'imagine que la journée n'a pas été facile…

– Si tu savais…

– Tu veux en parler ?

Je l'ai regardé dans les yeux et j'ai fondu en larmes dans ses bras. Il m'a serrée contre lui et je suis restée ainsi des minutes entières, la tête blottie dans son cou, ses mains autour de mes hanches. Comment allais-je pouvoir m'en séparer ? Et pourquoi ce dernier événement qui ne m'en laissait pas le choix ? Tout cela m'avait paru si évident quelques jours plus tôt. Faire un pas en avant ou un en arrière, choisir entre l'avenir et le passé. Aujourd'hui, tout était tellement différent… Et j'avais beau savoir que je n'avais pas le choix, je ne pouvais imaginer que c'était peut-être la dernière fois qu'il me serrerait ainsi contre lui. S'il avait su pourquoi je pleurais, m'aurait-il consolée avec autant d'amour ? Etrangement, j'en étais persuadée. Avec encore plus d'amour certainement même.

Brusquement, je l'ai embrassé avec toute la colère qui me rongeait et il m'a rendu mon baiser. Il m'a fait l'amour ; je lui ai fait la guerre. J'ai évacué sur lui toute ma hargne, ma tristesse, mon indignation ; il a répandu en moi tout son amour.

– Tu te souviens, notre première fois, comme j'avais peur ?

– Tu tremblais comme une feuille…

– J'avais peur de me perdre dans tes bras. Aujourd'hui, j'ai peur de les perdre.

– Il n'y aucune raison.

– Je sais, ai-je réussi à mentir effrontément. Mais je voulais que tu le saches. Jamais je ne pourrais vivre heureuse loin de toi. Je t'aime, Auguste.

– Moi aussi, je t'aime.

Couchés, nus, l'un à côté de l'autre, je contemplais cette pièce que j'avais découverte quelques jours plus tôt et que je n'avais quasiment plus quittée depuis. Combien de fois avions-nous fait l'amour dans cet appartement ? Combien de fous-rire avions-nous partagés ? Combien de délicieux petits moments avions-nous connus ? Cinq jours à peine et j'avais l'impression que nous avions déjà vécu une vie entière.

Je me revoyais monter les escaliers menant à l'appartement d'Auguste, agrippée à sa main de peur de la lâcher et de m'enfuir, puis passer timidement la tête dans l'embrasure de la porte et parcourir l'appartement des yeux. Un couloir étroit vers la droite, et en face de moi, une minuscule cuisine ouverte sur un large séjour parfaitement rangé, et sommairement meublé d'une table basse en bois, de vieux canapés à fleurs et d'une immense bibliothèque. En m'aventurant davantage dans l'appartement, je réalisai qu'une nouvelle pièce se cachait derrière la bibliothèque. L'atelier d'Auguste ? Non, sa chambre. Parfaitement rangée également.

– Alors, je te préviens, la déco, ce n'est pas la mienne, mais celle de mes parents. Cet appartement leur appartient. Pendant trois ans, je me suis dit qu'il faudrait que je mette tout cela à mon goût, mais je n'en ai jamais eu le temps. Il semble donc que la moquette, les canapés à fleurs et les rideaux verts vont rester ici encore quelque temps.

– Et cet ordre ? Comment tu fais ?

– Ma femme de ménage vient de passer… et puis, tu sais, ce n'est pas comme si j'utilisais beaucoup cette pièce. Juste pour dormir. Le reste du temps, je suis dans mon atelier et là, tu devrais voir, ce n'est pas le même ordre…

– Il est où d'ailleurs, ton atelier ?

Il a posé sur la table basse le café qu'il venait de préparer et m'a emmenée par la main dans la pièce au fond du couloir. Quel endroit mystérieux… Un bordel indescriptible, mélange de pinceaux, tasses de café et vêtements jonchant le sol. Des dizaines de toiles, toutes plus folles les unes que les autres, certaines colorées, d'autres très sombres, beaucoup de scènes d'ambiance, quelques paysages, peu de portraits. Il aimait manifestement capter les petits moments de la vie, l'ambiance d'un quartier, la nostalgie dans un regard, l'effervescence d'une manifestation, les non-dits d'une séparation. Et il avait raison, il peignait merveilleusement bien.

– J'adore cet endroit, il est tellement…

– Bordélique ?

– Ça, c'est certain, ai-je ri. Ça me rassure. En entrant dans ton appartement, j'ai cru que j'étais tombée sur un psychopathe, un maniaque. Non, cet endroit est… captivant. Et tes toiles sont tellement belles. Tu as un véritable don pour faire ressortir les sentiments. On vit les scènes que tu peins comme si on y était. Tout ça me laisse sans voix.

– Et pourtant tu n'arrêtes pas de parler, m'a-t-il taquinée.

– Ça doit être le stress, lui ai-je répondu en souriant.

– Tu sais ce que, moi, je fais quand je suis stressé ? Je peins. Mais pas comme d'habitude. Je me pose devant une toile avec une palette remplie de quatre couleurs, je prends un pinceau, je me bande les yeux et je me lâche.

– Pourquoi quatre couleurs ?

– Aucune idée… Le hasard. La première fois, je n'avais que quatre couleurs à portée de mains, puis j'ai répété systématiquement le même scénario, machinalement.

– Ça t'arrive souvent ?

– Tu n'imagines même pas ! Tu veux essayer ?

– Quoi ? Peindre ? T'es fou.

– Pourquoi ?

– Je ne sais pas peindre.

– Mais il ne faut pas savoir peindre. Juste se lâcher…

– Ben, il faut croire que je suis coincée…

Il m'a regardée avec amusement.

– Essaie ! Je suis certain que tu adorerais. La sensation de la gouache sur les doigts, du pinceau qui glisse sur le papier, librement, sans contrainte, l'excitation à l'idée de découvrir le résultat final. On se sent vivre !

– A ce point ?

– A ce point.

– Alors j'essaierai. Mais un autre jour.

– Promis ?

Je ne sais pourquoi cela lui tenait tant à cœur, mais j'ai promis, sans réfléchir.

– Il y a une chose que je me demande. Pourquoi tu n'as pas laissé ta chambre ici et installé ton atelier derrière la bibliothèque ? Il fait tellement sombre dans cette pièce…

– Pour deux raisons. La première est justement parce qu'il y fait sombre. C'est une question de lumière. La plupart des toiles que je peins le sont de mémoire. Ce sont des scènes qui m'ont marqué, notamment en raison de la lumière qui y régnait. Je suis très sensible à ce qu'une lumière peut apporter à une scène, que ce soit pour en renforcer l'atmosphère ou la contredire. Je ne veux donc pas être influencé par la lumière qui entre dans la pièce le jour où je peins, c'est pourquoi j'ai besoin d'une pièce plutôt sombre.

– Toutes tes toiles sont peintes de mémoire ?

– Non, pas toutes, mais la plupart.

– Et tu te souviens de tout ?

– Pas forcément. Mais ça ne m'intéresse pas de reproduire exactement la réalité, uniquement l'image que j'en ai gardée, le sentiment qu'elle a procuré en moi. C'est d'ailleurs pour cela que je ne peins pas mes toiles immédiatement, mais avec un peu de recul, pour n'en garder que l'essentiel.

– Et quand nous nous sommes perdus, il y a trois ans, c'était ça pour toi l'essentiel, le regard que j'avais ce jour-là ?

– Il voulait tout dire ton regard ce jour-là… De l'amour que tu lui portais à celui qui venait de naître entre nous.

– Alors, pourquoi ! Pourquoi es-tu parti ? Pourquoi m'as-tu laissée ?

J'avais prononcé ces quelques mots tellement lourds de sens sans réfléchir. Il m'a regardée avec passion tandis que nos corps s'attiraient instinctivement l'un à l'autre, comme deux aimants. Mais je n'étais pas prête. Pas encore…

– Et la seconde raison ? ai-je prononcé le plus naturellement possible en reculant d'un pas contre le mur afin de mettre un terme à cette irrésistible attraction.

– Comment ?

– La seconde raison pour laquelle tu as installé ton atelier dans cette pièce isolée.

Il m'a regardée avec stupéfaction, cherchant à comprendre ce revirement soudain de ton.

– Parce qu'elle est isolée justement. Je ne supporte pas que quelqu'un voie mes toiles inachevées. Bon, ce n'est pas comme s'il y avait grand-monde qui montait chez moi. Je n'invite jamais personne.

J'étais soudainement perdue. Pourquoi me disait-il de telles choses alors qu'il venait de faire exactement l'inverse, m'emmenant voir ses toiles sans même que j'insiste ? Et il n'allait pas me faire croire qu'il n'emmenait jamais une fille chez lui. C'était impossible.

– Tu le sors souvent ton baratin à la con ? lui ai-je lancé en regrettant immédiatement le ton que j'avais emprunté.

Il s'est subitement saisi, autant surpris que vexé par ma remarque.

– Tu me prends pour qui ? Tu me crois sincèrement capable de te dire tout ce que je t'ai dit en bas en te regardant droit dans les yeux, pour ensuite te servir un plan drague à la con que je servirais à n'importe quelle fille. Sérieusement, Isa… Si tu étais n'importe quelle fille, tu ne serais pas ici. Car non, je n'emmène jamais une fille ici parce que, ici, c'est chez moi, c'est mon intimité, et je ne vois pas pourquoi j'y emmènerais une fille que j'ai décidé de sauter juste pour ne pas me sentir seul, vide, rongé par la culpabilité d'avoir tué son petit frère. Les meufs que je me tape, je les baise dans leur voiture, chez elle ou dans les toilettes d'un café, parce que je m'en fous. C'est ça que tu veux connaître de moi ?

Je suis restée collée à mon mur, son regard noir plongé dans le mien, quelques secondes avant que ses lèvres ne rencontrent sauvagement les miennes.

Nous étions perdus dans les souvenirs de notre première étreinte lorsqu'Auguste s'est levé d'un bond.

– Merde ! Le canard !

Il a couru dans la cuisine et la fumée noire qui s'est échappée du four ne nous a laissé aucun espoir quant à la suite de notre repas. Je l'ai rejoint devant le four et j'ai penché ma tête par-dessus son épaule. En découvrant le massacre, j'ai ri comme je n'avais plus ri depuis longtemps. Ce devait être toute la pression de la journée qui s'en allait.

– Je suis désolée, ai-je finalement réussi à articuler.

– C'est certainement mieux ainsi, tu aurais découvert que j'étais un piètre cuisinier… Bon, tu aimes les sushis ?

– J'adore les sushis… ai-je répliqué en imitant Gad Elmaleh dans Chouchou.

– Content de voir que tu vas un peu mieux. Alors, tu prendras quoi ? m'a-t-il demandé en attrapant son téléphone, prêt à passer la commande.

– Pardon ? Tu ne les fais pas maison ? Dans ce cas, je préfère encore aller au resto…

– Ils sont là dans vingt minutes, a-t-il précisé en raccrochant. Ça me laisse juste le temps de te faire retirer ce que tu viens de dire. Tu crois qu'on peut faire ce genre de choses au resto, m'a-t-il dit en dégageant d'un geste brusque un coin de table.

Le livreur a sonné alors que nous n'avions pas terminé nos ébats. Il a attendu deux minutes et j'ai vu à son sourire en coin lorsque j'ai ouvert la porte qu'il avait compris la raison de notre délai.

– Il nous a captés…

– Pas étonnant, m'a répondu Auguste en riant. Tu as vu ta tête ?

J'ai jeté en coup d'œil rapide dans le miroir et j'ai compris. J'avais les cheveux en bataille et j'avais oublié de reboutonner entièrement la chemise d'Auguste que j'avais enfilée en vitesse, si bien que je l'avais reçu la poitrine à l'air, ou presque.

– Tu n'aurais pas pu me le dire avant que j'ouvre la porte ?

Je me suis jetée sur lui et l'ai embrassé passionnément. Je l'aimais tellement. Comment allais-je pouvoir survivre loin de lui ? J'aurais tellement voulu le suivre à San Francisco… J'ai repensé à la manière dont, la veille au soir, il m'avait proposé de le suivre.

– Tu as déjà voyagé aux Etats-Unis ?

– Une fois, avec ma mère, quand j'ai eu dix-huit ans. C'était son cadeau d'anniversaire cette année-là. Du temps avec moi. Un voyage d'une semaine à l'endroit de mon choix. Tu penses bien qu'à dix-huit ans, je rêvais de New-York, de son shopping, de ses grandes avenues et de ses spectacles. Et je n'ai pas été déçue. Ça a été une semaine incroyable, je m'en souviendrai toute ma vie. Ma mère m'a fait découvrir des musées passionnants, m'a emmenée manger dans de succulents restaurants et, évidemment, m'a patiemment accompagnée alors que je dévalisais les boutiques. Nous étions tellement complices. Elle était alors en parfaite santé. Magnifique, pétillante, élégante. Et elle est restée ainsi jusqu'à son dernier souffle. J'aurais tellement aimé que tu connaisses ma mère, elle était parfaite. Tout n'était pas parfait en elle, mais elle était parfaite. Elle avait tout pour elle. C'est difficile de marcher dans ses pas.

– J'ai pourtant l'impression que tu les épouses parfaitement, m'a-t-il répondu tendrement en apercevant mes yeux qui s'étaient assombris. Quand tu me parles d'elle, je te vois. C'est toi. Magnifique, pétillante, élégante. Fière et fragile à la fois.

– Je voudrais tant que cette cicatrice se referme… Je ne demande pas qu'elle disparaisse, mais juste de pouvoir penser à ma mère sans me rappeler constamment qu'elle n'est plus là. Je voudrais me souvenir des bons moments, simplement, sans être immédiatement noyée sous une vague de tristesse. C'est trop demander ?

– Ça viendra, je te l'assure…

– C'est ce que tout le monde dit, mais j'ai pourtant l'impression que rien n'a changé. Demain, ça va faire quatre ans qu'elle est partie et j'ai toujours aussi mal.

– Et pourtant, je suis certain que tu as déjà parcouru du chemin… Tu le réaliseras un jour, soudainement.

– Si ça pouvait être bientôt… Je ne vais pas passer ma vie à m'échapper à Paris à l'approche de l'anniversaire de sa mort pour éviter de penser au temps qui s'est écoulé sans elle. Je ne sais d'ailleurs pas pourquoi je viens à Paris, c'est absurde. Je devrais aller voir la mer… Ma mère adorait la mer, c'est au bord de l'eau qu'elle aurait voulu vivre.

– Et si on allait voir la mer ? a déclaré Auguste subitement.

– Maintenant ? lui ai-je répondu, un immense sourire aux lèvres.

Il m'a entraînée avec lui dans les escaliers, emportant un casque et deux blousons. Arrivés en bas, il m'a fait monter sur sa moto. J'avais une frousse bleue des motos et, pourtant, je n'ai pas hésité un instant à le suivre.

Nous avons roulé près de deux heures avant d'arriver dans un petit village au bord de la mer. Lorsque j'ai posé le pied à terre, j'avais l'océan face à moi. J'ai respiré à pleins poumons cet air iodé que j'aimais tant, j'ai retiré mes chaussures, retroussé mon pantalon et j'ai couru jusqu'à la mer y tremper mes pieds. L'eau était encore fraiche à cette période de l'année. Auguste m'a rejointe quelques instants plus tard. Et tout en continuant de regarder la mer, je lui ai pris la main et je lui ai parlé de ma mère, encore et encore. Je lui ai raconté mes souvenirs d'enfance et d'adolescence ; les longues balades à vélo que nous faisions le week-end ; les gâteaux que nous préparions ensemble ; les dessins que nous faisions à quatre mains ; la manière dont elle me prenait sur ses genoux pour me chanter mes chansons préférées ; la patience qu'elle avait face à mes innombrables questions sur la vie ; nos confidences sur les hommes. Je lui ai parlé de tout ce qui me passait par la tête et il m'a écoutée, patiemment. Et puis soudain, je me suis tue et je l'ai embrassé.

– Merci, lui ai-je dit.

– Je n'avais jamais vu tes yeux pétiller à ce point. Ça en valait la peine.

– On se baigne ?

Trente secondes plus tard, nous étions en sous-vêtements dans les vagues à rire, nous mettre la tête sous l'eau, nous embrasser, nager, nous retourner, rire à nouveau, profiter, nous aimer. Puis nous nous sommes assis sur le sable le temps de sécher, avons réenfilé nos vêtements et sommes partis à la recherche d'une charmante terrasse où partager un apéro avant que le soleil s'en aille.

Et c'est alors que je me disais en mon for intérieur que j'avais envie de passer ma vie entière auprès de cet homme, qu'Auguste a poursuivi la conversation que nous avions délaissée dans son appartement quelques heures plus tôt.

– Et à part New-York ?

– Comment ?

– A part New-York, tu ne connais rien d'autre des Etats-Unis ?

– Rien.

– Tu n'as jamais été sur la Côte Ouest ? En Californie ? A San Francisco ?

– Jamais. Mais j'en rêve, il paraît que c'est époustouflant.

– C'est époustouflant. Des étendues de terre à perte de vue. Des paysages arides, des forêts luxuriantes, des canyons isolés. Il y a de tout. On se sent petit et les rois du monde à la fois. Et puis San Francisco est une ville très cultivée avec énormément d'artistes. C'est une ville lumineuse au milieu de ce brouillard qui l'enveloppe tous les matins. On s'y sent bien. Mais il y a une chose qui lui manque.

– Ah bon ? Quoi ?

– Quelques catastrophes…

Je l'ai regardé sans être certaine de bien saisir.

– Ma Bella, je voudrais que tu viennes vivre avec moi à San Francisco.

– Comment ! me suis-je exclamée entre effroi et excitation.

– Viens avec moi.

– Mais tu pars dans deux semaines… J'ai mon boulot, Thomas, mes amies, ma maison, ma vie ! On ne met pas tout ça de côté en deux semaines…

J'essayais de me raisonner, mais je rêvais de lui sauter au cou et lui répondre oui. Mon sourire trahissait mes paroles, il s'était étiré jusqu'à mes oreilles.

– Je meurs d'envie de te dire oui.

– Mais…

– Je ne sais pas… Il n'y a pas de mais… C'est juste que… oui ! Oui, oui, oui ! Oui, je viens !

C'était hier et pourtant, ça me paraissait déjà si loin. Depuis lors, les choses avaient changé et cette perspective était désormais tout simplement impossible. J'ai chassé la vague de tristesse qui m'envahissait et j'ai imaginé la vie qu'on aurait eue si je l'avais suivi. Je l'ai imaginée avec lui, non pas pour lui donner de faux espoirs, mais pour qu'elle existe, quand bien même ce ne serait que dans nos imaginaires.

– On vivra comment à San Francisco ?

– On achètera une magnifique villa blanche avec des volets bleus qui donnera sur la baie. Tous les matins d'été, après avoir fait l'amour, on descendra prendre notre petit déjeuner sur la terrasse en regardant les voiliers au large. Ensuite, tu m'embrasseras avant d'aller travailler et moi, je lirai mon journal avant d'aller peindre dans mon atelier que j'aurai installé au sous-sol. Le soir, je viendrai te chercher au bureau avec mes baskets et mon jogging, et on rentrera en courant à la maison en longeant la côte. On se douchera, on fera l'amour, encore, puis on sortira rejoindre nos amis pour boire un verre.

– Et en hiver ?

– Ah, en hiver, ce sera différent. On restera sous la couette le plus longtemps possible jusqu'à ce que tu ne finisses par t'éclipser discrètement de peur d'être en retard. Tu prendras une douche en vitesse avant de t'en aller en courant, en me criant que tu m'aimes. Tu travailleras, je peindrai. Puis j'allumerai un feu dans la cheminée et j'attendrai que tu rentres à la maison. On s'assiéra l'un à côté de l'autre et on lira un livre, paisiblement, jusqu'au moment où tu t'approcheras doucement de moi, déboutonneras ma chemise et m'attireras diaboliquement jusqu'à toi.

– Donc si je comprends bien, on fera beaucoup l'amour, on sortira souvent, on fera du sport en été, et on cocoonera en hiver. Bref, on vivra des moments simples, en s'aimant passionnément.

– C'est plus ou moins ça, mais il arrivera aussi qu'on se dispute de temps en temps. Je râlerai car je trouverai que tu consacres trop de temps à ton travail et tu me répondras qu'à m'entendre, tu devrais être en vacances toute l'année. Je serai exaspéré que tu ne vides jamais les tubes de dentifrice ; toi, que je ne mette jamais mes chaussettes dans le panier à linge. Tu t'énerveras de ne me voir jamais cuisiner et je te répondrai que je ne sais pas cuisiner. Ça t'énervera d'autant plus, alors je te rappellerai l'épisode du canard et nous nous mettrons à rire de bon cœur. Puis nous ferons l'amour pour tout oublier.

« On fera des voyages incroyables et on rentrera de temps en temps à Bruxelles car tes amis te manqueront. Tu auras beau leur répéter de passer nous rendre visite, ils n'en auront que rarement l'occasion. Entre-temps, nous nous serons faits de nouveaux amis qu'on invitera régulièrement à venir manger à la maison. Elle sera toujours pleine de monde.

« Mais un jour, je réaliserai qu'il manque des enfants dans cette grande maison. Je te dirai que je rêve d'avoir un enfant de toi, une petite fille qui aurait tes yeux et ton sourire. Tu me répondras qu'un enfant, ça change un couple et que tu as peur qu'on ne s'aime plus autant. Je te dirai que tout ça, ce sont des conneries, qu'on a tellement d'amour à partager qu'on pourrait avoir quinze enfants qu'on s'aimerait toujours plus que les autres. Trois mois plus tard, tu m'annonceras en pleurant de joie qu'un petit être grandit dans ton ventre. Je te serrerai contre moi, mais pas trop fort de peur de l'écraser. Ton ventre s'arrondira petit à petit et je le peindrai encore et encore. Une nuit, tu me réveilleras en me disant qu'il est temps d'aller à l'hôpital. Je m'habillerai en mettant mon pantalon et mes chaussures à l'envers sous le coup de l'émotion. Tu riras de moi et porteras ta valise toute seule car j'aurai complètement oublié de la prendre. Tu m'installeras sur le siège passager et conduira jusqu'à l'hôpital en me disant de respirer, que tout ira bien. Arrivés à l'hôpital, je reprendrai mes esprits et les choses en mains. Je te conduirai jusqu'à ta chambre, t'installerai confortablement, te ferai des massages. J'appellerai les infirmières pour un oui ou pour un non et toi, tu t'énerveras en me disant que je te stresse. Les choses sérieuses arriveront et je te tiendrai bêtement la main en admirant ton courage, ne sachant pas quoi faire d'autre. Et soudain, on entendra un adorable petit cri qui changera nos vies à tout jamais. Tu serreras ce petit être si fragile dans tes bras et moi, je vous embrasserai tous les deux, les yeux remplis de larmes. Je te demanderai en mariage car nous n'aurons toujours pas pensé à nous marier jusqu'alors. Tu me répondras oui. Nous rentrerons tous les trois à la maison et nous installerons notre petite merveille dans sa chambre que j'aurai peinte avec amour pendant que toi, tu montais les meubles. Ses cris rempliront nos vies de davantage d'amour. Nous aimerons tout chez elle : ses petits doigts, son sourire angélique, ses fesses fripées, son cri strident, ses réveils la nuit, sa petite bouche posée sur tes seins, son envie inlassable d'être dans nos bras. Nous dormirons peu, mais ça ne nous changera pas tellement finalement. Au bout de six mois, tu reprendras le travail, mais rentreras de plus en plus souvent terminer tes articles à la maison. Nous aurons trouvé une nounou fantastique – Mary Poppins en plus douce – qui s'occupera de notre trésor pendant que nous travaillerons. Très vite, tu seras enceinte de notre deuxième enfant. En tout, nous aurons quatre enfants. Une fille et trois garçons. Ils s'entendront à merveille et nous en feront voir de toutes les couleurs. Mais nous en rirons car on se souviendra que, finalement, on avait sûrement fait pire qu'eux.

« Et puis nous vieillirons. Tu seras encore plus belle qu'aujourd'hui car tu auras de magnifiques rides qui me rappelleront constamment ton incroyable sourire et la beauté de tes yeux quand tu les plisses. Les enfants auront quitté la maison et nous nous accorderons du bon temps. Tu continueras à travailler, mais bien moins intensément. Moi, je ne peindrai plus que pour le plaisir. On partira en voyage aux quatre coins du monde. On découvrira des endroits isolés où personne n'aura jamais mis les pieds. On dormira aussi bien sous tente que dans de magnifiques palaces. On redécouvrira un nouvel amour, encore plus fort que celui que nous aurons connu jusqu'alors, nourri de tous nos souvenirs et des épreuves par lesquelles nous aurons dû passer. Car nous aurons traversé des épreuves, mais toujours ensemble. Nous nous serons battus pour notre couple lorsqu'il aura été plus fragile. Nous aurons tout fait pour nous aimer jusqu'à la fin. Et puis un jour, on s'éteindra ensemble, serrés l'un contre l'autre sur notre terrasse face à la mer, en s'aimant comme on se sera aimés toute notre vie.

Lorsqu'il s'est tu, je pleurais. Je n'avais pu retenir mes larmes en l'entendant me raconter la vie que nous n'aurions jamais. Car soudainement, la réalité m'était revenue en pleine face. J'ai repensé au bébé qui grandissait dans mon ventre. Si seulement il avait été de lui… Si seulement… Si seulement j'avais pu avoir le moindre doute… Mais il n'y en avait pas. Cet enfant était de Thomas. Et je ne pouvais me résoudre à priver un enfant de son père, et un père de son enfant. Je n'avais pas le choix.

Je me revoyais le matin même, installée à la table du petit déjeuner avec Margot, rayonnante de bonheur, lui racontant mon escapade à la mer avec Auguste et la manière dont il m'avait demandé de le suivre aux Etats-Unis, lorsque, soudain, mon téléphone s'était mis à sonner. C'était Thomas ! Je n'avais pas eu le courage de décrocher alors qu'il s'était manifestement débrouillé pour trouver du réseau pour m'appeler ce 15 mai. Quelle lâcheté. J'avais eu tellement honte. J'avais hésité à le rappeler après avoir écouté son message, son adorable message où il me disait combien il pensait à moi, combien je lui manquais, combien il m'aimait. Et alors que je m'apprêtais à composer son numéro, j'avais laissé tomber mon téléphone.

– Margot ! Quel jour sommes-nous ?

– Le 15 mai, Isa, m'avait-elle répondu en riant.

Mais elle avait cessé de rire en lisant l'expression sur mon visage.

– Quelque chose ne va pas ?

J'étais blanche et ne bougeais plus, regardant dans le vide. Il m'avait fallu un long moment avant de parvenir à articuler.

– Ça fait cinq jours que je devrais avoir mes règles et elles ne sont toujours pas là.

– OK… m'avait répondu Margot calmement. Pas de panique. Ce n'est certainement pas ce que tu penses. Je vais aller chercher un test à la pharmacie en bas et toi, tu vas te calmer.

– Je ne peux pas être plus calme, Margot.

Je n'avais toujours pas bougé depuis deux minutes.

– En effet. Bon, eh bien, reste comme cela et attends-moi, je suis là dans cinq minutes.

– Je viens avec toi.

– Comme tu préfères.

Nous étions descendues dans la rue. Je n'avais même pas pensé à mettre mes chaussures. Margot tentait de me rassurer de n'importe quelle manière qui soit.

– Elles sont toujours régulières, tes règles ?

– Plus régulières que cela, tu meurs.

– OK, mais en même temps, tu es totalement chamboulée depuis cinq jours. C'est quand même vachement hormonal ce truc-là. Il suffisait peut-être juste d'y penser pour qu'elles arrivent…

– Te fatigue pas, Margot ! On va acheter ce test, le faire, et puis on verra…

Bizarrement, je n'avais aucun doute sur le résultat même si je priais pour qu'il soit négatif. Je m'étais enfermée dans les toilettes et le test n'avait pas pris plus de quelques secondes avant d'afficher ses deux lignes roses parfaitement visibles. Il n'y avait pas le moindre doute. Pas de doute possible. J'attendais un enfant. Et il était de Thomas. Pas d'Auguste, de Thomas. Ce petit tube blanc venait de sceller irrémédiablement mon destin.

Auguste a séché mes larmes. Pour la dernière fois. Il ne me restait à présent plus que quelques heures à partager avec lui. Jusqu'à ce qu'on s'endorme. J'ai tenté de reculer ce moment le plus longtemps possible, lui parlant de tout et de rien.

– Alors, finalement, tu as réussi à vendre toutes tes toiles ?

– Quasiment… Mais il y en a une que je ne vendrai jamais.

– Pourquoi ?

– Parce qu'elle est le fruit de notre amour, et la raison de notre amour. C'est grâce à notre histoire que cette toile existe, et grâce à cette toile que notre histoire existe. Je ne peux pas m'en séparer…

– Je comprends… ai-je répondu, pensive, en me disant que cette toile serait surtout un rappel quotidien de cette histoire d'amour que nous ne pourrions pas vivre.

Alors, comme pour l'empêcher de se sentir obligé de la garder, j'ai ajouté :

– Il faudra pourtant bien que tu la vendes un jour…

– Je ne la vendrai que si je dois cesser de t'aimer.

Je n'ai pas su quoi répondre. Je me suis contentée de me blottir dans ses bras. Et nous avons fini par aller nous coucher… Nous avons fait l'amour une dernière fois, nous avons discuté une dernière fois puis, soudain, Auguste s'est endormi.

Je suis restée près de lui à le regarder en pleurant silencieusement. Comment allais-je pouvoir le quitter ? Je n'avais jamais connu de bonheur aussi intense que depuis ces derniers jours. Tout ce que nous faisions, tout ce que nous partagions était simplement enivrant. J'avais l'impression de vivre à mille à l'heure tout en prenant pourtant le temps de vivre ; d'être envahie de sentiments que je n'avais jamais connus ; de connaître sept vies à la fois. La présence d'Auguste me transportait. Il était tout ce que j'aimais malgré ses nombreux défauts. Mais j'aimais ses défauts : ce besoin d'avoir toujours raison, sa mauvaise foi, son égocentrisme d'artiste, ce mélange de doute et d'assurance permanents. J'aimais quand il me regardait, quand il me charriait, quand il me touchait, quand il me faisait l'amour. J'aimais chacune des parties de son corps, son grand nez, son torse parfait, ses bras musclés, ses mains abîmées d'avoir trop peint, son gros orteil de travers. J'aimais chacun des moments que nous partagions, quels qu'ils soient. J'aimais l'incroyable pouvoir qu'il avait sur mon corps et le manque insupportable qu'il créait en moi dès qu'il s'éloignait. Je n'avais jamais senti mon cœur battre avec autant de sincérité. Tout chez lui allait me manquer. Rien que d'y penser, c'était déjà insupportable. Mais c'était inévitable.

Tant bien que mal, je me suis arrachée à ses bras.

Il me restait deux choses à faire avant de quitter cet appartement.

Je me suis dirigée vers son atelier, j'ai pris un pinceau et une palette sur laquelle j'ai étalé deux couleurs. Le rouge pour l'amour qui m'habitait et le noir pour le désespoir qui m'envahissait. Je me suis approchée d'une toile vierge, me suis bandé les yeux et je me suis mise à peindre. Avec les doigts d'abord. J'ai enfoui mes doigts dans la peinture, ne sachant si je broyais du rouge ou du noir, et j'ai posé mes mains sur la toile. Et tandis que mes sentiments s'inscrivaient sur ce bout de tissu blanc, je comprenais ce qu'Auguste avait tenté de m'expliquer. Je me sentais pleinement vivante. J'ai peint pendant une bonne heure et, soudain, je me suis arrêtée. J'étais vidée, je n'avais plus rien à dire. Je me suis retournée, j'ai enlevé mon bandeau et j'ai quitté la pièce sans regarder le résultat.

Je me suis ensuite préparé un café, j'ai pris une feuille de papier dans l'imprimante et un stylo dans mon sac, et je me suis mise à écrire.

« Mon Amour,

Cela doit faire dix minutes que je suis assise devant cette feuille et je ne sais pas par où commencer.

Par te dire que je t'aime peut-être… Et que j'aurais tout donné pour être à tes côtés à ton réveil. Mais je suis partie, et je ne reviendrai plus. Comment te le dire autrement qu'aussi cruellement qu'est la réalité ? Je suis partie et je ne reviendrai plus. Même si j'en rêve, et même si mon corps entier me pousse à revenir vers toi, je ne reviendrai plus.

Car j'ai découvert ce matin qu'un petit être grandissait dans mon ventre. Et ce petit être, malheureusement, n'est pas de toi. Si tu savais comme je voudrais qu'il s'en aille, qu'il ne s'immisce pas entre toi et moi… Et pourtant, il n'est pas responsable de ce qui nous arrive et il va falloir que je l'aime et que je le protège.

Je n'ai donc pas d'autre solution que de te quitter, et de le faire lâchement à travers ce bout de papier, car je n'aurais jamais la force de le faire autrement. Je n'aurais jamais la force de m'arracher à tes bras qui me retiendraient. Je sais ce que tu me dirais, que tu élèverais cet enfant comme le tien et qu'on serait heureux tous les trois. Mais peut-on vivre heureux quand on sait qu'on a privé un enfant de son véritable père, et un père de son enfant ? Surtout quand ce père est une personne extraordinaire… En tout cas, moi, je ne pourrais jamais vivre avec ça. Et je ne pourrais plus t'aimer comme je t'aime si tu me le demandais.

Il me reste donc à assumer cette décision qui me brise le cœur. Je vais rentrer chez moi, retrouver Thomas, lui annoncer la nouvelle et vivre heureuse avec lui. Car je sais qu'il me rendra heureuse. Il n'est pas toi, mais c'est quelqu'un de bien, et que j'aime. Il sera un papa formidable et un mari attentionné. Je m'occuperai de ma famille et, en secret, je m'imaginerai dans notre grande villa blanche avec des volets bleus, amoureux sur notre terrasse, avec notre marmaille dans les pieds. Et lorsque, plus tard, je pousserai mon dernier souffle, j'imaginerai que c'est ta main que je serre dans la mienne.

De ton côté, tu vas me détester de toutes tes forces et m'oublier. Tu vas partir à San Francisco et tu vas rencontrer cette femme extraordinaire qui te fera une adorable fille qui aura ses yeux et son sourire. Et tu seras heureux. Réellement heureux car tu ne penseras plus à moi.

Mais si, par hasard, tu m'aimes toujours malgré ce que tu viens de lire, laisse-moi te quitter. Si tu m'aimes autant que tu me l'as dit, je t'en supplie, laisse-moi te quitter.

Je m'apprête à quitter cet appartement et il me reste une chose à te dire. Je ne t'ai jamais menti, je n'ai jamais cherché à tricher. Je t'aime comme tu ne peux pas l'imaginer et je te remercie pour tout ce que tu as changé en moi. En découvrant cette grossesse, j'ai voulu pouvoir revenir en arrière, à une époque où je ne te connaissais pas. Mais ç'aurait été une erreur. J'ai préféré vivre cette semaine de bonheur dont le souvenir me fera souffrir toute ma vie, que n'avoir jamais connu un tel amour. Alors merci ! Merci pour tout ce que tu es, tout ce que tu as fait de moi. Et pardon ! Pardon pour tout ce que je suis, tout ce que je vais faire de toi.

Je t'aime.

Ta Bella ».

J'ai posé mon stylo et j'ai quitté l'appartement sans me retourner. J'aurais voulu voir le visage d'Auguste une dernière fois, me blottir une dernière fois contre lui, mais je n'aurais jamais pu le quitter si je l'avais fait.

J'ai hélé le premier taxi que j'ai trouvé, il m'a déposée en bas de chez Margot. J'ai pris mes valises comme une voleuse et suis remontée dans le taxi. En arrivant à la gare, j'ai plongé dans le premier Thalys qui quittait Paris. Lorsqu'il a démarré, je n'ai pu m'empêcher de me retourner en espérant voir Auguste arriver en courant au bout du quai pour m'empêcher de partir.

Mais le quai était vide, tristement vide.

9

Je suis arrivée à Bruxelles complètement déboussolée. J'avais l'impression d'avoir quitté cette ville depuis une éternité alors qu'une semaine à peine s'était écoulée. Mais il s'était passé tant de choses durant cette semaine, et le reste de ma vie allait en dépendre.

Malgré la fatigue qui me gagnait davantage d'heure en heure, je n'avais pas réussi à fermer l'œil de tout le trajet, incapable d'arrêter mes sanglots. Je ne pensais qu'à Auguste et la moindre pensée me faisait fondre en larmes. Que ce soit l'idée que plus jamais je ne le verrais ; le souvenir de ses bras, de son sourire, de son odeur, de son corps contre le mien ; ou l'image de lui découvrant que j'étais partie. Tout me faisait pleurer. J'étais inconsolable, mais peu m'importait puisque je n'avais de toute façon personne pour me consoler.

Je suis rentrée seule jusque chez moi, je me suis traînée jusqu'à mon lit et je me suis endormie, la fatigue l'ayant finalement emporté sur ma peine. Je me suis réveillée quelques heures plus tard, je me suis levée, j'ai erré dans ma maison, en pleurs, et ne trouvant rien d'autre à faire, je me suis recouchée. J'ai finalement dormi toute la journée pour ne me réveiller que le lendemain aux aurores, les yeux bouffis et rougis.

Ces longues heures de sommeil m'avaient un peu soulagée. Décidée à ne pas vivre la même journée que la veille, j'ai chaussé mes baskets et je suis partie en courant en direction du parc de Woluwé. Il m'a fallu une bonne vingtaine de minutes avant que mon esprit ne m'offre un peu de répit, délaissant Auguste pour me permettre de respirer. Et alors que mon corps entier commençait à se détendre, le visage de Thomas est soudain venu remplacer celui d'Auguste. Thomas rentrait dans moins de trois jours et il allait falloir que je lui parle. Mais de quoi exactement ? Du bébé, c'était certain. D'Auguste ? J'en étais moins sûre. Où se trouvait la limite entre ce qu'on voulait cacher par culpabilité et par peur de blesser ? Etait-il bon de tout avouer ? Thomas préférait-il savoir ? Et si oui, fallait-il lui parler d'Auguste sans entrer dans les détails ou, au contraire, lui dire toute la place que cet homme avait prise dans ma vie et qu'il occuperait encore pour de nombreuses années ? J'étais perdue et bien incapable de répondre à toutes ces questions dans l'immédiat.

Au bout d'une bonne heure, essoufflée, je suis arrivée devant chez moi, au moment même où Natacha rentrait de soirée.

– Isa !? Mais qu'est-ce que tu fous là ?

– Ben, je suis rentrée de Paris comme tu vois…

– Mais tu ne devais pas rentrer ce soir ?

– Je suis rentrée plus tôt que prévu, Margot n'avait pas une seconde à me consacrer ce week-end.

Natacha m'a dévisagée avec suspicion. Elle me connaissait suffisamment pour savoir que je mentais.

– Pas à moi, Isa, s'il te plait. Tu as vu ta tête… Que s'est-il passé ?

J'ai longuement soutenu son regard, tentant de contrôler mes larmes. Incapable de parler, je me suis finalement écroulée dans ses bras.

– Mais qu'est-ce qui ne va pas, Isa ? Rien de grave ? s'est-elle quelque peu inquiétée.

Face à mon silence, elle a fini par me faire entrer.

– Tu veux en parler ?

– …

– Isa, tu n'es pas obligée de m'expliquer, mais dis au moins quelque chose, je ne t'ai jamais vue comme cela. Il est arrivé quelque chose à Margot ?

J'ai secoué la tête.

– Vous vous êtes disputées ?

J'ai levé les yeux au ciel.

– Déso, Isa, j'essaie juste de comprendre. Réponds-moi au moins, c'est grave ?

– Je suis enceinte, Natacha, ai-je fini par lâcher. De Thomas, ai-je précisé en fondant à nouveau en larmes.

Elle m'a dévisagée deux secondes avant de reprendre ses esprits.

– OK… Bon… Tout d'abord, je comprends que tu sois dans un tel état. Rien que de m'imaginer avoir des nausées pendant trois mois, gonfler de vingt kilos que je vais mettre un an à perdre, me faire pipi dessus en riant, et marcher comme un dindon, franchement, j'en chialerais aussi. Bien plus que toi d'ailleurs…

Je n'ai pu m'empêcher de rire. C'était tout à fait du Natacha ça. Elle abordait toujours les problèmes en choisissant le ton de l'humour, non pas parce qu'elle s'en moquait, mais pour dédramatiser.

– Quand est-ce que tu as appris la nouvelle ? a-t-elle repris plus sérieusement.

– Vendredi matin.

– Et tu en as déjà parlé à Thomas ?

– Pas encore, j'attends qu'il rentre.

– Tu comptes donc lui dire…

– Evidemment !

– Mais tu as déjà pensé à ce que tu vas faire du bébé ? Tu sais que tu pourrais envisag…

– Mais qu'est-ce que vous avez toutes à me parler d'avortement ? l'ai-je coupée en m'énervant. Vous me connaissez quand même…

– Oui, sauf qu'on ne fait pas toujours ce qu'on aurait imaginé faire… m'a-t-elle répondu avec un air que je ne lui connaissais pas.

– Ça t'est arrivé ? ai-je répondu, surprise.

– Il y a sept ans environ, j'entamais ma dernière année de lycée. Je me souviens encore de la tête de ma mère quand je lui ai annoncé la nouvelle. Enfin, les nouvelles, car dans le même temps, je lui ai dit que j'étais enceinte et que j'allais avorter.

– Tu as hésité ?

– Pas une seconde, étonnement. J'ai découvert que j'étais enceinte en me rendant chez mon gynécologue pour une visite annuelle. Je n'avais pas imaginé que ça puisse m'arriver, et je ne m'inquiétais pas que mes règles ne viennent pas car j'enchaînais souvent deux ou trois plaquettes de pilules. Bref, à ce rendez-vous, mon gynéco a constaté que j'étais enceinte, de trois mois environ. La première chose à laquelle j'ai pensé était de savoir qui pouvait bien être le père. J'avais dû tomber enceinte pendant les vacances d'été et ce bébé aurait pu être le fruit de trois ou quatre mecs différents. Et je ne peux pas t'expliquer pourquoi, je ne me suis pas vue mettre au monde un enfant qui ne saurait jamais qui était son père. Alors j'ai décidé d'avorter.

– Comme ça, sur le coup ?

– Sur le coup. C'était d'autant plus facile que je n'avais que dix-sept ans. Mais bizarrement, ce n'est pas ce qui m'a convaincue.

– Et tu n'as jamais regretté ?

– Tu sais, quand c'est fait, c'est fait.

– Ça…

– Bref, tout ça pour te dire que je ne t'ai jamais vue dans un tel état. Alors je ne sais pas si c'est le choc de la nouvelle, ou le fait que tu ne veux pas de cet enfant, mais si c'est le cas, il n'y a pas de honte à avorter.

– Je sais, Natacha, qu'il n'y a pas de honte, mais pour moi, ce n'est pas envisageable. Et puis, cet enfant, il est de Thomas. Tu imagines comme il va être heureux. Et ce sera un papa formidable, il en rêvait tellement…

– Oui, mais pour avoir un enfant, il faut être deux à être heureux. Et à voir ta tête pour l'instant, ça ne semble pas vraiment être le cas…

– Mais je suis heureuse, Tacha ! ai-je répondu avec le plus d'enjouement possible. C'est juste que ça fait un choc quand même.

– Arrête de me mentir, Isa, tu m'énerves.

Je me suis décidée à me confier à Natacha, à me rapprocher le plus possible de la vérité, sans cependant évoquer l'existence d'Auguste. Ce n'était pas la réaction de Natacha que je craignais, mais je ne voyais pas comment décrire avec des mots ce que j'avais vécu. Je ne voulais pas en minimiser la portée de peur qu'elle ne comprenne pas. J'ai donc préféré ne pas en parler.

– OK… Comment t'expliquer… Je suis dans un tel état parce que je ne suis pas certaine que c'est avec Thomas que j'aurais décidé de faire ma vie, et des enfants, si je n'étais pas tombée enceinte.

Elle m'a regardée, incrédule.

– Ce n'est pas que je n'aime pas Thomas, bien au contraire. Mais je ne peux m'empêcher de me demander si je n'aurais-je pas été plus heureuse avec un autre homme ?

– Pourquoi tu te poses cette question maintenant ?

– Je n'en ai aucune idée. Certainement parce que maintenant, je n'ai plus le choix. Je porte un enfant de Thomas, donc je vais faire ma vie avec Thomas. Mais même si je sais que nous serons heureux, je me demanderai toute ma vie si je n'aurais pas pu être plus heureuse avec quelqu'un d'autre.

– Ça vaut vraiment la peine de se poser cette question ? Tu dis toi-même que tu aimes Thomas.

– Natacha, j'aime Thomas, tu as raison, mais ce n'est pas pour autant que c'est l'homme avec lequel je dois faire ma vie.

– Je vois.

– Non, tu ne vois pas. Je vois bien que tu ne comprends pas que le problème n'est pas Thomas, mais juste le choix que je n'ai pas. Je voudrais me réjouir de ce bébé que je porte, mais je n'y arrive pas. Il m'empêche de décider ce que je voudrais vraiment. Il m'oblige à choisir Thomas, aussi exceptionnel soit-il.

– On n'est jamais obligé de rien. Tu as toujours le choix.

– Non, Natacha, je n'ai pas le choix. Je ne priverai jamais ce bébé de son père, et Thomas de ce petit être dont il rêve.

Natacha s'est arrêtée car, pour une fois, elle ne voyait pas comment m'aider à relativiser le problème que je semblais m'être créé toute seule. J'aurais dû lui parler d'Auguste, ça l'aurait aidée à comprendre, mais je n'ai pu m'y résoudre.

Entre-temps, Auguste avait à nouveau envahi mon esprit et je replongeais dans cet abîme qui me tirait vers le fond. Comment allais-je pouvoir vivre sans lui ? Et si Natacha avait raison ? Si j'avais le choix ? Je pourrais décider d'élever ce bébé avec Thomas tout en partageant ma vie avec Auguste. Il y avait tellement de modèles familiaux différents, ce devait être envisageable… Non, je ne voulais pas offrir cette vie à un enfant parfaitement innocent. Il avait été créé par deux parents qui s'aimaient, c'était à nous de nous arranger pour l'élever ensemble, comme deux parents qui s'aiment.

Car nous nous aimions.

J'ai attendu avec impatience le retour de Thomas car, étrangement, lui seul allait pouvoir m'aider à y voir plus clair. J'allais lui parler du bébé et pour le reste, je verrais.

J'ai repris le boulot sans grande conviction lundi, et avec un peu plus d'entrain mardi car l'avion de Thomas atterrissait en début de soirée et la perspective de le voir bientôt me rassurait. J'ai quitté mon bureau un peu avant dix-huit heures afin de ne pas prendre le risque d'être en retard. Je suis passée en vitesse au restaurant de Claire chercher à manger pour le soir-même, j'ai déposé le tout à la maison et je me suis changée en vitesse.

Arrivée à l'aéroport, j'ai attendu Thomas vingt longues minutes pendant lesquelles je ne savais pas très bien à quoi penser. J'observais les passagers qui quittaient le hall, me demandant les raisons qui les menaient chez nous. Un retour à la maison ? Un voyage d'affaire ? Un rendez-vous amoureux ?

Soudain, au milieu de la foule, j'ai aperçu le sourire de Thomas. Il a posé ses bagages et a pressé le pas dans ma direction. Je suis passée sous la barrière et me suis précipitée à mon tour vers lui. Il m'a serrée si fort que j'ai cru que j'allais m'évanouir. Il m'a répété mille fois combien je lui avais manqué, combien il m'aimait. J'ai pleuré dans ses bras. Un mélange de bonheur, de culpabilité et d'appréhension de ce qui allait nous arriver.

– Pas trop fatigué par le décalage ? lui ai-je demandé une fois à la maison.

– Pas vraiment. Je me suis tellement reposé ces quelques jours… Et toi, raconte, c'était comment Paris ?

– Etrange, ai-je uniquement réussi à répondre.

– Etrange ?

Mon cœur battait à mille à l'heure. Que pouvais-je lui dire ? Quand allais-je lui parler ?

– Je te raconterai Paris quand nous serons tranquillement installés autour d'un bon repas. Va prendre ta douche, je prépare à manger, lui ai-je lancé pour qu'il me laisse cinq minutes seule, le temps de reprendre mes esprits.

– Depuis quand c'est toi qui fais à manger ?

– Depuis que je vais chercher à manger chez Claire.

– D'accord… et moi qui pensais…

– Ne pense à rien et va prendre ta douche.

– Je pue que tu me presses comme ça ?

– Exactement, ai-je répondu en le poussant dans les escaliers.

J'ai respiré un grand coup, oubliant Paris tel que je l'avais vécu et me concentrant sur l'idée que je devais lui annoncer une bonne nouvelle.

– Alors, qu'est-ce que Claire nous a préparé pour ce soir, a-t-il crié en descendant les escaliers ?

– Du foie gras avec de la confiture d'abricot en entrée, suivi d'une côte de bœuf, sauce aux champignons et petites pommes de terre sautées et, en dessert, son traditionnel moelleux au chocolat arrosé de crème anglaise.

– Royal ! Et que reste-t-il à faire ? Waouh, quelle jolie table ! s'est-il exclamé en entrant dans le salon. On a quelque chose à fêter ?

– Ton retour…

– Nos retrouvailles, alors… Mais il nous faut quelque chose à boire, a-t-il lancé en se dirigeant vers la cuisine. Qu'est-ce que tu veux ?

– Il y a du champagne au frigo, ai-je répondu en le rejoignant.

– Je vais vraiment finir par croire que tu dois m'annoncer quelque chose…

– Ça se pourrait, ai-je suggéré, énigmatique.

– Boulot ?

– …

– Voyage ?

– …

– Mariage ?

– Je ne te dirai rien avant d'être à table. On ne partage jamais une grande nouvelle l'estomac vide.

J'avais réussi à me convaincre pendant les deux derniers jours que je me réjouissais d'attendre cet enfant.

J'avais enfin osé toucher mon ventre, tenté d'imaginer ce qui pouvait grandir à l'intérieur. Je m'étais projetée en tant que maman, et bien que la perspective d'un tel changement me perturbait terriblement, je commençais à aimer ce qui s'apprêtait à bouleverser nos vies à tous les deux.

– Comment va Claire ? m'a demandé Thomas en s'installant à table.

– Aucune idée. Je ne l'ai pas vue depuis quelques semaines et c'est son assistant qui était au resto quand je suis passée. Je l'ai juste eue au téléphone deux minutes. Elle était super occupée. Nous sommes convenues d'aller manger chez elle dimanche, si ça te va.

– Parfait. Je serai ravi de la voir.

– Elle voulait savoir si elle devait t'attendre pour cuisiner…

– Je peux venir l'aider avec plaisir, mais soyons honnête, je n'ai plus besoin de ses cours, je suis devenu un véritable cordon bleu, n'est-ce pas ?

– Je dirais que vu d'où tu viens, c'est assez impressionnant !

– Tu es dure avec moi !

Et, saisissant l'opportunité qui se présentait, j'ai poursuivi :

– Je n'ai pas envie que tu te reposes sur tes lauriers. Parce que, bientôt, tu vas devoir préparer des repas, et tous les jours. Plus de resto, traiteur ou pizza dans le four la moitié de la semaine. Il va falloir gérer des repas sains et équilibrés tous les jours.

– Il m'a regardée en souriant, ne semblant pas bien comprendre mon délire.

– On va avoir un enfant, Thomas.

Il s'est étouffé avec son bout de foie gras puis m'a dévisagée avec insistance.

– Comment ?

– On va avoir un enfant. Je suis enceinte.

Il s'est levé d'un bond et s'est jeté sur moi, m'a soulevée et a plongé ses yeux dans les miens avec un sourire indescriptible.

– Dis-moi que tu ne me fais pas une blague, Isa, s'il te plait.

– Je ne te fais pas une blague. Je suis enceinte.

Il s'est mis à pleurer, moi aussi. Pas pour les mêmes raisons certainement. J'avais imaginé lui raconter la suite, Auguste, lui expliquer que je l'avais choisi lui, Thomas, et que j'espérais qu'on pourrait élever cet enfant ensemble en s'aimant toujours autant. En voyant la joie qui l'habitait, je n'ai pas pu. Le jour viendrait où je lui expliquerais, mais pas aujourd'hui.

Les semaines qui ont suivi se sont enchainées à la vitesse de l'éclair. Nous avons commencé par prendre rendez-vous chez un obstétricien. Je me réjouissais de voir ce petit être qui grandissait en moi car j'avais beau l'avoir détesté les premiers jours, depuis que j'avais annoncé son existence à Thomas, je m'étais mise à l'aimer de tout mon cœur, de tout mon être. Privée d'Auguste, j'avais tellement d'amour en trop à partager que j'ai tout donné à ce bébé.

Premier rendez-vous, un cœur qui battait, rien de plus. C'était donc bien cela un enfant, de l'amour avant tout. Deuxième rendez-vous, un corps qui commençait à se dessiner. Troisième rendez-vous, un minuscule bébé qui bougeait, gesticulait, se retournait, suçait son pouce, souriait. Quelle émotion ! Il mesurait quelques centimètres à peine et il avait déjà tout d'un véritable bébé. L'excitation de le serrer dans mes bras me gagnait jour après jour. Mon ventre commençait doucement à s'arrondir même si on ne voyait toujours pas grand-chose, et je me sentais en bonne santé, bien que très fatiguée. Tous ces changements m'aidaient heureusement à penser un peu moins intensément à Auguste. Il me manquait pourtant tellement…

Les trois premiers mois étant passés et notre bébé se portant à merveille, nous avons commencé à partager la nouvelle avec nos familles et avec nos amis. Bien que surpris, ils se sont réjouis de l'arrivée prochaine de ce petit être.

Claire, Margot, Thomas et moi avons passé le mois d'août à Contis. C'est durant ces vacances que Thomas en a profité pour me demander en mariage. C'était un vendredi soir et nous avions tous les quatre prévu d'aller au cinéma. Au moment de partir, je me suis sentie mal, prise par de nombreuses contractions. J'ai décidé d'aller prendre un bain pour me détendre et j'ai lourdement insisté pour qu'ils sortent malgré tout. J'ai attendu qu'ils claquent la porte, mais je n'ai pas entendu Thomas qui l'ouvrait quelques minutes plus tard seulement. J'étais à moitié endormie dans mon bain, assommée par les vapeurs qui s'en échappaient. J'avais allumé quelques bougies. Thomas est entré sur la pointe des pieds et est venu m'embrasser sur le front. Je me suis saisie, il s'est excusé. C'est alors qu'il a sorti un horrible bouquet de fleurs qu'il avait trouvé je-ne-sais-où, s'est agenouillé à mes côtés et m'a demandé si je voulais l'épouser. J'ai souri et j'ai plongé ma tête sous la mousse, pour pleurer.

Nous avons annoncé la nouvelle à Claire et Margot le lendemain. Claire a sauté de joie et j'ai vu à la réaction faussement enjouée de Margot qu'elle n'approuvait pas cette décision.

– Ce n'est pas que je n'approuve pas, a-t-elle fini par m'avouer, le lendemain, alors que nous nous rendions toutes les deux à la plage. C'est juste que… comment te dire… je ne sais pas si je dois te le dire…

– Qu'est-ce qu'il y a, Margot, me suis-je énervée. Tu en as trop dit maintenant.

– J'ai trouvé Auguste devant chez moi le jour où tu es partie. Il avait passé la journée à la gare, persuadé que tu avais pris un Thalys pour Bruxelles, mais que tu l'avais vu enjamber les barrières au moment où le train s'éloignait et que tu serais revenue. Lorsque le dernier Thalys est entré en gare sans toi, il est venu à la maison et il m'a demandé de te remettre une lettre. Je savais à quel point, le quitter, avait été difficile, alors j'ai gardé cette lettre secrète. Mais ce n'est pas à moi de décider ce que je dois en faire. Je le réalise maintenant… Je suis désolée.

– Ne le sois pas. Tu as bien fait ! D'ailleurs, fais-moi plaisir, brûle-la. Je ne veux pas savoir ce qu'elle contient.

– Tu en es certaine ?

– Certaine, ai-je répondu froidement.

J'étais pourtant dévastée par cette nouvelle et par l'idée qu'Auguste avait voulu m'empêcher de partir. Mais j'étais certaine de ne pas vouloir connaître le contenu de cette lettre car, quoi qu'elle contienne, je savais que j'en souffrirais. J'ai donc regardé Margot et lui ai simplement répété « Certaine ».

Nous avons passé un mois paisible en famille, puis avons chacun retrouvé notre quotidien. Thomas et moi nous projetions davantage comme parents tous les jours. Nous nous demandions comment nous serions avec notre enfant et à qui il ressemblerait. Aurait-il plutôt de lui, ou de moi ? Nous étions impatients de connaître le sexe. Mais il nous fallait encore patienter jusqu'à la prochaine visite.

Aussi en attendant, avons-nous commencé à traîner dans les magasins de puériculture, juste pour voir. Thomas se renseignait sur la meilleure poussette, les solutions pratiques pour les bains, les jouets indispensables. Moi, je parcourais les boutiques de vêtements en me demandant si un petit garçon ou une petite fille était en train de grandir en moi. Mon ventre continuait à s'arrondir et je ne le lâchais plus, une main systématique posée dessus.

Quatrième rendez-vous, enfin. Je rêvais d'apercevoir à nouveau cette petite merveille qui me manquait déjà tellement. Mais c'était une simple visite de suivi. Tension, prise de sang, taille de l'utérus, écoute du cœur. Mais pas d'échographie. Et toujours pas de sexe. Nous étions terriblement déçus. Il allait falloir attendre quatre semaines de plus.

Le temps commençait à me paraître long et j'avais l'impression que cette grossesse ne finirait jamais quand, soudain, j'ai senti le bébé bouger. C'était incroyable. J'en avais les larmes aux yeux. Je sentais, enfin, ce petit être pour lequel j'avais accepté de renoncer à Auguste. Et à chacun de ses coups, je comprenais davantage pourquoi j'avais pris une telle décision et pourquoi il faudrait que je me batte, tous les jours, pour être pleinement heureuse. Pour autant, la bataille n'était pas encore gagnée. Je pensais encore à Auguste, irrévocablement. Qu'avait-il écrit dans cette lettre ? Il devait maintenant être à San

Francisco depuis quelques mois. Où vivait-il ? Avait-il rencontré quelqu'un ? Etait-il heureux ?

Je m'efforçais de ne rien laisser transparaître auprès de Thomas, de ne pas laisser mes pensées s'égarer quand il était près de moi. Je me réjouissais de le retrouver le soir lorsqu'il rentrait du bureau, et nous avions autant de plaisir à passer une soirée en amoureux qu'à inviter nos amis à venir manger.

Maud et Thibault venaient régulièrement car ils habitaient à quelques rues seulement de chez nous et leurs horaires de travail correspondaient aux nôtres, ce qui n'était pas le cas de Natacha qui était systématiquement appelée pour une urgence et qui avait plutôt tendance à nous rejoindre en fin de soirée pour partager un dernier verre avec nous.

De son côté, Clémence s'apprêtait à partir s'installer définitivement à Paris car elle avait été engagée chez France 2. Elle était rayonnante. Nous étions tous persuadés qu'elle était tombée amoureuse à Paris, mais elle nous jurait que non, que nous nous faisions des idées. Il n'empêche, elle avait l'air heureuse.

Nous avions toutes l'air heureuses, en apparence en tout cas.

La naissance de notre bébé étant prévue pour la fin du mois de janvier, Thomas et moi avons décidé de nous marier en décembre, en espérant qu'il neige pour le grand jour. Nous ne voulions pas d'un mariage mondain, juste d'une belle fête avec ceux que nous aimions.

J'avais demandé à Margot et à Natacha d'être mes témoins de mariage ; Margot pour le mariage religieux, et Natacha pour le civil car elle ne croyait pas en Dieu, seulement en nous. Bien que très occupées par leur travail, elles m'avaient consacré une journée entière pour m'aider à choisir ma robe. C'était étrange de parcourir toutes ces boutiques sans ma mère. Elle aurait été de si bon conseil. Mais Margot et Natacha la remplaçaient à merveilles, et je fus rapidement conquise par le choix sur lequel elles s'étaient toutes les deux arrêtées.

De son côté, Claire avait eu envie de s'investir à sa manière pour me porter dans cet engagement auquel elle croyait tout particulièrement. Aussi m'avait-elle proposé d'assurer le service traiteur. Bien que touchée par sa proposition, j'avais refusé de peur qu'elle ne puisse pleinement profiter de la journée. Mais elle m'avait convaincue d'accepter en me rappelant qu'elle avait une équipe de choc sur laquelle elle pourrait compter les yeux fermés le jour J.

Pour le reste, les choses semblaient se mettre parfaitement en place pour que notre mariage soit à la hauteur de nos attentes. Les semaines avançaient et nous ne parlions plus que de cela, rêvant déjà au grand jour.

Nous n'avons jamais pu le fêter…

Je me souviendrai toute ma vie de ce matin d'octobre… Thomas et moi étions sortis la veille et nous profitions d'une grasse matinée bien méritée. Le travail avait repris en force dès le mois de septembre et nous travaillions tous les deux tant et si bien que nous avions à peine le temps de nous croiser.

Ce matin-là, je me suis réveillée en sursaut.

– Thomas, je ne sens plus le bébé bouger !

– Comme tous les samedis matins, et les jeudis soirs, et les mardis après-midis, m'a-t-il répondu en replongeant dans son sommeil.

– Je ne rigole pas, Thomas, il y a quelque chose qui ne va pas. Le bébé ne bouge plus.

Thomas s'est levé d'un bond. Il avait senti à mon ton que, pour une fois, c'était différent.

– Habille-toi, Isa, on fonce à l'hôpital.

Vingt minutes plus tard, nous courions le long de ces couloirs blancs, Thomas devant, moi derrière, tenant mon ventre. En arrivant à la surveillance intensive, j'ai intercepté la première personne que j'ai vue, tentant de lui expliquer qu'il fallait à tout prix que je voie mon gynécologue.

– Veuillez patienter ici, Madame, une infirmière va venir vous chercher.

– Ce n'est pas une infirmière qu'il me faut, mais un médecin ! Mon enfant ne va pas bien !

– Calmez-vous, Madame, dès qu'une chambre sera libre, on va vous y installer et vous faire un monitoring.

– Je ne vais pas me calmer car j'ai besoin qu'on s'occupe de mon bébé, MAINTENANT, me suis-je mise à crier.

L'instant d'après, j'étais allongée sur un lit. A peine l'infirmière avait-elle installé le monitoring que j'ai vu son visage changer d'expression. Elle est sortie en m'annonçant calmement qu'elle allait appeler le médecin, mais je voyais bien qu'elle était paniquée. Il est arrivé trois minutes plus tard. Il a touché au monitoring quelques secondes et j'ai compris à son attitude que je ne me trompais pas. Il y avait un problème. Il m'a annoncé que nous allions faire une échographie. Nous avons changé de salle. Il a étalé le gel froid sur mon ventre, désormais bien arrondi, et n'a plus parlé pendant de longues minutes. Il déplaçait la sonde minutieusement, tapotait sur mon ventre. Le bébé ne bougeait pas. Toujours pas. Au bout d'un temps qui m'a paru interminable, il a posé son matériel et m'a regardée droit dans les yeux.

– Son cœur ne bat plus.

J'attendais qu'il m'annonce la suite du diagnostic. Ils allaient devoir m'ouvrir en vitesse pour réanimer le bébé et ils auraient ensuite à surveiller son état pendant deux ou trois mois pour que je puisse, enfin, rentrer chez moi en le serrant dans mes bras. Mais il n'a rien fait de tout cela. Il s'est contenté de préciser « Je suis désolé ».

– Comment ça, son cœur ne bat plus ? Comment ça, vous êtes désolé ? Je ne comprends pas.

– Son cœur ne bat plus, Madame. Il n'y a plus rien à faire.

– Ça veut dire quoi « il n'y a plus rien à faire » ?

– Ça veut dire que le bébé est mort ! s'est exclamé Thomas froidement.

– Mort ?

J'ai regardé mon médecin, incrédule. Je ne parvenais pas à saisir, je me refusais à comprendre. J'étais persuadée que mon bébé allait se remettre à bouger. J'ai touché mon ventre, je l'ai caressé, l'ai tapoté, l'ai tapé un peu, beaucoup, de toutes mes forces. Thomas s'est approché de moi et a attrapé mes mains, délicatement. Je suis restée muette quelques instants.

Puis mon gynécologue a repris :

– Je suis sincèrement désolé. Rentrez chez vous, reposez-vous, digérez cette nouvelle. Nous allons programmer un accouchement pour dans quelques jours.

– Un accouchement ?

– Oui, il va falloir faire sortir le bébé…

– Je voudrais le faire sortir tout de suite… ai-je prononcé sans la moindre expression.

– Si je peux me permettre, il est dans votre intérêt d'attendre quelques jours. Ça peut paraître étrange, mais c'est une étape nécessaire à votre deuil, croyez-en mon expérience. Lorsque vous reviendrez, j'effectuerai une nouvelle échographie pour que vous soyez assurés que le cœur ne bat plus. Je vous le dis tout de suite, il n'y a aucune chance qu'il se remette à battre, mais c'est important de le faire, pour vous. Ensuite, nous déclencherons l'accouchement.

– Je voudrais le faire sortir tout de suite… ai-je répété comme si je n'avais rien écouté de ce que mon médecin venait de m'expliquer.

Il s'est tourné vers Thomas. Thomas s'est approché de moi, m'a murmuré des mots que je ne comprenais pas, puis il m'a rhabillée et m'a prise par les épaules pour m'emmener loin de cette salle d'hôpital.

Nous sommes rentrés chez nous, vides. Thomas essayait de parler, je refusais toute communication. J'avais tué notre bébé. J'étais convaincue d'être responsable de sa mort. Je ne l'avais pas suffisamment aimé, désiré. Je lui avais fait porter toute la culpabilité qui me rongeait, toute l'aigreur qui m'habitait et il avait préféré s'en aller doucement, sans faire de bruit, pour que je puisse vivre ma vie, telle que je l'entendais. Je n'avais pas réussi à lui faire comprendre que ma vie, je voulais la partager avec lui. Avec lui avant tout. C'était l'essentiel. Auguste, Thomas, ils auraient tous les deux pu disparaître, j'aurais été pleinement comblée par sa seule présence à lui. Mais je n'avais pas réussi à lui transmettre tout cela, tout cet amour que je portais en moi. Peut-être parce que je ne le réalisais moi-même que maintenant, maintenant qu'il était trop tard. Mon bébé s'était senti de trop et il était parti discrètement, sans me laisser la possibilité de me battre pour lui. Comment allais-je pouvoir vivre avec cela ?

Thomas et moi avons passé un triste week-end, isolés l'un et l'autre des autres, l'un et l'autre de l'autre. Nous n'avons voulu voir personne, mais nous n'avions rien à nous dire. Je refusais toujours de parler de la mort de notre bébé et Thomas ne voulait pas parler d'autre chose. Nous étions assis l'un à côté de l'autre, et si loin l'un de l'autre. Nous nous tenions seulement la main, unique signe de notre douleur commune.

J'avais pourtant l'impression de souffrir seule. Cet enfant, c'était moi qui le portais. Il était là, dans mon ventre à moi. Ce ventre qui m'empêchait de dormir, de m'asseoir correctement, de me relever sans contrainte. Ce ventre qui me rappelait continuellement que je portais un bébé, mais un bébé qui était mort et que, de surcroît, j'avais moi-même tué. C'était insupportable, invivable. Il fallait qu'il s'en aille… Et en même temps, allais-je pouvoir me résoudre à le faire sortir de ce cocon où je le protégeais malgré tout ? Il avait beau être mort, il était à mes côtés et il ne pouvait rien lui arriver là où il se trouvait. Ma main était toujours inlassablement posée sur mon ventre. Je n'avais jamais autant aimé ce petit être. Je lui parlais, m'excusais, lui promettais un monde de douceur là où il était parti. Il avait rejoint ma mère et elle prendrait soin de lui.

Lundi soir, nous avons invité nos amis et Claire à manger pour leur annoncer la triste nouvelle. Personne n'a parlé pendant un long moment. Nous n'avions jamais passé une aussi triste soirée tous ensemble.

Le lendemain, Thomas et moi nous sommes rendus à l'hôpital. Nous avons effectué une échographie pour être certains que le cœur de notre bébé était toujours bel et bien au repos, puis nous nous sommes rendus dans la salle d'accouchement. On m'a administré des tonnes de substances et au bout de quelques minutes, j'ai senti des spasmes m'envahir. Mon col a mis des heures à s'ouvrir dans d'atroces souffrances. Pas celles des contractions, celles des sentiments qui me torturaient l'esprit. Au bout d'un temps qui m'a paru interminable, mon bébé a fini par sortir, éjecté de mon corps par mes propres efforts, mes propres cris. On me l'a posé dans les bras. C'était une fille. Une adorable petite fille. Elle était magnifique. Je l'ai admirée, embrassée, serrée délicatement de peur de la briser tant elle était petite. Je l'ai confiée à Thomas quelques instants. Il l'a admirée, embrassée, serrée délicatement de peur de la briser tant elle était petite. Alors qu'il me la rendait en retenant ses larmes, on nous a demandé son prénom. Nous n'avions même pas imaginé qu'il faudrait lui donner un prénom… Nous nous sommes regardés et, d'un simple geste de la tête, nous nous sommes mis d'accord.

– Elle s'appelle Carolina… Comme ma maman… Pour qu'elle ait la même force qu'elle… ai-je répondu de manière saccadée.

La sage-femme a inscrit son nom sur un bout de papier.

– Il va falloir me la donner maintenant.

– Mais qu'allez-vous en faire ?

– Nous allons effectuer une autopsie pour comprendre ce qu'il s'est passé. Cela va durer un mois environ et, ensuite, vous aurez la possibilité de venir la chercher si vous souhaitez l'enterrer.

– Je voudrais la garder encore un instant, ai-je répondu docilement.

La sage-femme est sortie de la salle. Thomas lui a emboité le pas après avoir posé un baiser sur mon front et celui de notre petite Carolina. Je suis restée seule avec ma fille. Elle avait l'air si paisible. Je l'ai embrassée, je l'ai rassurée et je lui ai répété mille fois combien je l'aimais. J'avais la gorge nouée. Je n'ai pas entendu Thomas et la sage-femme entrer à nouveau dans la pièce. Je ne les ai pas entendus s'approcher de moi. Mais brusquement, j'ai entendu une voix m'annoncer qu'il était temps. Je les ai regardés avec pitié, les priant de me laisser encore quelques minutes. J'ai vu leurs regards hésitants et, lentement, la sage-femme a fait un pas de plus dans ma direction en tendant les mains vers mon bébé.

– Je ne veux pas la laisser… Je veux ma petite fille. Je vous en supplie, laissez-la moi, ai-je réussi à prononcer tandis que ma voix se brisait en un sanglot.

Je la gardais serrée contre moi, refusant de la laisser avec ces inconnus. Thomas s'est approché de moi et me l'a enlevée, délicatement. Et j'ai regardé mon bébé s'en aller, impuissante, jusqu'à ce que la porte se referme et me laisse seule, terriblement seule.

Thomas et moi avons tenté de reprendre nos vies, mais plus rien n'était pareil. Nous étions éteints. Les amis étaient présents et c'était nos moments d'évasion, nos moments de joie. Mais dès lors que nous nous trouvions à nouveau à deux, le vide nous engouffrait. Je culpabilisais tellement de la mort de notre fille que j'étais persuadée que Thomas me le reprochait également. Je n'arrivais plus à communiquer avec lui. J'étais convaincue que, de son côté, il ne voulait plus me parler. Mais je me trompais. Il souffrait terriblement, tant de l'absence de notre fille que de mon silence. Et alors que je pensais être la seule à traverser cette épreuve, j'ai réalisé un matin de novembre qu'en réalité, nous étions deux.

Ce matin-là, Thomas n'était pas à mes côtés quand je me suis réveillée. Je l'ai cherché dans toute la maison, en vain. Au bout d'une demi-heure, j'ai fini par le trouver dans le jardin, pieds nus et en T-shirt, à pleurer sous la pluie, en tenant dans ses mains ce qui aurait pu devenir le doudou de notre fille. Je suis restée quelques minutes à l'observer. Puis j'ai pris une couverture et je me suis approchée de lui en la posant sur ses épaules. Et je n'ai réussi à prononcer que trois mots. « Je suis désolée ». Il s'est tourné vers moi, a pris mon visage entre ses mains et m'a simplement répondu : « Parle-moi, Isabel. Parle-moi, je t'en supplie ».

C'est alors que je me suis mise à tout lui raconter.

Tout.

Troisième partie

10

– *Beef or chicken* ?

– Heu..., me suis-je saisie en sortant brusquement de mon sommeil, *Kitchen, please.*

L'hôtesse de l'air s'est penchée pour attraper mon plateau de poulet avec, au coin des lèvres, un léger sourire qu'elle ne parvenait pas à réprimer ; mon voisin a tourné la tête vers moi en souriant gentiment ; j'ai tourné la tête vers lui en souriant bêtement.

– Oui, je sais… Je suis épuisée.

– J'ai constaté… Vous allez mieux à ce propos ?

Je l'ai regardé avec étonnement.

– Pardonnez mon indiscrétion, je ne veux pas vous importuner. C'est que je vous ai entendue pleurer pendant les deux premières heures du vol, avant que vous ne vous écrouliez de fatigue.

– Excusez-moi si je vous ai dérangé.

– Non, voyons, vous ne m'avez pas dérangé. Je me suis juste senti terriblement impuissant…

– Rassurez-vous, il n'y a pas grand-chose que vous puissiez faire…

– J'imagine… Si cependant vous ressentez le besoin de parler, sachez que je suis disponible.

– C'est gentil. Mais je vous préviens, si je commence, ça risque de durer le reste du trajet.

– Dans ce cas, attendez peut-être l'escale à Sao Paulo… a-t-il ironisé. A moins que vous ne vous arrêtiez au Brésil ?

– Non, non. Je vais jusque Buenos Aires. Comme vous, si je comprends bien.

– Tout à fait.

– Vous y restez combien de temps ?

Il a levé les yeux au ciel.

– Si seulement je le savais… Je vis là-bas, pour le moment en tout cas.

– Vous travaillez en Argentine ?

– C'est très gentil ça. Mais non, je ne trav… Excusez-moi. Nous discutons depuis cinq minutes et je n'ai pas encore eu la délicatesse de vous demander votre prénom…

– Je m'appelle Isabel.

– Enchanté, Isabel. Moi, c'est Serge.

– Enchantée également.

– Alors non, Isabel, je ne travaille pas en Argentine, je suis à la retraite depuis quelques années déjà… Je vis à Buenos Aires car mon adorable fille – et unique fille heureusement – est venue s'installer dans ce pays il y a une dizaine d'années et elle y a rencontré celui qu'elle appelait l'amour de sa vie. Il l'a épousée, lui a fait un enfant, puis s'est transformé du jour au lendemain en une véritable crapule. Pardonnez mon langage…

« Ma fille l'a quitté très rapidement, mais depuis deux ans, ils se battent pour la garde de leur fils Guillermo. Ma fille voudrait rentrer en France, mais elle n'en a pas la possibilité, car tant que ce problème n'est pas réglé, elle risque d'être arrêtée pour enlèvement d'enfant. Elle est donc contrainte de rester là-bas. Mais seule pour élever son enfant, et se donner les moyens d'évoluer dans sa carrière pour s'assurer d'obtenir la garde de son fils, relevait de l'impossible. Etant donné que je suis un père admirable, j'ai mis ma maison en vente et je suis venu m'installer avec elle, le temps que ce problème soit résolu. Je n'aurais pas imaginé que cela puisse prendre tant de temps.

– C'est effectivement admirable… Et j'imagine que cela en prendra encore, du temps…

– Je ne vous le fais pas dire. D'autant qu'en Argentine, la justice est pire encore que chez nous. Ils ne sont pressés pour rien. Les audiences sont systématiquement remises : il manque quelqu'un, un élément jugé crucial pour trancher la question du bien-être de l'enfant, le juge a fixé trop d'affaires, il y a un problème de procédure, un changement d'avocat,… Et c'est d'autant plus compliqué que le père de Guillermo prend un malin plaisir à faire durer ce procès, car il recherche désespérément un emploi stable – il est au chômage depuis la crise de 2001 – et sans travail, il sait pertinemment qu'il a fort peu de chance d'obtenir la garde de son fils.

– Si je comprends bien, le dossier est plutôt favorable à votre fille.

– Pour l'instant en tout cas. Mais il faut absolument que les choses s'accélèrent car j'ai bien peur qu'à défaut, ma fille ne se retrouve contrainte de rester en Argentine.

– Cela impliquerait que vous restiez vivre avec elle ?

– Je le crains. Pendant quelques années supplémentaires peut-être. Mais remettons les pendules à l'heure. Je n'ai pas à me plaindre, la vie à Buenos Aires est très agréable et j'ai la chance inouïe de voir mon petit-fils grandir. D'autant qu'il est tellement charmant. Un vrai petit monstre, juste comme il faut. Tenez, j'ai une photo de lui, vous voulez voir ?

– Avec plaisir !

Serge m'a tendu la photo de son petit-fils, un adorable garçon de deux ans aux cheveux châtains et aux grands yeux bruns. Il était intelligent cet enfant, cela se voyait, rien qu'à son regard.

– Il est magnifique ! ai-je dit avec une pointe de tristesse dans la voix.

– C'est gentil. Et vous, que venez-vous faire en Argentine ?

– Je ne sais pas très bien pour être honnête. Je fuis mon passé tout en partant à sa recherche. C'est un peu compliqué…

Alors que je prononçais ces quelques phrases, je me demandais si j'étais réellement en train de fuir. En réalité, j'avais surtout l'impression que j'allais enfin cesser de fuir et arrêter de m'apitoyer sur mon sort, attendant naïvement que mes malheurs disparaissent d'eux-mêmes. Et pour cela, il fallait que je parte, que je reprenne ma vie en main. Je l'avais enfin entendue, la voix de ma chère maman qui m'implorait de relever la tête et de sourire à la vie. Il était temps que je quitte Thomas dont je ne méritais pas l'amour et que je me décide à le laisser à une autre ; il était temps que je trouve une manière de soulager cette douleur insupportable d'avoir perdu un enfant ; il était temps que j'accepte qu'Auguste fasse irrévocablement partie de mon passé, quand bien même il occupait pleinement mes pensées. J'étais enfin prête à me battre pour cela, mais loin de tout cela.

– Ma mère était argentine et elle s'est réfugiée en France après avoir fui son pays à l'époque de la Guerre Sale. Elle n'y est jamais retournée, incapable de pardonner, son père ayant été l'une des nombreuses victimes de cette période atroce. Juste avant de mourir, il y a près de cinq ans, elle m'a confié son histoire. Je me suis alors promis de retourner un jour fouler le sol où elle avait vu le jour. Mais jusqu'à aujourd'hui, je n'ai jamais osé y aller. J'avais peur de ce que j'allais y découvrir. Ma vie était tellement tranquille et la douleur d'avoir perdu ma mère commençait à peine à devenir supportable. J'avais peur de détruire la forteresse que je m'étais bâtie.

J'ai marqué une longue pause pendant laquelle Serge n'a rien dit.

– Elle s'est détruite toute seule il y a quelques mois… Un enchaînement d'évènements douloureux et ma vie est devenue un véritable cauchemar. Alors j'ai décidé de partir. C'était le moment ou jamais de tenir ma promesse. J'ai acheté un billet, j'ai rassemblé quelques affaires dans mon sac et j'ai quitté tout ce que j'aimais, tous ceux que j'aimais.

Etrangement, tous les mots que je n'avais jamais réussis à prononcer en présence de mes meilleurs amis se sont mis à sortir, les uns après les autres, auprès de cet inconnu. Peut-être justement parce que je ne le connaissais pas… Je lui ai parlé de tout : de Thomas, d'Auguste, de Carolina. Je lui ai tout expliqué, dans les moindres détails, jusqu'à la réaction de Thomas quelques jours plus tôt, lorsque je lui avais confessé ma rencontre avec Auguste.

Thomas m'avait écoutée avec attention, et ses yeux qui me regardaient fixement trahissaient un mélange de profonde tristesse et d'un étrange soulagement. Enfin je lui parlais, enfin il me comprenait à nouveau. Il était resté muet tout le temps de mon long monologue. Je ne lui avais rien caché, je lui avais tout expliqué, donné tous les détails, de mon amour pour lui à mon amour pour Auguste ; de mon rejet de notre Carolina les premiers jours de sa vie ; de ma décision de revenir à lui parce que je n'avais pas le choix, mais de ce choix que je n'avais pas parce que je l'aimais ; de cette envie pourtant constante de vouloir rejoindre celui auquel j'avais dû renoncer ; de cette histoire que je lui avais cachée, non pas par malveillance, mais pour vivre pleinement son bonheur et le bonheur qui me gagnait à nouveau auprès de lui ; de ma culpabilité d'avoir tué notre enfant. Je lui ai parlé pendant deux longues heures et alors que je lui parlais, je comprenais que la fin de notre histoire approchait.

Lorsque je m'étais tue, nous nous étions longuement observés en silence, assis l'un en face de l'autre devant ce feu que nous avions allumé pour nous réchauffer.

– Merci, avait-il fini par dire.

– Merci ?

– Oui, merci, Isabel. Merci parce que je sais que tu m'aimes. Je sais combien tu m'aimes.

Je n'avais pu retenir mes larmes. Je l'avais trompé, je lui avais menti, j'avais tué notre enfant, et il me remerciait. Thomas s'était agenouillé devant moi.

– Epouse-moi, Isabel !

– Comment ?

– Epouse-moi ! avait-il répété simplement. Je sais que je te l'ai déjà demandé, je sais que tu as déjà dit oui, je sais que je devrais t'en vouloir, te détester, annuler tous nos projets, mais je ne t'ai jamais autant aimée qu'aujourd'hui.

– Thomas…

– Tais-toi, Isabel, tu as déjà assez parlé ! Je sais pertinemment ce que tu penses. Que je suis sous le choc et que je ne maîtrise plus tout à fait ma pensée, que je vais finir par réaliser ce que tu viens de me dire et qu'alors, je me mettrais à t'en vouloir. Au contraire, je n'ai jamais été aussi lucide. Si je ne t'aime pas aujourd'hui, pendant tes moments de faiblesse, c'est que je ne t'aime pas. On s'aime pour le meilleur et pour le pire, n'est-ce pas ce que nous étions sur le point de nous promettre ? Pour l'instant, en ce qui me concerne, c'est le pire – ou ça s'en rapproche en tout cas. Je suis dévasté, d'avoir perdu notre bébé et de te savoir aimer un autre homme auquel tu ne peux t'empêcher de penser. Mais si je ne t'aime pas maintenant, c'est que je ne t'ai jamais aimée.

Il s'était tu un court instant avant de poursuivre.

– Alors, je te le demande une dernière fois : veux-tu m'épouser, Isabel ? Veux-tu passer ta vie à mes côtés, pour le meilleur et le moins pire ?

Mes joues ruisselaient de larmes. J'avais en face de moi l'homme le plus extraordinaire du monde. Je n'avais qu'à lui dire « oui » et nous aurions vécus heureux pour le restant de nos jours. J'avais rêvé de lui répondre « oui », de me jeter dans ses bras, de l'embrasser passionnément, et de lui dire combien je l'aimais. Mais je n'avais pas pu…

– Je ne peux pas te répondre « oui », Thomas…

– Si tu le peux !

– Non, car je t'aime trop pour te laisser m'aimer ainsi.

– Arrête de tout compliquer, Isa.

– Je ne peux pas, Thomas. Je ne peux pas te laisser m'aimer. Je ne peux pas vivre avec toi, car chaque fois que tu me regarderas de cette manière, tu me rappelleras que je ne mérite pas ton amour. Je ne pourrai pas t'offrir le bonheur que tu mérites. Tu mérites quelqu'un qui t'aime entièrement, car tu es quelqu'un d'entier. J'ai beau t'aimer de tout mon être, Thomas, je sais que mon esprit continuera à penser à Auguste, aussi injuste soit-il.

– Alors, tu vas le rejoindre ?

J'avais fermé les yeux avant de répondre à cette question. Je rêvais tellement de le rejoindre…

– Avant de mourir, ma mère m'a dit une chose que je n'oublierai jamais. Elle m'a dit les mots suivants, exactement : « On fait tous des erreurs. La seule véritable erreur est de vouloir revenir en arrière, changer ce qui ne peut plus être changé ». Je ne sais pas si j'ai fait une erreur en quittant Auguste – et je ne le saurai sans doute jamais. Mais je sais une chose, ce qui est fait, est fait, et je ne pourrai jamais le changer. Donc pour répondre à ta question, non, je ne vais pas le rejoindre. Je vais vivre ma vie ; lui, la sienne ; et toi, la tienne, avec une autre.

– C'est toi que je veux, Isabel.

– Mais pas de moi dont tu as besoin. Thomas, je t'aime et c'est parce que je t'aime que je vais partir.

– Alors pars en Argentine, Isabel, je pense que c'est le moment.

Nous avions profité des trois derniers jours qu'il nous restait pour vivre l'amour que nous nous apprêtions à laisser filer. Thomas m'avait donné sa bénédiction et je lui en serais à jamais reconnaissante.

– Sois prudente, Isabel, m'avait-il murmuré à l'oreille avant de me laisser disparaître dans le taxi.

– Promis, avais-je écrit sur mes lèvres en lui adressant un dernier au revoir de la main, en tentant de toutes mes forces de retenir les larmes qui me nouaient la gorge.

Nous nous étions regardés nous séparer le plus longtemps possible. Je n'avais pas voulu qu'il m'accompagne à l'aéroport. Je n'avais voulu que personne ne m'accompagne. J'avais pris le temps de dire au revoir à chacune de mes amies, à Claire, à Margot. Je voulais à présent m'en aller seule, en gardant comme dernière image celui que je quittais par amour et qui, par amour, me laissait partir.

– Et vous n'avez pas envie de partir retrouver Auguste ?

– Bien sûr. J'y pense chaque seconde depuis le moment où Thomas a disparu de ma vue… Prendre un avion pour la Californie et partir à sa recherche… Mais je pensais ce que j'ai dit à Thomas. Il faut que je vive ma vie. J'ai besoin de me reconstruire, de prendre de la distance avec ce qui me ronge. Et ça, il faut que je le fasse seule. Et puis, je suis convaincue d'une chose : on ne peut pas aimer quelqu'un quand on ne s'aime plus soi-même. Alors je vais prendre le temps qu'il faut, pour moi, et un jour peut-être, j'envisagerai de le retrouver.

– Je comprends. Et je pense que vous avez raison. Alors vos projets dans l'immédiat, quels sont-ils ?

– Je n'en ai pas la moindre idée, ai-je répondu sur un ton enjoué. Je vais commencer par me poser quelques jours à Buenos Aires et je vais laisser le vent me pousser là où je dois aller.

– Vous pouvez venir vous installer chez nous dans un premier temps, si vous le souhaitez. Nous avons une chambre d'amis et ma fille serait ravie d'avoir un peu de compagnie féminine, elle qui ne court qu'entre son fils et son boulot, et qui ne prend jamais le temps de sortir.

Il y a quelques jours encore, j'aurais refusé cette offre, préférant me débrouiller seule. Mais en partant en Argentine, j'avais décidé de saisir toutes les opportunités qui s'offriraient à moi. La vie m'avait poussée à partir, j'allais donc la laisser me mener où elle l'entendait.

– Avec plaisir ! me suis-je réjouie.

Serge et moi avons discuté pendant une bonne partie du trajet. Il avait un côté paternel qui me plaisait, moi qui n'avais jamais eu de père. Je lui ai parlé de ma vie, de ma famille, de mes amies. De ces quelques personnes sur lesquelles je pouvais compter en toutes circonstances. Pas une fois, mes amies ne m'avaient fait faux bond. Et à nouveau, elles m'avaient accompagnée dans ce nouveau tournant de ma vie.

Le soir de ma longue discussion avec Thomas, j'avais retrouvé Natacha chez elle et je lui avais fait part de ma décision de quitter la Belgique quelques jours plus tard, et pour un temps plus qu'incertain. Le lendemain matin, mes trois amies se trouvaient devant ma porte, Clémence n'ayant pas hésité à rentrer de Paris pour l'occasion. Nous avions passé une journée mémorable, profitant de chaque seconde pour rattraper le temps perdu, et celui que nous nous apprêtions à perdre.

Comme à son habitude, Natacha nous avait fait hurler de rire en nous détaillant ses dernières conquêtes.

– Une catastrophe, les filles, je ne vous raconte pas. J'ai dû tout lui apprendre, des préliminaires de base à une pénétration pleinement réussie, si vous voyez ce que je veux dire ? Mais alors, une fois qu'il a compris le truc, une vraie bête de sexe, je n'ai jamais connu ça !

– Le pauvre, tu étais certainement sa première fois, s'est émue Clémence.

– Il a quel âge encore ? a demandé Maud.

– Dix-huit ans. Enfin, d'après ce qu'il m'a dit…

– Fais gaffe quand même que ses parents ne te tombent pas dessus. S'il n'a pas dix-huit ans, tu pourrais avoir des problèmes, ai-je repris comme une véritable rabat-joie.

– Je ne vais quand même pas lui demander sa carte d'identité… Enfin, de toute façon, ça ne va pas durer une éternité. C'est vraiment juste pour le cul, et pour son corps parfait. Parce que, pour le reste, ce n'est pas une lumière… En revanche, de ce côté-là, devinez qui je fréquente pour l'instant ?

– Donne-nous un indice, imbécile, a lancé Maud. C'est impossible de trouver comme cela.

– Il est dans les médias…

– Radio ? ai-je demandé.

– Non.

– Télé ? a surenchéri Clémence.

– Non, mais j'ai quelque chose à vous raconter à ce sujet…

– Quoi ! nous sommes-nous exclamées en chœur.

– Je vous le dirai après…

– Presse écrite, alors ? ai-je poursuivi.

– Hein, hein.

– La Libre ?

Natacha a tourné la tête.

– Le Soir ?

Cette fois, elle a hoché la tête en signe d'acquiescement.

– Thierry Gosselinck, ai-je lancé en riant.

– Comment as-tu trouvé si vite ? a-t-elle répondu, un peu déçue.

– Thierry Gosselinck ?!? Le rédacteur en chef du Soir ! me suis-je exclamée. Je disais ça en riant, persuadée que ce ne serait pas cela. Comment l'as-tu rencontré ?

– C'est là que je reviens à mon histoire de télé. Bon, je vous raconte, mais vous gardez tout cela pour vous car ce n'est encore qu'officieux. Je vous fais confiance donc, surtout toi, Maud !

– Pourquoi moi ? a-t-elle répondu, vexée.

– Parce que tu es une vraie pipelette et que tu ne sais pas garder ta langue.

– Quand c'est important, si !

– Arrête, quand je t'ai raconté que je m'étais tapé le père de Fredo, tu l'as dit à tout le monde.

– Mais pas du tout !

Clémence et moi nous sommes regardées en souriant.

– Qu'est-ce qu'il y a, les filles ?

– Nous, tu ne nous l'as pas dit, c'est vrai, mais on en a eu vent via Olivia qui l'avait elle-même appris de Géraldine…

– C'est qu'elle l'a appris de quelqu'un d'autre…

– Sauf que je ne l'avais raconté qu'à toi, Maud. Mais ce n'est pas grave, je ne t'en veux pas et je ne t'en ai jamais voulu. C'est pour cela qu'on t'aime. Ce n'est d'ailleurs pas pour rien si c'est à toi que je l'ai raconté…

– Tu exagères ! a répliqué Maud en riant. Tu m'utilises, en fait !

– Exactement… Tu es mon meilleur moyen de communication…

– Ok, j'ai pigé. Mais cette fois, c'est promis, juré, craché, je ne dirai rien. Enfin, ça dépend, on doit garder ça pour nous combien de temps ?

– Deux mois.

– Deux mois ! s'est-elle exclamée avant de se reprendre. Bon OK, ça devrait aller. Alors balance…

– Eh bien, dès le mois de janvier, je deviens rédactrice en chef du service politique et étranger avec, à la clé si tout se passe bien, un poste de présentatrice week-end.

– Mais c'est extra, me suis-je réjouie. C'est une promotion d'enfer ! Comment as-tu fait ?

– J'ai couché ! Non, même pas, s'est-elle reprise. Ils adorent mon travail, c'est tout.

– Et ton adorable minois… a précisé Maud.

– C'est une énorme nouvelle, Tacha. Je suis tellement fière de toi. Il faut fêter ça !

Je me suis ruée dans la cuisine chercher une bouteille de champagne et quatre coupes que j'ai largement remplies. Nous avons levé nos verres, mais alors que Natacha, Clémence et moi savourions notre champagne goulûment, j'ai constaté que Maud y trempait à peine les lèvres. Elle s'est ensuite éclipsée quelques instants dans la cuisine pendant que Natacha nous racontait dans les détails ses futures responsabilités, et elle en est revenue la coupe vide.

– Avec tout ça, tu as oublié de nous raconter Thierry…

– Ah oui, Thierry… Eh bien, après m'avoir proposé le poste, mon futur patron m'a invitée à manger. Alors que nous nous apprêtions à commander, Thierry Gosselinck est entré dans le resto. Il est venu nous saluer et, de fil en aiguille, il a fini par se joindre à nous pour déjeuner. Vous pensez comme j'étais ravie de faire sa connaissance… A la fin du repas, mon patron nous a quittés quelques instants. Thierry en a profité pour me dire que je le troublais et qu'il avait très envie de me voir à nouveau. Il m'a donné sa carte en insistant lourdement pour que je l'appelle, ce que j'ai fait dès mon retour au boulot. Nous nous sommes fixés rendez-vous le lendemain midi et depuis, nous nous voyons régulièrement. Toujours en secret, comme si nous avions quelque chose à cacher. Pourtant nous ne couchons pas ensemble. Mais je dois avouer qu'il y a quelque chose d'intime entre nous. C'est très étrange… Et terriblement excitant.

– Tu es au courant qu'il est marié ? s'est légèrement énervée Maud.

– Noooon, a répondu Natacha en feignant de ne pas le savoir.

– Ça ne te pose pas de problème ?

– Ce n'est pas mon problème, mais le sien ! S'il m'annonce que nous devons cesser de nous voir, je comprendrais. Mais ce n'est pas à moi de décider de la relation qu'il doit entretenir avec sa femme.

– Et tu arrives à l'admirer malgré tout ?

– Je ne l'admire pas pour son côté humain, mais intellectuel. Je m'éclate intellectuellement parlant. Le reste, je m'en tape… En plus, on ne couche même pas ensemble…

– Et vous, les filles, ça ne vous dérange pas…

– Clémence et moi avons haussé les épaules.

– Ce n'est pas notre problème, Maud, ai-je répondu. Natacha est suffisamment grande pour savoir ce qu'elle fait.

– Et puis on ne choisit pas toujours de qui on tombe amoureux… a timidement surenchéri Clémence.

– Clémence !?! nous sommes nous toutes les trois exclamées en chœur.

– Quoi !

– Tu es bien la dernière que j'aurais imaginé dire ça, a répondu Maud.

Elle a rougi.

– Toi, tu nous caches quelque chose, a repris Natacha.

– Mais pas du tout.

– Arrête avec ça. Ça fait plus d'un an qu'on te voit rayonner de bonheur, persuadées que tu as rencontré quelqu'un, et maintenant tu nous tiens des propos comme quoi ce n'est pas lamentable de se taper un homme marié… Avec qui sors-tu, Clémence ?

– Mais arrêtez, les filles, vous êtes pénibles.

– Comme tu voudras ! Mais tu ne me convaincras pas qu'il n'y a personne…

– Arrête, Tacha, me suis-je interposée. Tu vois bien qu'elle n'a pas envie d'en parler…

– Merci, Isa.

Elle a marqué une courte pause, puis elle a repris.

– Je n'aime pas vous cacher des choses, les filles… Alors oui, j'ai rencontré quelqu'un, et je file le parfait amour avec lui depuis un an et demi. Mais il est marié et il est connu, alors je ne peux pas vous dire qui il est. Promis, je vous en parlerai le jour où nous officialiserons notre relation, mais s'il vous plait, ne me demandez plus qui c'est.

– Promis ! avons-nous répondu en la regardant avec stupéfaction.

– Tu es amoureuse, alors ? ai-je osé demander.

– Si vous saviez… Il est incroyable, attentif, marrant, charmant. Je n'ai jamais connu ça. Il est marié, je vous l'ai dit, mais je sais qu'il m'aime, je le vois à sa manière de me regarder, à sa façon de me toucher.

– Et il a prévu de quitter sa femme ? a demandé Maud, sceptique.

– Non, ce n'est pas dans ses projets pour l'instant. Pour des raisons que je respecte.

– Et ça ne te dérange pas ? me suis-je étonnée.

– Non, parce que les raisons qu'il me donne vont forcément disparaître avec le temps et ce jour-là, je sais qu'il quittera sa femme. Il est honnête avec moi, il ne cherche pas à me mentir, et comme je vous l'ai dit, je comprends ses raisons et ça le rend d'autant plus respectable.

– Mais nous parlons de nous depuis des heures… Raconte-nous, Isa, toi, comment vas-tu ?

– Ça va. Enfin… c'est un grand mot… mais, étrangement, ça va mieux depuis que j'ai pris la décision de partir. Je ne pouvais plus me laisser aller, en emportant en plus Thomas dans ma chute. C'est dur à dire, mais il mérite quelqu'un de mieux que moi. Et moi, j'ai besoin de prendre le large quelque temps, seule. Ici j'étouffe…

– Il n'empêche, ça va être difficile de vous quitter. Vous allez tous terriblement me manquer. Je me demande comment je vais faire quand vous ne serez plus auprès de moi…

– Ne te pose pas cette question, m'a reprise Natacha. Tu as ce don inexplicable d'attirer des personnes saines et bienveillantes, et je suis persuadée que tu seras très vite à nouveau bien entourée.

Je ne m'en étais jamais rendu compte, mais Natacha avait raison, toute ma vie n'avait été faite que de bonnes rencontres, de personnes qui m'avaient tirée vers le haut.

– Et tu sais ce que tu vas faire une fois là-bas ? m'a demandé Maud.

– Je n'en ai aucune idée. Je vais laisser le destin me guider. Je pars, et puis je verrai. Il se peut que je revienne dans dix jours comme je pourrais ne rentrer que dans dix ans.

– Tu vas nous donner des nouvelles ? m'a demandé Clémence, soudainement très émue.

– Bien sûr ! Le plus souvent possible. Et je compte sur vous pour me tenir informée des derniers ragots et des grandes nouvelles vous concernant. Les autres, je m'en fous. Ah oui, et tant que j'y suis, ne me parlez pas de Thomas, s'il vous plait. Qu'il aille bien ou mal, je ne veux pas le savoir. Je vais avoir un mal fou à le quitter jeudi et il va me falloir un bon bout de temps avant d'assumer ma décision. Alors, s'il vous plait, ne me donnez pas de nouvelles de lui pendant ce temps-là. En revanche, veillez sur lui, autant que vous le pouvez. Et si vous connaissez quelqu'un avec qui il pourrait être heureux, surtout présentez-la-lui. Je ne demande que ça, qu'il rencontre une femme qui le rende heureux.

– Excusez-moi ! s'est exclamée Maud en se levant d'un bond et en courant vers les toilettes.

– Qu'est-ce qu'elle a ? Elle est malade ? s'est inquiétée Natacha.

– Je vais voir, ai-je répondu.

J'ai attendu Maud devant la porte des toilettes. Elle a semblé surprise de me voir en sortant.

– Tu peux me le dire, ai-je murmuré.

Maud m'a longuement regardée.

– Je suis désolée, a-t-elle fini par s'excuser.

– Tu es bête, Maud, c'est merveilleux. Ne sois pas gênée d'être enceinte parce que je viens de perdre mon bébé.

– Mais ça tombe si mal…

– Arrête de culpabiliser. Au contraire, ça tombe très bien. Ça tombe toujours bien d'attendre un enfant. Crois-moi, réjouis-en toi chaque seconde qui passe et ne fais jamais sentir à cet enfant qu'il pourrait être la cause d'une souffrance. Ça fait combien de temps ?

– On vient tout juste de passer l'échographie des douze semaines.

– Et alors ?

– A priori, le bébé est en parfaite santé.

– Et Thibault, il est content ?

– Ravi ! Aux anges !

– C'est génial. Vraiment génial. Bien sûr, je ne vais pas te mentir et te dire que ça ne ravive aucune souffrance, mais je suis sincèrement heureuse pour vous.

– Merci, Isa.

– Vous l'avez déjà annoncé à vos familles ? Elles ont réagi comment ?

– On n'a encore rien dit pour l'instant… m'a-t-elle répondu avec, dans le regard, une expression qui trahissait la raison.

– Maud, ne me dis pas que vous ne l'avez toujours pas annoncé à cause de ce que Thomas et moi avons vécu…

Elle a acquiescé.

– Ça me touche. Vraiment, votre délicatesse me touche. Mais vous ne pouvez pas vous empêcher de partager cette bonne nouvelle parce que d'autres souffrent. Alors, si ce n'est pas vous qui le dites, je m'en chargerai, ai-je précisé en lui adressant un clin d'œil complice.

– Tu vas me manquer, Isa. Tu vas affreusement me manquer, m'a-t-elle répondu en me serrant dans ses petits bras fluets.

– Toi aussi, tu vas me manquer ma pupute.

Nous sommes retournées au salon et nous nous sommes plantées dans l'embrasure de la porte. Voyant que Maud restait muette, je lui ai envoyé un énorme coup de coude. Elle a sursauté et a déclaré « Je suis enceinte, les filles ! ». Clémence et Natacha se sont tournées vers moi, ne sachant comment réagir. Je les ai discrètement incitées à féliciter Maud, ce qu'elles se sont précipitées de faire.

Nous avons sablé une seconde bouteille de champagne pour célébrer cette incroyable nouvelle avant d'enfiler nos manteaux et de sortir aérer nos esprits. Nous avons flâné le long des rues marchandes, en profitant pour faire quelques emplettes ; nous nous sommes promenées dans le parc du cinquantenaire, en souvenir des quelques heures de course à pied que nous avions partagées à quatre ; puis nous sommes tranquillement rentrées à la maison et nous nous sommes installées dans notre cuisine que nous avions désertée depuis tant de temps. Nous avons mangé en vitesse un spaghetti bolognaise car Clémence devait rentrer à Paris le soir-même et il ne fallait pas qu'elle rate son train.

Je l'ai déposée à la gare, et alors que je la serrais dans mes bras pour lui dire au revoir, elle m'a glissé à l'oreille le nom de son amant.

Serge et moi avons été interrompus dans notre discussion par l'hôtesse de l'air qui nous demandait d'attacher nos ceintures car nous entamions la descente sur Sao Paulo. Absorbés par notre discussion, nous avions manqué l'annonce du commandant de bord. Cette escale technique au Brésil m'a fait un bien fou. Je me suis dégourdi les jambes pendant une heure avant de remonter dans l'avion et de me plonger dans un profond sommeil jusqu'à Buenos Aires.

Nous sommes arrivés à l'aube et j'ai suivi Serge machinalement, encore à moitié endormie, à travers les couloirs de l'aéroport jusqu'à la sortie.

– Isabel, si tu dois prendre le taxi en Argentine, commande toujours un *remis*. C'est une compagnie de taxis agréée avec laquelle tu n'auras normalement aucun problème. Ne hèle jamais un taxi en rue car, si tu es étrangère, tu as une chance sur deux pour te faire soit dérober, soit violer, soit tuer.

– Réjouissant…

– C'est le moins que l'on puisse dire. Sérieusement, sois prudente car c'est un pays dans lequel on se sent très vite à l'aise et en sécurité. Or, l'Argentine est un pays dangereux avec un taux de criminalité élevé, surtout depuis la crise de 2001, et si tu ne fais pas attention, il t'arrivera à coups sûrs quelque ennui.

– C'est noté, papa, ai-je répondu en riant.

Serge a commandé un *remis* depuis l'aéroport et nous avons pris la route jusque Buenos Aires. Je n'ai pas parlé de tout le trajet, absorbée par les paysages et le bordel qui m'entouraient. Cela n'avait pourtant rien d'extraordinaire, mais tout me semblait incroyable : la couleur du soleil qui se levait, celle de l'herbe, le ciel d'un bleu que je n'avais jamais vu, des vaches et encore des vaches, puis soudainement des immeubles, des bidonvilles, les routes qui s'entrecroisent, des voitures et des coups de klaxons. Nous approchions de Buenos Aires.

Le taxi a fini par sortir de la voie rapide et s'est engouffré dans les ruelles de la ville. Je regardais tout, pour ne rien perdre des détails qui s'offraient à moi. Au bout d'une vingtaine de minutes, il s'est arrêté. Serge a sorti les valises du coffre tandis que je regardais en l'air en me demandant où je me trouvais et ce que je faisais ici.

– Tu me suis ?

– Pardon ? me suis-je saisie en sortant de mes songes.

– Suis-moi, c'est par ici.

Nous avons poussé une porte et nous avons avancé le long d'un couloir étroit. Au bout d'une dizaine de mètres, nous sommes arrivés dans un jardin microscopique, à peine plus de quinze mètres carré. De l'autre côté, se trouvait une toute petite maison blanche, large de quatre mètres environ et haute d'un petit étage. Serge a poussé la porte pour entrer et un adorable petit garçon s'est jeté sur lui, une feuille de papier à la main.

– Papi ! *Mira*, Gui a dessiné un vechal.

– Montre-moi ! s'est enjoué Serge.

– Là, *mira* !

Guillermo lui a fièrement tendu son dessin sur lequel on ne distinguait rien à l'exception de quelques ronds de couleurs, camouflés sous de nombreux traits de crayons partant dans tous les sens.

– Waouh ! Mais il est magnifique ton cheval.

– Gui a fait pou toi, pa que é t'aime crè fort.

– Merci, mon amour.

– C'est quoi ? s'est-il ensuite exclamé en me désignant du doigt.

– On ne dit pas « c'est quoi », mais « c'est qui », Guillermo. Et on ne montre pas du doigt ! Elle s'appelle Isabel et c'est une amie de papi. Elle va venir passer quelques jours à la maison.

– Bonjour, papa. Tu as fait bon voyage ? est intervenue Marie en sortant calmement de la maison.

– Très bon, ma chérie, merci. Je te présente Isabel. Nous avons fait connaissance dans l'avion. Elle a prévu de passer quelques temps en Argentine et je lui ai proposé de loger chez nous, a-t-il précisé à sa fille.

– Tu as bien fait ! Sois la bienvenue ! Je m'appelle Marie.

– Merci beaucoup. Ne vous inquiétez pas, je ne vais pas rester longtemps.

– Tu restes le temps que tu veux. Allez viens, entre ! Je te serre quelque chose à boire ?

– Je veux bien un verre d'eau, merci.

– Et un jus d'orange, pressé maison ?

– Avec plaisir.

– Je te serre ça tout de suite. En attendant, va poser tes affaires dans la pièce au fond à gauche. Et si tu veux prendre une douche, il y a des serviettes dans l'armoire.

– Un grand merci. En tout cas, c'est vraiment adorable de m'accueillir chez vous…

– C'est naturel. Mais fais-moi plaisir, tutoies-moi. Je ne suis pas aussi âgée que j'en ai l'air…

J'ai rougi. Je n'avais aucune idée de son âge, mais je n'avais surtout pas voulu lui donner l'impression qu'elle était vieille.

– Ça, c'est le problème quand on devient maman, tout le monde nous rajoute soudainement cinq ans d'âge. Je me suis fait projeter d'un seul coup dans la quarantaine alors que je viens tout juste d'avoir trente-cinq ans.

– Trente-cinq ! me suis-je forcée à exagérer. Je ne t'en aurais même pas donné trente…

– Maligne, m'a-t-elle répondu avec un clin d'œil. Allez, va poser tes affaires et viens boire ton verre de jus d'orange.

Je me suis immédiatement sentie très à l'aise avec Serge, Marie et Guillermo. Ils étaient une famille unie et heureuse, malgré les épreuves qu'ils traversaient. C'étaient d'ailleurs probablement ces épreuves qui devaient les rendre si forts et positifs. Ils étaient exactement ce dont j'avais besoin pour le moment, m'apportant un mélange d'insouciance et de stabilité.

J'ai fait ce que j'ai pu pour les aider pendant les quelques mois que j'ai passés chez eux, bien qu'ils aient poursuivi leur vie comme si je n'étais pas là. Nous nous levions tous les quatre à l'aube, réveillés par les appels incessants de Guillermo. Marie partait travailler, et tandis que Serge emmenait Guillermo se promener au parc pendant une bonne heure, j'en profitais pour aller courir. Nous rentrions ensuite avec un copieux petit déjeuner, et après avoir dégusté ensemble ces délicieuses viennoiseries à la crème ou au *dulce de leche*, j'insistais lourdement auprès de Serge pour m'occuper de Guillermo afin qu'il puisse prendre un peu de temps pour lui. Nous rigolions, nous jouions au loup, à cache-cache, à fabriquer des cabanes, mais surtout, nous dessinions. J'adorais sa manière de représenter des bonhommes ou d'inventer des animaux imaginaires. Il ne se lassait jamais de répéter cent fois le même dessin, exactement comme je le faisais lorsque je dessinais avec ma mère à son âge. Puis Serge revenait et je les laissais entre hommes pour aller découvrir la ville.

Je suis rapidement tombée amoureuse de cette ville, de son ambiance et de ce bordel continuel. Il y avait un monde fou partout, de l'agitation, des coups de klaxons, des insultes qui volaient, des gens qui parlaient fort. C'était un peuple tellement vivant ! Mais qui ne respectait rien : ni le code de la route, ni les horaires, ni les interdits de fumer, ni les relations amoureuses. Pour les argentins, être amoureux était un devoir, tromper un droit. Le jeudi soir était le jour où tout était permis. Les hommes trompaient leur femme et les femmes se laissaient inviter au cinéma par des hommes volages. Enfin, jusqu'au mariage. Car aussi infidèles qu'ils pouvaient l'être, ils croyaient en Dieu et en l'engagement. Plus question donc de pervertir un couple marié, quand bien même c'eut été un jeudi soir.

Il y avait donc chez ce peuple un mélange d'anarchie et d'attachement à certains principes, certaines règles de courtoisie : ils étaient galants, ils étaient prévenants, et ils étaient disciplinés lorsqu'il s'agissait de faire la queue.

Je me souviens la première fois que j'ai pris un *autobus*, je n'avais pas compris qu'il y avait une file à respecter et je suis rentrée la première dans ce bus hyper bondé, en dépassant maladroitement les nombreuses personnes qui attendaient depuis bien longtemps une petite place. Personne ne m'a fait de commentaire, mais j'ai ressenti à leurs regards que j'avais fait un faux pas. C'est en redescendant du bus car je n'avais pas la monnaie pour payer mon ticket que j'ai remarqué toutes ces personnes, bien rangées en rang d'oignons. Je me suis excusée d'un geste de la main et je n'ai plus jamais manqué d'attendre patiemment mon tour, comme tous les autres.

Serge et Marie voyaient peu de monde, à l'exception de leurs voisins. Comme me l'avait expliqué Serge, Marie avait décidé de centrer sa vie sur son boulot dans lequel il fallait qu'elle excelle, et sur son fils pour lequel elle portait un amour incommensurable. Et ainsi qu'il l'avait prédit, Marie a été ravie de ma présence féminine.

Malgré nos dix années d'écart, nous sommes devenues amies et terriblement complices. Elle m'a confié ses nombreux bonheurs et ses quelques regrets. Je lui ai parlé de ma grossesse inaboutie, de Thomas, d'Auguste, de mes amies, de Margot, de Claire, et de ma mère surtout, me remémorant de nombreux détails sur sa vie, et revivant les vingt années que j'avais passées auprès d'elle au travers de centaines d'anecdotes qui nous avaient construites l'une et l'autre.

Marie avait également perdu sa mère récemment, « à un âge où on a le droit de mourir », me disait-elle. Je n'étais pas d'accord avec elle. Il n'y avait pas d'âge pour s'en aller, juste le droit de mourir le jour où on l'avait décidé, que ce soit par lassitude de la vie, par cri d'amour, par tristesse, par peur de souffrir ou par souhait de ne plus souffrir.

En me rappelant ma mère sur son lit d'hôpital les derniers jours de sa vie, n'attendant qu'une chose, que le ciel vienne la conquérir, je ne pouvais ressentir que du mépris pour ceux qui estimaient, à la place d'un autre, qu'il fallait se battre pour la vie, qu'il n'était pas l'heure de quitter ce monde. Comment pouvait-on empêcher quelqu'un de tirer sa révérence, dignement ? Je repensais à cette discrimination injuste entre ceux qui disposaient encore des moyens de dire stop et ceux qui se trouvaient prisonniers de leur propre corps et qu'on refusait d'aider. Je n'aurais pas hésité une seconde à passer ma vie derrière des barreaux pour que ma mère puisse s'en aller là où elle le souhaitait. Mais elle n'en avait pas eu besoin. Elle était partie, seule, comme une grande dame.

J'avais l'impression de n'être installée à Buenos Aires que depuis quelques jours à peine que Noël est arrivé. Heureusement pour moi, une période de Noël dans l'hémisphère sud ne ressemble en rien à une période de Noël chez nous. Je n'ai donc pas eu à me demander si j'arriverais à passer ce cap, seule, que je me retrouvais autour d'une délicieuse dinde avec Marie, Serge et Guillermo, à partager le bonheur d'une autre famille qui m'avait adoptée le temps de quelques mois.

Ce soir-là, j'ai soudainement ressenti l'envie d'appeler mes proches. Mais il était déjà tard pour eux. Après avoir fait un calcul rapide, j'ai estimé qu'ils devaient être rentrés de la messe depuis peu et qu'au mieux, ils seraient encore en train d'ouvrir leurs cadeaux, au pire en train de se souhaiter la bonne nuit. J'ai donc pris mon téléphone et j'ai appelé Margot.

La sonnerie a longuement retenti avant que je n'entende sa voix pétillante à l'autre bout du fil.

– Isa, c'est toi ?! s'est-elle exclamée.

– Oui, déso d'appeler à une heure pareille. Je ne vous dérange pas ?

– Pas du tout, au contraire. Alors, raconte ! Comment vas-tu ?

En moins de cinq minutes, je lui ai fait un résumé concis et très positif sur les presque deux mois qui venaient de s'écouler. Margot était rassurée de me savoir si bien entourée. De son côté, elle semblait heureuse.

– Et Thomas ? ai-je osé demander.

– Ecoute, ça va, m'a-t-elle répondu en baissant la voix. Je ne vais pas te mentir et te dire qu'il pète la forme, mais honnêtement, j'ai l'impression qu'il gère ton départ plutôt bien. Tu veux lui parler d'ailleurs ? Il est avec nous ce soir…

– Oooooooh… ai-je longtemps hésité. Je ne pense pas que ce soit une bonne idée…

– Tu es sûre ?

– Non, mais je ne vois pas ce que je pourrais lui dire maintenant. Je pense que c'est trop tôt. Je te dis que je vais bien, mais je sais pertinemment que c'est encore fragile et j'ai peur que l'entendre fasse remonter trop de souvenirs douloureux que j'essaie pour l'instant de mettre de côté. Et puis tu me dis que, de son côté, il semble plutôt serein. Je n'ai pas envie que mon appel chamboule son équilibre.

– Je comprends…

– Tu les embrasses pour moi, d'accord ?

– D'accord.

– Je t'aime, Margot, tu me manques.

– Toi aussi, tu me manques. Prends soin de toi.

Le lendemain, j'ai décidé d'aller voir la maison où ma mère avait grandi, découvrir cet endroit où elle avait vécu pendant seize ans. Cela n'allait en rien changer ma vie et, pourtant, j'avais l'impression que ça m'aiderait à franchir une étape importante de celle-ci.

J'ai pris le bus et j'ai ri en constatant que le chauffeur avait à nouveau arbitrairement décidé de modifier son itinéraire car celui qu'il devait initialement suivre était complètement bouché, sans aucune préoccupation pour ses passagers qui s'éloignaient considérablement de leur destination. C'était décidément ça, l'Argentine. Une liberté totale de tout, au risque de sombrer dans un véritable chaos.

Je me demandais parfois si ce chaos avait toujours existé ou s'il était le résultat des nombreuses épreuves que les argentins avaient endurées. Car c'était un peuple qui avait énormément souffert, mais qui avait cette formidable capacité de raconter leur histoire sans aigreur, sans agressivité. En revanche, Buenos Aires était constamment animée par de multiples manifestations. Tous les jours, les grandes places étaient envahies par des travailleurs mécontents, des sans-abris souhaitant de l'aide, des femmes réclamant des comptes sur la Guerre Sale, des artistes au statut non reconnu. Les rues étaient parsemées de tracts, bouts de papier déchirés, déchets jetés. Les argentins vivaient au jour le jour et ils entendaient bien manifester leur mécontentement sur leurs conditions de vie actuelle, eux qui avaient si bien vécu pendant les années nonante.

Il faut dire que, du jour au lendemain, leur vie avait basculé. L'argent qu'ils avaient consciencieusement placé en banque ne valait plus rien ; celui qu'ils avaient entre les mains, le goût de la liberté. Car pendant plusieurs jours, le gouvernement avait fermé les banques, empêchant tout-un-chacun de récupérer ce qui lui revenait de droit. Les gens se bousculaient devant les portes pour tenter d'obtenir quelques billets leur permettant de se nourrir et de nourrir leur famille. Face à la pénurie d'argent, les argentins n'avaient eu d'autres choix que de dévaliser les magasins, ruinant ces pauvres commerçants qui avaient minutieusement bâti leur avenir.

Quelques années plus tard, les esprits s'étaient apaisés, mais les nouveaux principes régnaient en maître. Les argentins s'étaient créé leur propre loi et n'avaient de respect que pour celle-ci. Certains avaient choisi la loi de la civilité, d'autres celle de la corruption et de la violence.

L'Argentine en était donc là, mais elle restait souriante et accueillante malgré tout.

Alors que j'approchais de ma destination, je repensais à Claire lorsqu'elle m'avait rappelé l'adresse exacte de ma mère. Claire qui m'avait dit au revoir les larmes aux yeux, me poussant à poursuivre mon chemin, bien que je la savais souffrir de mon départ. Elle craignait qu'il ne m'arrive quelque chose et elle espérait que je reviendrais rapidement.

Margot, elle, savait pertinemment que je n'étais pas prête de rentrer. Elle était là, comme toujours, revenue de Paris le temps d'une soirée, ma dernière soirée, pour me dire au revoir et me confier ses recommandations de grande sœur. Je les ai écoutées avec attention, sachant qu'elles étaient forcément pertinentes. A mon tour, je lui ai fait les miennes. En réalité, je n'en avais qu'une : veiller sur Thomas. Elle seule connaissait les raisons exactes de notre séparation et savait que je ne reviendrais pas sur ma décision. Je lui ai donc fait promettre d'être là pour lui, chaque fois qu'il en aurait besoin, comme elle l'avait toujours été pour moi et de ne jamais, jamais, le laisser espérer que je puisse un jour revenir. Elle a promis et j'ai su que je ne devais désormais plus me soucier du sort de Thomas.

J'ai fini par arriver devant le numéro 369 de la rue Anibal Troilo. Une grille avec trois sonnettes. Ma mère avait vécu au B. J'ai expiré, puis j'ai sonné. Une charmante argentine d'une vingtaine d'année est venue m'ouvrir. J'ai tenté de lui expliquer rapidement la raison de ma venue ici, mais je m'embrouillais. Pourquoi étais-je là en réalité ? Quel intérêt de voir cette maison ? Etait-ce réellement important ? Avais-je réellement besoin de cela ?

J'ai repensé aux semaines qui venaient de s'écouler et, soudain, j'ai réalisé combien j'avais pris du recul avec tout ce qui me paraissait insupportable il y avait encore tellement peu de temps. Certes, je pensais souvent à ma fille Carolina que je voyais chaque fois que je fermais les yeux, toute menue et inanimée dans mes bras, mais l'air tellement paisible d'un enfant innocent qui s'en était allé sans le moindre souci ; certes, je pensais à Thomas qui me manquait terriblement et que j'espérais heureux ; et certes, je pensais à Auguste que je rêvais de rejoindre mais dont j'avais pourtant décidé de m'éloigner, persuadée que notre heure était passée. Mais penser à eux était aujourd'hui beaucoup moins douloureux.

J'étais donc sur la bonne voie…

Ce jour-là, j'ai décidé de poursuivre ma route. Je me suis rendue à la gare du Retiro et j'ai pris un bus en direction d'Ushuaia, la ville du bout du monde.

11

Au bout de quarante heures de voyage, le bus a fait une halte dans une ville du nom d'El Calafate. Nous étions encore loin d'Ushuaia, et cette ville n'avait rien d'attrayant avec ses maisons en bois sombre et ses rues qui semblaient désertes. Pourtant, j'ai subitement décidé de m'y arrêter.

Je n'aurais jamais pu imaginer que cet arrêt a priori insignifiant aurait de telles conséquences sur la suite de mon périple…

Ce jour-là, j'ai fait la connaissance de Philippe, un jeune avocat belge au physique tellement peu avantageux, mais qui avait pour lui tout ce qu'Apollon ne lui avait pas offert. Il était démesurément drôle, extrêmement intelligent, très fin, et absolument charmant.

Je l'ai rencontré dans un restaurant, terminant de dévorer un délicieux steak argentin après ces longues heures de voyage. Il était assis à la table voisine, seul. Nous avons commencé à discuter et en moins de deux minutes, nous sommes passés de simples banalités en espagnol à de nombreux fous-rire complices en français.

Philippe m'a raconté avec humour et dérision les grandes lignes de sa vie, me donnant l'envie d'en apprendre toujours davantage. Il m'a parlé de son prestigieux cabinet, mais où ils n'étaient pas fichus de répondre à leurs clients d'une manière claire et intelligible ; de ses dossiers tous plus loufoques les uns que les autres malgré le nom des grandes sociétés qui apparaissait derrière ; des fortunes qu'il avait dépensées pour un meuble sur lequel il avait craqué pour décorer son nouvel appartement, mais qu'il n'avait jamais réussi à faire entrer chez lui ; des accidents improbables qu'il avait connus avec sa dernière voiture ; de ses amis totalement absurdes avec lesquels il avait vécu des expériences incroyables ; de sa vie de célibataire catastrophique ; de cette année sabbatique qu'il avait prise suite à un pari stupide, mais qui était en train de transformer totalement sa manière de vivre. De mon côté, je lui ai raconté les raisons de mon départ et nous avons plaisanté sur les derniers épisodes de ma vie. Et c'était bien la première fois que quelqu'un se permettait d'en rire…

Le lendemain, Philippe a poursuivi sa route de son côté, et moi la mienne du mien.

Je suis restée quelques jours, seule, dans cette région désertée du sud de l'Argentine et soudain, pour la première fois depuis plus de trois mois, j'ai ressenti l'envie de donner des nouvelles à mes amies. Je me suis connectée à un ordinateur et il m'a fallu attendre deux bonnes minutes avant que ma page Gmail ne s'ouvre. Nous étions décidément bien au bout du monde, même internet avait du mal à nous y rejoindre... En découvrant le nombre de mails que j'avais reçus depuis mon départ, j'ai eu un moment de recul. J'aurais bien évidemment dû m'y attendre, mais je me suis sentie étouffée par ces nouvelles de la vie bruxelloise dont je tentais désespérément de m'éloigner.

J'ai longuement regardé ma page aux titres en caractère gras, je les ai tous sélectionnés, et je les ai effacés. L'instant d'après, j'écrivais le mail suivant à mes amies.

« Ma Tacha, ma petite Maud, mon adorable Clem,

Je repense à la dernière soirée que nous avons passée ensemble où je vous disais combien vous alliez me manquer, et que je vous donnerais autant de nouvelles que possible, espérant en recevoir tout autant de votre part.

Sur le premier point, je n'ai pas menti. Vous me manquez atrocement. Je pense à vous tous les jours et parle de vous régulièrement, à chacune de mes rencontres à vrai dire. Je leur dis à tous combien j'ai la chance d'avoir des amies aussi précieuses que vous, des amies qui seront toujours là, quelle que soit la distance, quel que soit le temps de mon absence.

Si je vous dis que je n'ai pas menti sur le premier point, c'est que c'est bien le cas sur le second. Ce que je vis pour l'instant est à mille lieues de ce que j'aurais imaginé et je réalise que me retrouver loin des miens et ne faire attention qu'à moi-même me fait un bien fou. Je n'ai donc rien lu des mails que j'ai reçus, ni ceux des autres, ni les vôtres. Je sais que c'est très égoïste et j'espère que vous ne m'en voudrez pas. Ça ne m'empêche pas de penser énormément à vous : à toi, Maud, et à ta grossesse ; à toi, Clem, et à ton amour secret ; et à toi, Tacha, et à ta carrière prometteuse. J'espère que tout se passe pour le mieux…

De mon côté, tout va bien. Je n'aurais jamais cru pouvoir dire ça si rapidement, mais je me sens bien. Serge, Marie et Guillermo, une adorable petite famille que j'ai rencontrée dès mon arrivée en Argentine, y ont été pour beaucoup. Ils m'ont accueillie chez eux pendant trois longs mois, et m'ont aidée à relativiser quelque peu mes problèmes. J'ai eu un mal fou à les quitter la semaine dernière, mais il fallait que je poursuive ma route… Je suis donc montée à bord d'un bus en direction d'Ushuaia, et je me suis arrêtée à El Calafate, en Patagonie… Allez savoir pourquoi…

Le voyage jusque là a duré plus de quarante heures pendant lesquelles je n'ai quasiment pas dormi, subjuguée par la beauté des paysages que nous traversions. Plus nous descendions vers le sud, et plus la civilisation disparaissait, laissant la place à cette nature grandiose et tellement imposante. Cela fait maintenant quelques jours que je visite la région et ma tête est déjà remplie d'images incroyables.

Hier, je me suis rendue au glacier Upsala avec un groupe de touristes (eh oui…). Je me suis levée à l'aube pour me rendre au Lago Argentino. De là, nous avons vogué de longues heures dans des eaux glaciales parsemées d'énormes icebergs qui dérivaient après s'être détachés du glacier. Nous nous sommes arrêtés déjeuner sur une île et j'ai découvert des plantes qui ne pouvaient vivre dans cette région du monde que parce qu'il n'y avait pas la moindre pollution. Du coup, j'ai pleinement rempli mes poumons de ce bon air, puis nous avons poursuivi notre expédition jusqu'à finalement apercevoir l'immense glacier. C'était époustouflant ! Il s'étendait de tout son long devant nous. Nous nous sommes contentés de le regarder quelques minutes et nous sommes rentrés.

Je suis arrivée tard à l'auberge, au milieu d'une fête mémorable. Je me suis immédiatement mêlée à la foule, et à un moment de la soirée où l'alcool avait manifestement attaqué notre capacité de discernement, nous sommes partis à cinq jusqu'au glacier Perito Moreno afin de l'admirer sous la pleine lune. Nous sommes rentrés en catimini dans le parc, avons escaladé une petite balustrade et avons descendu la colline à travers les bois jusqu'à nous retrouver au pied du glacier qui touchait alors la terre ferme. Quelle beauté ! Le glacier était bleu sous la lune et nous l'entendions craquer de toute part. Nous avons siroté quelques bières devant ce géant de glace, nous sentant soudainement minuscules alors que nous refaisions le monde comme si celui-ci nous appartenait. Brusquement, nous avons entendu un bruit assourdissant et nous avons compris qu'un immense bloc de glace venait de se décrocher du glacier pour s'écraser dans ses eaux obscures. Nous avons réalisé le danger que nous étions innocemment en train de courir et nous avons décidé de rentrer, riant bêtement de notre inconscience.

Je suis retournée aujourd'hui au Perito Moreno tant le spectacle de ce glacier m'avait plu. La lune n'était plus là, mais il était toujours aussi droitement majestueux. Un mur de glace qui avançait vers nous à une vitesse vertigineuse. J'étais seule cette fois-ci et j'ai eu le temps de me mesurer à l'immensité de ce monstre blanc et froid qui vibrait pourtant de tout son être. Il était vivant, certainement bien plus que je ne le suis. Certes je me sens bien, car loin de tout ce qui me fait souffrir, mais je sais pertinemment que ce n'est qu'apparence et que, tôt ou tard, j'aurais à affronter les raisons pour lesquelles je suis partie...

Mais pour l'instant, je profite ! Je ne sais pas encore où le vent va me porter, mais je n'irai que là où je me sens bien. Je pense en tout cas fort à vous. Vous me manquez ! Cependant, je ne risque plus d'ouvrir cette boîte avant de longs mois. Cela ne sert donc à rien de me répondre, d'autant que je sais d'avance ce que chacune d'entre vous aurait voulu me dire. Alors ne vous inquiétez pas, je fais attention. Et si vous n'avez pas de nouvelles, c'est que tout va bien !

Je vous aime les filles !

Prenez bien soin de vous.
Isa ».

Après avoir envoyé ce mail, j'ai rassemblé mes quelques affaires, je me suis dirigée vers ce qui servait de gare routière, et je suis montée dans le premier bus qui partait, prenant ainsi la direction de Puerto Natales au Chili.

Puerto Natales était une adorable petite bourgade de Patagonie, et rapidement, j'ai découvert qu'elle se trouvait aux portes de l'un des plus beaux parcs de la région, le fameux parc de *Torres del Paine*, géant de nature incontournable. Le temps que je me renseigne sur ce qu'il y avait à y faire et que je m'équipe, je quittais l'auberge Kawashkar dans laquelle je venais de loger quelques nuits.

J'avais eu l'occasion d'y faire la connaissance d'Omar, le gérant des lieux. Il m'avait vivement recommandée de m'équiper sérieusement avant de me rendre dans le parc car les sentiers étaient accidentés, et nous avions beau être en plein été chilien, il pouvait faire terriblement froid la nuit dans les montagnes. Je m'étais donc munie de bonnes chaussures de marche, d'une tente légère, d'un sac de couchage pouvant supporter de grands froids, d'un coupe-vent et d'une polaire bien chaude, de lunettes de soleil, d'un canif, d'une lampe de poche, d'un réchaud compact, et de nourriture lyophilisée pour tenir trois jours.

Le lendemain à l'aube, je remerciais Omar pour son accueil et je prenais la direction de *Torres del Paine*.

Le bus m'a déposée sur le bord de la route et il m'a fallu traverser une plaine pour rejoindre l'entrée du parc. Je m'y suis aventurée timidement, ne sachant pas trop ce qui m'y attendait. La première heure de marche n'avait rien d'extraordinaire. Je gravissais une colline à l'herbe jaunie par le soleil avec, pour seule vue, la route que je venais de quitter. Mais soudain, en arrivant au sommet, l'immensité du parc s'est offerte à mes yeux. Des montagnes, des lacs, des plaines à perte de vue.

Omar m'avait expliqué que le parc pouvait se découvrir de deux manières, soit en effectuant la grande boucle, soit en effectuant un W qui était moins difficile, plus emprunté, et presqu'aussi beau. J'ai donc opté pour ce second itinéraire.

Ayant planifié de passer ma première nuit au campement de fortune installé dans les montagnes, j'avais devant moi une longue journée d'ascension, ce qui représentait un effort considérable vu ma condition physique et le poids de mon sac-à-dos. Mais cela ne m'effrayait pas, bien au contraire. Durant toute cette journée, les décors n'ont pas cessé de varier, passant de pentes escarpées à des passages forestiers traversés de torrents et de ruisseaux. Et plus je prenais de l'altitude, plus je bénéficiais d'une vue imprenable sur le parc. De temps en temps, je m'arrêtais pour profiter de ce spectacle époustouflant. Je me reposais quelques minutes, j'avalais de quoi me donner des forces pour la suite, puis je remettais mon sac sur le dos et je poursuivais mon chemin, à mon rythme, espérant atteindre mon objectif avant la nuit.

J'y suis finalement arrivée alors que le soleil commençait à descendre derrière les montagnes, épuisée par un effort que je n'étais pas habituée à fournir, mais comblée par les magnifiques images que j'avais en tête.

Ainsi qu'Omar l'avait prédit, le froid m'a envahie d'un coup dès l'instant où le soleil a disparu. Je rêvais de m'enfouir dans mon sac de couchage et de m'endormir, mais mon estomac criait famine. Je me suis préparé des pâtes en vitesse et j'ai plongé dans un profond sommeil.

Mon réveil a sonné quelques heures plus tard à peine, au beau milieu de la nuit, car il me fallait atteindre le sommet et ses trois tours avant que le soleil se lève. Cet endroit était réputé magique pour les couleurs qui se dessinaient sur ces géants de pierre avec les premiers rayons du jour, créant ainsi des jeux de lumières se reflétant dans les eaux du lac creusé aux pieds des tours. Je me suis habillée en vitesse, dans mon sac de couchage tant il faisait froid, et je me suis rapidement mise en marche. Je n'avançais pas vite car le sol était glissant et je dérapais souvent. Je suis heureusement arrivée juste à temps pour apercevoir le soleil illuminer les tours. J'ai médité un long moment au sommet de cette montagne, jusqu'à ce que je sente la chaleur du soleil sur ma peau et que la magie des couleurs disparaisse. Alors je suis redescendue.

J'ai emprunté en partie le parcours inverse de la veille, puis j'ai poursuivi mon chemin le long d'un magnifique lac d'un bleu intense dans lequel se reflétaient les montagnes aux sommets enneigés, ne croisant que quelques randonneurs isolés. Le sentier montait, descendait, traversait des rus et des torrents, passait de plages étroites à de petits sommets verdoyants, avant de se perdre au milieu d'une plaine immense jusqu'à finalement atteindre le campement où je devais passer ma deuxième nuit.

En arrivant, j'étais exténuée par mes onze heures de marche, j'avais les pieds en compote et d'atroces crampes aux mollets, et je n'avais plus du tout la force de monter ma tente. Mes voisins sont heureusement venus à ma rescousse et nous avons passé une soirée très agréable, autour d'un feu de camp et d'un spaghetti bolognaise lyophilisé.

Le lendemain, nous avons exploré le deuxième pied de ce fameux W. Nous avions laissé nos affaires sur place car nous avions décidé d'y loger à nouveau le soir-même, et ce fut un bonheur de parcourir cette journée le dos léger.

Le matin du quatrième jour, mes crampes et courbatures avaient disparu. Mon corps semblait enfin s'être habitué à ces conditions, extrêmes pour une novice. La journée s'annonçait donc tranquille, d'autant que le parcours était relativement plat ce jour-là. Au bout de quatre heures de marche, nous sommes arrivés au point de ralliement central du parc, un immense camping avec douches et toilettes – quel luxe ! –, situé au pied des montagnes dans lesquelles s'enfonçait le troisième pied du W, et bordant un immense lac à partir duquel partait le bateau qui signifiait la fin de l'aventure.

En arrivant, mes compagnons et moi avons monté notre tente, et alors que je levais les yeux, cherchant l'emplacement des toilettes, j'ai aperçu au loin un homme grand et mince qui agitait les bras dans tous les sens comme pour attirer mon attention. J'ai plissé les yeux dans sa direction et me suis mise à l'imiter dès l'instant où je l'ai reconnu. C'était Philippe. Fidèle à lui-même dans une tenue des moins avantageuses, mais heureux et souriant.

Il a avancé vers moi, j'ai avancé vers lui, et nous nous sommes jetés dans les bras l'un de l'autre comme si nous nous connaissions depuis toujours.

– Mais que fais-tu là ? s'est-il exclamé.

– Aucune idée, je suis arrivée ici par hasard. Je n'avais rien, aucun équipement, et je me suis faite coacher par le patron de l'auberge où j'ai logé.

– C'est laquelle ?

– Kawashkar, à Puerto Natales.

– Excellent ! C'est également là que j'ai logé et je dois y retourner demain soir. Il me reste le deuxième pied du W et j'aurai parcouru tout le parc.

– Tu as fait la grande boucle ? ai-je demandé, impressionnée.

– Ouais, mais je ne te raconte pas l'état de mes pieds. Je n'ai jamais cru que j'allais y arriver. Comme tu as pu le constater, je n'ai pas le physique de Stallone et j'ai bien cru que mon équipée allait m'abandonner au cœur de la boucle. Si la fatigue ne l'avait pas emporté, je n'aurais pas osé dormir de la nuit de peur qu'ils me laissent. Mais à force de persévérance et d'encouragement, j'ai fini par terminer le circuit. Et toi ? Où en es-tu ?

– J'arrive du deuxième pied et je dois faire le troisième demain. Il en vaut la peine ?

– Si tu as le courage de monter jusqu'à hauteur du glacier, tu y as une vue incroyable. Sinon le trajet est évidemment magnifique mais peut-être moins spectaculaire.

– Avec une journée de repos comme aujourd'hui, je pense que je devrais pouvoir y arriver.

– Allez viens, je t'offre un café pour que tu me racontes tes dernières aventures ?

Depuis ce jour, Philippe et moi ne nous sommes plus quittés. Nous avons, ensemble, traversé l'Argentine du Sud au Nord, d'Est en Ouest, au gré de nos envies et de nos coups de cœur, sans jamais nous disputer, et en riant de tout, de nous surtout.

Après *Torres del Paine*, nous avons rejoint Ushuaia, finalement, cette ville du bout du monde qui porte sur ses maisons les couleurs manquant dans son décor. Nous avons exploré la péninsule le plus loin possible jusqu'à nous sentir totalement isolés de toute civilisation. Devant nous ne restait que l'Antarctique, inabordable, nous obligeant à remonter le continent vers le Nord. Nous nous sommes arrêtés dans la Péninsule Valdès pour observer les baleines, puis nous avons traversé tout le pays vers la région de Bariloche et de ses nombreux lacs, jusqu'à finalement suivre la Cordillère des Andes jusqu'à Mendoza.

Là, Philippe et moi nous sommes arrêtés de longues semaines, logeant chez un couple de fermiers modestes qui possédaient pour unique richesse de magnifiques chevaux. Nous les avons aidés dans l'entretien du manège et de la fermette et, le soir, une fois notre tâche terminée, nous nous évadions quelques heures à cheval. Philippe et moi adorions ces bêtes capricieuses mais tellement attachantes. Nous galopions à travers les vignes, gravissions les montagnes, enjambions les torrents, et nous étions bien. Si simplement bien…

J'ai profité d'une courte pause dans les vignobles pour remercier Philippe pour son amitié.

– Merci ? m'a-t-il répondu surpris. Pour quoi ?

– Pour tout. Pour ton amitié, ta bonne humeur, ton humour décapant, tes attentions quotidiennes. Je ne sais pas comment tu fais, mais depuis que je suis avec toi, je me sens tellement heureuse.

– Je te remercie, mais je ne pense pas être responsable de cet état. Si tu es heureuse c'est parce que, toi, seule, tu fais en sorte de l'être. Tu as décidé de quitter Bruxelles et ce qui te pesait pour vivre ta vie, et tu la vis ! Tu suis tes intuitions, tes besoins et tes envies. Je fais partie de tes choix et je suis honoré d'en être, mais ce n'est pas moi qui te rends heureuse. Allez, d'accord, j'y contribue énormément, mais ton bonheur tu ne le dois qu'à toi-même. Tu as une force et une volonté de vivre impressionnante. Je sais combien tu as souffert, mais je ne t'ai jamais entendue te plaindre, ni t'apitoyer sur ton sort. Tu affrontes la vie avec envie et c'est une belle leçon que tu me donnes. Alors merci à toi.

Je me suis soudain sentie très émue par ce que Philippe venait de dire. Non seulement je réalisais que ces quelques mois en Argentine m'avait énormément changée et m'avaient permis de mûrir, de me construire, de m'épanouir ; mais la manière dont il m'avait décrite était la manière dont j'avais toujours vu ma mère. Moi qui pensais jusqu'alors ne pouvoir en rien l'égaler, voilà qu'on m'attribuait ce que je considérais comme les plus belles des qualités.

– Ah mais non, Isa, je ne voulais pas te faire pleurer !

– Mais ne dit pas ce genre de choses, alors ! ai-je répondu en lui tapant l'épaule.

– Alors toi, je ne suis pas prêt de te quitter, m'a-t-il dit en riant. A partir d'aujourd'hui, nous sommes liés. Tu restes, je reste. Tu rentres, je rentre.

J'ai souri. J'avais l'impression de me retrouver dans le film Titanic, avec les physiques avantageux de Leonardo di Caprio et de Kate Winslet en moins. Mais qu'importe le physique, nous étions heureux et c'était tout ce qui comptait.

Je me suis réveillée quelques semaines plus tard par un matin pluvieux de mai, réalisant soudainement le temps qui s'était écoulé depuis mon dernier appel à Margot. Il datait de mon passage à El Calafate, il y avait déjà presque trois mois. Je me suis ruée en ville pour trouver un téléphone, et comme je l'avais prédit, je me suis fait engueuler pendant cinq minutes avant que Margot n'accepte que nous puissions poursuivre une conversation cordiale. Nous sommes restées au téléphone plus d'une demi-heure. Elle m'a parlé de son boulot et de son nouvel amour, un jeune homme parfaitement charmant pour une fois ; de Clémence qu'elle voyait de temps en temps à Paris ; et de Maud qui devait accoucher dans les jours qui venaient. Après avoir promis à Margot de la rappeler plus rapidement la prochaine fois, j'ai profité de ma présence en ville pour passer un coup de fil rapide à Maud.

– Coucou, ma pupute.

– Isa, c'est toi ! s'est exclamée Maud.

– Ouiiiiiiiii.

– C'est incroyable, tu ne devineras jamais où je suis ?

– Où ?!

– En voiture pour l'hôpital. J'ai perdu les eaux tout à l'heure et je sens les contractions qui commencent. Tu te rends compte, je vais accoucher, s'est-elle mise à crier.

– C'est incroyable, c'est génial. Je suis tellement contente de t'avoir au téléphone maintenant. Je pense très fort à toi et prie pour que tout se passe bien. Gros bisous à Thibault, et faites ça bien !!!

– Merci, Isa.

J'ai raccroché en vitesse, excitée comme une puce. L'instant d'après, je chaussais mes baskets et partais courir pendant près d'une heure car, l'air de rien, cette nouvelle m'avait quand même perturbée.

Le lendemain, Philippe et moi saluions nos hôtes et descendions la montagne jusqu'à la grande route la plus proche, lever le pouce pour nous enfuir un peu plus loin, là où le hasard le déciderait.

Nous sommes arrivés à Salta, dans la région du Nord-Ouest que nous avons explorée de fond en comble, avec un couple de sportifs hors norme qui ont longuement tenté de nous convaincre de les accompagner jusqu'au désert d'Atacama au Chili, à vélo… Et ils y sont parvenus… Nous n'avons jamais autant souffert de tout notre voyage. Nous avons gravi des pentes extrêmement abruptes à des altitudes où nous manquions réellement d'air, sous des rafales de vents et dans des nuages de poussières ; nous dormions dans des conditions spartiates, à même le sol et dans le froid, bien que protégés du vent par une vulgaire tente de toile ; et nous mangions tous les soirs la même chose, du lyophilisé sans goût. La vue du désert d'Atacama au bout de plusieurs semaines a été mon plus grand moment de bonheur alors que j'étais à deux doigts d'abandonner. Nous sommes restés quelques jours avec nos amis dans cette région hostile, puis nous avons effectué le chemin de retour, en bus.

Je ne pourrais dire si nous avions fourni un effort trop important pour nos frêles personnes, ou si ce fut le sentiment de nous sentir à la maison en rentrant en Argentine, mais tant Philippe que moi avons soudainement ressenti le besoin de redescendre sur Buenos Aires et de nous y arrêter un moment.

12

J'ai croisé les doigts juste après que la sonnette a retenti. Nous avons attendu trente secondes qui m'ont paru interminables avant, qu'enfin, quelqu'un ouvre la porte.

– Isabel ! s'est écriée Marie en se jetant dans mes bras. Guille, Papa, venez voir qui est là ! Quel bonheur de te voir, Isa ! Et surtout aujourd'hui. Tu ne devineras jamais ce qu'on vient d'apprendre, il y a quelques heures à peine.

– Ce n'est pas vrai, ça y est ?

– Oui, ça y est ! On a gagné ! J'ai obtenu la garde exclusive de Guillermo. Nous pouvons enfin rentrer chez nous !

– C'est fabuleux ! me suis-je exclamée en la serrant dans mes bras.

– Mais pardon, s'est reprise Marie en se tournant vers Philippe, Isabel ne nous a même pas présentés.

– Philippe, lui a-t-il répondu en lui tendant la joue.

– Et moi, c'est Marie.

– J'ai rencontré Philippe quelques jours après être arrivée en Patagonie, il m'a fait hurler de rire et depuis, je ne le quitte plus.

– Si je comprends bien, j'installe deux lits, s'est précipitée de dire Marie pour immédiatement mettre Philippe à l'aise. Allez, entrez, j'en connais un qui va être ravi de v…

– I-sa-beeeelle ! a-t-on entendu à l'autre bout du couloir.

Guillermo se trouvait dans le jardin et s'est mis à courir dans notre direction. Il s'est jeté dans mes bras et je l'ai embrassé goulûment. Il avait tellement grandi, je n'en revenais pas. Puis Serge est arrivé moins d'une minute plus tard, tellement rassuré de me savoir saine et sauve. Quel bonheur j'ai ressenti en apercevant à nouveau leurs visages heureux…

Lorsque je les avais quittés six mois plus tôt, je n'avais aucune idée de si je les reverrais en Argentine. Je leur avais promis de venir sonner à leur porte si je repassais à Buenos Aires, mais j'ignorais si ce serait le cas, et j'espérais surtout pour eux qu'ils seraient alors de retour en France. Mais ils étaient toujours là. Plus pour longtemps heureusement…

Nous avons passé une soirée animée, à revenir sur les derniers mois qui venaient de s'écouler. Philippe et moi leur avons raconté notre périple dans les moindres détails : les bonnes et les mauvaises surprises, les nombreux fous-rire, les aventures folles, les rencontres enivrantes. De leur côté, ils nous ont expliqué les derniers rebondissements du procès jusqu'à l'issue de celui-ci le matin-même. Ils en avaient enfin terminé, il n'y avait plus d'appel possible. Ils n'y croyaient toujours pas et, pourtant, ils se mettaient déjà à imaginer leur retour. Dans quelle ville allaient-ils s'installer ? Allaient-ils retourner à Nice, leur ville originaire, ou en profiteraient-ils pour changer d'horizon ? Marie avait toujours rêvé de monter à Paris et elle se disait que c'était peut-être l'occasion. Serge, de son côté, ne rêvait que de retrouver une petite villa tranquille dans le sud, et Marie s'imaginait mal s'installer loin de son père qui avait sacrifié tant de choses pour elle. Ils ignoraient donc encore tout de leur futur, mais peu leur importait finalement, du moment qu'ils puissent rentrer chez eux.

Dès le lendemain, Philippe et moi sommes partis à la recherche d'un travail. Nous avions l'un et l'autre de nombreuses économies – résultat d'un héritage malheureusement précoce ou d'années de travail éreintant –, mais nous voulions éviter de puiser dedans. Aussi, nous sommes-nous rendus à l'Alliance Française, tenter de décrocher quelques heures pendant lesquelles nous pourrions enseigner le français. Nous n'avions aucun diplôme dans ce domaine, mais l'avantage d'avoir exercé des professions au vocabulaire bien spécifique. Philippe a donc été recruté pour enseigner le français juridique à des adultes professionnels, tandis que, de mon côté, j'enseignais le français des affaires. Les cours avaient lieu uniquement les mardis et jeudis, ce qui nous a paru idéal, car propice à nous laisser tout le loisir de pratiquer d'autres activités pendant notre halte à Buenos Aires.

Philippe avait envie de s'investir dans un projet à vocation humanitaire, ce qui m'avait paru une excellente idée, jusqu'à ce qu'il me parle du projet sur lequel s'était porté son choix.

– Je ne sais pas… Je ne sais pas si c'est une bonne idée.

– Isa, tu ne comprends pas. Ces enfants ont besoin de stabilité. Ils ont été retrouvés dans la rue, abandonnés, mal nourris et parfois même drogués. Cet homme les a recueillis et leur a créé un véritable foyer. Ils ont désormais une maison. On ne peut pas accepter qu'ils soient à nouveau privés de leur stabilité et placés je-ne-sais-où. Je ne te demande pas grand-chose, juste quelques heures.

– Franchement Philippe, je ne sais pas…

En lisant le journal un matin, Philippe s'était arrêté sur un article à propos d'un orphelinat de la ville qui s'apprêtait à devoir fermer ses portes en raison d'un manque de personnel. Cet orphelinat accueillait des enfants de sept à seize ans retrouvés, seuls ou abandonnés, dans les quartiers défavorisés de la capitale. Une équipe médicale leur apportait un soutien moral et psychologique, renforcé parfois par un véritable traitement de sevrage au crack ou à l'héroïne, tandis qu'une équipe de bénévoles venait quotidiennement après l'école assurer un soutien scolaire et leur permettre de se divertir à travers des activités sportives et artistiques. Seulement, le nombre de bénévoles allait en diminuant et la municipalité exerçait une pression pour que l'orphelinat ferme et que les enfants soient redirigés vers différents foyers d'accueil, ce à quoi le directeur tentait fermement de s'opposer.

En refermant son journal, Philippe s'était rendu à l'orphelinat afin de s'enquérir du manque exact de bénévoles et d'une éventuelle possibilité d'y parer. Le contact avec le directeur lui avait aussitôt plu, sentant dans cet étrange personnage un amour sincère pour les enfants qu'il avait recueillis. En discutant avec ce dernier, Philippe avait compris que le manque à combler n'était en réalité pas énorme, le problème venant surtout du fait que la plupart des bénévoles n'étaient disponibles que quelques heures au plus par semaine.

En ce qui nous concernait, nous disposions de près de cinq jours complets…

Je savais que Philippe avait raison et que nous devions nous investir dans ce projet pour sauver cet orphelinat, mais je ne pouvais m'empêcher de me demander si le fait de passer autant de temps avec des enfants n'allait pas raviver une ancienne douleur devenue supportable.

Au bout d'une longue plaidoirie, et sentant que je décevais Philippe, j'ai fini par capituler, en partie en tout cas.

– Tu es sûre ? Bon, laisse-moi quelques jours pour réfléchir, d'accord ?

– D'accord. Mais fais-moi plaisir, viens juste avec moi lundi pour rencontrer le directeur et les enfants. Après, je te fous la paix.

– Je sens que tu ne vas de toute façon pas me lâcher tant que je n'aurais pas accepté, donc c'est d'accord. Mais après, tu me laisses prendre ma décision en mon âme et conscience.

– Tout de suite les grands mots… a-t-il conclu en riant.

Le lundi suivant, comme promis, je me suis rendue avec Philippe à l'orphelinat. J'étais à peine là depuis une heure que j'avais pris ma décision. Je n'allais pas accorder quelques heures à ces enfants comme Philippe me le demandait. J'allais leur accorder tout mon temps.

Et c'est ainsi qu'a débuté la deuxième partie de notre aventure.

Philippe et moi travaillions les mardis et jeudis à l'Alliance Française ; du vendredi au lundi, nous nous rendions à l'orphelinat ; et, le mercredi, c'était notre jour de repos, notre dimanche à nous. Nous avions hésité à proposer notre aide à l'orphelinat le dimanche, mais nous avions vite compris que c'était le jour idéal pour profiter pleinement des enfants. Il n'y avait rien d'inscrit à leur agenda si bien que nous avions la journée entière pour être avec eux, sans contrainte d'horaire ni de temps. Nous organisions alors les dimanches une activité qui s'étalait sur toute la journée, que ce soit un grand jeu, un tournoi de foot ou de rugby, une sortie en ville, ou un événement à caractère social. Les enfants nous avaient vite adoptés et nous créions jour après jour une relation particulière avec chacun d'entre eux. Ils étaient tous uniques en leur genre, en raison de leur âge et de leur passé notamment. Pour la plupart, il n'était pas reluisant, mais pour certains, il était réellement atroce. Nous en percevions des bribes au gré de nos conversations, mais nous ne cherchions jamais à en savoir davantage que ce qu'ils nous confiaient spontanément. Ce n'était pas notre rôle. Nous étions là pour rendre leurs journées plus belles, pour leur faire oublier les jours sombres qu'ils avaient traversés, et non pas pour les faire parler. Pour cela, il y avait l'équipe médicale et psychologique. Et elle assurait parfaitement sa mission.

Nous passions donc nos journées auprès de ces enfants jusqu'à ce qu'ils soient couchés. Alors, après leur avoir conté une histoire ou chanté une chanson à deux voix, nous les laissions s'envoler dans leurs rêves, tenter de rejoindre pour quelques heures leurs parents et ceux qui leur manquaient, et nous quittions le dortoir sur la pointe des pieds pour rentrer chez nous.

Pendant les premières semaines, nous retrouvions Serge, Marie et Guillermo qui avaient longuement insisté pour que nous logions chez eux. Ils étaient en train d'organiser leur départ et ils voulaient pouvoir profiter pleinement de nous avant que nos chemins se séparent à nouveau. Nous avions fini par nous laisser convaincre et Philippe avait investi la chambre d'amis, tandis que je m'installais dans la chambre de Guillermo, enchanté de pouvoir partager le lit de sa mère. Nous nous retrouvions donc tous les cinq, chaque soir, comme une véritable famille.

La séparation fut déchirante pour chacun d'entre nous, bien que nous sachions pourtant pertinemment que nous nous reverrions. Mais ce ne serait plus jamais pareil, il en était définitivement fini de notre cohabitation à Buenos Aires. Et en nous quittant, ils ont laissé un vide immense derrière eux, d'autant que je réalisais alors que Serge avait pris une place plus importante que je ne l'avais soupçonné. Il avait été comme un père pour moi, depuis le premier jour et pendant de longs mois, attentif et bienveillant, chargé de bons conseils et de quelques remontrances. Moi qui n'avais jamais souffert de ne pas avoir eu de père, je découvrais subitement une partie de mon existence qui m'avait pourtant manquée. Heureusement il n'était pas trop tard, je n'avais que vingt-cinq ans et encore de nombreuses années devant moi pour tenter de rattraper le temps perdu.

C'est donc dans cette ville où avais vécu ma mère que je me suis mise à la recherche de mon père biologique. Qui était-il ? Où vivait-il ? Qu'avait-il fait de sa vie ? Je repensais à ce que ma mère m'avait appris : il s'appelait Julien, il avait été étudiant en droit et il avait habité juste au-dessus de l'ancien restaurant de Claire. J'avais beau pianoter sur internet, j'avais déjà compris que je n'avais rien de concret qui m'aurait permis de retrouver sa trace. Au bout de quelques jours, je me suis résolue à appeler Claire dont je pressentais déjà la réaction. Comme prévu, elle ne m'encouragea pas dans cette voie, m'assurant que je n'y trouverais rien de bon pour moi, mais elle me confia malgré tout les quelques informations qu'elle connaissait à son sujet. Ce n'était pas grand-chose, mais toujours mieux que ce que je n'avais.

C'est donc munie de ces quelques détails supplémentaires que je me suis mise à remonter le fil, petit à petit, jusqu'à découvrir qui il était. Il avait été licencié de l'université de Paris Assas II en 1983, à la suite de quoi il s'était mis à travailler dans l'étude de notaires de son père qu'il avait récemment reprise. Il vivait par ailleurs actuellement dans le seizième arrondissement de Paris, ce qui me laissait supposer qu'il n'avait jamais quitté la capitale. Puis soudain, j'ai eu envie de voir à quoi pouvait ressemblait mon père, et lorsque plusieurs visages sont apparus sur la page Google, j'ai immédiatement su lequel était celui de mon père.

Je suis restée muette d'étonnement en repensant à cette journée passée à Paris, quelques années plus tôt, et à cet homme que j'avais croisé avec son chien, Boulevard de Courcelles, et dont l'expression du visage m'avait laissé un sentiment étrange. Ce jour-là, j'avais croisé mon père ! C'était bien lui, j'en étais certaine. Et pourtant, cette rencontre me paraissait inimaginable, improbable même. Ce hasard me laissait tellement perplexe que je n'ai pu m'empêcher d'y voir un signe : il fallait que je retrouve mon père et que je le rencontre. J'ai rapidement inscrit son nom, l'adresse de son étude et un numéro de téléphone dans un carnet, et je l'ai précieusement rangé, le temps que je me décide à le contacter.

Les mois ont passé et je n'ai jamais ouvert ce carnet.

Ma mère me disait souvent que la vie est bien faite. Une fois de plus, elle me donnait raison de l'écouter.

Je me souviens encore de ce mercredi après-midi du mois d'août. Philippe et moi étions tranquillement à la maison en train de profiter du jardin. Il restait un minuscule coin de pelouse ensoleillé et bientôt le soleil disparaîtrait derrière les immeubles. Ce n'était qu'une question de minutes. Qu'une toute petite question de minutes avant que je me décide, enfin, à annoncer à Philippe que j'avais décidé de rentrer pour tenter de rencontrer mon père et renouer un semblant de passé avec lui. Cela faisait quelques jours que j'avais pris ma décision, mais je ne trouvais pas le courage de lui en parler. Je savais que mon départ signifierait la fin d'une longue aventure que nous avions choisi de partager à deux. Si je partais, je rompais l'équilibre. Mais il me semblait qu'il était temps pour moi de poursuivre mon chemin, seule.

Je regardais donc ce petit coin de pelouse décompter les secondes à ma place lorsque le téléphone sonna. Je me précipitai dessus, heureuse de bénéficier d'un dernier sursis. J'étais loin de me douter que ce coup de fil totalement insignifiant allait changer le cours des choses...

C'était Serge. Il appelait de France pour prendre de nos nouvelles, comme il le faisait régulièrement. Mais ce jour-là, ses questions banales n'ont pas résonné de la même manière à mes oreilles. Alors qu'il me demandait comment se passait la vie à l'orphelinat, la cohabitation avec Philippe, les soirées à Buenos Aires, et qu'il s'inquiétait de savoir si je pensais toujours autant à Auguste, je réalisais soudainement mon erreur. Il m'avait bien manqué la présence d'un père, mais pas du père que je croyais. Pas de cet homme qui n'avait pas voulu de moi, pas voulu me voir grandir, devenir femme. Il m'avait manqué un père qui était là pour m'écouter, me rassurer, me conseiller et me consoler aussi parfois. Et ce père, il était là, à l'autre bout du fil. Serge avait beau être parti de Buenos Aires depuis déjà presque huit mois, il continuait à veiller sur moi comme il l'aurait fait pour sa propre fille. Il était cette épaule sur laquelle je pouvais me reposer, cette oreille attentive, ce cœur omniprésent. Je lui devais beaucoup pour ce qu'il m'apportait, pour ce vide qu'il remplissait petit à petit. Et tel un véritable père, il n'attendait rien en retour.

Après avoir raccroché, j'ai rejoint Philippe dans le jardin. Le soleil avait définitivement disparu et pourtant, j'ai pu m'asseoir aux côtés de mon ami, sereine et silencieuse. Je n'avais plus rien à lui annoncer et ça me faisait sourire béatement. Il m'a regardée avec étonnement. Je me suis contentée de lui prendre la main et de poser ma tête sur son épaule. Nous regardions alors dans la même direction, et ça tombait bien car nous avions encore un long chemin à parcourir, ensemble.

Quelques jours plus tard, je reçus un nouvel appel qui allait lui aussi, à sa manière, changer le cours des choses. C'était Margot.

– Hello, Isa ! Comment vas-tu ?

– Margot ! me suis-je réjouie. Incroyable que tu appelles ! Ça me fait tellement plaisir.

– Je sais… je n'appelle jamais, mais là, j'ai quelque chose à t'annoncer : j'ai rencontré quelqu'un et je crois que c'est le bon.

– Ça veut dire quoi « je crois que c'est le bon » ? Tu vas te marier ! me suis-je écriée en montant dans les aigües.

– Non, non. Pas tout de suite en tout cas… Mais j'aimerais que tu le rencontres. J'aimerais venir te le présenter à Buenos Aires, si ça va pour toi…

– Mais bien sûr ! Ce serait génial ! Tu viendrais quand ?

– Je t'avoue que je n'y ai pas encore vraiment réfléchi. Je ne pensais pas que tu serais aussi enthousiaste.

– Tu rigoles ! Tu me manques tellement. Rien que l'idée d'imaginer ta jolie frimousse ici, je suis toute excitée.

– Toi aussi, tu me manques, ça fait une éternité.

– C'est vrai qu'en novembre, ça fera deux ans. Déjà… Mais alors, raconte ! Il s'appelle comment ? Tu l'as rencontré où ? Ça fait combien de temps ?

– Il s'appelle Jérôme, je l'ai rencontré dans une banque et ça fera exactement trois mois dans trois jours.

– Et ???

– Il est beau, adorable et je l'aime.

J'attendais la suite, impatiente de tout connaître.

– Je n'ai pas le temps de tout te raconter maintenant, j'ai une réunion qui va commencer, mais promis, je te livre tous les détails dès que je viens. En attendant, dis-moi, toi, tout va ? Comment ça se passe avec Philippe ?

– Comme d'hab', super. Aucune prise de tête, une osmose parfaite.

– Et les enfants ?

– Toujours contents, enthousiastes, rayonnants. Ils sont incroyables, tu devrais voir les progrès qu'ils ont faits. Certains ne savaient ni lire ni écrire en arrivant, et en l'espace de quelques mois, ils sont presque devenus des petits Shakespeare. Ils composent des poèmes et nous avons décidé de monter une pièce de théâtre avec les petits. Du côté des grands, certains se préparent à réintégrer la vraie vie, continuer leurs études de manière autonome ou chercher un travail. J'appréhende cette étape, c'est les premiers que je m'apprête à voir quitter l'orphelinat. J'espère tellement que tout se passera bien car la réinsertion est très difficile et les conditions économiques vraiment désastreuses. Nous les avons préparés du mieux que nous pouvions, mais je sens d'avance que la séparation va être difficile. J'espère qu'ils viendront nous rendre visite de temps en temps et, pourquoi pas, venir donner un peu de leur temps aux plus jeunes. J'ai essayé de leur souffler l'idée à l'oreille, mais je ne veux pas que ça empiète sur leurs projets personnels. L'essentiel est surtout qu'ils s'en sortent. Mais je m'emballe, comme à chaque fois que je parle d'eux…Tu es pressée, non ?

– Oui, j'y vais. Tiens, tant que j'y pense, maman t'embrasse super fort ! J'oublie à chaque fois et elle n'arrête pas de me le reprocher. Donc cette fois, c'est fait, tu pourras témoigner…

– Je l'ai justement eue au téléphone il y a peu… Elle a trouvé un emplacement pour son nouveau resto ?

– Aux dernières nouvelles, il semblerait qu'elle en ait trouvé un dans les environs du Châtelain.

– Génial !

– Ouais, sauf que du coup, elle n'est pas sûre de pouvoir nous accompagner à Contis cet été. Mais pour une fois, je serai bien accompagnée, et Thomas a prévu de nous rejoindre Jérôme et moi pendant une semaine.

– Il va bien ? ai-je osé.

– Ça va…

– Il n'a toujours pas rencontré quelqu'un ?

– Je ne pense pas… Je vais le cuisiner, je te raconterai… Et Auguste, tu penses encore à lui ?

– Si tu savais… J'y pense tout le temps… Je ne peux m'empêcher de me demander comment il vit, avec qui, ce qu'il fait de ses journées.

– Et tu voudrais le savoir ?

– Surtout pas !

– Pourquoi pas… ?

– A quoi bon, Margot… Le passé, c'est le passé. Je ne peux plus…

– … « revenir en arrière et changer ce qui ne peut être changé », m'a coupée Margot. Je connais la chanson, Isa, merci ! Mais ça, c'est Carolina qui le disait. Pourquoi tu n'essaierais pas aujourd'hui de le retrouver ? Tu as l'air d'aller tellement mieux…

– Mais on ne revient pas comme ça dans la vie de quelqu'un ! me suis-je énervée.

– Mais s'il t'attend…

– Et s'il ne m'attend pas…

– Comment le savoir si tu n'essaies pas.

– Ecoute, Margot, je sais que tu veux mon bonheur, mais je ne veux pas me remettre à ressasser mon passé. J'ai tourné la page et je vais mieux, c'est l'essentiel !

– Je comprends… a répondu Margot qui semblait pourtant étrangement déçue. Mais on discute et je n'ai pas vu l'heure tourner, a-t-elle subitement changé de sujet. Il faut absolument que je te laisse, ma réunion a commencé. Ah oui, sinon j'ai oublié de te dire que j'allais quitter Gaufeld et créer ma propre maison de haute couture. Je tente ma chance en free-lance ! Allez, bisous ma belle. Je te rappelle !

– Comment ! Ça fait vingt minutes qu'on parle et tu ne me dis ça que maintenant !

– Déso… Mais je te rappelle de toute façon rapidement pour te dire quand je peux venir te voir avec Jérôme. Je te raconterai alors mes projets en détails.

– Et tu m'as à peine parlé de Jérôme, ai-je répondu un peu déçue.

– Je te raconte tout cela bientôt, c'est promis, mais là je n'ai vraiment pas le temps.

– Bon… ai-je fini par accepter. Je t'embrasse, ma Margot.

– Moi aussi. A très vite.

Et elle a raccroché aussitôt.

J'ai attendu son appel avec impatience, lequel n'est jamais venu. Au lieu de cela, j'ai reçu un message m'annonçant qu'elle arrivait mi-novembre et qu'elle resterait cinq jours. Cinq tout petits jours pendant lesquels il allait falloir rattraper le temps écoulé…

Je n'ai pas dormi la veille de son arrivée. Nous ne nous étions pas vues depuis deux ans exactement et je ne pouvais plus attendre un jour de plus. Elle atterrissait heureusement aux premières heures du jour. Je me suis habillée à la hâte alors que le soleil annonçait une belle journée de printemps et me suis engouffrée dans un *remis*. Philippe ne m'avait pas proposé de m'accompagner, mais il avait prévu de nous attendre à la maison avec un délicieux déjeuner. Les routes étaient un peu encombrées ce vendredi matin mais je suis malgré tout arrivée à l'aéroport avec un bon quart d'heure d'avance. J'ai pris un café bien noir en attendant que son avion atterrisse, avant de faire le pied de grue devant cette porte translucide d'où sortait une multitude de personnes à l'exception de celle que j'attendais avec tant d'impatience. Soudain, j'ai vu sa frêle silhouette apparaître tel un petit ange. Je me suis jetée dans ses bras et ne l'ai pas lâchée pendant de longues minutes. C'était tellement irréel de pouvoir la toucher, la sentir, la regarder. Pendant ce temps, Jérôme attendait patiemment à nos côtés et nous regardait avec amusement.

– Quelles retrouvailles ! a-t-il fini par s'exclamer. Je connaissais les conséquences que l'absence de Margot pouvait créer sur ma propre personne, mais je ne pouvais imaginer qu'elle avait le même effet sur d'autres.

– Si c'est pas mignon, l'a-t-elle taquiné gentiment.

De mon côté, je l'ai embrassé pour lui souhaiter la bienvenue.

– Alors, comment s'est passé le vol ?

– Super bien. En même temps, on pourrait difficilement se plaindre. Nous avons été surclassés grâce à Jérôme. Autant te dire qu'en *business class*, nous avons mangé comme des rois et dormi comme des bébés.

– J'espère que vous aurez la même chance au retour, ça rendra votre aller-retour moins fatigant. Vous êtes fous quand même, tout ce trajet pour cinq petits jours. Mais si vous saviez comme je suis contente que vous soyez là !

– Mais, mon Isa, j'aurais fait l'aller-retour juste pour une journée s'il avait fallu. Cinq jours, c'est du luxe.

– Le pire, c'est que je sais que tu en aurais été capable.

– Sinon je vous propose de bouger de ce hall d'aéroport. Que voulez-vous faire ? Rentrer à la maison poser vos affaires, prendre une douche et un délicieux petit-déjeuner concocté par Philippe, ou partir visiter la ville des *Portenos* immédiatement ?

Nous avons attendu qu'un *remis* soit libre et nous sommes rentrés en vitesse. Les rues étaient toujours aussi encombrées, mais notre taxi semblait plus pressé que nous si bien qu'il s'est astucieusement faufilé parmi le trafic pour que nous puissions arriver à la maison à une heure encore décente pour un petit-déjeuner. Margot et Jérôme ont déposé leurs affaires dans la chambre d'amis pendant que Philippe préparait le café.

Les présentations faites, Margot et moi avons rapidement fait faux bond aux hommes, tant nous avions de choses à nous raconter. Margot m'a expliqué en détail sa nouvelle orientation de carrière et son départ de chez Gaufeld. De leur côté, Jérôme et Philippe faisaient plus ample connaissance et semblaient heureusement plutôt bien s'entendre malgré leurs caractères opposés. Jérôme était extrêmement carriériste et ambitieux alors que Philippe avait définitivement abandonné cette idée de réussite professionnelle. Pour lui, réussir sa vie relevait à présent d'un tout autre domaine et je sentais que Jérôme avait du mal à comprendre un tel raisonnement. Sur le plan de la politique à nouveau, leurs avis divergeaient. Mais ils avaient l'un et l'autre suffisamment d'intelligence pour contourner astucieusement les éventuelles tensions. Nous les avons donc laissés gérer leur relation et avons égoïstement poursuivi notre propre conversation.

– Je te disais donc que j'avais quitté Gaufeld début juillet en lui expliquant que j'avais décidé de me lancer à mon propre compte. Il n'a pas tellement bien pris la nouvelle et j'en ai été un peu déçue. Cela allait faire cinq ans que je travaillais avec lui et j'aurais espéré qu'il m'encourage un peu. Mais ça, c'est mon côté idéaliste. Apparemment ça ne fonctionne pas comme cela dans le monde du travail…

– Et quand tu l'as quitté, tu en étais où par rapport au lancement de ta propre maison ?

– Tout était fait, ou presque ! Cela faisait un an que je ne dormais plus, ruminant d'abord mon projet avant de le mettre à exécution. Après mes journées de travail déjà bien remplies, je passais mes nuits à dessiner des croquis, à me renseigner sur les démarches à effectuer, à rechercher un atelier, du matériel, des mannequins, … Il me restait ensuite le plus important, me rendre à la banque pour solliciter un prêt. Et c'est à ce moment que j'ai rencontré Jérôme, n'est-ce pas mon amour ? a-t-elle poursuivi en cherchant son regard de l'autre bout de la table.

– Comment ?

– Je m'apprêtais à raconter à Isabel notre rencontre…

– Improbable…

– Improbable, a-t-elle repris, pensive, comme si elle revivait ce moment.

– Bon ben, racontez !

– Eh bien, j'avais pris rendez-vous avec Monsieur Durant, un conseiller financier au siège. Mais tu connais mon étourderie, lorsque je suis arrivée et que la secrétaire m'a indiqué comment rejoindre le bureau où il m'attendait, je n'ai écouté que d'une oreille si bien que je me suis trompée d'étage. J'ai été au dixième au lieu du deuxième. J'aurais peut-être dû me rendre compte qu'il soit peu probable que je me retrouve dans les hautes sphères de la direction pour un simple emprunt bancaire, mais absorbée par mon projet et la manière dont j'allais le défendre, je n'ai pas réfléchi. Je me suis donc aventurée au dixième étage avec mon petit tailleur et mon dossier sous le bras, et je suis entrée dans le troisième bureau sur ma droite comme me l'avait indiqué la secrétaire. Je me suis présentée et j'ai remercié mon interlocuteur de me recevoir. Il m'a chaleureusement tendu la main, m'a invitée à m'asseoir tout en me proposant un café. Je me suis donc assise en face de lui et j'ai commencé à lui parler de mon projet. Il m'a écoutée avec une attention qui me troublait, mais je suis restée concentrée, tentant de le rassurer sur mes ambitions et la réussite plus que probable de mon entreprise. Au moment où je me disais que je l'avais manifestement convaincu de me prêter la somme que je souhaitais, une secrétaire est entrée dans le bureau avec mon café, en s'excusant auprès de Monsieur Montjoie de le déranger. Je n'ai pas percuté tout de suite, mais je voyais à son sourire narquois que quelque chose clochait. Soudain, mon cerveau s'est mis en mode marche et j'ai réalisé que je n'étais pas du tout où je devais me trouver et que cela faisait quinze bonnes minutes que je parlais à un homme qui se foutait manifestement de moi. Je me suis levée d'un bond en lui demandant pourquoi il n'avait rien dit. Il m'a simplement répondu : « Si vous voyiez l'homme de votre vie rentrer dans votre bureau par erreur, lui diriez-vous qu'il s'est trompé d'endroit ? ». Je me suis rassise, sans voix. Il a souri et m'a demandé si je voulais bien partager mon café avec lui. Je lui ai répondu que Monsieur Durant m'attendait et qu'ainsi qu'il l'avait certainement compris, ce rendez-vous était relativement important pour moi. Il a alors pris son téléphone et a demandé à sa secrétaire d'appeler Monsieur Durant pour lui annoncer qu'il s'occupait personnellement du cas de Mademoiselle… Il a marqué un temps en levant les yeux vers moi pour me demander mon nom. Je n'ai pu m'empêcher de lui adresser un sourire conquis. J'étais complètement sous le charme. Depuis ce moment, Jérôme et moi ne nous sommes plus quittés. Il m'a demandé de venir m'installer chez lui au bout de trois mois, et tu imagines bien que j'ai immédiatement accepté.

Jérôme n'a rien dit pendant ce récit, mais je le regardais régulièrement et j'ai vu à la manière dont il dévisageait Margot qu'il était fou amoureux d'elle. C'était la première fois que je voyais Margot avec un homme qui semblait l'aimer à sa juste valeur. J'avais maintenant cinq jours pour m'assurer que ce n'était pas un bluff.

Une fois notre petit-déjeuner terminé, nous avons pris nos affaires et nous sommes allés nous promener à travers la capitale, passant des magasins de luxe de la Recoleta à l'ambiance folklorique de la Boca, avant d'achever notre journée par un délicieux mojito à San Telmo.

Samedi et dimanche, nous avons poursuivi notre visite de la ville et des environs, nous avons flâné dans les parcs, le long des avenues majestueuses ; nous avons siroté des cafés, des jus, des cocktails ; nous avons marché, pris le métro, fait du vélo ; nous avons profité de chaque seconde comme si le temps qui nous était imparti n'avait pas le droit de s'écouler trop rapidement. Et pourtant, plus nous profitions, et plus il filait.

Malgré notre programme chargé, leur séjour avait filé à la vitesse de l'éclair. Nous étions déjà lundi soir et nous étions exténués. Cependant, nous avons tout de même voulu profiter de la dernière soirée qu'il nous restait avant que Margot et Jérôme ne nous quittent et nous avons été boire un dernier verre à Puerto Madero.

Ce soir-là, Margot a dormi avec moi. Nous avons longuement discuté de Jérôme dont j'étais littéralement tombée sous le charme, malgré ce caractère a priori trop sûr de lui, de sa réussite et de ses opinions. Mais en réalité c'était un homme réellement attentionné, flexible et capable de se remettre en question, et il ne m'avait pas fallu cinq jours pour l'adopter définitivement comme un membre de ma famille.

Et alors que je m'apprêtais à lui avouer que ces quelques jours passés avec elle m'avaient donné l'envie de rentrer, elle s'est mise à me parler de Thomas…

13

Philippe et moi avons emballé avec nostalgie les quelques affaires que nous avions emmagasinées les dix-huit derniers mois. Nous nous apprêtions à quitter définitivement Buenos Aires, et bien que nous l'avions décidé ensemble, nous avions du mal à admettre que nous vivions là nos derniers moments dans cette ville.

C'était la veille de Noël et nous avons passé cette dernière journée auprès des enfants de l'orphelinat. Selon la tradition, ils effectuaient à cette occasion une bonne action envers les plus défavorisés de la capitale. Nous les avons aidés à cuisiner des centaines d'*empanadas* que nous avons ensuite été distribuer dans les bidonvilles. En moins d'une heure, nous avions épuisé toute notre cargaison et nous nous sommes dépêchés de rentrer à l'orphelinat.

Nous avons passé un délicieux après-midi avec les enfants, et alors que je me délectais de leur présence, je ne cessais de me demander pourquoi Philippe et moi avions décidé de quitter Buenos Aires. N'avions-nous pas tout ce dont nous avions besoin ici ? Un foyer, des enfants, quelques amis. N'était-ce pas suffisant ? Pourquoi cherchions-nous sans cesse le bonheur ailleurs ? Je n'avais pas de véritables réponses à ces questions et pourtant, il allait falloir que j'explique notre décision aux enfants.

Alors que je m'apprêtais à prendre mon courage à deux mains, le prêtre nous a appelés pour célébrer la messe. Il me fallait retarder le moment crucial. J'ai prié pendant la cérémonie afin de trouver les mots justes, et dès l'issue de celle-ci, j'ai appelé les enfants pour qu'ils se réunissent autour de moi.

– Les enfants, ai-je commencé timidement, à qui avez-vous pensé pendant la messe ?

Ils m'ont chacun donné le nom de ceux qui leur manquaient, en toute cacophonie.

– Eh bien, moi, j'ai pensé à ma petite fille.

– Tu as une fille ? m'a demandé l'un des enfants.

– Oui, j'ai une fille qui s'appelle Carolina, mais je ne peux pas la voir car elle est au ciel, comme votre papa, votre maman, et bien d'autres personnes encore. Je ne peux que penser à elle, aussi souvent que possible. Et je vais vous dire une chose, je l'aime d'autant plus fort que je ne peux pas la serrer dans mes bras, l'embrasser, lui raconter des histoires ou lui chanter des chansons. Je dois l'aimer encore plus fort parce que je ne suis pas près d'elle.

« Vous, les enfants, vous êtes comme mes propres enfants. Vous imaginez, c'est comme si j'avais vingt-cinq enfants, ai-je dit en mettant mes bras autour de mes hanches, ce qui les a fait rire. Je vous aime tous de tout mon cœur, et chaque fois que je suis auprès de vous, je suis heureuse et mon cœur bat très fort. Mais ce que vous ne savez pas, c'est que les jours où je ne peux pas venir vous voir parce que je dois donner mes cours de français, je vous aime encore plus fort. Parce que je suis loin de vous.

Les enfants me regardaient, perplexes. Ils buvaient mes paroles, mais ne semblaient pas comprendre le but de celles-ci.

– Ce que j'essaie de vous expliquer, c'est que ce n'est pas parce qu'on est loin de ceux qu'on aime qu'on ne pense pas à eux. Au contraire, on les aime encore plus fort. Vous vous souvenez le premier jour où Philippe et moi sommes venus vous voir ? On s'est amusés pendant toute la journée, et le soir, vous ne vouliez plus que nous rentrions chez nous. On vous a alors expliqué que nous allions revenir le lendemain, et puis d'autres jours encore. Que nous reviendrions vous voir autant que possible, mais qu'un jour, il faudrait que nous vous disions au revoir. Eh bien, les enfants, ce jour est arrivé. Ce soir, Philippe et moi allons vous dire au revoir pour la dernière fois puis nous allons partir, poursuivre notre route.

Certains enfants se sont mis à pleurer, d'autres ont crié très fort, les derniers ne semblaient pas comprendre. Malgré tout, j'ai poursuivi ce que je voulais leur dire.

Au fur et à mesure que je leur parlais, ma gorge se nouait et j'avais du mal à ne pas pleurer. Mais il ne fallait surtout pas que je pleure. Je ne voulais pas les conforter dans l'idée que ce départ était triste. J'ai donc clôturé en vitesse, ce qui n'était pas mon fort.

– Alors maintenant, les enfants, nous allons tous nous lever et rigoler le plus fort possible pour que tout le monde nous entende. Puis nous allons rejoindre Philippe car je pense que pendant que je vous parlais, le Père Noël est passé… Allez, un, deux, trois, tout le monde dans mes bras !

Je me suis écroulée par terre, ensevelie par leurs rires. Certains pleuraient toujours, mais je tentais de me persuader qu'ils pleuraient de rire. Sûrement avais-je raison…

Sur le chemin de retour, je n'ai pu m'empêcher de demander à Philippe si nous avions pris la bonne décision.

– Ne commence pas comme ça, Isa. Nous étions convenus de ne rester à Buenos Aires que quelques mois et ça fait déjà un an et demi. Tu l'as dit toi-même, si nous ne partons pas maintenant, nous ne partirons jamais. Et tu as raison !

– Mais j'ai l'impression que c'est tellement facile pour toi…

– Détrompe-toi, j'ai le cœur déchiré à l'idée de devoir les quitter. Mais c'est une question de caractère. Toi, tu vis tout dans l'émotion ; moi, dans l'humour. Je ne parviendrai pas à pleurer, je préfère en rire. C'est d'ailleurs pour cela que j'ai préféré que tu leur parles, toi, en premier. Car je pensais qu'ils arriveraient tous chez moi en pleurs et que je pourrais clôturer cette séance dramatique en rire. J'avoue, je me suis trompé, tu as réussi à les faire rire avant moi. Mais ne pense pas que parce que je parle de notre départ avec légèreté, il ne m'affecte pas autant que toi. Tu me connais quand même…

– Evidemment. C'est juste que je t'envie de pouvoir prendre autant de distance avec les évènements de ta vie. Moi, tout m'atteint. Regarde à nouveau, j'étais parfaitement sereine, heureuse, même prête à rentrer chez moi, et il suffit que Margot me parle de Thomas pour que je remette tout en question…

– Je ne comprends toujours pas pourquoi tu ne veux pas rentrer !

– Mais arrête avec ça ! Ce n'est pas le bon moment, contrairement à ce que tu penses !

– Je pensais pourtant que c'était ce que tu attendais…

– Oui, sauf que je ne m'attendais pas à ça…

– Tu es compliquée, Isabelle…

– Je sais ! C'est pour ça que j'ai besoin de partir, une dernière fois. Je ne peux pas rentrer maintenant, mais j'ai besoin de penser à autre chose qu'à Thomas.

– C'est la dernière fois, Isa ! Promis ?

– Promis.

– Et on regarde devant nous…

– Promis.

– On ne revient plus en arrière…

– Promis. Promis. J'ai compris… Merci en tout cas de m'accompagner.

– Je n'ai pas vraiment le choix… Tu restes, je reste. Tu rentres, je rentre.

– Tu penses qu'on va finir notre vie ensemble ?

– Si seulement… m'a-t-il répondu en riant. Tu m'imagines, moi le lombric, avec une beauté comme toi. Et les heures de fous-rire garanties. Je signe tout de suite ! Le problème, c'est que nous ne sommes pas attirés l'un par l'autre.

– Ah ben, merci !

– Dis-toi que toi au moins, tu as du succès auprès des hommes. Tu as vu ma cote séduction ? Zéro pointé !

– T'es bête… Tu ne prends jamais la peine de tenter une approche…

– Il n'empêche qu'à ce rythme-là, je vais finir vieux garçon.

– Tu rêves tellement d'avoir un enfant que tu finiras bien par te bouger.

– J'espère ! Ou alors je serai obligé de faire appel à une mère porteuse.

– Ah non, pas ça ! Au pire, on fera un enfant ensemble.

– Merci pour le pire !

– Ben… vu l'absence totale d'attirance que tu as pour moi…

– Mais tu es rancunière ou je rêve…

– C'est sûr que je ne risque pas de l'oublier celle-là…

Nous avons fini par arriver chez nous. Il était tard, mais tous les foyers semblaient encore animés par l'esprit de Noël. Philippe et moi étions épuisés et nous n'avions ni sapin, ni cadeaux colorés pour terminer la soirée comme les autres, ce qui ne nous a pourtant pas empêchés de nous offrir une dernière trêve dans ce lieu que nous nous apprêtions à quitter.

Ce soir-là, Philippe et moi avons abordé d'étranges sujets, sur la vie et la mort.

– Ça veut dire quoi que tu ne veux pas vivre au-delà de cinquante ans… ai-je demandé en riant.

– Ça veut dire que le jour de mes cinquante ans, je me jette dans le vide du haut d'un pont ou d'un avion. J'ai toujours rêvé de savoir ce que ça faisait de voler…

– Tu racontes vraiment n'importe quoi quand tu veux.

– Ah, mais je ne rigole pas du tout, Isa. Je suis même très sérieux. Je ne veux pas vieillir, voir mes capacités physiques et mentales diminuer, terminer ma vie sans vue, sans jambe ou sans mémoire. Hors de question. Je terminerai ma vie jeune et beau, enfin façon de parler…

– Tu dis ça parce que tu n'as ni femme ni enfant… Le jour où la vie d'un petit être dépendra de la tienne, tu seras obligé de revoir ton discours, parce que tu ne voudras pas qu'il souffre de ton absence, qu'il doive vivre les étapes importantes de sa vie sans toi, se demandant sans cesse ce que tu aurais dit ou fait si tu avais été là. Ce jour-là, Philippe, je te garantis que tu verras les choses autrement.

– Au contraire, Isa, le jour où j'aurai un enfant, je lui dirai avec d'autant plus de conviction que je ne désire pas vivre vieux. Car le jour où je partirai, il ne sera alors pas triste. Il ne pourra pas être triste car il saura que je serai mort heureux. Et ça lui évitera de se demander toute sa vie ce que j'aurais fait si j'avais été là car je lui aurais appris à ne pas dépendre de moi, à prendre ses décisions par lui-même et à ne compter que sur lui-même. Tu vois, je lui aurais appris l'indépendance, la vraie, avant même qu'elle lui tombe dessus.

– Tu es tordu…

Philippe m'a souri.

– Je suis prévoyant ! C'est différent…

Une fois dans mon lit, je n'ai pu m'empêcher de repenser à ce que Margot m'avait confié sur Thomas quelques semaines plus tôt, et j'ai prié pour que notre décision de reprendre la route m'aide à ne plus y penser. C'était la dernière fois que je dormais dans ce lit, dans cette maison, dans cette ville. J'ai pensé à ce qui me manquerait ici. Pas grand-chose en réalité. Juste ces enfants que nous ne pourrions emporter que dans nos cœurs.

C'est vers le Nord que Philippe et moi avons décidé de nous laisser porter, vers ce petit bout d'Argentine que nous ne connaissions pas encore. Nous avons eu plaisir à retrouver nos vieilles habitudes de route qui ne nous permettaient jamais d'envisager ce que nous ferions le lendemain ni où nous nous trouverions. Le stop nous menait plus ou moins loin, plus ou moins vers le nord et dans des villages parfaitement inconnus, même dans les meilleurs guides. Nos hôtes nous accueillaient plus ou moins longtemps, plus ou moins chaleureusement, plus ou moins confortablement. Et les régions que nous traversions nous donnaient souvent l'envie de nous y arrêter quelque temps si bien que nous avancions peu, mais sereinement.

Au bout de deux mois de voyage, nous avons atteint la frontière avec le Brésil, au pied des chutes d'Iguazu. Nous les avons visitées du côté argentin, mais la beauté et la puissance de ces chutes étaient telles qu'elles nous ont donné l'envie d'y retourner le lendemain, du côté brésilien. C'est ce jour-là que Philippe et moi avons définitivement quitté le sol argentin, sans que je n'aie eu le temps de réaliser qu'en passant cette frontière, je tournais une page importante de mon aventure.

Quelques jours plus tard, j'ai eu Margot au téléphone, et au détour d'une conversation sans importance où elle me racontait avoir croisé Clémence lors d'un cocktail mondain à Paris, au bras de Bruno Delhadas, l'un des journalistes les plus respectés de France 2, j'ai découvert que celui que Clémence aimait secrètement depuis près de quatre ans avait enfin décidé d'officialiser leur relation.

J'ai pris dix minutes pour l'appeler et elle m'a raconté les derniers détails de son histoire avec Bruno ; le bonheur qu'elle avait eu de le voir venir s'installer chez elle ; les plaisirs de la vie à deux ; la joie de s'endormir tous les soirs dans les bras de celui qu'elle aimait ; et l'excitation des petites disputes se terminant systématiquement sous la couette.

Clémence avait donc eu raison d'avoir confiance en l'amour et ce, malgré nos mises en garde et la difficulté de ne pouvoir partager que des bribes de bonheur avec celui qu'elle aimait. Pourtant ils semblaient si différents… Elle était jeune et sportive, il était de près de vingt ans son aîné et intellectuel ; elle n'avait jamais connu de grande histoire, il n'avait que trop vécu la vie à deux ; elle était naïve face à l'amour, il en connaissait toutes les désillusions. Mais c'était peut-être justement le mélange de ces deux extrêmes qui les rendait si forts et confiants en leur avenir. Elle avait attendu quatre ans sans jamais se plaindre car elle croyait en les raisons qui poussaient Bruno à rester auprès de sa femme, et elle l'admirait pour cela.

Sa fille alors âgée de quatorze ans était atteinte de la mucoviscidose et elle avait malheureusement une espérance de vie bien faible. Tant que sa fille était en vie, Bruno s'était juré de lui maintenir une famille unie, et heureuse. Une famille qui traverserait cette épreuve ensemble, main dans la main, dans une seule et grande maison, en partageant des moments simples mais harmonieux. Car bien que la passion s'était essoufflée entre Bruno et sa femme, ils gardaient l'un pour l'autre une profonde estime. Lorsqu'ils étaient ensemble, ils ne trichaient pas, ne faisaient pas semblant de rire, sourire, se contredire. Ils s'aimaient toujours, mais plus d'une manière leur permettant de finir leurs jours ensemble. Leur fille assurait donc un sursis à une séparation inévitable. Clémence l'avait compris et c'est pourquoi elle avait tout supporté, tout accepté. Et bien qu'elle avait rêvé de pouvoir vivre avec celui qu'elle aimait, elle n'avait pas attendu ce moment car elle ne pouvait se résoudre à espérer la mort d'une jeune adolescente. Mais celle-ci avait fini par s'envoler quelques jours après avoir fêté sa majorité. Quelques mois plus tard, Bruno et sa femme se séparaient, amers de la fin d'une union de vingt-trois ans, mais assurés de prendre la bonne décision. Bruno n'avait pas perdu un instant avant de rejoindre Clémence dans son nid et depuis, ils roucoulaient de bonheur.

Après avoir traversé la frontière, Philippe et moi avons continué à avancer vers le Nord. Les mentalités argentine et brésilienne n'avaient décidément rien en commun. Nous qui avions toujours trouvé les argentins chaleureux et accueillants, nous découvrions soudainement un autre sens de l'hospitalité, peut-être plus authentique. Nos haltes se faisaient de plus en plus longues, et nous avancions de moins en moins. Mais nous n'étions pas pressés. Nous n'avions aucun objectif, à l'exception de celui de nous sentir bien. Et nous nous sentions bien. Le temps filait sans que nous nous en rendions compte. Nous oubliions tout, de ce qui nous pesait à ceux qui nous manquaient. Enfin, tous sauf Thomas dont l'histoire continuait à me tourmenter…

J'avais pourtant du mal à en parler, n'en ayant la possibilité que lorsque j'avais mes amies au téléphone. Aussi je profitais de la moindre occasion pour les appeler.

Ce jour-là, c'était l'anniversaire de Maud. Les quelques minutes que j'avais décidé de lui consacrer se sont rapidement transformées en une longue heure de discussion car elle venait d'apprendre, un peu par surprise, que non seulement elle était à nouveau enceinte, mais que, par-dessus tout, elle attendait des jumeaux.

– Trois enfants, Isa, comment vais-je faire ? C'est à peine si je m'en sors avec un ! m'a-t-elle dit, paniquée.

– Ne t'inquiète pas, ma pupute. Vous allez trouver un équilibre, j'en suis certaine.

– Mais Thibault travaille tellement. Il a un nombre de gardes incalculables. Je n'arrête pas de lui dire qu'il se fait complètement avoir et qu'il ne doit pas tout accepter, mais il me répond qu'il n'a pas le choix. On a toujours le choix, non ?

Je ne savais pas quoi répondre. Je supposais que si Thibault acceptait autant de gardes c'est qu'il n'avait pas réellement le choix, mais je n'en avais évidemment aucune idée. Tout ce que je savais était que Maud avait été élevée comme une petite princesse, sans contrainte. Elle avait toujours reçu tout ce qu'elle voulait de ses parents et elle n'avait eu qu'à lever le petit doigt pour qu'ils arrondissent ses fins de mois, épuisés par des achats psychotiques en fringues, chaussures et accessoires. Cela était-il toujours le cas aujourd'hui ou était-ce désormais à Thibault d'assumer ses folies ?

– Enfin, quoi qu'il en soit, je vais soit devoir trouver une nounou, soit arrêter de travailler.

– Tiens, d'ailleurs, comment se passe ton boulot ?

– Ça va… C'est sympa mais je commence un peu à faire le tour. Je vois Natacha et Clémence qui avancent remarquablement bien dans leur carrière respective et moi, je fais toujours la même chose. Mais tu me diras que la mode, c'est ce que j'aime et puis je dois avouer que les horaires sont plutôt tranquilles et, avec un enfant, c'est important. Disons juste que, dans l'idéal, je me serais plutôt vue rédactrice en chef de *Runaway* que chroniqueuse chez *Jeune et Jolie*. Tu as vu « *Devil wears Prada* » ?

– Non. Pourquoi ?

– Pour rien…C'est juste que je suis persuadée que tu m'aurais parfaitement imaginée dans le rôle de Meryl Streep, abominable directrice d'un des plus prestigieux magazines de mode, dont la terrible réussite lui permet tout envers ses assistants.

– C'est vrai que je t'imaginerais assez bien en despote, ai-je dit en riant.

– Et le pire, c'est que j'en suis fière. Mais cette vie de domination est bien loin de la mienne. C'est tout le contraire. Je me fais totalement dominer par ma fille à qui je ne sais pas dire non. C'est elle qui décide de tout : de la couleur de ses vêtements à ses heures de coucher. Et moi, j'accepte tout. Ça rend Thibault complètement dingue et chaque fois que Thomas passe un après-midi avec Célestine, il ne peut s'empêcher de me faire remarquer que je vais en faire une véritable peste.

– A ce propos, comment va Thomas ? ai-je demandé le plus simplement possible alors que je rêvais qu'elle me parle de lui en long et en large.

– Il va super bien ! Margot m'a dit qu'elle t'avait parlé d'Hélène…

– Elle m'a dit qu'elle était parfaite !

– C'est presque vrai. Sérieusement, elle est très, très, chouette. Et elle lui fait beaucoup de bien. Ils ont l'air tellement heureux.

– C'est génial, je suis contente d'entendre une si bonne nouvelle.

– Tu seras là pour son mariage ?

– Je ne pense pas…

– Tu ne t'en sens pas capable ?

– Ce n'est pas vraiment ça… Enfin, d'un côté, oui, c'est vrai, ça me fait bizarre de me dire qu'il y a deux ans et demi environ, nous étions sur le point de nous unir pour la vie et, aujourd'hui, c'est une autre qui a pris cette place. Mais je savais que ça arriverait, et c'est ce que je souhaitais. C'est juste que je ne peux pas rentrer maintenant, c'est impossible.

– Je comprends, a conclu Maud qui percevait manifestement mon malaise. Sinon ça va toujours avec Philippe ?

– Toujours ! On s'en étonne tous les jours. Ça doit venir du fait qu'il n'y a entre nous aucune attirance.

– Il ne s'est jamais rien passé entre vous ?! J'ai du mal à imaginer que ça puisse être vrai.

– C'est clair que ça peut paraître étrange… Mais non, il n'y a jamais rien eu, pas la moindre ambiguïté. Heureusement d'ailleurs… Je pense que ça aurait tout gâché.

– Mais comment tu tiens sans mec ?!

– Je ne suis pas vraiment sans mec… J'ai eu des aventures, pendant nos voyages, et à Buenos Aires, mais jamais rien de sérieux.

– J'ignorais totalement… C'est fou, je réalise soudain que tu es partie depuis tellement de temps. Je ne connais presque plus rien de ta vie, alors que nous partagions tout. Et pourtant, chaque fois que je t'ai au téléphone, j'ai l'impression que tu nous as quittés la veille et que rien n'a changé.

– Heureusement…

– Ne tarde pas trop à revenir quand même…

– Je vais y veiller, c'est promis.

Alors que je considérais mon retour sur la route avec Philippe un peu comme un retour en arrière, je constatais avec amusement que la vie de mes proches, quant à elles, s'accélérait : Margot avait lancé sa propre maison de haute couture ; Claire ouvert son nouveau restaurant ; Thomas était sur le point de se marier ; Clémence s'était installée avec l'homme qu'elle aimait ; Maud et Thibault agrandissaient leur famille ; et en arrivant à Salvador de Bahia au mois de juillet, j'ai découvert la nouvelle promotion de Natacha…

Philippe et moi avions voyagé toute la journée à l'arrière d'un camion ultra chargé et nous étions littéralement affamés en atteignant les portes de Salvador de Bahia. Aussi étions-nous entrés dans le premier restaurant que nous avions trouvé, et le hasard a fait qu'il était tenu par des belges. C'était la première fois depuis des mois que nous rencontrions des personnes parlant le français et nous réalisions soudain que nous avions désormais quitté les contrées sauvages du Brésil pour retrouver la civilisation.

Le contact s'est rapidement créé avec nos compatriotes qui n'ont pas hésité une seconde à nous proposer un lit pour la nuit. Un véritable lit ! Mieux même : deux véritables lits ! Et une douche chaude. Et un délicieux repas. Quel bonheur ! La soirée s'annonçait exquise.

Après m'être douchée, avoir lancé une machine et enfilé mon pyjama, j'ai rejoint nos hôtes au salon. Ils commençaient un jeu de société avec Philippe. Je n'étais pas particulièrement friande de jeux de société, mais je n'ai pu refuser leur proposition de me joindre à eux.

Alors que la partie s'enflammait et que je commençais sérieusement à me prendre au jeu, mon attention a été attirée par une voix que je connaissais bien. J'ai tourné la tête en direction de l'ordinateur sur lequel surfait leur fils Jonathan. Il regardait un extrait du journal télévisé de la RTBF et là, au milieu de l'écran, se trouvait ma petite Natacha. Elle était assise assurément derrière son grand bureau et présentait les titres de l'actualité, ses fiches à la main. Elle avait toujours adoré les fiches. Je n'ai pu ressentir que de la fierté en la voyant là où elle se trouvait. Elle était magnifique et elle transperçait l'écran. Elle était parfaitement à sa place. Elle avait toujours eu l'ambition de réussir quelque chose de grand et, selon mon opinion, elle y était arrivée.

J'ai immédiatement voulu l'appeler, mais je me suis retenue constatant qu'il devait être le milieu de la nuit en Belgique.

– Tu veux dire que tu connais la nouvelle bombasse de l'écran qui fait le buzz du moment ? s'est émerveillé Jonathan.

– Jonathan, surveille ton langage, veux-tu, s'est exclamée sa mère comme pour s'excuser de la grossièreté de son fils.

– Exactement. C'est même ma meilleure amie, ai-je répondu en riant.

– Trop guedin le truc. Quand je vais raconter ça à mes potes demain… Tu penses que tu pourrais m'arranger une rencontre avec elle pendant nos vacances en Belgique ?

– Le jour où tu seras capable de sortir tes fesses de ce fauteuil et de faire quelque chose de ta vie, on en reparlera. Pour l'heure, nous sommes en pleine partie et on aimerait pouvoir la poursuivre, si tu permets, l'a coupé son père, totalement pris par le jeu.

Nous avons repris notre combat qui s'est soldé par la victoire de Philippe. Il était décidément trop fort, c'était toujours lui qui gagnait.

Le lendemain, j'ai quitté mon lit douillet aux aurores pour partir à la recherche d'une cabine téléphonique. J'ai tenté de joindre Natacha, sans succès. J'y suis retournée une heure plus tard, après avoir pris un café bien noir, mais je n'ai pas eu plus de chance. Je suis donc rentrée chez nos amis belges en leur demandant si je pouvais communiquer leur numéro de téléphone à mon amie, et je lui ai laissé un message pour qu'elle m'appelle sans tarder. Une heure plus tard, le téléphone sonnait.

– Natacha ! Je suis tellement contente de t'entendre.

– Tout va bien ? m'a-t-elle répondu d'une voix inquiète qui lui allait si mal.

– Mais bien sûr que tout va bien. Pourquoi ?

– Pourquoi ? Tu as vu le message que tu m'as laissé ! J'ai paniqué en l'entendant. J'ai cru qu'il t'était arrivé quelque chose.

– Pardon ! Non, il ne m'est rien arrivé, je vais très bien. C'est juste qu'hier, je suis tombée sur toi en train de présenter le journal télévisé. Tu penses comme j'étais excitée en te voyant derrière ton grand bureau avec tes fiches. J'ai immédiatement voulu t'appeler. Raconte !

– Toi d'abord, raconte. Je te signale que ça fait plus de trois mois qu'on a plus de nouvelles de toi !

– Mais moi tout va. Toujours sur la route, toujours avec Philippe, et toujours autant d'expériences inoubliables.

– Et…

– Et quoi ?

– Margot te parle de Thomas et quelques semaines plus tard, tu décides de reprendre la route. Tu ne vas pas me faire croire que ça n'a aucun lien…

J'étais épatée comme la distance et le temps n'altéraient pas les véritables amitiés. Natacha avait toujours réussi à percer le fond de mes pensées, sans que je n'aie eu à lui parler, et même à des milliers de kilomètres de moi, et séparées depuis tant de mois, elle y parvenait encore.

– Je l'ai perdu, Tacha ! J'ai été tellement égoïste…

– Si tu comptes sur moi pour te dire ce que tu veux entendre, oublie. Si tu veux savoir ce qu'il reste de votre histoire, appelle-le.

– Tu as une meilleure idée ? Je ne lui ai pas donné de nouvelles pendant près de trois ans. Il ne voudra pas me parler…

– Ecris-lui alors !

– Et je lui écris quoi ?

– Ah ça, il n'y a que toi qui peux le savoir. Mais il y a une chose dont je suis persuadée, c'est que tu peux tout lui écrire. Tout. Vous vous êtes toujours tout dit, ne change pas aujourd'hui.

– Tout, c'est beaucoup…

– Et trois ans, c'est long…

– Bon, je vais y réfléchir… Maintenant à toi. Raconte !

– Il n'y a pas grand-chose à raconter en vérité. Ils m'ont proposé de présenter le journal télévisé du week-end et j'ai accepté.

– Super. Merci Tacha… mais raconte ! Ça fait combien de temps, comment tu vis tout ça, comment ça se fait qu'on ne m'ait rien dit…

– On ne t'a rien dit parce que c'est tout nouveau. C'est ma deuxième semaine seulement et je dois dire que j'adore. Le boulot est incroyablement varié et intéressant. Et puis, tu sais comme j'ai toujours aimé les scènes, le show, les regards portés sur moi. Alors évidemment c'est différent parce que les regards, on ne les a pas en direct, mais ça n'en reste pas moins excitant.

– En tout cas, tu fais le buzz, ma Tacha. Tous les ados sont déjà fous de toi, même ici au Brésil.

– Tu exagères un peu…

– Mais pas du tout. Tu n'as pas vu toutes les vidéos qui circulent sur « LA nouvelle présentatrice belge *so sexy* » ?

– Si, bien sûr, mais c'est éphémère, m'a-t-elle répondu avec un détachement et une lucidité que je ne lui connaissais pas.

En l'entendant me répondre sur ce ton, je réalisais que la Natacha que j'avais au bout du fil n'était plus celle que j'avais quittée trois ans plus tôt. Certes, elle n'avait pas foncièrement changé, mais elle avait mûri. Trois ans plus tôt, elle se serait déjà vue à la une de tous les magazines people pour les quinze années à venir ; aujourd'hui, elle faisait son travail de journaliste, tout simplement.

– Sinon je suis en train de travailler sur un projet d'émission mensuelle qui reviendrait plus en profondeur sur les grands dossiers d'actualité du mois. La direction est intéressée mais je dois encore le fignoler pour avoir une chance qu'il passe dès septembre.

– Dès septembre ? Ce serait génial.

J'ai gardé Natacha au téléphone encore un bon bout de temps. Nous avons parlé de nos amours réciproques, pour chacune d'entre nous aussi éphémères et passionnées.

– Mais tu es pire que moi en fait ! s'est exclamée Natacha.

– N'exagère pas quand même. C'est juste que contrairement à toi, je n'ai pas le choix de me contenter d'aventures sans lendemain.

– N'empêche que tu m'impressionnes. Je n'aurais jamais imaginé que tu puisses coucher avec des mecs que tu connais à peine. Toi l'inconditionnelle romantique…

– Mais, attends. Ce n'est pas juste pour le sexe. Ça reste quand même des hommes avec lesquels je ressens une certaine proximité, avec lesquels il se passe quelque chose, quand bien ce ne serait que l'espace d'une soirée. C'est étrange d'ailleurs. Tu as raison sur ce point, je ne pensais pas que j'aurais pu me sentir à l'aise avec de parfaits inconnus. Mais il faut croire que tout le monde change…

– Ou alors simplement que tu prends confiance en toi.

– Peut-être… Quoiqu'il en soit, garde ces détails pour toi. Je m'étonne déjà de t'en avoir raconté autant.

– Motus et bouche cousue. Promis, je garde ça pour moi.

– Ça m'a fait plaisir de t'entendre, ma Tacha.

– Moi aussi. Et n'hésite pas à appeler plus souvent, c'est toujours un bonheur de t'entendre.

Je n'ai pas répondu, sachant pertinemment que je ne lui donnerais plus de nouvelles avant de nombreux mois. De son côté, elle n'a pas insisté, décelant une fois de plus parfaitement le fond de mes pensées. Mais alors que nous nous apprêtions à raccrocher, elle s'est précipitée d'ajouter « Isa… Ecris-lui… ».

C'est étrange comme une toute petite phrase peut vous faire changer le cours d'une journée.

Après avoir terminé notre conversation, je me suis précipitée dans le salon pour trouver des feuilles et un stylo, et je suis partie me promener à travers la ville à la recherche d'un endroit où poser ma plume. Mon choix s'est finalement porté sur les marches d'une église perchée au sommet d'une colline, du haut de laquelle je pouvais apercevoir la mer. Je me suis assise, j'ai sorti les feuilles de mon sac et j'ai longuement regardé la première page avant d'oser y inscrire ma première phrase « *Mon Très Cher*

Thomas ». Et puis, comme libérée d'un poids, les mots se sont enchaînés sur ces feuilles blanches jusqu'à ce qu'elles soient toutes entièrement noircies et que l'obscurité m'oblige à poser le point final.

« Mon Très Cher Thomas,

J'ai toujours été persuadée que la vie était étrangement bien faite, même si, je dois l'avouer, certaines épreuves que j'ai traversées m'en ont parfois fais douter. Mais aujourd'hui encore, je constate qu'en laissant la vie suivre son cours, simplement, les choses finissent toujours par s'arranger. Si je te dis cela, c'est que ça fait des mois que Margot m'a raconté ton histoire, et bien que j'aurais voulu te laisser en paix, heureux et amoureux, je sais depuis quelques semaines qu'il faut que je te dise ce que j'ai sur le cœur, quand bien même tu ne voudrais pas le savoir. Les jours ont passé sans que je ne fasse rien, et il a suffi d'une conversation avec Natacha pour me donner la force de t'écrire.

Je m'étonne moi-même d'avoir besoin de force pour t'écrire, mais je constate que depuis que je suis partie, tout ce qui te concerne rime avec force…

Il m'a tout d'abord fallu faire preuve d'une force incommensurable pour être capable de te quitter ; pour ne pas dire à ce foutu taxi dans lequel je m'étais engouffrée de faire demi-tour et de rentrer chez toi, chez nous ; pour prendre cet avion qui m'emmenait loin de toi sans regretter. Car te quitter, Thomas, a été une des choses les plus dures à faire dans ma vie, même si je savais pertinemment que je prenais la bonne décision. Je suis d'ailleurs persuadée que si tu m'as laissée partir, c'est que tu savais au fond de toi que c'était la seule solution. Je te l'ai déjà dit à l'époque sans savoir ce qui m'attendait, je te le redis aujourd'hui en regardant le chemin que j'ai parcouru : MERCI ! Merci de m'avoir aidée à m'envoler, de m'avoir soutenue à cette époque difficile de ma vie.

Je suppose que personne ne t'aura parlé des trois dernières années qui se sont écoulées pour la simple et bonne raison, tu l'auras compris, que je leur ai demandé à tous de ne pas te parler de moi. Car en quittant Bruxelles, j'ai décidé de disparaître de ta vie, non pas que je ne voulais plus en faire partie (loin de là), mais parce que je voulais que tu tournes la page ; que tu ne penses plus à moi, à nous ; que tu envisages la vie avec une autre personne. Je réalise aujourd'hui que ce n'était pas la bonne solution, mais c'était la seule solution que je voyais à l'époque. Et je peux te dire que ne pas t'appeler, ne pas te donner de nouvelle, sortir entièrement de ta vie m'a également demandé une force sans égale. Je pensais à toi tous les jours et j'aurais aimé te dire que j'allais bien, te raconter comment je parvenais, seule, à régler mes problèmes, petit à petit, les uns après les autres. Faire ce que nous avions toujours fait, partager nos bonheurs autant que nos moments de doute et de faiblesse. Mais je m'étais promis de m'abstenir de tout, pour éviter de créer à distance la relation que nous entretenions en chair et en os. Je t'ai donc ôté de ma tête et de mes pensées, et j'en ai fait plus ou moins de même avec tous ceux qui avaient fait partie de ma vie.

Car loin de vous tous, j'ai rapidement réalisé qu'il n'y avait rien de mieux que soi-même pour remettre de l'ordre dans sa vie. J'ai fait les choses à mon rythme, tel qu'il me permettait d'avancer, sans autre pression que celle de vouloir aller mieux. Bien sûr, j'ai fait de merveilleuses rencontres qui m'ont aidée. J'ai tout d'abord fait la rencontre d'une famille incroyable chez qui j'ai passé mes premiers mois à Buenos Aires. Marie, Serge (son papa) et Guillermo (son fils) m'ont apporté énormément de sérénité et les difficultés qu'ils traversaient m'ont aidée à relativiser les miennes. Je suis restée chez eux quelques mois puis j'ai décidé de poursuivre mon voyage à travers l'Argentine. Au cours de ce voyage, j'ai rencontré celui qui est encore aujourd'hui mon compagnon de route. Il s'appelle Philippe, il est belge et avocat, comme toi. Il a d'ailleurs travaillé des années dans ton premier cabinet et il voit très bien qui tu es, même s'il me dit n'avoir jamais eu la chance de plaider contre toi. Un truc d'avocats… Mais là n'est pas l'important. C'est un homme extraordinaire avec lequel j'ai tout partagé, à l'exception d'une relation amoureuse. Nous avons vécu des aventures incroyables ensemble, nous avons fait des rencontres en tous genres, nous avons traversé des épreuves difficiles et des moments forts, notamment lorsque nous sommes revenus nous installer à Buenos Aires et que Philippe m'a convaincue de venir travailler avec lui bénévolement dans un orphelinat de la ville. J'étais réticente au début à cause de Carolina – je craignais que passer mes journées avec des enfants ne me fasse trop penser à elle –, mais après avoir rencontré ces petits, je n'ai pu résister à l'idée de m'investir dans ce projet. Et je dois dire que les dix-huit mois que nous avons passés en leur compagnie resteront à jamais l'un des points forts de mon périple. J'ai l'impression d'avoir vécu quelque chose de vrai.

Mais je te parlais de Philippe… C'est vraiment un ami précieux qui m'a aidée à y voir plus clair sur énormément de choses, même s'il me répète constamment que tout le chemin que j'ai parcouru je ne le dois qu'à moi. Je lui ai parlé de Carolina, je lui ai parlé de toi, je lui ai parlé d'Auguste.

Auguste… Faut-il que je t'en parle ? Evidemment. Je me suis promis de tout te dire des trois dernières années qui se sont écoulées. Compliqué cependant de remettre trois ans sur page. Excuse-moi donc si c'est un peu confus, mélangé, illogique, je laisse la plume guider mes mots.

Auguste donc. La cause de tant de malheurs et, pourtant, présent dans ma tête tous les jours. Je me suis parfois demandé s'il aurait mieux valu que je ne le rencontre jamais. Je sais aujourd'hui que non. Peu de personnes ont la chance de vivre des moments tels que j'ai partagés avec lui. Ils ont duré si peu de temps, mais je sais que nous nous sommes aimés d'un amour tel qu'il en existe peu. Tout ce que j'ai vécu avec lui m'a semblé tellement naturel. J'aurais pu le suivre au bout du monde sans crainte. Mais la vie en a décidé autrement, et même s'il m'a fallu un bon bout de temps pour l'accepter, heureusement. Heureusement car je n'aurais jamais pu aimer Auguste comme je l'aurais souhaité s'il avait été la cause de ce par quoi tu es passé, si je t'avais quitté pour lui. Je suis bien consciente qu'il est en grande partie responsable de notre séparation, mais la différence est que je ne t'ai pas quitté pour lui, mais pour moi. Je n'ai d'ailleurs jamais cherché à le retrouver, à le rejoindre. Je préfère garder de lui les souvenirs que j'en ai, que risquer de les gâcher. Peut-être est-ce lâche… Je n'en sais rien.

C'est donc Auguste qui a occupé mes pensées pendant toutes ces années, jusqu'à il y a peu, jusqu'à ce que Margot me parle de toi et des deux années qui s'étaient écoulées depuis mon départ…

Avant tout, saches que je suis sincèrement heureuse que tu aies décidé de partager ta vie avec une femme comme Hélène car bien que je ne la connaisse pas, ils m'ont tous dit combien elle était parfaite ! En même temps, je n'aurais pas pu t'imaginer avec quelqu'un qui ne t'égalait pas dans ce domaine… Félicitations donc !

Je ne peux cependant pas te dire que cette nouvelle n'a eu aucune conséquence sur ma vie… Lorsque Margot est venue me voir à Buenos Aires en novembre dernier, j'ai ressenti l'envie de rentrer en Belgique, de vous retrouver, vous tous qui me manquiez tellement. J'ai senti que les deux années que j'avais passées en Argentine m'avaient aidée à mûrir, à appréhender les difficultés de la vie avec plus de recul et que je pouvais désormais reprendre mes projets là où je les avais laissés. J'étais sur le point d'annoncer ma décision à Margot lorsqu'elle m'a raconté ton histoire. Et en l'entendant, j'ai compris que je ne pouvais pas rentrer. Pas à ce moment. Je t'avais fait tant de mal que je me devais de m'abstenir de revenir dans ta vie à ce moment où tu allais enfin mieux. Non pas que j'imaginais pouvoir compromettre votre beau projet, mais tout simplement le gâcher par ma présence.

Ce jour-là, j'ai décidé de repartir sur la route avec Philippe, voyager m'ayant toujours fait du bien et aidé à relativiser. Pourtant, pour la première fois, je n'arrive pas à cesser de penser à toi. Et bien que je doute que tu veuilles le savoir, il faut que je te dise ce que j'ai sur le cœur.

Thomas, je suis désolée. Si sincèrement désolée…

Je réalise combien j'ai été égoïste en partant. J'avais besoin de prendre de la distance avec ce qui me pesait car je n'allais pas bien, et pas une seconde, je n'ai pensé au fait que toi non plus, tu n'allais pas bien et que tu avais souffert autant que moi, peut-être même plus. En sortant de ta vie, je t'ai obligé à régler tes problèmes de la manière dont, moi, je l'avais décidé. Je ne me suis jamais mise à ta place. Je n'ai jamais cherché à savoir ce dont, toi, tu avais besoin. J'ai cru pouvoir me dédouaner de toutes responsabilités en demandant à Margot de veiller sur toi ; j'ai cru t'aider en décidant de ne pas te donner de nouvelles, en décidant de ne pas te demander comment tu allais. Je me suis trompée. En réalité, je t'ai abandonné… Je n'ai pas été là pour toi au moment où tu en avais le plus besoin.

Je sais que tu as tourné la page depuis longtemps, que tu m'as, à ton tour, sortie de ta vie. Je sais qu'il est probablement trop tard pour mes excuses… Mais te perdre, Thomas, serait une des pires choses qui pourraient m'arriver… Je ne peux pas te perdre, Thomas ! Je ne veux pas te perdre… J'ai encore besoin de ton amitié. J'ai besoin de toi, Thomas. Alors s'il te plait, pardonne-moi et laisse-moi une petite place dans ta vie…

Voilà, c'est dit.

Pour l'heure, je vous souhaite un merveilleux mariage à Hélène et à toi. Je suis certaine que cette journée sera magnifique et que tous ceux qui seront présents partageront sincèrement votre bonheur. En ce qui me concerne, je penserai à vous, de tout mon cœur. Je vous souhaite d'être pleinement heureux à deux, trois, quatre, … car je sais combien tu seras un papa formidable.

De mon côté, je poursuis ma route avec Philippe. Je ne sais pas où je serai demain, mais j'ai la certitude que la vie me conduira également vers le bonheur.

Thomas, il est l'heure de te laisser car le soleil commence à disparaître derrière la colline, et de là où je t'écris (sur les marches d'une église face à la mer), j'aurai du mal à poursuivre mon monologue sans lumière. Ouf me diras-tu…

Je ne sais pas si tu auras envie de me répondre. Dans le doute, je te communiquerai une adresse où m'écrire dès que je poserai mes valises.

Je t'embrasse très tendrement.

Ta petite Isa qui t'aime. »

J'ai plié ces quelques pages, je les ai glissées dans une enveloppe sur laquelle j'ai indiqué l'adresse qui avait été la mienne l'espace de quelques mois, puis je suis rentrée et me suis immédiatement tapie sous mes draps. Et avant de m'endormir, j'ai pour la dernière fois pensé à ce que Thomas avait vécu, à cause de moi.

Thomas avait terriblement souffert de notre séparation, mais Margot avait été étonnée par le discours qu'il avait tenu les premières semaines. Chaque fois qu'elle l'appelait, il lui confiait que je lui manquais et qu'il avait du mal à envisager la vie sans moi, mais il lui disait surtout qu'il comprenait ma décision et que la seule chose qui comptait réellement était que je sois heureuse. Margot avait beau lui dire que son bonheur à lui aussi était précieux, il ne s'en souciait pas. Parce qu'il devait penser que nos bonheurs réciproques n'étaient pas compatibles. S'il avait su que le mien dépendait pourtant du sien, aurait-il interprété mon absence et mes silences autrement ?

Quoi qu'il en soit, tout avait basculé le lendemain de la fête de Noël, la première que nous avions passée l'un sans l'autre. Ce soir-là, j'avais appelé Margot pour leur souhaiter un joyeux Noël à elle et à Claire. Je n'avais pas imaginé que Thomas passerait la soirée avec elles, et je n'avais pas souhaité lui parler en l'apprenant. Parce que je ne savais pas quoi lui dire, et que je pensais que ce serait mieux ainsi pour nous deux. J'avais eu tort, mais je l'ignorais. Margot l'avait embrassé de ma part, mais il avait semblé terriblement attristé que je n'aie pas pris deux minutes pour lui. Avait-il soudainement réalisé que j'étais définitivement sortie de sa vie ou avait-il simplement été blessé par mon absence d'attention à son égard, je ne saurais le dire. Mais lorsque Margot s'était rendue chez lui le lendemain, il avait disparu. Elle ne s'était pas inquiétée immédiatement, mais ne le voyant pas revenir au bout d'une semaine, elle avait commencé à alerter ses parents et la police. Personne n'avait de nouvelles de lui. Il avait beau être adulte, sa disparition était inquiétante. Elle l'était d'autant plus qu'on n'avait aucune idée de l'endroit où le chercher.

Jusqu'au jour où les parents de Thomas avaient reçu un appel de l'Ambassade de Belgique en Indonésie afin qu'ils viennent de toute urgence au chevet de leur fils, hospitalisé dans un état critique.

Après mon coup de téléphone ce fameux 24 décembre 2004, Thomas avait quitté Claire et Margot blessé par mon attitude, et toute la tristesse qu'il avait refoulée les dernières semaines en raison de notre séparation, de la mort de Carolina et de ce qu'il avait appris de ma liaison avec Auguste, avait ressurgi d'un coup. Et il avait soudainement décidé de partir.

Mais pour aller où ? La seule idée qui lui était venue avait été de retrouver notre ami Tarik en Indonésie, persuadé que, comme toujours, une bonne dose d'exotisme et de simplicité l'aiderait à relativiser. Il n'avait pas imaginé qu'en arrivant chez Tarik, il ne trouverait personne et que la solitude qu'il ressentirait alors ne ferait qu'installer la dépression qui le guettait. Désemparé, il avait décidé d'attendre son ami, assis sur le pas de la porte. Les jours avaient passé et il était resté là, sans boire ni manger. Les gens du village avaient commencé à s'inquiéter et étaient venus le voir, lui expliquant que Tarik avait quitté le village pour la ville. Mais Thomas refusait de les écouter. Si Tarik était réellement parti, il l'aurait prévenu, il lui aurait écrit. Il allait l'attendre là, car de toute façon, il ne savait pas où le chercher. Au bout de dix jours, Thomas s'était endormi et ne s'était plus réveillé. Il n'en avait plus la force. Les villageois l'avaient transporté jusqu'au dispensaire le plus proche et ils l'avaient remis sur pied. Reposé et rassasié, il avait accepté d'entendre que Tarik ait pu quitter le village. Mais il ne comprenait toujours pas pourquoi Tarik ne l'avait pas prévenu et il avait commencé à s'inquiéter qu'il lui soit arrivé un malheur.

Thomas avait alors décidé de se présenter à l'école des filles pour tenter d'obtenir des informations, mais elles semblaient également être parties quelques semaines plus tôt, sans qu'on lui donne d'autres détails sur les raisons de leur départ. Thomas était maintenant persuadé qu'il leur était arrivé quelque chose et il ne savait plus quoi faire. Il était tout simplement trop désemparé pour se rappeler qu'il n'avait plus ouvert sa boite-aux-lettres depuis plusieurs semaines, fatigué de ne jamais y trouver le moindre courrier de ma part…

Mais alors que Thomas était venu en Indonésie pour ne pas chavirer, c'était tout le contraire qui s'était produit. Cette situation déstabilisante n'avait fait que renforcer son état dépressif. Il se sentait désormais seul et désemparé, et il avait l'impression que son monde s'écroulait. Il n'avait plus aucun repère, plus le moindre objectif concret, tout simplement plus l'envie de se battre. Quelques jours plus tard, il se retrouvait à nouveau à l'hôpital, mais cette fois, entre la vie et la mort.

Dès l'appel de l'Ambassade, ses parents s'étaient rués à son chevet et au bout de plusieurs jours, il avait fini par ouvrir les yeux. Ses parents l'avaient alors ramené en Belgique et ils avaient tout fait pour tenter de le remettre sur pied. Mais quelque chose s'était brisé en lui. Thomas s'était enfermé dans une bulle que personne ne parvenait plus à percer. Ni ses parents, ni ses amis. Il s'était isolé du monde qu'il semblait décidé à vouloir quitter. Ses parents avaient donc fini à contrecœur par le faire interner à la Ramée en section psychiatrique.

Il y avait passé plusieurs mois, et ce fut une épreuve difficile pour tous, surtout pour ses proches qui s'étaient vus interdire tout contact avec lui. Les nouvelles circulaient que le traitement semblait fonctionner, mais chacun gardait en mémoire les derniers échanges terribles qu'il avait eus avec Thomas et personne ne pouvait imaginer le voir ressortir prochainement. Pourtant, il avait fini par retrouver les siens, tout beau et presque tout neuf. Thomas avait repris son travail activement, avait renoué avec ses amis et avait laissé ses parents retrouver leur bateau tant aimé.

La vie reprenait des couleurs, jour après jour un peu plus vivaces, jusqu'au jour où il fit la rencontre d'Hélène. C'était une rencontre toute simple. Une nouvelle collaboratrice dans son cabinet, trente ans, brillante, incroyablement charmante et, célibataire. Le coup de foudre n'avait pas été immédiat, mais les sentiments étaient vite nés entre ces deux délaissés de l'amour. Il l'avait emmenée diner au restaurant un soir qu'ils avaient terminé de bosser tard. Elle l'avait invité à prendre un café chez elle. Ils s'étaient embrassés. Ils s'étaient revus timidement, persuadés que l'amour ne pouvait pas être si simple et qu'un malheur allait s'abattre sur eux. Mais leur bonheur n'avait fait que grandir et, quelques mois plus tard à peine, Thomas demandait sa belle Hélène en mariage.

Thomas avait heureusement trouvé le bonheur, et c'était l'essentiel. De mon côté, j'espérais juste qu'il pourrait me pardonner mon égoïsme, lui qui avait toujours été là pour moi…

Philippe et moi sommes restés quelques semaines à Salvador de Bahia puis nous avons poursuivi notre route vers le Nord, inlassablement poussés par le destin. Une fois de plus, il nous a souri. Début octobre, un accident de la route nous a contraints à nous arrêter dans un village improbable, perdu au bout d'un long chemin de terre, entre rivière et océan.

Ce soir-là, nous avions embarqué à bord d'une voiture qui nous emmenait légèrement au sud de Recife, mais suite à un important carambolage, l'unique route praticable était bloquée pour de nombreuses heures. Notre chauffeur avait décidé de faire demi-tour et de rentrer dormir chez son beau-frère à Salvador de Bahia, mais de notre côté, nous ne voulions pas revenir un arrière. Nous nous étions promis de ne jamais retourner d'où nous venions. Nous lui avons donc demandé de nous déposer sur le bord de la route, sur ce fameux chemin de terre qui devait forcément mener quelque part.

Munis de notre sac-à-dos, nous avons commencé à marcher à travers la nuit noire. Nous avons marché pendant plus d'une heure jusqu'à apercevoir, enfin, ce qui ressemblait à une épicerie. Il n'y avait évidemment personne à cette heure tardive de la nuit, et nous n'apercevions aucun logement alentours. Epuisés et ne sachant où aller, nous avons fini par nous endormir sur les marches du perron.

Ce n'est que le lendemain que nous avons découvert la magie de cet endroit, de ce village qui s'était presque tout seul coupé du monde. Réveillés à l'aube par un homme charmant à l'accent abominable, nous l'avons suivi à travers un petit bois jusqu'à arriver au bord d'une large rivière. Sur notre droite se trouvait un radeau de fortune fait de quelques rondins de bois ; sur notre gauche, de larges pierres à moitié inondées par les flots et reliées entre elles par des troncs d'arbre qui semblaient servir de pont. Notre hôte nous a fait signe de le suivre à travers les roches et les ponts. J'ai manqué à deux reprises de tomber dans les flots tumultueux, mais j'ai fini par atteindre l'autre rive saine et sauve. Et là, le paradis s'est dessiné devant mes yeux.

Alors que mes pieds frôlaient encore les eaux de la rivière, j'apercevais devant moi, à une centaine de mètres tout au plus, l'océan, sauvage, qui balayait une immense plage de sable blanc et, entre les deux eaux, une fine étendue de terre parsemée de quelques huttes de bois. Un terrain de football de fortune était installé sur la plage et des dizaines d'enfants étaient en train d'y partager un match animé, le sourire aux lèvres, tandis que leurs mères semblaient tisser des paniers et que les hommes pêchaient.

Philippe et moi sommes immédiatement tombés sous le charme de cet endroit presque divin, où l'étrange harmonie et cette inégalable quiétude semblaient ne jamais pouvoir se briser, et nous avons décidé de nous y installer pour quelque temps.

14

Comme promis, j'avais écrit à Thomas dès l'instant où nous avions décidé de nous installer à Imbassaï pour lui indiquer mon adresse. En réalité, je n'avais pas osé lui donner mon adresse exacte de peur que le courrier ne me parvienne jamais, préférant le faire envoyer dans le village d'Ouari qui se trouvait être le village le plus proche où Philippe et moi nous rendions régulièrement pour mener notre projet à bien.

A peine avions-nous posé nos modestes affaires chez Maria – une jeune veuve dont les enfants étaient récemment partis pour la ville chercher du travail –, qu'une chose nous avait interloqués. La majorité des enfants n'avait aucune instruction ; les autres devaient effectuer jusqu'à trois heures de trajet par jour pour rejoindre l'école la plus proche. Certes, les enfants apprenaient le métier de leurs parents qui n'envisageaient qu'une chose pour eux, qu'ils prennent leur relève. Mais les réalités de l'époque étaient toutes autres et les jeunes n'aspiraient qu'à une chose, quitter le village et partir s'installer en ville pour y trouver du travail. Or, comment auraient-ils pu sérieusement y arriver sans instruction ? Le cas des enfants de Maria en était la meilleure preuve. Ils étaient partis depuis plus de six mois et ils n'avaient trouvé qu'un poste de plongeur dans un restaurant minable qui les exploitait et profitait de leur naïveté. Maria en était malade, mais que pouvait-elle faire ? Ils étaient majeurs et elle était persuadée que leur fierté les empêcherait de revenir au village. Ils étaient donc voués à vivre misérablement aux crochets de la société, alors qu'ils auraient pu bénéficier du soutien et de la reconnaissance des membres de leur communauté.

Au fil de nos discussions avec Maria, une idée s'était mise à germer dans nos esprits. Et si nous mettions sur pied une école, dans le village ? Les enfants s'y rendraient le matin et ils auraient encore tout l'après-midi pour apprendre le métier de leurs parents – qui n'auraient jamais renoncé à cette instruction qu'ils jugeaient indispensable. Nous avions commencé à en discuter autour de nous, d'abord timidement puis avec davantage de conviction. Deux mois plus tard, nous semblions avoir convaincu la majorité du village et c'est alors que Philippe et moi avions conclu un pacte : nous allions rester dans ce petit coin de paradis jusqu'à ce que l'école puisse fonctionner sans nous, et seulement alors, nous rentrerions chez nous.

Avant de pouvoir déclarer notre école officiellement ouverte, Philippe et moi avions énormément de démarches à effectuer, notamment celle de récolter du matériel scolaire en quantité. Et cela signifiait un nombre d'allers-retours incalculable avec le village d'Ouari. Ce fut la partie la plus pénible de notre entreprise car le trajet était long et compliqué. Il nous fallait d'abord marcher près d'une heure jusqu'à la route la plus proche et, de là, soit attendre le bus dont les horaires étaient tout à fait aléatoires, soit faire du stop. Nous avions ensuite quarante minutes jusqu'au village, puis il nous fallait effectuer le trajet de retour, chargés de notre fardeau qui vacillait entre de simples crayons de papier et des feuilles blanches, à des bancs d'école, ou même un tableau. Nous ne pouvions pas compter sur les habitants d'Imbassaï pour nous aider, mais heureusement, au bout de quelques semaines, nous avions tissé suffisamment de liens avec nos correspondants à Ouari qu'il leur arrivait de plus en plus fréquemment de nous raccompagner en camionnette jusqu'à la rivière. De là, il ne nous restait plus beaucoup d'efforts à fournir, juste à être attentifs à ne pas perdre notre bagage dans les flots. Ces quelques aides avaient sérieusement allégé notre labeur et la possibilité d'ouvrir les portes de l'école dans un avenir proche commençait à se dessiner.

C'est au bout de trois mois que nous avons enfin pu accueillir les enfants pour la première fois dans l'école. Elle était magnifique et les enfants ravis. Il nous restait cependant encore un objectif primordial à remplir – trouver un véritable professeur qui accepte de se rendre tous les jours au village –, mais dans l'attente, nous avions décidé d'assumer ce rôle nous-mêmes. Les cours que nous avions donnés à l'Alliance française à Buenos Aires nous avaient permis d'acquérir quelques techniques d'enseignement, et le bénévolat exercé à l'orphelinat une idée suffisamment précise de ce qu'il convenait de voir à chaque âge. Le reste s'est mis tout seul.

Au bout de quelques mois, les enfants savaient compter et semblaient avoir acquis la base des mathématiques, ils adoraient les sciences, ils commençaient à écrire, mais quant à la lecture, elle restait encore à travailler. Philippe et moi nous étions contentés de ce programme restreint pour notre première demi-année pour la simple et bonne raison que nous voulions garder une large place pour le jeu, les chants, les danses, le bricolage et le sport. Notre but premier était bien de leur donner l'envie d'apprendre davantage que de leur charger le cerveau de notions qui leur paraissaient alors sans intérêt.

En réalité, nous avions sous-estimé leur soif d'apprendre, mais nous n'allions le découvrir que quelques mois plus tard.

J'avais donc communiqué mon adresse à Thomas dès le mois d'octobre et à ma grande surprise, sa réponse m'était parvenue une dizaine de jours plus tard seulement. En découvrant l'enveloppe à mon nom, je n'avais eu qu'une envie, la déchirer sur le champ. Mais de la même manière que j'avais cherché l'endroit adéquat pour écrire ma propre lettre, j'avais pris le temps nécessaire pour trouver l'endroit idéal pour lire la sienne.

Dès mon retour à Imbassaï, j'avais cherché à m'isoler, marchant quelques minutes sur la plage déserte en m'éloignant du village, jusqu'à apercevoir un petit rocher au bord de l'eau qui ne semblait attendre que ma présence. La marée étant alors descendante, je m'y était installée et, délicatement, j'avais ouvert l'enveloppe blanche qui portait une écriture que je connaissais par cœur.

« Mon adorable petite Isa,

Tu ne peux pas imaginer la joie que j'ai ressentie en découvrant il y a quelques jours, une lettre en provenance du Brésil qui, à l'écriture sur l'enveloppe, semblait manifestement venir de toi. Je l'ai prise dans mes mains, je l'ai regardée sous tous les angles et je me suis dépêché de l'ouvrir avant d'avoir le temps de m'inquiéter de ce qu'elle aurait pu contenir. Je l'ai lue entièrement et je suis passé des rires aux larmes, ou plus probablement des larmes aux rires, je ne sais plus. Quoiqu'il en soit, sache, ma petite Isa, que tu ne m'as pas perdu !

L'essentiel étant dit, je peux maintenant prendre le temps de te répondre calmement. Tu ne m'as pas encore communiqué ton adresse – et je ne sais si elle me parviendra un jour –, mais de la même manière que m'avoir écrit semble t'avoir fait du bien, je ressens à présent un immense besoin de poser sur papier mes propres mots sur les dernières années qui se sont écoulées loin de toi.

Je commence donc par le début car, tu me reconnaîtras bien là, comment argumenter avant d'avoir d'abord exposé les faits. En l'espèce, ils ne sont pas bien compliqués : tu es partie et j'étais dévasté.

J'étais dévasté par ton départ, par la mort de notre bébé, et par tout ce que tu m'avais confié sur ta liaison avec Auguste. Tout se mélangeait dans ma tête et je ne savais plus ce qui prenait le plus d'importance. Mais il y avait une chose qui me permettait de me lever le matin et de continuer à vivre comme si de rien n'était : j'étais convaincu que la décision que tu avais prise était bonne pour toi et que prendre un peu recul te ferait le plus grand bien. Ton bonheur et ton bien-être me paraissaient être l'essentiel et je me disais que tu me reviendrais bientôt, sereine, et que nous pourrions alors reprendre les choses depuis le début. J'étais à l'évidence bien loin d'imaginer que tu partirais si longtemps et que tu ne me reviendrais jamais. Heureusement d'ailleurs…

J'ai donc supporté les premiers mois qui ont suivi ton départ. Margot me contactait souvent pour prendre de mes nouvelles et Natacha passait à la maison dès qu'elle en avait l'occasion. De mon côté, je rendais souvent visite à Claire avec qui je continuais mes cours de cuisine. Quant à Maud et Thibault, nous avions pris l'habitude de passer nos dimanches ensemble. Thibault était ravi de ne pas avoir à passer ce temps-là dans sa belle-famille et moi, j'en oubliais quelque peu nos petites escapades du dimanche qui me manquaient tant. La vie suivait donc son cours.

Jusqu'à ce fameux soir de Noël 2004 où, Margot te l'aura probablement expliqué, tu as brisé tous mes espoirs. Et comme on dit si bien que l'espoir fait vivre, sans eux, je me suis tout simplement arrêté de vivre. Je me souviens encore de cet appel à cette heure tardive ; du visage radieux de Margot, persuadée que c'était toi ; de mon impatience à pouvoir, enfin, t'entendre à mon tour ; aux discrets « tu es sûre ?, hum, hum, je comprends, d'accord » de Margot ; de son retour au salon, le téléphone à la main, et à sa mine qui voulait dire « Je suis désolée, elle n'a pas voulu te parler ». Je me souviens de tout, de chaque détail. Puis je ne me souviens plus de rien, ou vaguement… D'un avion, de la maison de Tarik, d'un plafond blanc dans un dispensaire, de rues remplies de monde, puis soudain, de mes parents, d'un autre avion, et d'une chambre dans laquelle je suis resté cloîtré quelques mois.

Je te passe les détails de mon séjour en hôpital psychiatrique car, outre que ce ne soit pas très intéressant, d'après ce que j'ai compris, Margot t'en a déjà parlé. La seule personne dont je voudrais te parler est mon médecin qui m'a accompagné pendant ces quelques mois et que je vois encore occasionnellement aujourd'hui. Il s'appelle Thierry et c'est un homme formidable qui, d'une certaine manière, m'a sauvé la vie. Il m'a permis de mettre des mots sur ce qui me faisait souffrir et m'a aidé à prendre de la distance avec tout cela. Comme tu l'imagines, j'ai énormément parlé de toi. Il doit, à quelques détails près, tout connaître de ta personne, de tes grandes qualités à tes petits défauts. Il n'a rien changé ni de mon estime, ni de mon amour pour toi, bien au contraire, mais, pardonne-le, il t'a fait descendre d'un piédestal beaucoup trop haut sur lequel je te plaçais. En réalité, il t'a juste rendue plus humaine, ce que tu es finalement. Ça, c'était la première étape de ma « reconstruction ».

Est ensuite venu le temps de Carolina. Etant beaucoup plus cartésien que toi, tu imagines facilement que je n'ai pas trouvé l'apaisement de la même manière que tu l'as fait, mais comme toi, il m'a d'abord fallu accepter l'évidence. Elle était morte et ce n'était la faute de personne. Ni la tienne, ni la mienne. Il y a des choses que l'on ne peut pas contrôler et sur lesquelles on ne peut malheureusement pas revenir. Il faut juste accepter de vivre avec la douleur qu'elles provoquent. Mais j'ai surtout dû admettre qu'une partie de ma peine était très égoïste car en perdant Carolina, j'avais perdu ce petit être qui me reliait inconditionnellement à toi, ce trait d'union entre toi et moi. C'était donc à nouveau admettre que ton départ était définitif.

Après avoir passé ces deux premières étapes, Thierry m'a autorisé à quitter l'hôpital et j'ai repris ma vie telle que je l'avais laissée : le boulot, les amis, le sport. Maud a accouché et, comme tu le sais certainement, elle et Thibault m'ont demandé d'être le parrain de leur fille, ce que j'ai accepté avec joie. Mais en voyant tout l'amour que Célestine recevait de ses parents et de ses proches, j'ai compris que mes parents n'avaient jamais été présents dans ma vie. C'est alors qu'a débuté la troisième partie de mon « analyse », la plus compliquée et la plus longue en réalité (je n'en ai toujours pas terminé aujourd'hui, même s'il est vrai que je vois Thierry beaucoup moins régulièrement qu'avant).

Tu devais être partie depuis un an et demi environ lorsque je me suis dit qu'il était grand temps que je passe à la quatrième phase de ma « reconstruction », laquelle signifiait non pas ne plus t'aimer, mais simplement que j'envisage ma vie amoureuse avec une autre personne que toi. Et là-dessus, je te rejoins, la vie est étrangement bien faite, car c'est alors qu'Hélène est arrivée au cabinet. Je n'ai évidemment pas imaginé une seconde en la voyant que ce serait elle qui allait me sortir définitivement de mon gouffre, mais l'amour s'est subtilement immiscé entre nous et, sans que je m'en aperçoive, mes pieds touchaient à nouveau un sol plat et bien solide sur lequel je ne risquais plus de tomber. J'y étais, j'avais remonté la pente comme on dit, et la raison de cet exploit, c'était Hélène. Désormais convaincu que c'était bel et bien la personne que j'attendais pour me soutenir jusqu'à la fin de mes jours, je n'ai pas tardé à lui demander sa main.

Comme on te l'a décrite, elle est presque parfaite. Elle a tout pour elle : elle est belle, charmante, intelligente, attentionnée, drôle, sportive et cultivée. Elle a conquis le cœur de chacun de nos amis et je suis persuadé que tu la porteras dans le tien le jour où tu la rencontreras. Quant à mon cœur, elle occupe désormais une des places les plus importantes. Mais, ma petite Isa, détrompe-toi, elle n'a pas pris la tienne.

Je te le disais plus haut et je te le répète : tu ne m'as pas perdu. Je n'ai jamais considéré que tu avais été la cause de ce par quoi je suis passé ; je n'ai jamais considéré que tu m'avais abandonné ; et quand même bien je l'aurais pensé, je t'aurais pardonné sur le champ. Car j'ai eu le temps de réfléchir longuement à notre relation, et il y a une chose que j'ai comprise : tu ne m'as jamais aimé comme je t'ai aimée. Je n'ai jamais été pour toi l'homme de ta vie. J'étais celui qui te protégeait, celui qui t'écoutait, celui qui te rassurait. Comme un grand-frère en définitive. Et tel un véritable grand-frère, je serais capable de tout pardonner à ma petite sœur. Alors Isa, sache que quoi que tu dises, quoi que tu fasses, je t'aimerai toute ma vie car tu es de ma famille. Et jamais, jamais, tu ne me perdras !

Je regrette que tu n'aies pas pris la décision de rentrer avec Margot en novembre dernier car ta présence n'aurait pas gâché mon bonheur, bien au contraire. Mais je suis persuadé que si tu es encore là-bas, c'est qu'il y a une raison. Alors, prends bien soin de toi et sois heureuse. Je sais d'avance que tu trouveras le bonheur, loin ou près de nous.

Je t'aime.

Thomas.

PS : je reçois enfin ton adresse avec joie et m'empresse de t'envoyer ce courrier écrit il y a déjà quelques mois. Je suis ravi de savoir que tu as posé tes bagages dans ce petit coin de paradis et je ne peux que vous féliciter toi et Philippe pour le magnifique projet que vous vous apprêtez à mettre sur pied. Je ne peux qu'égoïstement espérer qu'il trouvera rapidement une relative autonomie afin que tu nous reviennes, enfin ! »

J'avais refermé ce courrier en le gardant serré bien longtemps contre mon cœur. La mer s'était retirée, mais mes larmes l'avaient remplacée. Ce n'étaient cependant que des larmes de bonheur, du bonheur d'avoir soudainement retrouvé celui que je pensais avoir perdu.

Nichés dans ce beau petit coin de paradis, le bonheur semblait s'installer tant dans mon cœur que dans celui de Philippe. Contre toute attente, Philippe et Maria s'étaient doucement et timidement rapprochés l'un de l'autre, au point qu'au bout de quelques mois, j'ai estimé qu'il était temps que je me trouve un nouveau foyer afin de les laisser créer le leur. Philippe semblait rayonner de bonheur et c'était la première fois depuis que je le connaissais qu'une femme en était la raison. Il avait manifestement trouvé en Maria celle qui l'inhiberait de toutes ses craintes. De son côté, elle semblait reprendre vie dans les bras de Philippe, elle qui s'était retrouvée seule du jour au lendemain, son mari mort et ses deux fils partis pour la ville. Ils étaient beaux à voir et bien qu'ils aient tenté pendant quelques semaines de cacher à tous leur relation, tout le village avait bien compris ce qui naissait entre ces deux êtres parfaitement délicieux.

Je me suis donc installée chez Fiona, ma meilleure amie dans le village. Fiona était un peu plus jeune que moi et elle s'était mariée juste avant notre arrivée à Imbassaï, avec Pipe, un des hommes les plus respectés du village. C'était un mariage arrangé et programmé depuis leur naissance, mais bien que Fiona s'était sentie très seule pendant de nombreux mois, ne ressentant de la part de Pipe que l'unique pression de lui faire un enfant au plus vite, elle avait fini par comprendre qu'à défaut d'être chaleureux, Pipe avait au moins l'inestimable qualité d'être juste et protecteur. Et dès lors qu'elle était tombée enceinte, elle avait réalisé qu'elle n'aurait jamais à se soucier du bien-être de son enfant, ni du sien d'ailleurs.

Fiona devait accoucher deux mois plus tard environ, mais étant donné les nombreuses tâches que les femmes effectuaient sur une journée, elles mettaient souvent leur enfant au monde à l'avance. Je n'avais donc pas voulu m'installer chez elle car je ne voyais pas comment nous tiendrions tous dans sa maison une fois le bébé venu. Fiona avait cependant longuement insisté, m'avouant que ma présence la rassurait, et je n'avais pas pu résister à cet argument.

Tania est arrivée très rapidement après moi, et tout naturellement, j'ai aidé Fiona à s'occuper de sa fille. Elle la gardait le matin lorsque j'étais à l'école, puis je venais prendre la relève pour qu'elle puisse aller travailler tranquillement. Tania était un bébé très facile qui dormait quasiment toute la journée, tendrement blottie dans une écharpe. J'adorais la sentir contre moi et son air angélique m'apaisait. Mais au fur et à mesure que les mois passaient, j'ai commencé à ressentir une terrible envie de fonder ma propre famille, d'avoir mes propres enfants. De rentrer chez moi… Cependant, Philippe et moi avions conclu un pacte : nous ne rentrerions chez nous qu'une fois que l'école tournerait sans nous. Et nous étions encore loin du compte…

Notre principal problème était de trouver un professeur qui accepte de nous remplacer définitivement, et à plein temps. C'était la mission de Philippe et il s'y attelait avec soin, rendant régulièrement visite à Adriana, notre correspondante à Ouari, pour tenter de la convaincre d'intégrer l'école dès le mois de septembre. Elle résistait, mais Philippe pressentait qu'elle allait finir par capituler. Moi je croyais en ses excellents plaidoyers et j'étais persuadée qu'il parviendrait à ses fins.

De mon côté, j'avais un sérieux travail à effectuer auprès des parents, car il fallait leur faire prendre conscience que ce projet d'école n'avait pas pour seule vocation d'occuper les enfants le matin ; et que si on leur apprenait à lire, écrire, calculer, réfléchir, émettre des hypothèses, les vérifier, et développer leurs connaissances sur le monde, il fallait que ça leur serve par la suite. Il y avait en effet une réalité qu'ils ne pouvaient nier : les jeunes d'aujourd'hui aspiraient à partir à la ville pour devenir riches et puissants. Notre mission était donc de les aider à y parvenir, à les munir d'un bagage suffisant pour se confronter aux difficultés de la vie. Celle des parents était d'accepter qu'un jour ou l'autre, leurs enfants puissent décider ne pas suivre leurs pas et de s'envoler de leurs propres ailes. Ce n'était pas une tâche facile, mais petit à petit, les parents semblaient comprendre les enjeux réels de l'école. Il leur arrivait d'avoir un moment de repli pendant un temps plus ou moins long, mais voyant que la majorité des enfants du village poursuivait malgré tout l'enseignement, ils finissaient par remettre les leurs à l'école.

Le mois de septembre est rapidement arrivé et, avec lui, de nouvelles promesses, de nouveaux enjeux. Adriana avait fini par accepter le projet que nous lui proposions car elle avait compris que l'instruction des enfants d'Imbassaï reposait presqu'exclusivement sur ses propres épaules. Elle avait établi un programme légèrement plus chargé que celui de l'année précédente, et bien que Philippe et moi ayons immédiatement adhéré à ses propositions, nous craignions que les enfants ne voient pas d'un très bon œil un surplus de travail et des heures de jeux en moins. Nous

nous étions trompés, les enfants avaient pris un réel plaisir à apprendre et chacun d'entre eux s'étaient investis dans cette nouvelle année avec d'autant plus d'entrain que la précédente.

Adriana comptait parmi ses élèves une étudiante bien particulière. Il s'agissait de Fiona. J'avais réussi à persuader Pipe de la faire rejoindre les bancs d'école dans le but de pouvoir seconder Adriana d'ici quelques années. Fiona était enchantée et elle avait rapidement réclamé des heures supplémentaires à Adriana, pressée de pouvoir, à son tour, enseigner.

De mon côté, je m'étais engagée à m'occuper de Tania pendant que sa mère était à l'école et je profitais pleinement des moments de tendresse que cette petite m'offrait. Elle avait à présent six mois et elle commençait à se déplacer, à rire de mes singeries, à venir se blottir dans mes bras lorsque la fatigue la gagnait, à me faire comprendre ce qu'elle souhaitait et, surtout, ce qu'elle ne voulait pas. Je lui confiais mes projets, mes attentes, mes peurs, mes envies et elle m'écoutait calmement, souriait parfois ou se mettait tout simplement à rire. J'y trouvais parfois un sens. D'autres fois, je me disais qu'elle en avait tout simplement marre de m'écouter et je me mettais à la chatouiller tant et si fort qu'elle en arrivait à pleurer de rire.

L'année avançait à grand pas : Noël, Pâques et, bientôt, certains de nos aînés allaient prendre la décision de nous quitter pour partir travailler en ville. Bien que nous tentions régulièrement de leur faire prendre conscience de la difficulté d'y trouver un emploi sans diplôme et de l'absolue nécessité d'être bien préparé pour s'y aventurer sereinement, nous sentions que nos paroles ne restaient que des mots, de simples mots. Or, il fallait à tout prix qu'ils comprennent, ce sans quoi ce que nous tentions de mettre en place n'aurait aucun sens.

Alors que l'année scolaire touchait à sa fin, Philippe a eu l'idée d'emmener les trois aînés jusqu'à la ville la plus proche pour qu'ils réalisent ce qui les y attendait. Au bout de trois longues heures de bus, ils sont arrivés en ville. Nos trois adolescents n'en revenaient pas, eux qui n'avaient jamais dépassé le village d'Ouari. Ils n'avaient jamais vu autant de monde, de voitures, de commerces, de lumière, de beaux vêtements, de bars, de restaurants. Tout leur semblait beau, attirant, enivrant. Mais petit à petit, ils ont découvert un autre aspect de la ville : des gens qui dormaient dans la rue, du personnel sur lequel on parlait comme on n'aurait même pas oser parler à un chien, les voleurs, les arnaqueurs, les mendiants. Non, la ville n'était pas telle qu'ils en parlaient, telle qu'ils en rêvaient. Il n'y avait pas de travail pour tous et tout le monde n'y vivait pas dans l'opulence.

Après ces quelques désillusions, Philippe les a invités au restaurant et il a tenté de leur expliquer l'importance de suivre des études avant de se mettre à la recherche d'un emploi car, dès lors que l'on brandissait un diplôme, des dizaines d'opportunités pouvaient s'offrir à vous. Mais pour disposer d'un diplôme, il fallait être patient et investir du temps, de l'énergie, et de l'argent.

A peine rentré de son escapade, Philippe m'a fait prendre conscience que nous avions oublié quelque chose d'essentiel dans notre projet. C'était bien beau de convaincre les jeunes du village de vouloir poursuivre des études, mais pour cela, il fallait de l'argent. Or, payer la cotisation annuelle de l'université, le matériel et un logement en ville n'était à la portée d'aucun foyer d'Imbassaï… Philippe et moi avions convenu de financer le projet de l'école avec nos propres économies car, outre que cela ne représentait pas grand-chose en monnaie locale, ç'avait été une aide ponctuelle et, à l'exception du salaire d'Adriana et du rachat occasionnel de matériel peu coûteux, l'école pouvait désormais fonctionner sans apport d'argent supplémentaire. Or, pour ce qui était de l'université, le financement devait à l'évidence provenir des membres du village, car pour les aider véritablement, il fallait qu'ils soient autonomes.

Philippe et moi avons longuement réfléchi à un système efficace, mais la solution n'était pas simple. A court d'idées, nous avons finalement décidé de réunir le village et après de longues heures de discussion, nous avons réussi à dégager un consensus. Chaque foyer verserait mensuellement une certaine somme pour alimenter un fonds commun qui servirait à financer les études des enfants du village. L'idée était que chaque enfant qui s'inscrirait à l'université ou qui suivrait une formation professionnelle emprunterait au fonds et s'engagerait à rembourser le double de ce qu'il aurait emprunté dès lors qu'il aurait trouvé du travail. Cela permettrait à chacun de récupérer son investissement et au fonds de continuer à s'alimenter pour assurer l'instruction des plus jeunes. Les premières années risqueraient d'être difficiles, le temps que les premiers puissent commencer à rembourser leur emprunt, mais sur le long terme, ce projet avait vocation à fonctionner. Pour l'heure, aucun enfant n'étant réellement prêt pour commencer l'université, ils avaient facilement deux ou trois ans devant eux pour constituer une base plus ou moins confortable. Quant à Philippe et moi, nous avons décidé de rester en retrait de cette initiative, mais nous nous sommes fait la promesse de les aider si besoin.

La deuxième année d'école venait de s'écouler et Philippe et moi sentions que le village avait désormais fait sien le projet que nous avions mis sur pied. Tout le monde s'y investissait autant qu'il le pouvait ; Adriana était plus que jamais présente ; et Fiona projetait de pouvoir apporter son aide, non pas pour l'année à venir, mais pour la suivante. Toutes ces bonnes nouvelles commençaient à nous faire prendre conscience que l'heure de notre retour n'allait peut-être plus tarder à arriver.

– Je ne sais pas ce que je vais faire, Isa… Pour la première fois depuis bien longtemps, je ne sais pas quel chemin je dois suivre.

– Laisse-toi le temps d'y réfléchir, la solution va bien finir par arriver d'elle-même.

– Toi et tes croyances inébranlables sur la fatalité… m'a-t-il fait remarquer en riant, comme d'habitude. Ça fait des semaines que je retourne le problème dans tous les sens et je ne vois pas de solution idéale. Je ne peux pas lui proposer de m'accompagner en Belgique, elle n'y trouverait jamais son bonheur. De mon côté, je ne peux envisager de rester indéfiniment dans ce petit coin de paradis. Mes économies finiront par s'épuiser et il faudrait alors que je trouve un travail en ville. Hors si je suis en ville, je ne verrai plus Maria que les week-ends, à moins qu'elle ne vienne s'installer avec moi ; mais alors quel intérêt ? Nous quitterions nos amis, la nature et l'air de la mer pour nous retrouver dans un appartement déprimant ; Maria n'aurait probablement aucune chance de trouver du travail ; et moi, je ne gagnerais jamais aussi bien ma vie qu'à Bruxelles… La dernière solution : la quitter. Mais ça je ne peux m'y résoudre. Ce n'est d'ailleurs pas une solution… Je suis perdu, Isa, réellement perdu.

– Il y a déjà une bonne chose, la quitter n'est pas une solution. Ça en fait une de moins. Tu as déjà discuté avec Maria de l'éventualité de partir ensemble en Belgique ?

– Non. Je n'ose pas, j'ai peur de lui donner de faux espoirs.

– Comment peux-tu savoir qu'elle n'a pas envie de te suivre si tu ne lui demandes pas ?

– Allez, Isa, sois réaliste. Comment veux-tu qu'une femme qui a toujours vécu avec un tel mode de vie, dans un village reculé du monde, puisse trouver sa place dans une capitale européenne ?

– Tu serais étonné…

– Isa, sérieusement.

– D'accord, je suis bien consciente que ce n'est pas le schéma le plus simple, mais pourquoi pas ?

– J'ai envie d'y croire mais je me rends bien compte que notre relation existe là où elle se trouve et telle qu'elle est. Pas autrement. Je n'ai en réalité que deux solutions. Soit je reste ici avec elle, soit je rentre sans elle.

– Ce qui n'était pas une solution il y a moins de cinq minutes…

– Je sais !

– Ecoute, de toute manière, nous ne partons pas dans l'immédiat. Nous sommes début juillet et nous allons attendre la rentrée pour nous assurer que tout se passe bien, avant de faire nos bagages. Cela te laisse encore trois ou quatre mois pour réfléchir. Et à mon avis, tu ferais bien de discuter de tout cela avec Maria.

– Tu sais ce qui me ferait du bien ? Prendre un peu de recul. Partir, avec toi, sur la route, comme nous avons toujours fait dans nos moments de doute. Au retour, j'aurais pris ma décision.

– On avait dit que c'était la dernière fois…

– Pas longtemps, promis !

– Et qu'on se promettait de ne plus revenir…

– Il n'y a que les imbéciles qui ne changent pas d'avis…

– Tu auras un mot pour tout ?

– Pour tout !

– Très bien. Dans ce cas, je te suis.

Et c'est ainsi que Philippe et moi sommes repartis sur les routes. Pour la dernière fois. J'accompagnais pour la dernière fois mon compagnon de voyage car, de mon côté, j'étais décidée à rentrer. J'avais fait le tour de moi-même, de mes troubles, de mes doutes, de mes fantômes. Je me sentais l'âme en paix et, pour une fois, c'est moi qui allais veiller sur mon ami. Pour qu'il rentre avec moi ou qu'il reste. Mais qu'il prenne sa décision sereinement.

L'aurais-je accompagné si j'avais su ce qui nous attendait ? Certainement. J'aurais tout fait pareil. J'aurais été là pour lui peu importe ce que ça allait m'en coûter. Mais fallait-il vraiment que cela nous arrive, à ce moment-là de notre voyage ? Fallait-il réellement terminer notre aventure d'une manière aussi tragique ? N'aurions-nous pas pu prendre une autre voiture ? Qui roulait moins vite, plus vite, qui se rendait ailleurs. N'aurions-nous pas pu croiser ce camion à un autre endroit ? Plus tôt, plus tard, sur une route sans virage ni ravin. N'aurions-nous pas pu anticiper, prévoir, rectifier le tir avant qu'il ne soit trop tard ? J'ai toujours soutenu que la vie était bien faite. Fallait-il réellement que nous vivions ce drame ? Pourquoi ? Pour qui ?

Je ne me souviens de rien de l'accident, à l'exception de cette douleur. Une douleur telle que je n'en avais jamais ressentie. Ce n'était pas ce bout de ferraille qui me transperçait l'abdomen, mais le visage sans vie de mon ami à mes côtés. J'avais beau vouloir crier, le secouer, implorer le ciel, je savais qu'il était parti. Et qu'il ne reviendrait pas. Ne jamais revenir en arrière. C'était notre devise. Il ne pouvait que s'y tenir. « *Il ne faut pas que je cherche à vouloir vivre au paradis car à force de vouloir toucher le ciel, je vais finir par me brûler les ailes* », m'avait-il confié. Il avait pourtant rêvé de ce petit coin de paradis avec Maria et voilà qu'on lui avait fait pousser des ailes. Celui d'un ange. Un de plus. Qui avait rejoint le paradis.

« Tu vas me manquer Philippe », ai-je réussi à lui soupirer à l'oreille avant que le vide ne s'empare de moi.

Quatrième partie

15

C'était la première fois depuis mon retour en Belgique que je les voyais. Nous avions été séparés pendant près de cinq ans et je n'avais pas voulu d'eux à mon chevet pendant les trois longues semaines que j'avais passées aux soins intensifs. Ce n'était pourtant pas l'envie qui m'en manquait, mais je ne voulais pas voir dans leurs yeux ce que je me refusais encore à admettre.

Ce jour-là, c'était différent. Ils m'aidaient à enterrer mon ami et je n'avais pas le droit de les en empêcher. Bien au contraire, j'avais besoin d'eux. Pourtant, je les ai à peine vus, je leur ai à peine adressé la parole, ne sachant pas vraiment quoi leur dire. De leur côté, ils ne m'ont rien demandé, se contentant de rester à mes côtés pour partager mon chagrin sans rien attendre en retour. C'était là leur plus belle preuve d'amitié et je me sentais honteuse de mon attitude.

Alors que la réception commençait à toucher à sa fin, j'ai croisé Hélène, seule, et sans comprendre pourquoi, je me suis mise à lui parler.

– Tu savais que Philippe et moi avions décidé de faire un dernier voyage ensemble car il avait besoin de réfléchir, besoin de savoir s'il aimait suffisamment Maria pour sacrifier de nombreux projets pour elle ?

– Je l'ignorais, m'a-t-elle simplement répondu, surprise que je me mette ainsi à lui parler.

– Eh bien, à peine avions-nous quitté Imbassaï qu'il avait déjà pris sa décision. Nous aurions pu faire demi-tour sur le champ et tout aurait été différent.

Et après avoir marqué une courte pause, j'ai repris.

– Alors pourquoi avons-nous poursuivi notre route ?

Hélène m'écoutait, ne cherchant pas à me donner de réponse. Elle avait bien compris que je n'en attendais aucune.

– Tu sais ce qui me met le plus en colère ? C'est que mon ami est mort, et que je n'arrête pas de penser à moi, alors que j'ai la chance d'être en vie. Mais comment vais-je faire pour vivre avec cette cicatrice ? Dis-le moi, Hélène, dis-moi comment je vais pouvoir vivre ainsi ? lui ai-je demandé tandis qu'une larme se mettait à couler lentement le long de ma joue.

Hélène ne pouvait à l'évidence pas répondre, incapable de comprendre ce que je lui racontais. Elle s'est contentée de me serrer dans ses bras, maladroitement.

Margot est arrivée à ce moment et a pris la relève. Elle savait exactement ce qui me faisait souffrir, elle qui avait passé trois semaines non-stop à mon chevet, ne se permettant de me quitter que lorsque Claire venait prendre son relais. Elle avait été là lorsque je m'étais réveillée au bout de plusieurs jours ; là pour constater mes améliorations ; là pour entendre les mauvaises nouvelles ; là pour me tenir la main lorsque je me réveillais en sueur au milieu de la nuit, me touchant de toute part pour être certaine d'être vivante. Elle avait tout vécu de ces trois dernières semaines avec moi, même le pire.

En rejoignant le salon quelques minutes plus tard, Natacha, Maud et Clémence s'apprêtaient à partir. Elles m'ont embrassée et timidement proposé qu'on passe la soirée ensemble, comme dans le bon vieux temps.

– Demain, peut-être… Mais pas ce soir, je suis exténuée.

– Il n'y a pas d'obligation, Isa, s'est empressée de préciser Natacha. On est là si tu as besoin de nous. C'est tout.

– Je sais. Merci. Merci d'être venues aujourd'hui. Et merci d'avoir supporté mon silence. Merci.

– C'était magnifique ce que tu as dit à la messe, a lancé Clémence qui ne savait manifestement pas trop quoi dire.

– Je vous appelle, les filles ?

– Quand tu le sens…

Je les ai regardées partir, l'âme en peine. Je n'avais rien trouvé d'autre à leur dire que « Je vous appelle ». Cinq ans sans se voir et je n'avais rien à leur dire.

L'instant d'après, Thomas et Hélène venaient me saluer à leur tour en me proposant exactement la même chose. Et je leur ai adressé la même réponse vide de sens « Demain, peut-être, je suis exténuée ». Ils sont partis discrètement en m'adressant un dernier signe de la main depuis leur voiture.

J'ai ensuite rejoint Margot et Claire.

– Ne m'attendez pas. Je vais aider à ranger et je vous rejoins à la maison après. Je prendrai un taxi pour rentrer. A tout à l'heure.

Une fois mes amis partis, je me suis soudain sentie très seule. Je n'avais pas réalisé ce que leur simple présence pouvait impliquer. J'ai aidé les parents de Philippe à ranger, je leur ai parlé une dernière fois des cinq années que j'avais partagées avec leur fils, et je les ai quittés, sachant pertinemment que je ne les verrais plus.

Je me suis mise à marcher dans la rue. L'air frais me faisait un bien fou. J'ai marché jusqu'à l'angle de la rue, puis jusqu'à l'avenue la plus proche, puis jusqu'à la suivante, et la suivante. J'ai marché pendant près de deux heures et, soudain, je me suis retrouvée devant mon ancienne maison. Pas celle où j'avais vécue avec ma mère, mais celle que j'avais partagée avec Thomas. Sans réfléchir, j'ai sonné à la porte.

Hélène a ouvert, elle m'a souri, et avant d'appeler Thomas, elle a profité de notre deuxième tête-à-tête pour me dire ce qu'elle aurait peut-être voulu me dire plus tôt dans l'après-midi.

– Isabel, si tu me donnes deux minutes, je voudrais que tu saches que Thomas m'a parlé de la lettre que tu lui as écrite juste avant notre mariage et de sa réponse. Rassure-toi, je ne l'ai jamais lue et il ne m'a confié que quelques détails. Mais il m'a alors dit une chose que je me suis toujours promis de respecter, c'est qu'il t'aime autant qu'il m'aime. Pas de la même manière, je le sais, mais il nous aime toutes les deux. Sache donc que tu ne seras jamais pour moi une rivale et je ne m'interposerai jamais entre vous deux. Si tu as besoin de Thomas, ce soir, demain ou dans dix ans, il sera là pour toi, je te le promets.

Et sans me laisser le temps de lui répondre, elle est partie chercher son mari.

Nous sommes tous les deux partis fouler les rues bruxelloises à travers la fraicheur de ce début de soirée de septembre.

– Je suis content que tu sois venue.

– Je n'avais pas prévu de venir.

Il a posé un bras sur mes épaules, m'attirant tendrement vers lui. J'ai posé ma tête sur les siennes.

– Tu m'as manqué, Isa.

– Toi aussi, tu m'as manqué.

– C'est quand même étrange comme l'amour peut effacer le temps. On ne s'est pas vus, pas parlé depuis près de cinq ans et c'est comme si nous nous étions quittés hier. Tu sonnes, l'air dépité ; j'ouvre, heureux de te voir ; nous partons nous promener sans but, sans attente ; et nous n'avons pas besoin de parler, mais les mots viennent tout seuls. J'ai l'impression que rien n'a changé et, pourtant, nous avons tellement changé.

– C'est marrant que tu dises cela. Tu as raison, je te retrouve sans problème, toi que je redoutais le plus de retrouver. Mais il n'en a pas été de même avec Maud, Clémence, et même Natacha. Je ne savais pas quoi leur dire, j'étais mal à l'aise, gênée de ne pas vouloir les voir. Et pourtant, j'avais besoin de leur présence aujourd'hui et je me suis sentie bien seule une fois qu'elles sont parties. Mais je ne sais pas comment expliquer… Je me suis sentie loin d'elles. Ce n'est tellement pas ainsi que j'avais imaginé nos retrouvailles. Je nous avais vues refaire le monde une soirée entière. Comme si rien n'avait changé. Mais tu viens de le dire, nous avons tous tellement changé…

– Tu veux connaître mon avis ?

– Comme toujours, mon cher Thomas…

– Tu as peur qu'il n'en soit pas ainsi.

– Comment ça ?

– Tu me dis que ce n'est pas de cette manière que tu avais envisagé vos retrouvailles, mais tu n'as même pas essayé. Tu les as laissées rentrer chez elles alors qu'elles étaient là, toutes les trois, pour passer une soirée avec toi, comme vous l'aviez toujours fait.

– Tu essaies de me faire culpabiliser ou je rêve ?

– Ne me fais pas dire ce que je n'ai pas dit ! Tu penses bien qu'elles ne t'en veulent pas le moins du monde. J'essaie juste de te faire réaliser qu'avec elles non plus, les choses n'ont pas changé. Et je suis persuadé qu'à l'instant même où vous allez vous retrouver toutes les quatre dans ta cuisine, installées avec un verre de bière, tu vas t'en rendre compte par toi-même. Mais ça ne veut pas dire pour autant que tu devais les voir ce soir. Mais ne te prends pas la tête en te demandant comment votre soirée va se dérouler.

– Tu crois ?

Il a levé les yeux au ciel, comme à chaque fois que je l'exaspérais avec mon manque de confiance en moi.

– Ok, ça va, tu m'as convaincue, je vais les appeler ! C'est un truc d'avocat de vouloir toujours avoir raison ?

Nous avons poursuivi notre promenade en discutant de tout et de rien, en nous remémorant le passé. Puis, petit à petit, des bribes des cinq années que nous avions passées loin l'un de l'autre se sont immiscées au milieu de nos souvenirs communs. Des petites anecdotes, des remarques, des émotions, des explications. Nous remontions le temps tranquillement tandis que les heures s'écoulaient trop rapidement. Nous étions déjà le lendemain, mais nous avions encore tellement à nous dire. Nous avons continué à marcher, bras-dessus, bras-dessous, en nous racontant nos vies. Jusqu'à ce que je me décide à lui parler de ce que je ne parvenais toujours pas à accepter.

– Je suis désolé, tellement désolé, s'est-il contenté de me répondre en me serrant dans ses bras.

– Tu sais, Thomas, j'ai compris ces derniers jours pourquoi je n'ai jamais vu ma mère pleurer. Je pense qu'à partir d'un certain moment, on n'en a plus la force. La vie est difficile, c'est ainsi, on ne peut rien y faire, même si on décide de la vivre avec le sourire. Il faut arrêter de vouloir trouver un sens à tous ses malheurs, de se poser des questions inutiles, de se remettre sans cesse en question. Ça sert à quoi ? Car au moment où on est convaincu d'avoir tout surmonté, d'avoir enfin trouvé le bonheur, le sort s'acharne à nouveau. Je ne leur donnerai plus ce plaisir de pleurer. Je suis heureuse, je veux être heureuse. Quoi qu'il m'arrive. Tu comprends ce que je veux dire ?

– Tu es magnifique. Et tes quelques années de plus te vont à merveille… m'a simplement répondu Thomas qui avait parfaitement compris que je venais de vider mon sac, mais que je n'avais pas envie d'en parler davantage.

– Merci ! Toi, en revanche… C'est quoi ce petit bidon et ces cheveux grisonnants ? me suis-je efforcée d'ironiser.

– Tu es dure avec moi. Comme toujours… Je te rappelle quand même que j'ai quelques années de plus que toi et qu'il fallait bien qu'elles finissent par s'imprimer sur mon physique irrésistible.

– Ça… Tu te souviens de nos têtes à toutes les quatre la première fois où nous t'avons vu, enchantées de découvrir que nous avions un nouveau voisin aussi charmant ? Je vois encore Tacha avec sa bouche bêtement ouverte. Il lui manquait juste la langue qui pendait et un peu de bave au coin de la bouche.

– Je ne me souviens pas de sa tête, a-t-il répondu en riant.

– C'est normal, tu ne regardais déjà que moi…

– Exactement ! Et tu le sais en plus, fausse modeste ! Moi, en revanche, je ne t'avais manifestement pas tapé dans l'œil.

– C'est tout juste si j'osais regarder les hommes dans les yeux. J'étais tellement mal à l'aise. On peut dire que tu m'as libérée et décomplexée de ce point de vue.

– Quel honneur !

– Ouais, tu peux en être fier !

– Enfin… qu'à moitié. Tu t'es un peu trop libérée à mon goût…

– Tu fais référence à Auguste ? T'es bête… et méchant.

– Je rigole, m'a-t-il dit en me serrant dans ses bras. C'était une manière de te dire que le mal est passé, enfin presque…, et que si tu veux un jour m'en parler, tu peux le faire en toute sérénité.

– De quoi voudrais-tu que je te parle ? Il n'y a rien à dire.

– Je ne sais pas, Isa. Peut-être n'as-tu pas voulu tout me dire.

– Détrompe-toi, tu sais tout. Je ne l'ai jamais revu, ni même cherché à le faire. Je ne sais ni où il vit, ni ce qu'il fait de sa vie, ni avec qui.

– Et tu ne voudrais pas le savoir…

– Bien sûr, mais soyons honnêtes, l'eau a coulé sous les ponts… Si j'avais voulu le retrouver, j'aurais dû le faire il y a bien longtemps. Maintenant il est trop tard…

– Il n'est trop tard que si tu décides qu'il est trop tard…

– Tu as sûrement raison… Mais c'est une page que j'ai tournée depuis longtemps, je ne vais pas la rouvrir aujourd'hui, d'autant que je suis à peine rentrée et que j'ai de nombreuses choses à organiser.

– Et alors, c'est quoi tes projets ? Tu racontes ou c'est secret ?

– Non, non, je raconte. D'ailleurs tu vas peut-être pouvoir m'aider.

– Avec plaisir !

– Tu ne sais même pas ce que c'est, ai-je répondu en riant.

– Ce sera de toute façon avec plaisir.

– J'ai décidé de vendre la maison de ma mère…

– Comment ! Ah non !

– Tu vois, je savais que ça ne te ferait pas plaisir…

– C'est juste que ça fait bizarre quand même. Tu as beau ne pas avoir été là pendant des années, ça restait malgré tout ta maison.

– Je sais… Tu n'imagines pas ce que ça va me faire de la vendre. Tous ces souvenirs, avec toi, mes amies, ma mère surtout. Mais la raison principale est là. Il est temps que je me détache de ces fausses choses qui me rattachent à elle. Je n'en ai plus besoin désormais. Elle sera toujours près de moi, quoiqu'il arrive. Alors je me lance, je la vends. Mais je t'avoue que toutes ces démarches administratives et juridiques m'emmerdent… Tu penses qu'il soit possible que je te file un mandat pour que tu t'occupes de tout cela en mon nom ? Si ça ne te dérange pas bien entendu…

– Ce doit être possible ! Et je le ferai avec plaisir.

– Je ne suis pas pressée de la vendre. J'ai juste une exigence, ne pas la vendre en dessous d'un certain prix car c'est ce qu'elle représente à mes yeux. La première offre à ce prix, tu peux accepter, sauf si la tête de tes futurs voisins te rebute. Je te laisse le choix de tes futurs voisins, sympa non ?

– Trop sympa… Et la suite, c'est quoi ?

– Je pars m'installer à Paris.

– Décidément… que de mauvaises nouvelles…

J'ai ri.

– Je viendrai vous voir régulièrement, promis ! Claire reste ici, ainsi que toi, Maud et Tacha. J'aurai donc de nombreuses raisons de rentrer.

– Tu en auras une de moins car Maud et Thibault partent s'installer dans le Sud de la France avec leur famille nombreuse.

– Comment ?

– Thibault a trouvé un super poste de chirurgien à Lyon. Mais Maud te racontera tout cela en détail quand tu la verras. Elle m'en voudrait de ragoter à sa place. Paris donc. Mais pourquoi Paris ?

– Ce n'est pas pour Paris en particulier. C'est juste que je ne me voyais pas rentrer à Bruxelles, et que je ne vois pas d'autre endroit qui ait un sens pour aller m'y installer.

– Et pourquoi plus Bruxelles ?

– Parce qu'on ne revient pas en arrière… C'était notre devise avec Philippe. Lorsqu'on quitte un endroit, on n'y revient pas, quoi que ça nous coûte. Et ça nous a toujours permis d'avancer.

– Ça tient la route. Je te suis pour l'instant. Paris donc, et pour y faire quoi ?

– J'ai deux projets. Le premier : je voudrais tenter ma chance auprès d'un quotidien. Me rediriger vers la presse écrite. On aurait tendance à l'oublier, mais j'ai quand même fait des études de journalisme et il serait peut-être temps que je les mette à profit… Mais je ne cherche qu'un mi-temps ou un trois-quart-temps car, en parallèle, j'ai décidé d'écrire. Bon, là, je dois avouer que mon projet reste un peu vague. Je voudrais écrire sur les cinq années que j'ai passées en Amérique latine, mais je ne sais pas quel style emprunter. Un roman, un recueil de témoignages, un essai ? Je n'en sais encore rien. J'ai rempli des centaines de pages de notes, des paysages traversés aux personnes rencontrées, et je les ai envoyées chez Margot au fur et à mesure. Je vais d'abord les relire, puis je verrai.

– Deux projets ambitieux donc, que je suis persuadé que tu vas royalement mener à bien, comme tout ce que tu as toujours entrepris.

– Tu n'es pas objectif…

– Si moi, je ne suis pas objectif avec toi, je ne sais pas qui le serait.

– Bon, on parle de moi depuis une heure. Raconte-moi, toi, ton fils, Hélène, ton boulot.

– Mon boulot, comme d'hab. Toujours aussi passionnant. Je suis désormais associé, ce qui a un certain nombre d'avantages, mais le gros défaut de me laisser un peu moins de temps pour traiter du fond des dossiers, ce qui doit constituer un des aspects du métier que je préfère… Mais ma carrière avance et ça, c'est très agréable. En ce qui concerne Hélène, elle est formidable. Elle a énormément pour elle et je remercie souvent le ciel de l'avoir introduite dans ma vie. Tout me paraît tellement simple quand je suis avec elle. Elle prend toujours la vie du bon côté, ne se soucie que des choses qui sont réellement importantes. Elle est souriante, joyeuse et terriblement intelligente. Et puis il y a une chose que j'admire chez elle, elle aime tout chez moi, même mon passé – autrement dit, toi.

– J'ai constaté.

– Comment ?

– Elle m'a parlé ce soir, juste avant d'aller te chercher… Elle m'a dit qu'elle ne mettrait jamais de barrières entre nous. Tu sais, le fait que tu sois là, près de moi, maintenant, veut tout dire pour moi. Je n'ai pas eu le temps de lui répondre, ne fut-ce que pour la remercier… et pour lui dire que, de mon côté, je ne serai jamais une ombre sur votre amour…

– Ne t'inquiète pas. Je doute qu'elle ait dit quoi que ce soit en attendant quelque chose de toi en retour.

– Tu es donc vraiment heureux ?

– Vraiment !

Il aurait pu ne rien répondre, ses yeux trahissaient son bonheur. C'était beau à voir. Là-dessus, au moins, j'avais réussi. Je l'avais quitté en lambeau, persuadée qu'il se relèverait d'autant mieux et je ne m'étais pas trompée. Il avait fallu laisser du temps au temps, tant pour lui que pour moi. Mais nous avions réussi notre pari. Il était heureux, et moi aussi.

– Et vous travaillez toujours ensemble, Hélène et toi ? Ce n'est pas compliqué ?

– Nous travaillons toujours dans le même cabinet, mais en réalité, nous nous voyons peu. Nous avons peu de dossiers en commun si bien que nous avons juste la chance de pouvoir déjeuner certains midis ensemble. Pour le reste, nous ne faisons que nous croiser.

« Hélène ne travaille plus le vendredi et les autres jours, elle quitte le travail avant moi pour aller chercher Baptiste à la crèche le plus tôt possible. En réalité, Hélène a été malade de reprendre le travail après avoir eu Baptiste. Elle a voulu arrêter de travailler, mais elle s'est rendue compte que ce n'était pas non plus ce qu'elle souhaitait. Depuis, elle tente de trouver le meilleur équilibre qui soit entre son boulot et son fils. Et je dois dire qu'elle y arrive plutôt bien. Elle est d'une efficacité remarquable au bureau et d'une patience sans égale avec Baptiste. Tu devrais la voir avec lui, elle est extraordinaire. Elle passe des heures à rire, jouer, le bercer, l'embrasser, lui chanter des chansons, ramasser ses crasses et son bordel.

« Parce que ça, c'est la partie du contrat qu'on ne nous annonce pas à la base. Tout le monde raconte les sourires, les rires, les petits pieds qu'on croque, les joues qu'on mange, les mains qu'on serre dans les nôtres, cet amour inexplicable qui vous prend aux tripes, et puis les petites nuits aussi. Tout ça, on le sait. Mais le bordel… personne ne nous dit que la maison qu'on a passé des jours et des nuits à rénover – avec l'aide précieuse de ses voisines, je ne l'oublie pas…– va être ruinée en l'espace de quelques jours. Remplacer au plus vite les beaux canapés et les tapis blancs ; repeindre les murs en vert, la couleur des épinards qui volent dans tous les sens dès que ces petites mains a priori si innocentes s'approchent de l'assiette ; déplacer les objets sensibles, relever les objets précieux, cacher les objets dangereux ; accepter que son salon devienne une salle de jeu. Le pire, c'est que j'adore tout ce bordel, toute cette vie qui nous arrive en pleine gueule du jour au lendemain. J'adore ces pleurs la nuit, ces cris de joie le matin, ces fous-rire, tout ce petit être qui nous rappelle tous les jours que la vie est belle. J'aime tout.

– Je savais que tu serais un papa formidable.

– Et moi, j'aurais voulu que tu puisses être une maman formidable, m'a-t-il répondu en me serrant dans ses bras.

J'aimais tellement sa manière d'être, ce franc-parler que nous avions toujours eu l'un envers l'autre. Il ne s'empêchait pas de me raconter son bonheur tout en me rappelant qu'il n'oubliait pas ce que je traversais. Je n'étais pas obligée de me réjouir pour lui, de poursuivre cette conversation, de faire semblant. Mais lui n'allait pas me mentir pour autant. Il avait le droit d'être heureux. Il avait tellement raison. Il ne cherchait ni à étaler son bonheur, ni à le cacher. Il me disait ce qu'il ressentait, tout simplement.

Thomas et moi avons profité pleinement de cette nuit que nous savions unique et hors du temps. Nous avons continué à marcher à travers la ville, main dans la main, jusqu'à ce que le soleil se lève et nous impose une trêve. Je suis rentrée chez Claire, Thomas chez lui.

Le lendemain en me réveillant, j'ai retrouvé Claire et Margot tranquillement installées autour de la table de la cuisine. Elles attendaient patiemment que je me lève pour partager mon premier café de la journée. Je leur ai raconté ma soirée en détails puis je me suis décidée à appeler mes amies pour les retrouver le soir-même dans un bistrot que Claire m'avait conseillé.

Je suis arrivée la première, suivie de peu par Clémence, qui était pile à l'heure, comme d'habitude. Natacha nous a rejointes quelques minutes plus tard, affairée comme elle l'était toujours, car elle avait dû courir entre son boulot, ses cours de chant, son rendez-vous chez l'esthéticienne, et son mec. Quant à Maud, elle est évidemment arrivée avec quarante minutes de retard, avec des excuses en tout genre : ç'avait été la crise avec ses enfants, Thibault était de garde, et sa babysitteur ne gérait rien si bien qu'elle avait dû mettre les enfants au lit avant de partir.

Mes amies n'avaient a priori pas changé, et j'en étais ravie.

Il n'a pas fallu plus de cinq secondes pour que les cinq années qui nous avaient séparées s'effacent. J'ai retrouvé Natacha, délurée, hyper occupée et casée ; Clémence, sensible, attentive et amoureuse ; Maud, légère, ragoteuse et taquine. Du pur bonheur. Nous avons jonglé d'une conversation à l'autre sans parvenir à la poursuivre plus de trois minutes tant nous avions de choses à nous dire. J'ai perçu des bribes de ce qu'avait été leur vie à travers de nombreuses anecdotes et j'ai tenté de leur faire partager un bout de la mienne. Mais nous avions décidément trop peu de temps et cette parenthèse ne pourrait pas durer indéfiniment. Clémence allait devoir retourner à Paris et, quant à Maud, elle commençait à organiser son départ avec Thibault et les enfants.

– Mais qu'est-ce qui vous a décidé à partir ? lui ai-je demandé.

– Un mélange de tout. Avec l'arrivée des jumeaux, il fallait que l'on change de maison ; j'avais définitivement fait le tour de mon travail ; et Thibault en avait marre de la grisaille bruxelloise. Mais par-dessus tout, c'était les conditions de boulot de Thibault qui nous ont convaincus qu'il était temps de changer de vie. Il entretenait avec son patron des relations très conflictuelles, ce qui l'obligeait à travailler toujours plus pour être certain qu'on ne puisse rien lui reprocher, sous une pression à la limite du harcèlement, et sans espérer pouvoir obtenir la moindre promotion en retour. Ces conditions pesaient sur notre vie de couple. Il s'est donc mis à regarder les offres dans les autres hôpitaux, mais il ne trouvait rien qu'il estimait être à sa hauteur. Jusqu'à ce qu'un de ses amis chirurgiens à Lyon l'appelle il y a quelques semaines pour lui proposer un poste dans son service. Outre que cette proposition tombait au bon moment, il ne pouvait se permettre de la refuser. On n'a donc pas réfléchi bien longtemps et on a décidé de partir.

– Et tu es contente ?

– A part le fait que vous allez me manquer, ravie !

– Tu sais déjà ce que tu vas faire sur place ?

– Rien ! a-t-elle dit en riant. Non sérieusement, j'arrête temporairement de travailler, en tout cas jusqu'à ce que les jumeaux entrent à l'école. On a fait un calcul rapide, mais avec le salaire que Thibault va désormais toucher, d'un côté, et ce que devrait nous coûter la crèche pour trois enfants, il vaut mieux que j'arrête de travailler et que je les garde moi-même.

– Mais tu vas t'occuper de tes enfants ou courir les boutiques toute la journée ? a ironisé Natacha.

– Les deux… a-t-elle répondu en riant.

– En tout cas, c'est génial tous ces changements. Si je comprends bien, je vais être la seule à rester à Bruxelles, a poursuivi Natacha.

– Comment ! Tu t'en vas à nouveau ! s'est exclamée Maud à mon adresse.

– C'est vrai que tu n'étais pas là tout à l'heure, en retard comme toujours… J'expliquais à Clémence et à Natacha que j'avais décidé de partir m'installer à Paris.

– Trop bien, n'est-ce pas ? s'est réjouie Clémence.

– Tu parles, du coup elle me fout à la porte, a précisé Natacha.

– Quoi ! Tu vends ta maison aussi ?

– Pour être tout à fait précise, c'est Thomas qui va s'en charger. Je lui ai demandé ce service et, en échange, il a le droit de choisir ses futurs voisins.

– Vous me faites décidément trop rire tous les deux, a déclaré Natacha. Un vrai petit couple, malgré les séparations, Hélène, Baptiste. A ce propos, tu l'as rencontré ce bout de chou ?

– Pas encore. Nous avons prévu de nous voir le week-end prochain. Dimanche normalement.

– Tu vas voir, il est adorable.

– J'imagine… A ce propos, je dois vous dire quelque chose… Ne me regardez pas comme ça, ce n'est pas une bonne nouvelle… Pour être honnête, je n'ai pas plus envie que ça d'en parler, mais j'ai besoin que vous le sachiez, donc je vous mets au courant et après, on passe à autre chose, ok ?

– OK, m'ont-elles toutes les trois répondu en retenant leur respiration.

– C'est promis ? ai-je insisté.

– Promis.

– Mon utérus a été gravement endommagé lors de l'accident et je ne pourrai plus jamais porter d'enfant. Même si je n'ai pas encore tout à fait accepté l'idée que ce diagnostic soit irrémédiable, je sais que je ne pourrai rien y faire et que je vais devoir vivre avec cela. Ou sans plutôt. Donc voilà, pas besoin de me plaindre, ni d'en reparler. Je vais bien et je vais passer au-dessus. Et puis ce n'est pas si grave… On peut vivre sans utérus, n'est-ce pas ? ai-je lâché froidement comme pour me punir d'oublier une fois de plus que j'avais surtout la chance d'être en vie.

Elles sont toutes les trois restées sans voix, ne voulant pas me poser de questions pour respecter leur promesse, mais ne sachant pas de quoi parler d'autre. Les voyant ainsi, je suis mise à rire, et plus je les regardais, plus je riais. De leur côté, elles semblaient se demander si je venais de leur faire une blague.

– Ce n'est pas une blague, je vous l'assure, ai-je dit entre deux respirations. C'est vraiment loin d'être une blague, ai-je poursuivi. Mais vous devriez voir vos têtes…

Et me voyant continuer à rire ainsi, elles ont fini par se joindre à moi. Ce fut un exutoire, un pansement délicatement posé sur mes plaies.

– Dis-moi, Isa, tu pars quand exactement ? a fini par me demander Natacha.

– D'ici deux à trois semaines. Je n'ai pas fixé de date, mais je ne voudrais pas traîner. Le temps de rassembler mes affaires, organiser mes papiers, et je m'en vais. J'ai prévu de loger chez Margot et Jérôme le temps de trouver un appartement.

– Tu peux aussi venir t'installer chez nous, a précisé Clémence. Mais comparé à leur résidence de millionnaires, on ne fait pas vraiment le poids…

– C’est si beau que ça ?

– Tu n’imagines même pas ! Tu ne voudras plus partir…

– J’en doute. Je vais avoir besoin de retrouver mon indépendance au plus vite. Déjà une semaine chez Claire, ça fait beaucoup…

– En tout cas, je suis trop fan que tu viennes t’installer à Paris.

– Moi aussi, a déclaré Maud.

– Ah bon, pourquoi ? a demandé Clémence en riant.

– Ben, c’est plus proche que Bruxelles… Ça va devenir notre nouveau point de ralliement…

– Donc si je comprends bien, il va falloir que je me trouve un appart’ avec quatre chambre.

– Avec une grande cuisine surtout, a précisé Natacha.

– C’est noté !

Nous avons continué à parler de tout et de rien jusqu’à ce que les portes du restaurant ferment définitivement. Nous n’avons pas cherché à poursuivre cette soirée ailleurs. Elle avait été parfaite telle qu’elle était. Nous nous sommes contentées de nous embrasser chaleureusement et de souhaiter que notre prochaine rencontre puisse avoir lieu le plus rapidement possible.

Deux semaines plus tard, Thomas me déposait à la gare. On ne changeait pas une équipe qui gagne. Thomas au départ, Margot à l’arrivée. La seule différence, cette fois, je n'avais pas de billet de retour. Thomas et moi nous sommes longuement enlacés, jusqu'à ce que l'annonce du départ imminent nous force à nous séparer. Je suis montée sur le marchepied.

– Tu vas me manquer, lui ai-je lancé les yeux embués.

– Et toi alors, ma petite Isa… Mais on se voit bientôt, n'est-ce pas ?

– N'est-ce pas… j'imag…

Les portes se sont fermées en emportant ces derniers mots sans importance avec elles. J'ai lu « Je t'aime » sur les lèvres de Thomas et je lui ai répondu « Moi aussi » juste à temps avant que le train ne m'emmène vers un autre destin.

16

– Waouh ! s'est exclamée Margot. Il est carrément canon ! Tu vas être drôlement bien installée une fois que tu l'auras remis à neuf. Tu es sûre que tu ne veux pas rester encore un peu chez nous ? Juste le temps des travaux…

– Je suis déjà restée bien trop longtemps.

– Tu ris ! A peine quelques semaines. Moi qui avais secrètement espéré t'avoir à la maison pendant des mois. Tu as quand même une chance de cocue. Tu tombes sur une super affaire, au moment même où Thomas t'annonce qu'il a trouvé des acheteurs pour ta maison. Tu l'as payé combien encore, cet appart' ?

– 312.000 euros.

– Pour un cinquante mètres carrés dans le quartier des Batignolles, c'est grandiose !

– C'est certain que je ne vais pas me plaindre. Bon, il y a quelques travaux à réaliser, notamment dans la cuisine qui est véritablement sordide. Mais dès lors que j'aurai tout remis à mon goût, je sens que je vais effectivement m'y sentir très bien.

– Quelle chance en tout cas que tu aies trouvé quelque chose à une centaine de mètres seulement de chez nous !

– J'avoue que ça a été le petit argument de plus pour me convaincre de signer…

– Tiens, à propos de signature, comment s'est passé ton entretien avec le Monde ce matin ?

– Plutôt bien, même si j'ai peu d'espoirs d'être engagée. En soi, j'ai eu un excellent contact avec le rédacteur en chef qui a semblé vraiment très intéressé par mon expérience en Amérique latine et par mon projet de livre, mais il m'a clairement fait comprendre qu'a priori, il recherchait un profil plus classique. Il lui restait une dizaine de candidats à rencontrer avant de prendre une décision. J'attends donc de voir, mais je reste lucide.

– Il serait bête de ne pas t'engager… Sinon tu as d'autres entretiens à l'horizon ?

– Rien ! Pas la moindre réponse. Mais je ne m'inquiète pas, je finirai bien par trouver. En attendant, ça me permet de me plonger dans mes notes. Merci d'ailleurs de les avoir si bien conservées.

– Avec plaisir. Tu as une idée plus précise de ce que tu vas en faire ?

— Pas encore, non. Il faut d'abord que je les relise.

Nous avons été coupées par la sonnette qui a retenti. C'était mon architecte, Margot en a profité pour s'éclipser. Il a immédiatement été inspiré par la configuration de mon appartement, davantage encore quand il a constaté que je n'avais pas de réelles restrictions budgétaires. Je voulais rester raisonnable, mais je voulais surtout transformer cet appartement de la meilleure manière qui soit pour avoir plaisir à y travailler. Nous sommes donc convenus d'abattre le mur de la cuisine et d'une partie du hall pour agrandir considérablement la pièce de vie ; le cabinet de toilette allait être déplacé dans la salle de bain, trop grande à mon goût, et j'allais ainsi profiter de cet espace pour agrandir ma chambre d'une partie dressing ; et j'allais également y construire une mezzanine dans laquelle je pourrais installer mon bureau car je n'avais en effet pas besoin de plafonds aussi hauts dans ma chambre.

J'ai été heureuse d'apprendre que mon architecte estimait une durée de travaux de deux mois grand maximum, peintures et finitions comprises. Il ne restait plus qu'à trouver une équipe d'ouvriers disponible rapidement, ce qui demeurait le problème majeur.

Une fois mon architecte parti, j'ai ouvert mon premier carton de notes que j'ai commencées à relire calmement, envisageant sérieusement la forme que prendrait mon futur livre. J'ai immédiatement été inspirée par l'idée d'un roman, réalisant que la manière dont j'avais décrit l'ensemble de mon aventure était empreinte d'un terrible subjectivisme. Je me suis plongée dans ces nombreux souvenirs avec une pointe de nostalgie en réalisant que la seule personne avec qui je pouvais les partager n'était désormais plus de ce monde.

J'étais tellement absorbée par mes lectures que les journées s'écoulaient à une vitesse vertigineuse, sans même que je ne prenne le temps de sortir. Tout juste de manger.

Au bout d'une semaine, mon architecte m'a appelée. Un de ses chantiers venait d'être annulé et il avait une équipe de corps de métiers disponible le jour-même. J'ai déplacé mes notes dans ma chambre et j'ai poursuivi mes lectures jusqu'à ce que j'entende un silence soudain m'alertant du départ des ouvriers. Poussée par la curiosité de ce qu'ils avaient pu effectuer en une journée, je me suis timidement aventurée à travers mon appartement et j'en suis restée estomaquée. Mon salon n'était plus qu'un tas de gravats ; il y avait de la poussière partout ; et ma cuisine avait tout simplement disparu, ce que je n'avais à l'évidence pas prévu. J'ai envisagé d'aller me chercher une pizza au coin de la rue, mais une fois dehors, j'ai ressenti le besoin de prendre un peu de distance avec mon appartement, et mes notes.

J'ai appelé Margot, mais elle ne répondait pas. J'ai ensuite tenté ma chance avec Clémence et, une heure plus tard, j'étais chez elle. Bruno était là également et nous avons longuement discuté de mon entretien avec Frédéric Lebon, le rédacteur en chef du Monde qu'il connaissait très bien.

Hasard ou coïncidence, le lendemain aux premières heures, ce dernier m'appelait pour me dire que j'étais engagée. Clémence avait beau me jurer que Bruno n'était pas intervenu auprès de son ami et que je ne devais ma réussite qu'à moi-même, je n'en étais pas totalement convaincue.

Etant convenus de commencer mon poste le mois suivant, je me suis plongée dans mes notes avec d'autant plus de vigueur. J'avais quasiment terminé de les relire et je commençais à avoir une idée bien précise des tenants et aboutissants de mon roman, du caractère de mes personnages principaux et des grandes intrigues qui jalonneraient cette formidable aventure au cœur de l'Amérique latine.

Cependant, mon bordel allait en grandissant et il fallait à tout prix que j'organise mes notes. Aussi me suis-je rendue chez Ikea quelques jours plus tard pour y acheter une large étagère à installer dans ma mezzanine, et dans laquelle je pourrais précieusement ranger tout ce qui se rapporterait à mon livre.

Alors que je classais consciencieusement les nombreux papiers qui jalonnaient mon bureau, je me suis arrêtée sur un paquet contenant une dizaine d'enveloppes fermées qui n'avait jusqu'alors pas attiré mon attention, persuadée que c'était les derniers courriers que j'avais adressés à Margot et qu'elle n'avait pas pris le temps d'ouvrir. Mais en y regardant de plus près, j'ai été interpelée par le nom sur l'enveloppe. Ces lettres m'étaient toutes adressées… J'ai voulu comprendre de quoi il s'agissait et, soudain, mon cœur s'est emballé. Elles provenaient de San Francisco…

L'espace d'un instant, mon passé m'a rattrapée et toutes mes certitudes se sont ébranlées. Auguste… Je l'avais rangé dans un tiroir de souvenirs, persuadée que notre histoire avait pris fin le jour où je m'étais glissée hors de ses draps et, pourtant, depuis ce jour, il n'avait cessé de m'écrire. Dans quel but ?

Je me suis empressée de déchirer la dernière enveloppe que je tenais entre les mains. Elle datait du mois de mai, il y avait à peine plus de six mois.

Mon cœur battait à tout rompre, mes mains tremblaient d'exaltation. Et s'il me disait qu'il m'aimait ? Que ferais-je ? Prendrais-je le premier avion pour San Francisco ? Thomas avait peut-être raison : il n'était pas trop tard. Pas trop tard pour rattraper le temps perdu, pour vivre la vie que nous avions imaginée. Je me suis mise à rêver que je retrouvais Auguste dans sa maison blanche aux volets bleus, comme une adolescente amoureuse pour la première fois, crédule et idéaliste.

J'ai déplié le courrier. J'ai vu « *Auguste* », j'ai lu « *Je t'aime* », puis mon esprit a repris les mots dans l'ordre, m'abandonnant à mon désenchantement.

Le 4 mai 2009

« Ma très chère Bella,

Mes doutes viennent de disparaître. Je comprends maintenant ce que tu as tenté de me faire comprendre il y a cinq ans. Je ressens soudainement un amour que je ne soupçonnais pas et qui implique tant de choses.

J'imagine que tu comprendras mieux que quiconque qu'il est l'heure de te dire adieu. Je ne tire pas un trait sur mon amour, simplement sur l'espoir de te voir revenir dans ma vie.

Je te souhaite d'être heureuse.

Je t'aime.

Auguste. »

J'ai gardé cette lettre serrée entre mes poings. « *Il est l'heure de te dire adieu…* ». Qu'est-ce que cela voulait dire exactement ? Qu'il m'avait attendu tout ce temps ? Jusqu'à cette dernière lettre ? Cette lettre que je découvrais au moment où, de mon côté, je m'imaginais naïvement enfin pouvoir le rejoindre… Pourquoi maintenant ? Pourquoi si tard ?

J'ai vérifié la date sur l'enveloppe… Mai 2009… Non, je n'avais pas rêvé. Il m'avait écrit cette dernière lettre il y avait quelques mois seulement…

Soudain, tout s'est mis à se bousculer dans ma tête. Qu'est-ce que c'était que ces foutues lettres ? Et que faisaient-elles dans ce carton ? Pourquoi ne m'en avait-on jamais parlé ? Et que signifiaient ces quelques phrases ? De quels doutes me parlait Auguste ? De quel amour ? Et pourquoi me dire adieu sans pour autant tirer un trait sur son amour ?

Je me suis jetée sur le paquet de lettres, tentant de retrouver la première en date. Pour comprendre ce qui s'était passé. Je les ai analysées les unes après les autres : mai 2007, mai 2005, février 2008, décembre 2004, puis une enveloppe qui n'était pas datée. Elle semblait ne jamais avoir été postée. Mais quand avait-elle été écrite ? Soudain, je me suis rappelée.

Je me suis rappelée de ce mois d'août 2004, quelques mois seulement après avoir quitté Auguste, et de Margot me confiant avoir reçu une lettre de sa part pour moi. Il avait passé sa journée à attendre désespérément mon retour à la gare du Nord, persuadé que je l'avais vu enjamber les barrières au moment où mon train s'éloignait, et courir le plus loin possible sur le quai dans l'espoir que je l'aperçoive et que je lui revienne. Mais je n'étais jamais revenue, et lorsque le soleil avait fini par se coucher et que le dernier Thalys était arrivé en gare, sans moi, il s'était rendu jusque chez Margot. Elle avait tenté de lui expliquer les raisons pour lesquelles je l'avais quitté, et les raisons pour lesquelles je ne reviendrais pas. Et il avait fini par se résoudre à lui demander de me remettre une lettre, cette lettre que je n'avais pas voulu lire. J'avais demandé à Margot de la brûler, elle ne l'avait manifestement pas fait.

« Ma Bella,

Les mots que tu m'as écrits ne résonnent pas à mon oreille. Je ne comprends pas. Ou peut-être n'ai-je pas envie de comprendre. Je n'en sais rien. Mais quoi qu'il en soit, reviens-moi, je t'en supplie reviens-moi. Si tu m'aimes, ne me quitte pas, ne t'en va pas comme cela. Je suis convaincu que l'amour est plus fort que tout et que l'on pourra tout surmonter ensemble. Je veux faire ma vie avec toi, te rendre un peu plus heureuse chaque jour et pouvoir contempler ton sourire tous les matins.

Je t'aime, Bella ! Je t'en supplie, reviens-moi ! ».

En lisant ces quelques lignes, je me suis revue, le visage écrasé contre la vitre du train, espérant à tout prix qu'Auguste apparaisse au bout du quai pour m'empêcher de partir. Il l'avait fait, mais ce n'était pas mon train qui quittait la gare à ce moment. Il était arrivé trop tard…

J'ai immédiatement ouvert la deuxième lettre.

Le 12 août 2004

« Ma Bella,

Je voudrais m'excuser pour la lettre que j'ai demandé à Margot de te remettre il y a quelques semaines. Je comprends qu'elle ne t'ait pas donné envie de me revenir…

J'ai calmement relu le mot que tu m'avais laissé et j'ai compris beaucoup de choses. J'ai compris tes raisons, j'ai entendu ton amour et je respecte ta décision. Je me refuse toujours à admettre que tu sois partie, mais c'est un autre sujet, un sujet qui ne trouve pas sa place ici.

Sache que je ne doute pas de ton amour, de ta sincérité et de la réalité des moments que nous avons vécus. Comment pourrait-il d'ailleurs en être autrement ? Tu as pris une décision qui, j'en suis certain, n'a pas été évidente. J'aurais tellement souhaité qu'elle ne soit pas celle-ci, mais sache que je respecte ta décision. Ce petit être qui grandit en toi mérite tout le meilleur et seule une mère peut correctement juger de ce qui sera le meilleur pour son enfant. Je me plie donc à ta décision même si j'aurais adoré pouvoir élever cet enfant comme le mien. J'aurais surtout rêvé qu'il puisse être le mien, le fruit de notre amour.

Tu m'as demandé une seule et unique chose si je t'aimais : te laisser partir. Je t'aime comme personne ne pourra jamais t'aimer. Je vais donc faire une chose que je ne souhaite pas : te laisser partir. Mais tu ne pourras jamais m'empêcher de t'aimer. Tu auras toujours une place dans ma vie.

Je m'envole demain pour San Francisco trouver notre maison blanche aux volets bleus.

Je t'aime ma Bella,

Sois heureuse.

Auguste. »

J'avais la gorge nouée en terminant de lire cette lettre. J'ai imaginé Auguste dans notre maison blanche aux volets bleus, loin d'ici. Il m'avait finalement laissée le quitter. Il n'avait pas cherché à me retrouver, à me convaincre de changer d'avis. Il avait respecté mon choix. C'était la plus belle preuve d'amour qu'il aurait pu m'offrir et pourtant, au moment où je lisais cette lettre, je ne pouvais que regretter qu'il en ait été ainsi.

Je n'ai pas eu à cœur de lire la suite, connaissant déjà l'issue de notre histoire. Il allait finir par en rencontrer une autre, en aimer une autre, et il me dirait adieu…

J'ai chaussé mes baskets et je suis partie courir jusqu'au parc Monceau. Pourquoi étais-je tombée sur ces lettres ? L'espace d'un instant, j'avais cru que cet amour enfoui était destiné à renaître de ses cendres. Je m'étais donné le droit de croire que nous avions une chance, un avenir à deux, une vie à vivre ensemble, même après tout ce temps. La désillusion n'en avait été que plus brutale. A croire que je n'avais même pas le droit de rêver.

Petit à petit, la tristesse a cédé la place à la colère. Je suis rentrée chez moi ramasser ces enveloppes et je me suis précipitée chez Margot. A peine avait-elle ouvert la porte que je lui ai brandi les lettres sous le nez.

– Mais comment as-tu pu me cacher ça ! lui ai-je hurlé dessus.

– Qu'est-ce que c'est ? m'a-t-elle demandé calmement.

– Qu'est-ce que c'est ? me suis-je énervée en agitant les enveloppes devant ses yeux. C'est un bout de ma vie qui est resté enfermé dans un carton pendant près de six ans.

Margot a semblé comprendre car elle a soudainement changé de visage.

– Comment as-tu eu ces lettres, Isabel ?

– Je te l'ai dit ! Elles étaient dans le carton que tu m'as remis. Et puis, de toute façon, qu'est-ce que ça peut faire la manière dont je les ai eues.

– Tu n'étais pas censée tomber dessus… Pas comme cela je veux dire, a poursuivi Margot sur un ton toujours aussi calme et posé.

– Ah parce que tu comptais m'en parler un jour ! Quand ? Quand tu aurais été certaine que je n'avais plus aucune chance de le retrouver, quand tu aurais été certaine que c'était vraiment trop tard ?

– Arrête, Isa, tu ne sais plus ce que tu dis. Calme-toi et écoute-moi. Je n'ai jamais voulu te cacher l'existence de ces lettres, bien au contraire ! Tu te souviens de ce fameux mois d'août à Contis lorsque Thomas et toi nous avez annoncé vos fiançailles ? Je t'ai parlé d'Auguste et du mot qu'il m'avait demandé de te remettre. Tu m'as demandé de le brûler. Il n'y avait pas la moindre hésitation dans ta voix, mais je n'ai pu me résoudre à le faire. En rentrant de vacances, j'ai trouvé une deuxième lettre dans ma boîte. Je n'ai pas osé t'en parler, mais de la même manière que je n'avais pas pu détruire la première, j'ai conservé cette deuxième lettre en me disant qu'un jour peut-être tu voudrais les lire. Et c'est ce que j'ai fait, avec chacune des lettres qui me sont parvenues. Mais chaque fois que je t'avais au téléphone pendant ton voyage, je te demandais si tu voulais avoir des nouvelles d'Auguste. Si tu m'avais répondu par l'affirmative, ou au minimum manifesté le moindre doute, je t'en aurais parlé sur le champ. Or, chaque fois, ta réponse était si catégorique que je n'ai jamais évoqué l'existence de ces lettres.

– Mais si j'avais su…

– Tu serais rentrée ?? Tu aurais renoncé à tout ce que tu étais en train de vivre pour les lire ?

– Peut-être…

– Pour apprendre quoi ? Sais-tu seulement ce qu'elles contiennent ?

– Que j'arrive trop tard… Juste trop tard…

– Je suis désolée, Isa. Mais ne m'en veux pas. J'ai fait ce qui me semblait le mieux pour toi. Tu ne pourras jamais savoir ce qu'aurait été ta vie si tu avais appris l'existence de ces lettres. Alors regarde ta vie telle qu'elle est aujourd'hui. Te plait-elle ?

J'ai haussé les épaules en soupirant.

– Il y a deux heures encore, je t'aurais répondu que je n'aurais rien changé de ma vie. Maintenant, je me dis que j'aurais dû me battre pour cet amour.

Margot est restée sans voix. De mon côté, je n'attendais pas qu'elle dise quoi que ce soit. J'avais déjà tourné les talons et je rentrais chez moi, les épaules basses et ces foutues lettres dans la main.

J'ai terminé le classement de mes notes, tentant de ne plus penser à ce qui venait de se passer. Je n'avais pourtant qu'un seul mot à l'esprit : Auguste. J'ai tenté de me concentrer pour brouiller son nom et son visage. Ça ne devait pas être si difficile que cela… J'avais vécu presque six ans en m'efforçant de me convaincre qu'Auguste n'était que du passé, je devrais sans difficulté parvenir à me rappeler cette évidence. Et pourtant, tout semblait avoir changé…

Au bout de quelques heures, j'ai compris que je ne parviendrais pas si facilement à chasser Auguste de mon esprit. Il fallait que je lise ces lettres, que je sache ce qu'elles contenaient. J'ai repris le paquet d'enveloppes que j'avais vulgairement jeté sur mon bureau et j'ai ouvert la lettre suivante. Elle datait de décembre 2004, le premier décembre que j'avais passé en Argentine.

Le 19 décembre 2004

« Ma Bella,

Je me suis réveillé ce matin en pensant follement à toi. J'ai regardé mon agenda, j'ai constaté que Noël arrivait et je me suis demandé si tu avais déjà accouché. Je ne sais pourquoi, j'ai le sentiment que oui et je t'imagine avec une petite fille dans les bras. Elle aurait ton sourire et tes magnifiques yeux marron. Elle porterait un adorable pyjama rose avec des petits chaussons blancs. Elle serait belle à croquer et tout le monde l'aimerait déjà.

Je voulais donc profiter de l'occasion pour te féliciter – d'avance si tu n'as pas encore accouché, pour ton petit garçon si je me suis trompé – et te souhaiter une merveilleuse année 2005. Réalise tes rêves et sois heureuse.

De mon côté, j'ai trouvé une magnifique maison avec vue sur la baie de San Francisco. Elle était blanche avec des volets verts. Je les ai repeints en bleu et du jour au lendemain, je me suis senti inspiré pour de nouvelles toiles. Je peins donc jours et nuits, en pensant à toi. Tu occupes mes pensées chaque seconde qui passe. La plupart sont heureuses, mais une ombre passe de temps en temps. Je m'efforce de la faire disparaître en me disant que tu es heureuse là où tu es.

Je t'aime ma Bella,

Auguste. »

Cette lettre m'a ramenée à cette période de ma vie où je me sentais tout simplement perdue. Je venais d'arriver en Argentine, la mort de Carolina me faisait terriblement souffrir, ma séparation avec Thomas était encore trop fraiche, et celle avec Auguste trop pénible pour pouvoir y penser. Aujourd'hui, tout cela était loin derrière moi. J'avais grandi, mûri, appris de la vie. Margot avait raison une fois de plus, je n'aurais peut-être pas parcouru tout ce chemin si j'avais connu l'existence de ces lettres. Peut-être ma vie aurait-elle été plus belle aujourd'hui, peut-être pas. Je ne pouvais pas le savoir, mais je ne pouvais surtout pas me permettre de remettre en question la manière dont je m'étais construite. J'étais heureuse et c'était l'essentiel.

Et malgré une pointe de regret de me dire qu'Auguste et moi étions probablement passés à côté l'un de l'autre, j'ai poursuivi la lecture de ses lettres.

Le 10 mai 2005

« Ma Bella,

Cela fait un an que nous nous sommes trouvés, un an que nous nous sommes quittés. J'ai l'impression qu'hier encore je te serrais dans mes bras et pourtant, que cela fait une éternité que je n'ai plus entendu ton incroyable rire.

Ma vie ressemble exactement à cela pour l'instant. Je ne t'ai jamais autant aimée que depuis que tu es partie, mais je te sens m'échapper petit à petit. J'ai beau penser à toi et me dire que, quoi qu'il arrive, le destin nous mènera à nouveau l'un vers l'autre, je réalise que la vie n'est pas toujours si belle. Il y a tant d'histoires d'amour qui mériteraient d'être vécues mais que la vie sépare. En faisons-nous partie ?

Je m'accroche à l'idée que tu me reviendras tôt ou tard. Dans cinquante ans peut-être. Quand tes enfants auront grandi et que Thomas se sera tranquillement endormi dans son lit, un matin. Tes cheveux auraient grisonné et ta peau serait imprimée de magnifiques rides qui m'apprendraient en l'espace d'un instant tout ce que j'aurais raté pendant ces années. Tu sonnerais timidement à ma porte, et nous aurions alors tout le temps de vivre notre vie, qu'elle dure quelques heures ou des années entières.

Sache ma Bella que je t'attends.

Je t'aime.

Auguste. »

J'ai refermé cette nouvelle lettre. Une larme coulait le long de ma joue. Comment avais-je pu laisser cet amour m'échapper ?

Le courrier suivant datait de mai 2006, exactement un an après le précédent, et il était sur le même ton. Son amour ne faiblissait pas, même si je sentais qu'il fallait avant tout qu'il vive sa vie. Il semblait d'ailleurs heureux. Auguste me faisait voyager, il m'emmenait en Californie, dans cette villa blanche aux volets bleus ; j'apercevais les bateaux au loin ; je le voyais peindre ; je l'imaginais se promener dans la ville à la recherche d'inspirations nouvelles. Et alors qu'il avait toujours occupé mes pensées, il y revenait soudainement avec d'autant plus d'intensité et de vie. Je distinguais à nouveau les traits de son visage, son sourire et ses yeux malicieux. Je pouvais désormais le sentir à mes côtés, juste en y pensant.

J'ai déchiré l'enveloppe suivante.

Le 15 mai 2007

« *Ma très chère Bella,*

Cela fait maintenant trois ans que tu es partie et je commence à réaliser que tu ne répondras probablement jamais à mes lettres (ou peut-être ne les reçois-tu pas…). J'aurais pourtant tellement aimé savoir que tu vas bien…

Sois sans crainte, je ne chercherai pas à le savoir, je t'ai promis que je te laisserais me quitter… Je voulais juste te rappeler de temps en temps mon amour, pour le cas où ta vie n'aurait pas pris le tournant que tu attendais, pour le cas où tu te demanderais si tu as toujours une place dans la mienne. Si tu te poses cette question, sache que oui, plus que jamais. Il y a des amours qui ne s'égalent pas, qui ne tarissent pas et le nôtre en fait partie. J'ai beau n'avoir pu te serrer dans mes bras que le temps de quelques nuits, j'ai encore en mémoire le goût de tes baisers, l'odeur de ta peau, chacune des courbes de ton corps.

Tu me manques et j'espère que tu es heureuse.

Je t'aime.

Auguste. »

Après avoir lu ces lignes, je n'ai pu m'empêcher de me demander si Auguste aurait fini par en rencontrer une autre s'il avait su que je ne recevais pas ses lettres. Aurait-il été plus patient, plus confiant dans nos chances de nous retrouver un jour ? Ou le destin l'aurait-il de toute façon mené dans ses bras à elle ?

Il ne me restait plus que deux enveloppes avant d'en arriver là où j'avais commencé ; là où il me disait adieu ; là où il me confiait en aimer une autre. Je n'avais pas envie de les lire et pourtant, il le fallait. J'ai pris mon courage à deux mains et j'ai déplié la lettre suivante. Ses premiers mots se sont immédiatement imprimés dans mon esprit : *« J'ai rencontré quelqu'un ». « Ma très chère Bella, j'ai rencontré quelqu'un ».*

On y était…

Pourquoi commencer de manière si abrupte ? Pour ne pas laisser de place à l'espoir. J'étais bien placée pour le savoir, moi qui avais fait exactement la même chose quelques années plus tôt. *« Je suis partie et je ne reviendrai plus ».*

J'avais beau savoir qu'il finirait par m'écrire cela, la vérité n'en restait pas moins difficile à entendre. Elle s'appelait Victoria ; elle avait 35 ans ; il l'avait rencontrée à un diner chez des amis ; elle lui avait laissé son numéro en insistant pour qu'il l'appelle ; il avait longuement hésité puis s'était décidé à l'inviter à sortir ; il avait apprécié les moments passés avec elle ; ils s'étaient revus, et il avait fini par tomber amoureux et par s'abandonner dans ses bras.

Pourquoi avait-il besoin de me raconter tout cela ? Pour être honnête ? Il ne me devait pourtant rien. Je n'avais jamais pris la peine de répondre à un seul de ses courriers. Non, il avait pris la peine de me confier cet amour pour me rappeler que, malgré tout, il n'avait pas cessé de m'aimer. Il continuait pour autant à attendre mon retour, le moindre signe de ma part.

Mais que s'était-il alors passé pour qu'à peine un an plus tard, il renonce à notre histoire et qu'il me dise adieu ? Je me suis empressée d'ouvrir la lettre suivante.

Je l'ai lue, et soudain, j'ai su pourquoi notre histoire ne pourrait plus exister.

J'avais pourtant secrètement cru en une fin heureuse. Je croyais tellement en notre amour que j'ai cru qu'il serait plus fort que tout, cru que peut-être il serait au-dessus de ce nouvel amour. Comment avais-je pu être aussi naïve ? Mais n'était-ce justement pas cela la magie de l'amour ? Y croire envers et contre tout ?

J'avais le cœur brisé, mais je ne pouvais m'empêcher de m'en réjouir. Je l'avais aimé, vraiment. Je n'avais pas triché. Je n'avais pas eu tort d'avoir pensé à lui toutes ces années, d'avoir l'espace d'un instant rêvé le retrouver. J'avais eu raison de tout ce chemin parcouru car il était vrai. Mais la vie avait décidé de nous séparer. De laisser cet amour intact. De ne pas le laisser se salir par le quotidien. J'aurais pourtant adoré avoir ma routine avec Auguste, nous disputer pour des broutilles, parler de banalités.

Mais c'était l'heure de nous dire adieu.

Il l'avait fait quelques mois plus tôt, c'était maintenant mon tour.

17

– Je suis tellement désolée, Isa. Si seulement j'avais su…

– Tu ne pouvais pas savoir.

– Il n'empêche, j'ai l'impression que tu m'en veux.

– Non… je ne t'en veux pas… Enfin, si. Si tu veux tout savoir, je t'en veux terriblement. Je t'en veux de ne pas m'en avoir parlé ; je t'en veux d'avoir décidé toute seule de ce qui serait le mieux pour moi. Je sais que ce n'est pas ta faute en vérité, mais c'est plus fort que moi. Les choses pourraient être tellement différentes si seulement j'avais pu savoir…

– Il doit bien y avoir une solution.

– Arrête, Margot ! Il n'y a pas de solution… C'est fini, c'est tout.

– Et pourquoi tu n'essaierais pas de le retrouver ? Qu'il te dise, qu'il t'explique… Ne baisse pas les bras maintenant…

– Je ne baisse pas les bras, Margot. Je suis réaliste ! Si nous avions dû faire notre vie ensemble, il n'y aurait pas eu autant d'obstacles entre nous. Je suis épuisée de croire à une histoire qui ne peut pas exister. J'aurais dû tourner cette page il y a déjà bien longtemps. Je pensais d'ailleurs l'avoir tournée…

Margot est restée muette. Et elle a fini par me laisser.

Je me suis mise à ranger mon appartement. Il y en avait dans tous les sens. J'ai remis mes revues sur ma table basse, mes classeurs dans mon bureau, mes livres dans mes étagères. Au milieu de ce bordel, il y avait les lettres d'Auguste. Avant de les ranger, je les ai relues une dernière fois, de la première à la dernière, pour me souvenir une bonne fois pour toutes pourquoi notre histoire ne pouvait pas exister.

En lisant la dernière lettre d'Auguste un an plus tôt, j'avais enfin compris de quels doutes il me parlait, de quel amour, et pourquoi il me disait adieu. J'avais compris, mais ça ne m'avait pas empêché de verser une larme.

Le 16 mai 2008

« Ma très chère Bella,

Il y a quatre ans, tu me quittais car tu étais enceinte. Aujourd'hui Victoria s'installe définitivement dans ma vie pour cette même raison. Elle vient de m'annoncer qu'elle attendait un enfant, de moi. J'ai pensé à toi lorsque j'ai espéré de tout mon cœur qu'il soit d'un autre, qu'elle se trompe, qu'il ne s'accroche pas. Mais il semble bel et bien là. Et bien de moi. Il paraît même qu'il a déjà d'adorables petites mains et qu'il suce son pouce.

Je ne peux m'empêcher de penser que la vie est décidément trop étrange. J'aurais adoré avoir quinze enfants de toi, mais de celui-ci, je n'en veux pas. Je n'en veux pas car il m'éloigne encore un peu plus de toi. Et pourtant, tu as toujours ta place : dans mon cœur, dans mes bras, dans ma vie. J'espère toujours un signe de toi et je suis convaincu qu'il viendra. Ne tarde juste plus trop. Car pourrais-je encore t'aimer lorsque j'aurai tenu mon enfant dans mes bras ? Je n'en sais rien…

Je te laisse avec mes doutes parce que je ne sais pas quoi faire d'autre…

Je t'aime.

Auguste. »

Voilà pourquoi il avait fini par me dire adieu. Il avait eu un enfant. Et contre cet amour-là, je savais qu'il n'y avait rien à faire. Auguste m'avait échappé, malgré son amour, malgré mon amour. Nous n'étions pas plus forts que tout. Un enfant nous avait séparés à l'époque, un autre s'en chargeait des années plus tard. Il y avait des amours que l'on ne pouvait pas combattre. Que l'on ne pouvait se permettre de combattre. Elles étaient si innocemment puissantes.

Alors pourquoi cette nouvelle lettre ? Pourquoi m'avait-il écrit une autre lettre ?

– Tu vas me détester, Isa ! s'était empressée de me dire Margot, sans même prendre la peine de me dire bonjour.

– Pourquoi tu dis ça ?

– Je suis dans l'avion…

– Je sais, tu pars à Milan pour ton défilé.

– Oui, sauf que j'y reste jusqu'à la *Fashion Week*…

– Mais ne t'inquiète pas, ma Margot, je vais pouvoir survivre tout ce temps sans toi, lui avais-je répondu ironiquement.

– Si seulement…

– Mais qu'est-ce que tu me caches ?

– Rien, je ne te cache rien. Je n'arrive juste pas à te dire que, ce matin, je suis passée à mon ancien appartement relever le courrier qui me parvient encore et que la poste ne fait désormais plus suivre. Je l'ai mis dans mon sac en me disant que je l'éplucherais une fois chez moi. Sauf que j'ai décidé d'aller manger en vitesse avec Jérôme, et qu'en arrivant chez moi, j'ai réalisé que l'heure avait tourné plus vite que je ne l'avais imaginé. Je me suis donc dépêchée de fermer mes valises et je suis partie pour l'aéroport en vitesse. Et ce n'est que maintenant que je suis installée dans l'avion que je réalise que mon courrier est toujours dans mon sac…

Margot a marqué une pause. De mon côté, j'attendais qu'elle poursuive car je ne voyais pas du tout où elle voulait en venir.

– Il n'y a jamais rien d'intéressant dans ce courrier. Sauf aujourd'hui, évidemment. Au milieu des publicités, j'ai reconnu son écriture.

– De quoi tu parles, Margot ?

– Il y a une autre lettre ! Auguste t'a écrit une autre lettre, il y a déjà presqu'un an, en avril dernier.

Je suis restée sans voix. Il m'avait écrit à nouveau malgré sa dernière lettre où il m'annonçait avoir eu un enfant avec une autre. Or ça, ni lui, ni moi, ne pouvions le changer. Alors que pouvait bien annoncer cette nouvelle lettre ? Une fin heureuse ? Mais comment ?

A quoi bon toutes ces questions… Elles ne menaient nulle part. Il fallait à tout prix que j'aie entre les mains cette lettre, que je sache ce qu'elle contenait.

– Tu rentres quand, Margot ?

– Dans un mois…

– Tu veux me tuer ?

– Je sais ! s'est-elle encore excusée… Pourquoi n'ai-je pas regardé ce foutu courrier avant de partir…

– Nous nous sommes tues quelques minutes. Je me demandais comment je pourrais attendre un mois avant de savoir ce qu'Auguste avait encore voulu me dire ; Margot, de son côté, semblait tellement désolée.

– Attends, j'ai une idée ! s'est-elle soudainement exclamée. Une de mes collaboratrices rentre dans dix jours. Je peux lui confier la lettre.

– Dix jours, c'est toujours mieux qu'un mois…

– Je suis tellement désolée, Isa…

– Ne t'inquiète pas, je rigolais. Dix jours, c'est très bien ! Ce n'est rien comparé aux sept longues années qui viennent de s'écouler…

– Sept ans déjà… C'est fou… Tu sais ce qu'on dit ? Ça passe ou ça casse !

– Ça passe ou ça casse… me suis-je contentée de répondre, songeuse.

Espérant faire passer ces dix jours le plus vite possible, j'avais repris le boulot avec entrain dès le lundi. Je me levais aux aurores pour aller courir une heure avant de me rendre au bureau, arrivant juste à temps pour lire les premières dépêches du matin.

Frédéric semblait content de m'avoir donné ma chance. Nous travaillions bien ensemble. Il adorait mes idées, ma personnalité et ma manière de rédiger mes articles ; j'adorais sa vision du monde, ses opinions et sa manière de diriger son équipe. Il avait fini par me convaincre de travailler cinq jours par semaine, au risque d'achever mon livre plus tard que je ne l'avais prévu. Au final, je parvenais malgré tout à respecter mes échéances, passant mes soirées et mes week-ends dessus, au prix de quelques heures de sommeil en moins.

Je me sentais pleinement épanouie dans ma nouvelle vie et j'avais plaisir à constater que, malgré quelques déceptions, l'année qui s'était écoulée avait été plutôt réussie. J'avais créé de nouvelles amitiés à Paris et connu quelques histoires d'amour agréables ; j'avais terminé l'aménagement de mon appartement ; j'avais un métier qui me passionnait, et du temps pour écrire mon livre, courir les musées, faire du sport, sortir. J'avais l'impression d'avoir trouvé un équilibre presque parfait et, étrangement, Bruxelles me manquait peu. Je n'y rentrais d'ailleurs que très rarement.

Mais ce mardi, j'avais reçu un appel à une heure tardive, au moment même où je revenais de ma journée de travail, et je n'avais pas hésité à plonger dans le dernier Thalys de la journée.

Le lendemain, Margot m'appelait de Milan.

– Alors ?

– C'est un petit garçon, il s'appelle Charles.

– Comment ?!

– C'est un petit garçon ! ai-je dit en élevant la voix.

– Oui, merci, j'ai compris. Mais de quoi tu parles ?

– Hélène… Elle a accouché ! D'un petit garçon, ai-je répété une fois de plus en riant. Je suis à Bruxelles à l'hôpital, ils ont l'air tellement heureux. Deux enfants, ça fait vraiment famille…

– Ah, j'ignorais ! Quelle bonne nouvelle… Mais ce n'est pas pour ça que j'appelais… Tu es à Bruxelles depuis quand ?

– Hier soir. Et je rentre tout à l'heure. J'ai fait un aller-retour express pour embrasser mon filleul…

– D'accord… Bon, quand tu rentres, regarde dans ta boite-aux-lettres…

– Pourquoi ?

– Je t'ai envoyé la lettre d'Auguste.

– C'est une blague ? me suis-je écriée. Et tu ne me dis ça que maintenant ?

– Ça n'aurait rien changé. Je l'ai postée à mon arrivée et elle a dû te parvenir ce matin à mon avis… Je pensais te faire une surprise.

– Mon Dieu, ça me donne envie de prendre le premier Thalys qui part… Merci, ma Margot, tu es géniale ! Moi qui pensais devoir encore attendre cinq jours…

– Tu m'appelles pour me raconter ?

– Evidemment ! Sinon ton défilé se prépare bien ?

– C'est le rush… Ce sera de la dernière minute, comme d'habitude.

– Mais canon, comme d'habitude. Je regrette de ne pas pouvoir être présente…

En arrivant à la maison, ma boîte-aux-lettres était pleine, mais aucune enveloppe ne portait l'écriture d'Auguste, ni celle de Margot. J'avais attendu le lendemain avec impatience, mais la poste ne semblait pas aussi pressée que moi. Puis, au fil des jours, j'avais commencé à me dire qu'il y avait peut-être eu un problème. Je m'étais rendue à mon bureau de poste, mais nulle part ne se trouvait cette foutue lettre. Je ne voulais pas croire à tant de malchance. Elle ne s'était quand même pas volatilisée… Alors, j'avais continué à espérer, me levant tous les matins aux aurores pendant près d'un mois pour attendre le facteur. Mais il n'avait jamais pu me remettre cette lettre que j'attendais tant…

Margot avait fini par rentrer, me poussant à fouiller mon appartement de fond en comble. J'avais forcément dû la manquer. Nous avons trié tout le courrier qui traînait sur mon bureau, ouvert toutes les enveloppes, tous les classeurs, fait mes poubelles, vidé mes armoires, mes étagères. Nous n'avons jamais trouvé la lettre…

Margot était désolée, elle se sentait terriblement coupable. De mon côté, je n'ai pu m'empêcher de lui en vouloir, sachant pourtant que ce n'était pas sa faute. C'était un signe, un de plus.

Notre histoire ne pouvait pas exister.

Après le départ de Margot, je me suis mise à tout ranger. Il y en avait dans tous les sens. J'ai remis mes revues sur ma table basse, mes classeurs dans mon bureau, mes livres dans mes étagères. Au milieu de ce bordel, il y avait les lettres d'Auguste. Avant de les ranger, je les ai relues une dernière fois, de la première à la dernière, pour me souvenir une bonne fois pour toutes pourquoi notre histoire ne pouvait pas exister.

Et alors que je repliais la dernière lettre, j'ai aperçu à mes pieds le carnet dans lequel j'avais enfermé, des années plus tôt, l'histoire de ma mère. J'ai glissé les lettres d'Auguste à l'intérieur et je l'ai rangé pour, cette fois, ne plus jamais l'ouvrir.

18

Jamais je n'attraperai ce train. Je le vois, mais je n'y arrive pas. Plus j'avance, et plus il me paraît loin. Mais pourquoi suis-je partie aussi tard ? C'est systématiquement la même histoire ! Sauf qu'aujourd'hui tout va de travers. Les escalators sont bloqués, les portes fermées, la foule trop dense. Je vois mon train, mais je n'y arrive pas. Je voudrais arrêter le temps un instant. Et soudain j'y suis. J'aperçois une main tendue, je la saisis. Il plonge ses yeux dans les miens, je rougis. Il me sourit, j'en tremble. Nous parlons, nous rions, nous nous aimons. Je tourne la tête et je suis seule, le visage en larmes, écrasé contre la vitre, espérant à tout prix le voir apparaître pour m'empêcher de partir.

Je me suis réveillée en pleurs, comme tous les matins depuis une semaine, avec en tête ces mêmes images indélébiles, et cette question à laquelle je n'avais pas de réponse. Pourquoi ce rêve venait-il me hanter maintenant ? Cela faisait plus d'un an. Plus d'un an que j'avais définitivement tourné la page ; que je n'avais plus repensé à ce passé, à notre passé ; que je vivais paisiblement sans plus me poser la moindre question, que ma vie poursuivait son cours, tranquillement. Alors pourquoi maintenant ? Etait-ce le pur fruit du hasard ou y avait-il là un signe ?

Je n'étais pas assez réveillée pour répondre à ces questions si bien que j'ai décidé d'aller courir. J'ai enfilé mes baskets et ma polaire car il faisait encore frais en ce début d'avril, et j'ai couru jusqu'au parc Monceau, rejoindre le flot des coureurs anonymes. J'ai suivi leur ronde inlassable, refoulant des dizaines de fois le même sol, avec eux, parmi eux, et pourtant je me sentais seule. Seule avec mes pensées. Je revenais constamment au même point de départ, à cette même évidence. Je ne pouvais ignorer ce rêve. Il avait indéniablement du sens. Mais lequel ? Aurais-je dû chercher à le retrouver, malgré tous ces signes qui m'avaient conduite à l'oublier ? Je ne comprenais plus. « *Maman, aide-moi, envoie-moi un signe !* », me suis-je surprise à la supplier.

Et dans l'attente d'apercevoir ce signe, j'ai continué à tourner en rond. Jusqu'à ce que mes jambes me fassent souffrir, jusqu'à ce que mon souffle disparaisse, jusqu'à ce que mon corps me lâche. J'ai fini par m'écrouler d'épuisement, désemparée de ne pas avoir vu le moindre signe. Mais il y en avait forcément un. Jamais ma mère ne m'aurait laissée tomber à ce moment de ma vie. Et pourtant j'étais à terre, seule et désemparée.

C'est à cet instant précis, au moment où je n'y croyais plus, que j'ai vu ce journal secoué par le vent, que j'ai aperçu cette photo, que j'ai reconnu ce tableau. Ce tableau qui avait changé toute ma vie et qu'il venait de vendre. « *Je ne le vendrai que si je dois cesser de t'aimer* ». Cette phrase résonnait encore à mes oreilles, comme si je l'avais entendue la veille. Et pourtant l'eau avait coulé sous les ponts. Il avait cessé de m'aimer depuis déjà tellement longtemps. Alors pourquoi le vendre maintenant ?

Tout se chamboulait dans ma tête.

Je n'avais finalement que deux options : m'obstiner à tirer un trait sur lui, ou chercher, pour une fois, à savoir ce qu'il était devenu.

J'ai couru jusqu'à mon appartement et me suis dépêchée d'allumer mon ordinateur, mais la page Google refusait de s'ouvrir. Il semblait y avoir un problème avec ma connexion Wifi. J'ai pesté et suis descendue jusqu'à mon salon, tenter de comprendre d'où pouvait bien provenir le problème. Avant de m'attaquer à un domaine qui n'était vraiment pas le mien, j'ai voulu vérifier que toutes les prises étaient bien branchées. J'ai écarté mon canapé du mur et, là, le temps s'est figé.

Je me suis revue un an plus tôt, rentrer de ma journée de travail, les bras chargés du courrier que je venais de relever, et entendre le téléphone qui sonnait désespérément dans mon appartement vide. Je m'étais dépêchée de décrocher, et en me penchant par-dessus le canapé pour attraper le combiné du bout des doigts, j'avais laissé tomber le tas d'enveloppes. J'aurais logiquement dû le ramasser immédiatement après avoir raccroché, mais je venais d'apprendre que mon filleul était né, et constatant l'heure tardive, je m'étais ruée jusqu'à la gare du Nord pour avoir une chance d'attraper le dernier Thalys de la journée…

Se pouvait-il que la lettre que j'avais cherchée tout ce temps soit parmi ce courrier ? Je n'osais y croire. Mais comment ne m'étais-je pas souvenue de cet épisode ?

J'ai ramassé une à une chacune des enveloppes légèrement jaunies et, soudain, j'ai reconnu celle que j'avais tant attendue. J'ai pris une profonde inspiration et j'ai lentement déchiré l'enveloppe. A l'intérieur, il n'y avait que quelques lignes, quelques lignes écrites de cette main que je connaissais si bien.

Je les ai lues et je suis tombée à terre, ivre de joie. Il était à Paris. Au bout de ma rue. Et il m'attendait. C'était impensable. Je devais rêver. Je bouillonnais intérieurement. Je ne tenais plus en place. J'avais envie de hurler, de sauter, de prévenir le monde entier.

Je l'imaginais se promener Rue de Levis, achetant son pain et son journal ; se poser sur la terrasse d'un café pour observer les passants : les travailleurs pressés, les jeunes amoureux démonstratifs, les mamans promenant leurs enfants, les vieilles dames tirant leur caddie rempli de bons légumes frais. Je me suis demandée combien de fois nous avions dû nous croiser sans le savoir. Et là, je suis subitement redescendue de mon nuage.

Pourquoi n'avais-je pas cherché à le retrouver plus tôt ! J'en connaissais les raisons et, pourtant, je ne pouvais m'empêcher de regretter qu'elles aient pris le pas sur la passion. Cela allait faire deux ans qu'il était à Paris. Deux longues années pendant lesquelles il avait pu se passer tellement de choses. Se pourrait-il qu'il soit encore là à m'attendre simplement chez lui ? C'était improbable. Il avait certainement dû rencontrer quelqu'un et il aurait refait sa vie. Voilà pourquoi il venait de vendre notre tableau. Oh mon Dieu, j'arrivais juste trop tard ! Une fois de plus…

Non, il n'était pas trop tard ! Pas cette fois ! J'ai repensé à cette phrase que je n'avais pas écoutée à l'époque. « *Il n'est trop tard que si tu décides qu'il est trop tard* ». Aujourd'hui ce serait différent.

J'ai pris mon sac et je me suis ruée dehors. Il pleuvait à grosses gouttes maintenant et le ciel était mystérieusement sombre. J'ai emprunté le Boulevard des Batignolles par l'allée centrale pour être couverte par les arbres. L'eau ruisselait de toutes parts. Les gens couraient tête baissée se mettre à l'abri, pressaient le pas sous leur large parapluie, disparaissaient dans les stations de métro. L'instant d'après, en arrivant à Villiers, le soleil était réapparu et la vie semblait avoir repris son cours.

Il ne me restait plus qu'une centaine de mètres à parcourir. Mon cœur battait à tout rompre. J'ai compté chacun de mes pas jusqu'à apercevoir la Rue des dames à l'angle de la Rue de Levis. Je la connaissais par cœur cette petite maison blanche aux rideaux verts. J'y avais jeté un coup d'œil chaque fois que j'avais dû passer devant. Et chaque fois, j'avais revécu les quelques instants de bonheur qu'elle avait abrités. Des moments exceptionnels, hors du temps. Puis j'avais décidé d'éviter soigneusement cette partie du quartier et la vue de cette maison qui me rappelait péniblement la vie que j'avais refusé de vivre.

Et dire que tout ce temps, Auguste se trouvait certainement à l'intérieur, à quelques mètres seulement de moi. Peut-être avait-il regardé par sa fenêtre dans ma direction sans m'apercevoir. Je ne pouvais l'imaginer. Tout cela me paraissait irréel. Etais-je toujours en train de rêver ?

J'ai poussé la grille verte de l'entrée, j'ai traversé la petite cour intérieure et j'ai sonné au premier étage. J'ai fait tout cela machinalement, comme par habitude, sans réfléchir. Je n'ai même pas pensé à ce que je dirais lorsqu'il décrocherait l'interphone. J'ai attendu, j'ai sonné à nouveau et puis rien, personne. Il n'était pas chez lui. Il fallait pourtant que je le voie maintenant. J'ai sonné chez le concierge, personne. J'ai sonné au deuxième étage, personne.

Je me résignais à partir lorsque j'ai croisé le concierge qui rentrait chez lui.

Quelques instants plus tard, je les quittais, lui et sa femme, une nouvelle adresse à la main. Je courais aussi vite que je le pouvais, zigzaguant entre les poussettes et les passants, sautant au-dessus des chiens, m'accroupissant sous les parapluies. Je me sentais si légère, sur un petit nuage, j'avais l'impression que mes pieds ne touchaient plus le sol. Dans quelques minutes, je serais près de lui.

Je suis finalement arrivée devant une porte codée. J'ai aperçu le gardien au loin et je l'ai appelé pour qu'il m'ouvre. Il m'a fallu batailler car il n'était pas vraiment enclin à laisser entrer n'importe qui. A force de persévérance et d'une petite larme attendrissante, j'ai fini par l'emporter. Je me suis engouffrée dans l'ascenseur et j'ai appuyé sur le bouton du septième étage. Mon cœur s'emballait alors que je m'élevais dans les airs. Lorsque l'ascenseur s'est ouvert, j'ai pris quelques secondes avant d'en sortir. J'ai marché très lentement jusqu'à me retrouver devant la porte située sur ma gauche. Et soudain, j'ai réalisé ce qui était en train de se passer. Huit ans sans se voir. Et si notre amour n'était resté intact que dans nos souvenirs ?

J'ai sonné à la porte. J'ai attendu quelques secondes qui m'ont paru interminables puis quelqu'un a ouvert. Elle m'a souri. Je n'ai pas bougé. Et lorsque je l'ai vu apparaître derrière elle, je n'ai pu retenir mes larmes…

Il m'a regardée sans oser y croire. Je lui ai souri bêtement, les yeux remplis de larmes. Il m'a rendu mon sourire avec une candeur que je ne lui connaissais pas. Au bout d'un instant qui m'a paru miraculeusement interminable, comme un don du ciel pour rattraper en quelques secondes les huit dernières années de nos vies, il s'est accroupi et a murmuré à l'oreille de la seule personne qui nous séparait encore « Je te présente Isabel, c'est une amie de papa ».

Elle s'est approchée de moi doucement, elle m'a serrée dans ses petits bras frêles avec une force que je ne lui aurais pas soupçonnée, et alors que je m'abaissais à sa hauteur pour lui rendre toute sa tendresse, elle a glissé secrètement à mon oreille « Papa me dit que tu es une amie, mais moi, je sais bien que tu es son amoureuse ».

Epilogue

Deux ans plus tard…

– Alors, il rentre chez lui en courant retrouver sa maman. Il prend un grand bain chaud, avec plein de bulles, puis mange de délicieuses pâtes, et le soir, avant de s'endormir, il prend l'épée que lui avait offerte son amie, et il dit : « Bonne nuit, petite Coconut, je ne t'oublierai…

– … jamais ».

– Allez, bonne nuit, ma chérie. C'est l'heure de faire un énooooorme dodo parce qu'il est déjà très tard.

– Tu me fais des doudouces ?

– Bien sûr ! Combien ?

– Vingt-et-une !

– Vingt-et-une ! Tu es folle… Allez, va pour vingt-et-une. C'est bien parce que tu as été adorable toute la journée !

– Pourquoi tu es triste ? m'a-t-elle soudainement demandé alors que je la sentais s'endormir doucement. Parce que papa est parti ?

– Je ne suis pas triste, ma chérie.

– Tu es nostalgique, alors ?

– Non, ma chérie, ai-je répondu en riant, me demandant d'où lui venait ce mot. Je ne suis ni triste, ni nostalgique, mais tu as raison, j'aurais bien aimé que ton papa soit là aujourd'hui… Allez, dors maintenant, il est très, très tard. Bonne nuit, ma chérie.

– Bonne nuit.

Je suis allée m'asseoir sur la terrasse. Malgré l'obscurité qui s'était déjà installée, il faisait encore très doux en ce début de mai. J'ai regardé les bateaux voguant sur la baie en sirotant un verre de vin blanc et je me suis demandée où se trouvait Auguste à cet instant précis. Cela faisait aujourd'hui dix ans exactement que notre histoire avait commencé, et il n'était pas là…

Il avait disparu du jour au lendemain depuis plus d'un mois, et à l'exception d'un mot me disant de ne pas m'inquiéter et qu'il serait de retour bientôt, je n'avais pas la moindre nouvelle de lui.

Soudain, toutes les lumières se sont éteintes. Les plombs devaient avoir sautés. J'ai avancé à tâtons à travers les pièces de la maison, revivant au fur et à mesure de mes pas tous les souvenirs que nous avions créés, ensemble, dans cette villa blanche aux volets bleus. Je me revoyais déballer avec Auguste les quelques caisses de carton qui traînaient encore dans notre salon et m'arrêter soudainement sur une toile qui m'avait fait hurler de rire tant elle était ratée. Je m'étais moquée d'Auguste, lui demandant pourquoi il avait gardé cette croûte. Il m'avait longuement laissée me foutre de lui, jusqu'à finalement m'avouer que c'était la toile que j'avais peinte des années plus tôt, le jour où je l'avais quitté. A bien y réfléchir, je ne l'avais finalement pas trouvée si moche que cela…

J'ai fini par arriver dans le garage, j'ai trouvé le tableau électrique, et j'ai relevé le différentiel. Lorsque les lumières se sont rallumées, j'ai trouvé un mot sur la porte séparant le garage de la buanderie. Je l'ai lu à la hâte, espérant soudain qu'Auguste soit à la base de tout ce scénario. Sur le papier, étaient inscrites deux phrases.

« Rejoins-moi dans la chambre,
Je t'aime »

Je me suis précipitée vers les escaliers, m'arrêtant juste un instant devant le miroir de l'entrée pour me recoiffer rapidement et vérifier l'état de ma tenue, puis j'ai gravi les marches quatre à quatre.

En arrivant devant la porte de notre chambre, je me suis surprise à sourire toute seule tant j'étais excitée à l'idée de retrouver Auguste. J'ai poussé la porte lentement et là, devant moi, se trouvait une scène que je connaissais par cœur et qui était pourtant sortie de nos vies depuis longtemps déjà. Sur le mur blanc au-dessus de notre lit, était suspendu le tableau de notre rencontre. Ce tableau qu'Auguste avait vendu deux ans plus tôt. Car il avait décidé qu'il était temps de cesser de m'aimer ; temps de tourner une page, pour sa fille ; pour Elsa qui avait besoin d'une maman ; d'une véritable maman qui l'aiderait à grandir, et non pas d'un fantôme qui empêchait son père de vivre.

C'était donc cela, il avait disparu pour retrouver ce tableau, ce tableau grâce auquel notre histoire existait.

Et là, alors que je revivais notre rencontre, Auguste a murmuré à mon oreille : « Les mots me manquaient pour te dire combien je t'aime… Joyeux anniversaire, mon amour ».

Remerciements

Merci à toi, Papa, de m'avoir, dès mon plus jeune âge, encouragée dans cette voie qui m'attirait, prenant le temps de relire chacune de mes tentatives de roman, et me donnant confiance en moi, sans jamais m'encenser inutilement. Mon plaisir d'écrire s'est renforcé avec ton plaisir de me lire.

Merci à toi, Patrocle, de m'avoir soutenue dès le début dans ce projet que je ne pensais alors pas réalisable ; de m'avoir offert ce temps dont j'avais besoin ; et de m'avoir aidée dans tous ces petits détails techniques annexes.

Merci à vous, Papa, Maman, Coralie, Valentine et Quentin, d'avoir cette formidable qualité de vous enthousiasmer de tout ce que chacun de nous entreprend, que ce soit classique, ou moins classique.

Merci à vous, Papa, Ariane, Oriane, Chloé et Alix, d'avoir pris le temps de lire et relire ces quelques pages ; d'avoir eu le courage de me faire des commentaires pas forcément agréables, mais toujours judicieux ; et de m'avoir si bien motivée dans ce projet. Sans vous, je n'aurais jamais pu écrire ce livre correctement.

Merci à toi, Edith, d'avoir été la petite voix qui a transformé un vieux rêve en réalité.

Merci à vous, Frédéric Durant et Michel Wattenbergh pour votre aide si généreuse.

Merci au Petit Monceau et à la Boulangerie Hecht pour leur accueil incroyable, et pour ces nombreuses conversations autour d'un thé aux fruits rouges, ou de délicieuses viennoiseries.

Merci à toi, Claire, pour ton talent et cette magnifique chanson qui apporte une toute autre dimension à la commercialisation de mon livre ; et merci de t'être investie dans ce projet avec autant d'enthousiasme et de disponibilité malgré tes nombreux autres projets annexes.

Merci à toi, Xavier, de m'avoir offert cette magnifique photo qui aura attiré tant de regards, et merci pour ta patience face à mes nombreuses tergiversations.

Merci à toi, Fred, d'avoir accepté de replonger le temps d'un instant, et en dernière minute, dans l'univers de ton premier métier pour la couverture du livre.

Merci à toi, Béita, pour tes précieux conseils « comm' » et pour le design moderne et épuré de mon site.

Merci à vous tous qui, de près ou de loin, même le temps d'une simple conversation, m'avez manifesté votre intérêt et donné l'envie de poursuivre ce projet jusqu'au bout. Je ne l'oublie pas !

www.charlottesteisel.com

16414744R00289

Printed in Great Britain
by Amazon